MÚSICA FÚNEBRE

Série policial

Réquiem caribenho
Brigitte Aubert

Bellini e a esfinge
Bellini e o demônio
Tony Bellotto

Bilhete para o cemitério
O ladrão que achava que era Bogart
O ladrão que estudava Espinosa
O ladrão que pintava como Mondrian
Uma longa fila de homens mortos
Os pecados dos pais
Punhalada no escuro
Lawrence Block

O destino bate à sua porta
James Cain

Nó de ratos
Vendetta
Michael Dibdin

Edições perigosas
Impressões e provas
John Dunning

Máscaras
Leonardo Padura Fuentes

Correntezas
Jogo de sombras
Tão pura, tão boa
Frances Fyfield

Achados e perdidos
Uma janela em Copacabana
O silêncio da chuva
Vento sudoeste
Luiz Alfredo Garcia-Roza

Neutralidade suspeita
A noite do professor
Transferência mortal
Jean-Pierre Gattégno

Continental Op
Dashiell Hammett

O talentoso Ripley
Patricia Highsmith

Uma certa justiça
Morte de um perito
Morte no seminário
Pecado original
P. D. James

Música fúnebre
Morag Joss

O dia em que o rabino foi embora
Domingo o rabino ficou em casa
Sábado o rabino passou fome
Sexta-feira o rabino acordou tarde
Harry Kemelman

Um drink antes da guerra
Sobre meninos e lobos
Apelo às trevas
Dennis Lehane

Morte no Teatro La Fenice
Donna Leon

Dinheiro sujo
Também se morre assim
Ross Macdonald

É sempre noite
Léo Malet

Assassinos sem rosto
Os cães de Riga
A leoa branca
Henning Mankell

O labirinto grego
Os mares do Sul
O quinteto de Buenos Aires
Manuel Vázquez Montalbán

O diabo vestia azul
Walter Mosley

Agência nº 1 de Mulheres Detetives
Alexander McCall Smith

Aranhas de ouro
Clientes demais
A confraria do medo
Cozinheiros demais
Milionários demais
Mulheres demais
Ser canalha
Serpente
Rex Stout

Casei-me com um morto
A noiva estava de preto
Cornell Woolrich

MORAG JOSS

MÚSICA FÚNEBRE

Tradução:
SONIA MOREIRA

COMPANHIA DAS LETRAS

Título original:
Funeral Music

Projeto gráfico de capa:
João Baptista da Costa Aguiar

Foto da capa:
Thyago Nogueira

Mapa:
Hilton Mercadante

Preparação:
Eliane de Abreu Santoro

Revisão:
Isabel Jorge Cury
Ana Maria Barbosa

Dados Internacionais de Catalogação na Publicação (CIP)
(Câmara Brasileira do Livro, SP, Brasil)

Joss, Morag
Música fúnebre / Morag Joss ; tradução Sonia Moreira. — São Paulo : Companhia das Letras, 2003.

Título original: Funeral Music
ISBN 85-359-0410-7

1. Ficção policial e de mistério (Literatura inglesa)
I. Título.

03-4453 CDD-823.0872

Índice para catálogo sistemático:
1. Ficção policial e de mistério : Literatura inglesa 823.0872

2003

EDITORA SCHWARCZ LTDA.
Rua Bandeira Paulista, 702, cj. 32
04532-002 — São Paulo — SP
Telefone: (11) 3707-3500
Fax: (11) 3707-3501
www.companhiadasletras.com.br

Para Tim e Hannah,
com meus agradecimentos especiais a Phyllis

Músicas do livro

Mendelssohn	*Canção sem palavras em ré maior*
Bruch	*Kol Nidrei*
Schumann	*Peças de fantasia, Opus 73*
M. T. von Paradis	*Siciliana*
Saint-Saëns	*O cisne*
Fauré	*Elegia em dó menor*
Bach	*Sonata em trio em dó maior*
Haydn	Segundo movimento do *Concerto nº 2 para violoncelo e orquestra*
Haendel	*Eternal Source of Light Divine*
Schubert	*A truta*
Beethoven	Variações sobre "See the Conqu'ring Hero Comes", de Haendel
Bach	*Suíte nº 2 em ré menor para violoncelo*

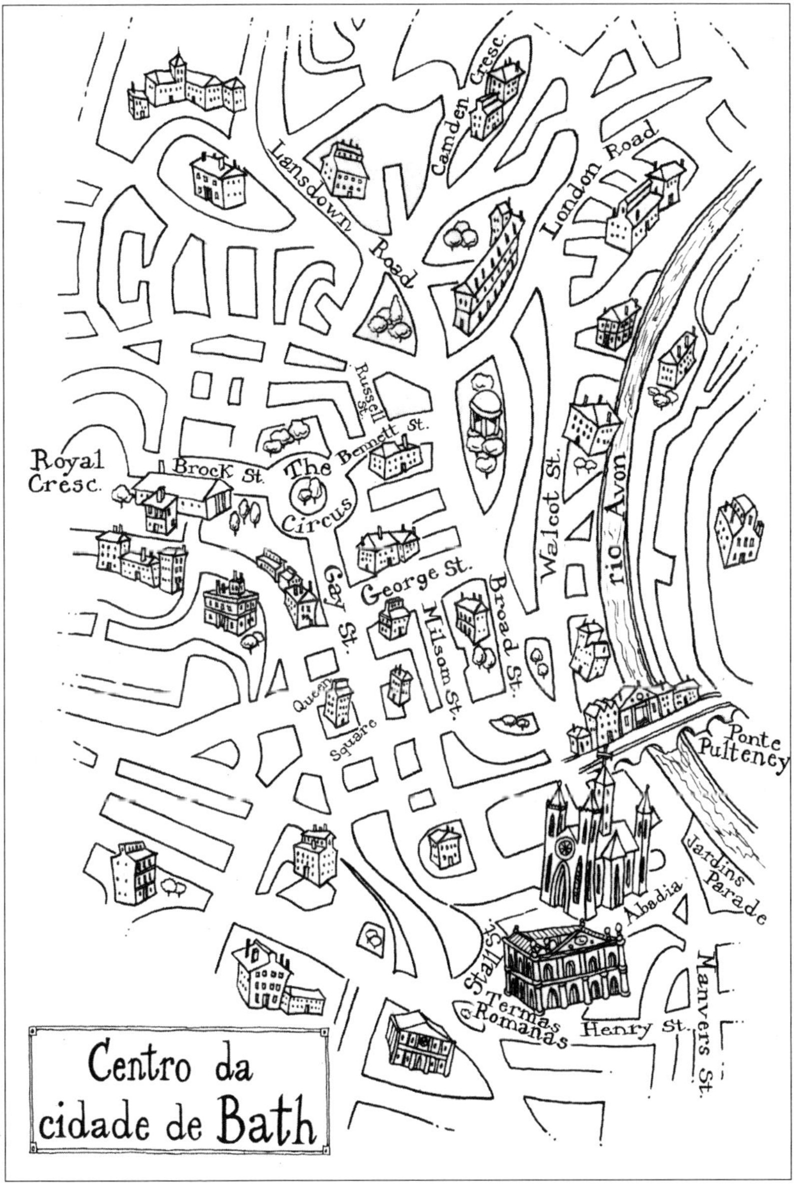
Camden Cresc.
Lansdown Road
London Road
Russell St.
Bennett St.
Royal Cresc.
Brock St.
The Circus
Walcot St.
rio Avon
George St.
Gay St.
Broad St.
Milsom St.
Queen Square
Ponte Pulteney
Jardins Parade
Abadia
Stall St.
Termas Romanas
Henry St.
Manvers St.
Centro da cidade de Bath

NOTA DA AUTORA

Bath carrega a fama merecida de ser uma cidade que tem mais do que sua cota justa de cidadãos finamente conservados e bem-proporcionados, muitos com fachadas atraentes e feições clássicas, mas nenhum deles aparece neste livro. Embora muitos dos lugares aqui descritos sejam reais, as pessoas e os acontecimentos são fictícios.

Ao descrever os edifícios de Bath, procurei ser exata com relação aos detalhes históricos e arquitetônicos e fiel à atmosfera. No entanto, talvez por falta de percepção profética, nem os romanos nem nenhum dos arquitetos posteriores de Bath projetaram seus edifícios visando facilitar a execução de homicídios, sua ocultação ou investigação, e assim precisei adulterar um ou dois interiores elegantes, dando-lhes todos os cômodos ocultos, passagens secretas e portas laterais de que meus personagens precisavam — e pelas quais, aliás, espero que sejam gratos. Confesso que não solicitei nem obtive licença oficial alguma para realizar tais reformas, mas me garantiram que alterações ficcionais não fazem parte (ainda, pelo menos) da alçada das autoridades urbanísticas de Bath.

Sou grata a Margaret Campbell pelas valiosas informações e reflexões que encontrei em seu livro *The Great Cellists* [*Os grandes violoncelistas*]. Quero agradecer também ao esclarecido diretor do Serviço do Patrimônio Histórico de Bath, que continua vivo e bem de saúde, e ao chefe do distrito policial de Bath, cuja custódia recomendo como agradável e informativa. Quaisquer erros que eu possa ter cometido com respeito a violoncelos, violoncelistas, águas termais, procedimentos policiais ou, enfim, qualquer outro assunto, são, é claro, de minha inteira responsabilidade.

Morag Joss

PRÓLOGO

Era preocupante, aquela água toda. Ele não estava acostumado a tanta água assim. Sua gente era do interior e vivia à margem de um amplo rio que, durante um curto período do ano, ficava raso como uma lâmina de vidro e durante o resto do tempo era tão seco que, ao atravessá-lo, ele saía com os pés cobertos de poeira. Talvez aquela água toda não lhe causasse tanta preocupação se ele não estivesse tão lá embaixo, sozinho e mergulhado numa escuridão da qual pareciam brotar estrondos profundos e estalos metálicos, como se o navio estivesse colidindo com outros navios, como se engradados e contêineres estivessem desmoronando ou explodindo a sua volta. Agarrando-se firme à consciência de que não poderia haver ajuda ou alívio para seus terrores que não significasse também a descoberta de sua presença, ele tentava não visualizar os ombros salgados do Atlântico fazendo pressão contra o casco de aço do navio, nem as flechas de espuma branca produzidas pelo impacto zunindo como fragmentos de pedra pulverizada enquanto o navio ia abrindo uma trilha no imenso rochedo verde que era o mar.

Fechou os olhos, mas descobriu que a escuridão atrás de suas pálpebras era igualmente desconfortável. Do fundo do arquivo de sua mente, puxou outra vez a pasta "medo de ser descoberto" e abriu-a para novo exame. As certezas ali contidas assomaram mais uma vez diante de seus olhos: a captura brutal, o simples roubo — ou o chamado confisco — de seu dinheiro, os interrogatórios, as surras, talvez torturas, talvez outra passagem pelo tribunal, sem dúvida a volta à prisão. O barulho do mar batendo parecia às vezes vir de perto, às vezes de longe, como o barulho do bater das portas das celas ao longo dos corredores da prisão, do qual sempre fizeram parte, é claro, o ruído mais alto e a humilhação diária do bater da porta de sua própria cela, seguido do rangido do girar da tranca. No início de sua temporada na cadeia, ele conhecera humilhações piores, a começar pela noite em que, esperando ouvir o barulho de sua porta sendo fechada, o que viu de fato foi um vulto escuro bloqueando a porta, um guarda corpulento, com um semi-sorriso nos lábios, que por alguns instantes ficara ali parado, esfregando a virilha, antes de avançar cela adentro e fechar a porta. O pavor de enfrentar algumas noites no mar abaixo da linha de flutuação atenuou-se. Aquela noite iria passar, como as outras também. Majmout recebera dinheiro suficiente para lhe arranjar o que comer e mantê-lo escondido, e lhe dissera que, à luz do dia, seria até possível passear pelo navio, desde que ele fosse cuidadoso o bastante para não chamar atenção e só fosse aonde Majmout dissesse que podia ir. Majmout assegurara também que, de qualquer forma, a maior parte dos outros tripulantes o ignoraria, já que muitos deles vez por outra também traziam um passageiro clandestino a bordo, fosse por dinheiro ou para ajudar algum parente. Tudo acabaria bem, até mesmo aquela primeira noite. Afinal de contas, o que poderia acontecer de tão insuportável durante as próximas horas, comparado à idéia de passar anos na prisão?

Para se tranqüilizar, procurou prestar atenção ao ronco dos motores, que por certo não podiam estar muito longe dali, e inalou os cheiros de óleo e metal, que ele interpretou, não sendo marinheiro, como sinais de que o navio estava em boas condições para enfrentar o mar. Retorcendo-se, afundou ainda mais em seu esconderijo de sacos empoeirados e sentiu a pressão do peso deles contra seu corpo. A friagem do chão subia por seus ombros e se espalhava pelas costas e, embora seu corpo estivesse frio e rígido, o rosto estava quente. Não sentira fome o dia inteiro, mas estava desesperado de sede. O medo de morrer de sede inundou seus pensamentos e ali ficou borbulhando, febrilmente, junto com seus outros terrores: o pavor de ser descoberto ou de que o mar, aquele imenso búfalo negro, pudesse de alguma forma arrombar o casco do navio. E foi então que mais um medo cresceu dentro dele. Pensando bem, se Majmout soubesse quanto dinheiro ele trazia consigo, era bem provável que resolvesse atirá-lo ao mar, e seria muito fácil arranjar ajuda para isso. Tinha de manter a bolsa sempre perto de si e tomar todo o cuidado para que Majmout nunca tivesse oportunidade de ver o que havia lá dentro. Até o fim daquela viagem, iria precisar de toda a força e esperteza que ainda lhe restavam. Por ora, precisava descansar e, se mantivesse os olhos fechados, quase conseguia acreditar que amanhã seria melhor do que hoje, no mínimo porque estaria faltando menos um dia para chegar à terra firme. Mas dormir era impossível. E durante a noite inteira, enquanto o oceano batia sem parar contra a proa do navio, o pavor que tinha daquele mar imenso e oscilante apertou-lhe a garganta com tanta força que ele chegou a temer que aquilo pudesse acabar por estrangulá-lo.

PRIMEIRA PARTE

1

Sara respirava ruidosamente, em parte por causa do esforço físico, mas também por causa da irritação que estava sentindo. Não era porque o telefone estivesse interrompendo aquele primeiro momento de quietude, quando todo movimento cessa. Era mais porque ela queria muito que não fosse Robin, seu agente, pois não só ainda não estava preparada para perdoá-lo, como ficava irritada por antecipação só de pensar que poderia ser ele do outro lado da linha. Quando ela alcançou o telefone, suas pernas tremiam e seu corpo ainda suava. Ao pegar o aparelho, o plástico morno e liso escorregou de sua mão molhada, caiu no chão e quicou contra a ponta do fio espiralado, girando no ar e batendo na cômoda. Quem quer que estivesse do outro lado da linha provavelmente imaginaria que ela tinha atirado o telefone contra a parede, de modo que não havia a menor possibilidade de parecer equilibrada e razoável agora. Mas não era seu agente, era James. Só um pouco menos irritada, Sara tentou soar *blasé*, o que, estando sem fôlego, era um pouco difícil.

"Aqui é Sara Selkirk. Ah, é você, James. O que foi o quê? Nada, não. Eu só deixei o telefone cair." Sara tirou o tênis sem desamarrar os cordões. "Estou meio sem fôlego, só isso. Saí para correr", acrescentou, passando a mão livre pelo peito suado.

"E então, o que você me conta de bom? Está tudo bem?", perguntou James. Com o telefone preso debaixo do queixo, Sara se abaixou e tirou as meias manchadas. Sentando pesadamente no chão, esticou as pernas na frente do corpo.

"Eu estou bem... só me machuquei um pouco." Soltando um suspiro, virou os pés para examinar o estrago. "Mas vou correr de novo amanhã. Foi gostoso."

James não acreditou. "Ah, Sara, não me venha com essa. Você não pode realmente ter achado gostoso, a menos que esteja doente da cabeça. Por acaso você sofre de alguma perversão ou coisa parecida?"

"Cala a boca, James. É uma sensação maravilhosa. Eu ainda vou converter você um dia. Escuta, quando é que nós vamos ensaiar? Não que eu esteja particularmente ansiosa para isso."

"Hoje à tarde, às quatro. Vão fechar o Pump Room cedo para a gente poder entrar. A gente vai ter que agüentar o movimento deles mudando mesas e outras coisas de lugar, mas não deve ter problema. Sara, você tem certeza de que está bem? Sua voz não está me parecendo muito boa."

"Estou, sim. Estou bem", respondeu Sara, enquanto flexionava os pés. "Eu acho." Seu coração ainda batia forte, mas estava um pouco menos acelerado agora. "Quatro horas está bom, imagino. Se a gente precisa mesmo ensaiar." Ela se deu conta de repente de um silêncio magoado do outro lado da linha e se xingou por ter esquecido. "Ah, olha só...", ela começou a dizer.

"É, a gente precisa, sim, infelizmente. Mas você deve se lembrar de que eu também preferia estar em outro lugar. Na igreja de St. Michael, em Lansdown Hill, para ser mais exato. Só que eu pensei que, já que a gente disse que ia fazer essa apresentação, a gente tinha um compromisso, e eu realmente acho que é muito importante para *você* essa apresentação. E eu não me *importo* de pôr você na frente do Graham, mas..."

"James, por favor, me desculpe", disse Sara, sentida. "Esqueci completamente da missa do Graham. Eu sei que você queria muito ir. E estou feliz que a gente vai tocar no Pump Room. Eu peço desculpas, do fundo do meu coração."

"Ah, não, tudo bem", disse James, cansado, e suspirou. "Olha, eu é que peço desculpas. Não é culpa sua, é só essa maldita coincidência de datas que me deixa muito irritado. Enfim, o Austin entendeu perfeitamente. Mas ele não conseguiu arranjar horário em St. Michael em nenhum outro dia." Outro suspiro. "Vai ser uma cerimônia bonita, com ou sem mim. Só que é tão triste!"

"Talvez você possa mandar flores."

"É, talvez. Enfim, vai lá estourar tuas bolhas, já que isso te excita tanto. Te vejo hoje à tarde."

Mais tarde, quando se sentou para praticar, Sara se deu conta de que James realmente estava se sacrificando por causa dela. Apenas alguns dias depois de ter conseguido convencê-la a fazer aquela pequena apresentação e de ter confirmado a presença deles dois, James ficara sabendo da morte do seu amigo Graham Xavier e de que a missa em sua memória fora marcada para as sete da noite da sexta-feira 13 de junho. Austin, exaurido pelos meses que passara cuidando de seu parceiro, vendo-o definhar, cego e esquelético, mas tomado de raiva até o fim, explicara com toda a paciência que a missa teria de ser naquela data, em parte para permitir que os muitos amigos londrinos do casal tivessem tempo de chegar a Bath, mas também porque aquele era um dos poucos horários que a igreja tinha disponível. Sara se lembrava bem da decepção de James. Chegara a lhe sugerir que cancelassem a apresentação no Pump Room e tocassem, em vez disso, na missa de Graham. James, no entanto, dissera com tristeza que preferia fazer alguma coisa pelos vivos. Graham aprovaria essa decisão. Sentindo-se culpada, Sara disse a si mesma que era melhor tratar de desencavar algo de bom e generoso — como por exemplo a devida gratidão a James — do fundo do porão onde, nos últimos tempos, suas boas maneiras jaziam praticamente sem uso.

Enquanto tocava, seus pensamentos foram se afastando de Graham e se concentrando, como acontecia com freqüência, nela mesma. Afinal, Graham tinha sido amigo de James, e isso era importante, é claro, mas o fato é que fora só um *amigo*, um entre muitos. Portanto, a morte de Graham fora uma perda, mas não uma perda tão súbita e pessoal como a que ela sofrera. *Estava* sofrendo, corrigiu-se, dando plena vazão a sua autopiedade. Sofrida, mal compreendida e muito, muito irritada: era assim que se sentia. Vinha notando que as pessoas que tinham estado perto dela na época — as poucas pessoas com uma vaga noção das razões que a levaram a interromper sua carreira de forma tão súbita — começavam agora a olhar para ela como se esperassem vislumbrar algum progresso em relação ao que todas elas encaravam como uma perda temporária de objetivo de vida. Por muito pouco não lhe perguntavam abertamente: *Você acha que já está começando a superar o que aconteceu, meu bem?* Não chegavam de fato a perguntar, mas era isso que queriam saber. Principalmente Robin, que vinha lhe fazendo perguntas cada vez mais diretas: *Escuta, quando é que você acha que vai conseguir começar a pensar no assunto?* Bom, não vai ser agora, não tão cedo e certamente não se você continuar perguntando. James evitava qualquer tipo de pergunta inconveniente, mas, embora a visse com freqüência, até ele começava agora a perguntar *O que você me conta de bom?* em vez de simplesmente *Tudo bem?* Provavelmente, nem mesmo a paciência de James era inesgotável. Ela tinha de dar um jeito de mostrar a ele quanto lhe era grata. Mas, no que dizia respeito a Robin, ele podia arrancar os cabelos que ela não estava nem aí.

Porque seria um erro deixar que as pessoas dessem muita importância ao fato de ela estar fazendo sua primeira apresentação pública depois de mais de um ano de afastamento. Naquela manhã mesmo, perdera a paciência com Robin ao telefone, quando ele não quis dar atenção ao fato de que a tal "apresentação" se resumiria a tocar durante menos de meia hora num evento beneficente. "Olha, *nem adianta* você se animar com isso, Robin. É melhor ir parando por aqui mesmo", ela dissera. "Foi o James que praticamente me obrigou a aceitar. Não, não quer dizer que eu possa me comprometer com uma apresentação de verdade. Não estou pronta. Nem quero fazer essa apresentação!" Robin então se voltara contra ela e declarara que, se aquilo realmente era verdade, falando não como seu amigo, mas como seu agente, ele achava que ela não devia tocar em apresentação nenhuma. Se ela ficasse paralisada novamente no meio de uma apresentação, seria desastroso. Embora no íntimo concordasse com ele, Sara, num acesso de infantilidade, proibira-o de ir vê-la tocar. "Eu não estava necessariamente planejando ir", dissera Robin. "Eu tenho muito que fazer em Londres. Outras pessoas para cuidar, sabe, pessoas que realmente gostam de se apresentar. Pessoas que têm carreiras de verdade." Sara se lembrava de ter dito: "É mesmo? Bom, eu tenho uma sugestão para você, Robin. Uma sugestão bem pequenininha que começa com 'Vai se...'!". E foi então que fez algo de imperdoável: bateu o telefone na cara de Robin. Em seguida, saiu de casa pisando firme e assim continuou por cinco quilômetros, numa corrida que não foi capaz de lhe esfriar a cabeça.

Quando terminou suas escalas e sentiu o ar vibrando à sua volta num zumbido colérico, Sara se deu conta de que tinha tocado como se estivesse serrando a cabeça de Robin com o arco de seu instrumento. Levantou-se, pousou o violoncelo de lado e andou até a janela francesa, mas, em vez de sair para o jardim, virou-se para olhar para a sala. Gostava da palidez despojada do chão claro e das cortinas de musselina branca, penduradas em suportes pretos, em contraste com o piano de cauda de Matteo, um Bosendorfer de ébano, e com a pequena cadeira escura e a estante que ela usava para tocar — mas a verdade era que aquela sala sempre fora mais de Matteo do que dela. Nos primeiros meses, evitara entrar ali, mas depois, para ter uma desculpa para entrar, impusera-se a tarefa de zelar para que sempre houvesse flores frescas do jardim dentro da sala. Um dia, porém, deparou com uma medonha lesma a deslizar pelo piano e viu sua oferenda floral não só infectada pelo mundo, mas desmascarada exatamente como o tipo de tentativa sentimentalóide de criar um santuário que Matteo odiaria. Agora ela se forçava a usar a sala de vez em quando e a mantê-la sem enfeites. Nos últimos tempos, só muito esporadicamente, quando se dirigia ao jardim e levantava a mão para abrir a porta, era que sentia de repente a falta dos ruídos da ocupação, o som das notas do piano ou da voz de Matteo vindo de dentro da sala, e a idéia de que Matteo pudesse ter saído um instante para passear pelo jardim atravessava seus pensamentos como o latejar involuntário de um músculo. Olhando em volta, Sara reconheceu que nada daquilo era culpa de Robin. Eu devia ligar para ele, pensou. Afinal, não é culpa dele e, além do mais, ele tem razão. Ela ainda não queria voltar a tocar diante de uma platéia, mas pior do que isso — e o que nem Robin nem James percebiam — era que ela estava encarando a perspectiva do concerto não com o temor de que pudesse não conseguir se apresentar direito, mas com uma sensação de tédio absoluto que era infinitamente mais assustadora em suas implicações do que um nervosismo paralisante.

A teoria de James era que só quando ela começasse a tocar novamente é que a antiga sensação voltaria, e ela então superaria o que ele chamava de bloqueio. "Vai ser só sentir o cheirinho do palco que você vai ver. Não vai precisar de mais nada", dissera James cheio de otimismo e, ao que estava parecendo, redondamente enganado. Como não queria decepcioná-lo, Sara decidiu que daria o concerto, mas seria com a mesma frieza apática e mecânica que a dominara em Paris. Faria uma nova incursão pelo porão das boas maneiras na esperança de desencavar humildade suficiente para ligar para Robin. Mas ela esperava sinceramente que depois disso a deixassem em paz.

Num ímpeto de reparação, Sara trabalhou a manhã inteira. Só bem mais tarde foi se dar conta de que praticara mecanicamente por mais de quatro horas e com tal precisão técnica que mal conseguia lembrar que composições havia tocado.

Cecily Smith considerava vagamente a idéia de fazer uma lipoaspiração, quando o sinal tocou. Soltando um suspiro, meteu os pés de volta nos sapatos, enfiou a *Cosmopolitan* dentro da gaveta da mesa e atravessou o corredor até a sala de Derek, onde preparou a cafeteira elétrica dele com quase tanto cuidado quanto ele próprio teria feito. Enquanto a cafeteira espocava, Cecily lavou a xícara e o pires de Derek e ajeitou as coisas em cima da mesa, passando a mão de leve sobre o estojo de couro marrom da agenda bojuda de Derek. De vez em quando, puxava para baixo sua minissaia preta, peça que havia comprado em função de um artigo intitulado "A nova minissaia — Você *não* está velha demais para ela!". Mas Cecily estava. E Derek estava fora de forma demais para subir as escadas correndo, de modo que, quando entrou pela porta da sala adentro, o que se viu foi um homem vermelho e esbaforido, além de imenso. Cecily, que já conhecia o barulho da chegada de Derek ao topo da escada, tratou de ajeitar os cabelos, encolher a barriga e virar-se na direção da porta, no momento exato de brindá-lo com o retrato de si mesma, a secretária perfeita de um diretor de escola, com um sorriso que ela sabia transmitir a idéia de que estava à disposição. Derek depositou uma pilha de pastas de papel manilha em cima da mesa, serviu-se de café e deu duas goladas, cravando em Cecily um olhar perigoso. Pousando a xícara, pegou Cecily pelo pulso, puxou-a até o canto da sala mais afastado da janela e (demonstrando certa consideração, no entender de Cecily) limpou a boca com as costas da mão, antes de enfiar a língua na boca da secretária. Estranho como o café, uma bebida tão pura e saborosa, transforma-se instantaneamente numa espécie de composto amargo no hálito de uma pessoa. Mas, por alguma razão, Cecily quase nunca se importava com isso e raramente se permitia parar para refletir que, nos últimos tempos, a ordem preferida de Derek no que dizia respeito a estimulantes era cafeína primeiro, ela depois. Sem cerimônia, as mãos de Derek levantaram a parte de trás da saia dela, entraram por dentro da meia-calça e começaram a amassar vigorosamente o traseiro de Cecily.

O silêncio ao redor deles só era quebrado pelo alarido distante das crianças no pátio. Os outros, a quem Derek se referia como "minha equipe administrativa", deveriam estar todos agora no andar de baixo, na sala dos professores, tomando seus cafés, motivados ou por uma sede descomunal, ou por uma discrição descomunal (Cecily não sabia bem qual das duas). Ela e Derek podiam contar com cerca de quatro minutos de privacidade, antes que fossem interrompidos por alguém, como por exemplo um grupo de alunos flagrados fumando no barracão das bicicletas ou, mais provavelmente, uma professora novata hostilizada. Não ousando ser excessivamente imprudentes, os dois já haviam aprendido — mais ou menos — a esperar pelo momento em que chegariam ao santuário da casinha de Cecily em Bath; mas por ora, no canto da sala em meio a caixas de arquivos, vasos de plantas e números antigos do suplemento educacional do *Times*, eles mascavam famintos o pescoço um do outro, com a promessa de que fariam uma refeição completa mais tarde.

Por cima do ombro de Derek, Cecily olhou pela janela na direção do prédio que ficava além da pista de macadame, o "complexo da educação física" na linguagem de Derek, um horrendo anexo construído nos anos 70 para somar-se ao desastre arquitetônico mais sutil do edifício principal, construído nos anos 60. Gaivotas desanimadas perambulavam cambaleantes pelo terraço de asfalto. Mais abaixo, chusmas desanimadas de crianças percorriam a cerca de arame ao redor do pátio. Mais adiante, uma fileira esparsa de arvoretas desanimadas desfalecia ao longo de barrancos implausivelmente ondulados de grama municipal, onde dois cachorros desanimados cheiravam e rastreavam um ao outro tediosamente. Mais atrás, erguiam-se os edifícios medianos de um conjunto residencial em cujas paredes até os grafites tinham um ar de fastio. Cecily não conseguia olhar para aquela paisagem por muito tempo sem sentir um peso no coração. Não que fosse irremediavelmente feio; havia lugares muito piores, é claro, mas a impressão que se tinha era que ninguém que houvesse tido alguma voz ativa no planejamento daquele lugar se dera ao trabalho de levar em consideração que seres humanos pudessem sentir necessidade de gostar do que viam a seu redor. Era preciso que existissem coisas em que fosse possível pousar os olhos com algum prazer, coisas que talvez fossem, estritamente falando, desnecessárias. Cecily pensou em seu vaso de plantas novo. Comprara-o havia pouco tempo numa loja de objetos usados cara e pretensiosa na Walcot Street e, sabendo que pagara um preço que seu salário não permitia, acabara desenvolvendo pelo vaso uma paixão exagerada. Semeara nele uma coleção caríssima de trepadeiras que, se cumprissem a promessa da embalagem, iriam oferecer uma "cascata de cores durante todo o verão". O vaso agora encontrava-se em seu jardim da frente, um pedaço de terra sem cultivo mais ou menos do tamanho de uma porta, mas ficara bem ali, em harmonia com as seis casas que formavam o quarteirão, todas elas adornadas com tijolos ornamentais vitorianos em cima das janelas da frente e floreados contornando a porta de entrada.

Sentindo-se mais contente, pois era sexta-feira e muito em breve estaria a caminho de sua casa em Larkhall, Cecily se afastou de Derek, que estava com a cara mais vermelha ainda e também parecia mais contente, muito embora ainda não tivesse dito uma palavra. Encabulados, os dois olharam ao mesmo tempo para a virilha de Derek, enquanto ele tentava se livrar de uma ereção empurrando seu membro para baixo como quem empurra uma maçaneta emperrada.

"Você me excita muito", disse Derek, redundante.

Cecily ajeitou a calcinha e puxou a saia para baixo.

"Eu gosto de você nessa saia", disse ele, acrescentando em seguida com voz sôfrega, "e fora dela também. Só faltam mais algumas horas, Cecê."

Ela estava acompanhando a linha de raciocínio de Derek, o que permitiu que ignorasse o fato de ele ter usado o apelido que arranjara para ela. Talvez fosse bobagem ou frescura reclamar, mas o nome dela era Cecily. Ela até rira quando Derek disse um dia que o quarto dela tinha cheirinho de Cecê. Ha-ha, muito engraçado, Derek. Ele adorava um trocadilho, principalmente quando era ele mesmo quem inventava. Cecily tolerava as pequenas coisas porque realmente o admirava, amava mesmo, por sua perseverança, pela forma como se desdobrava para ajudar a juventude pouco promissora do pouco aprazível sul de Bristol a melhorar de vida. E um dia ela haveria de poder lhe dar o verdadeiro apoio que ele merecia, acenando para ele todas as manhãs quando ele saísse de casa para o trabalho com uma camisa limpa e bem passada e cuidando com tanto capricho da casa espaçosa e do amplo jardim em que eles viveriam que voltar para lá seria um imenso prazer, enquanto ela, por sua vez, seria uma mulher feliz, uma mulher organizada e bem vestida, e iria ao salão de beleza regularmente para fazer as unhas e o cabelo e nunca mais teria de se preocupar de novo com a conta do cartão de crédito ou com o pagamento da hipoteca.

"Eu mal posso esperar", disse ela, sincera.

A mulher de Derek estaria fora até domingo de manhã, dando um curso para professoras de escola maternal, de forma que eles teriam o luxo de passar uma noite inteira juntos, em vez das poucas horas roubadas quando Derek podia dizer que estava "numa de suas reuniões" sem que isso parecesse implausível demais. Ao longo de quase dois anos, Derek conseguira ter no mínimo tantas reuniões nu, debaixo do edredom com Cecily, quantas as que tivera de aturar, vestido numa camisa fedorenta e debaixo de lâmpadas fluorescentes, com seus prolixos e enfadonhos coordenadores, e acabara por tornar-se um perito, ao voltar para casa tarde e amarfanhado, na arte de atrair a esposa para indignadas discussões acerca das injustiças associadas à carga de trabalho de um diretor de escola.

"Você já resolveu o que vai fazer para nós?", perguntou Cecily.

A voz de Derek assumiu o tom de autoridade e mistério condizente com o de um homem que vai fazer o jantar. "Eu pensei em fazer pato com alguma coisa. Vou ver. Fruta, se conseguir encontrar alguma interessante. E queijo. Eu vou até a Papa-Fina para ver o que eles têm lá."

O que eles sempre tinham em abundância na Papa-Fina, nome que Derek inventara para a Fine Cheese Company, sua loja favorita em Bath, eram, além de dezenas de queijos, uma coleção pecaminosa de belos azeites, pães maravilhosos para mergulhar nos azeites, potes e jarras de deliciosos petiscos marinados em óleo e outras coisinhas ainda mais deliciosas para beliscar. Derek não resistia a nenhuma delas. Cecily, que jamais poderia comprar tais iguarias com seu próprio salário, não tinha coragem de desestimular essa generosidade gastronômica, e no entanto, apesar de dois aniversários e um Natal já terem se passado sem qualquer outro mimo senão cartões e bons jantares, continuava a ter esperanças de que o mesmo impulso pudesse algum dia se estender a outras áreas da existência que os dois compartilhavam. Mais uma vez, Cecily deu adeus a sua dieta e, meio arrependida, abriu seu maleável coração para a perspectiva de passar um fim de semana com Derek a encher sua bela casa vitoriana com os vorazes apetites que o caracterizavam. Sempre haveria a possibilidade da lipoaspiração.

Sara terminara o ensaio com James e estava pensando, mal-humorada, que teria de matar o tempo na cidade até a hora do concerto. Já passava das cinco horas e eles tinham de estar prontos no Pump Room às sete e meia. Não valeria a pena enfrentar o trânsito de sexta-feira até St. Catherine para passar apenas uma hora em casa.

"Não fique amuada, não, Sara", disse James. "Você está com seu vestido no carro, não está? Então vem comigo para Camden Crescent. Pode tomar um banho e descansar um pouco. Precisa tentar relaxar."

Sara balançou a cabeça. Estava se sentindo irrequieta, e a idéia de passar duas horas com James fazendo de tudo para acalmá-la e ser um amigo maravilhoso — mas na prática andando de um lado para o outro pelo apartamento e cantarolando fora do tom seus trechos prediletos de *Don Giovanni* ou do *Fantasma da Ópera* — era mais do que ela poderia agüentar.

"Não, estou com vontade de andar. Não, não precisa vir comigo, não. Eu tenho umas coisas para fazer. Umas compras no mercado e coisas assim. Vejo você mais tarde."

"Bom, eu ainda acho que você deveria descansar. Mas, tudo bem, só não gaste suas notas todas", brincou James, "e vê se não me prende os dedos em nenhuma porta. Lembre que dia é hoje. Vejo você mais tarde."

Como Sara já esperava, em se tratando de uma sexta à tarde, o mercado estava cheio de mulheres, que descreviam curvas perigosíssimas com seus carrinhos por entre as alas de mercadorias, talvez inspiradas em seus cabelos armados que, ao que parecia, davam a elas a mesma sensação de segurança que um capacete contra impacto. Era como uma invasão das Hell's Angels do consumo, vindas diretamente do salão de beleza, com seus rostos ressecados e avermelhados pelo secador e exibindo correntes nos lugares tradicionais mas sempre inadequados: em volta dos calcanhares dos sapatos, escorregando dos pulsos, penduradas nos braços como alças de bolsas e esticadas em torno de vexaminosas cinturas. Obviamente, aquela turba não ajudou nem um pouco a melhorar o humor de Sara e, mais uma vez, ela se pegou desejando poder instalar no eixo das rodas de seu carrinho algumas daquelas maravilhosas lâminas rotativas que tinham sido de tanta serventia para Ben-Hur.

Ao lado delas, os Homens que Cozinham pareciam bastante inofensivos, pesquisando as prateleiras com suas charmosas capas de chuva acinzentadas e seus chapéus enviesados sobre a testa. Eles cozinhavam, mas apenas para adultos iniciados. Faziam compras, mas em geral para uma só refeição de cada vez, nunca na companhia de crianças ou de violoncelos e com uma freqüência escassa o bastante para que considerassem quinze minutos de ponderação diante de oito tipos diferentes de alface um tempo bem gasto. Era possível encontrá-los com facilidade a rondar pela ala dos hortifrútis, tendo saído só um pouco mais cedo de seus trabalhos criativos na área da arquitetura, do design ou da mídia, a fim de poderem preparar pratos deliciosamente caros para os pequenos jantares que gostavam de oferecer nas noites de sexta. Certa vez, um atraente e promissor Homem que Cozinha perguntou a Sara, que por acaso sabia responder, o que se fazia com um rabanete daico. O homem demonstrou tanto interesse pela resposta que ficou claro para Sara que a pergunta havia sido, para sua decepção, um pedido genuíno de informação, e não uma desculpa para puxar conversa. Fora deprimente descobrir que ela despertava menos fascínio do que um tubérculo; o tal de Alistair Little tinha muito o que explicar. Naquele momento, havia um possível Homem que Cozinha examinando as nove variedades de cogumelos silvestres, só que ele era quase velho demais, aparentando uns cinqüenta anos. E na verdade era gordo demais, mas, como tinha mais de um metro e oitenta, até que não se saía tão mal. Por outro lado, não havia dúvida de que fazia jus ao título no que dizia respeito ao conteúdo de seu carrinho, onde se viam peitos de pato da Barbária, estragão, creme de leite fresco, uma garrafa de vinho seco californiano, uma garrafa de Beaumes de Venise, amêndoas cobertas com chocolate, manteiga sem sal, ameixas sul-africanas, pimenta-malagueta e cebolinha. Vários saquinhos de papel da Fine Cheese Company e um buquê perfeito de lírios-tigres encontravam-se na frente do carrinho. E agora também uma profusão de cogumelos silvestres, cerefólio e figos frescos. Havia algo de comovente naquele homem enorme e de ar melancólico, com seu terno escuro e gravata da Liberty, escolhendo com tanto cuidado aquela comida tão obviamente sedutora. Espero que ela saiba dar valor, pensou Sara, sabendo que o alvo daquele esforço todo era, com certeza, uma mulher.

Sara olhou para seu próprio carrinho. Castanhas de caju, uma baguete, um único filé de salmão e um saco de salada pré-lavada. Comida para um. Tendo perdido completamente a vontade de fazer compras, Sara saiu do mercado carregando sua sacola e ficou tentando decidir qual seria o melhor lugar para matar o tempo em Bath às seis horas da tarde, levando em conta que não queria ir a um bar. Uma opção seria voltar para o Pump Room. Ela poderia tentar encontrar algum lugar no fundo do salão onde pudesse ficar esperando, em meio ao frenesi dos preparativos para o jantar daquela noite, mas a idéia não a atraía. O que realmente a agradava no Pump Room era a tranqüilidade das horas do dia, as mesas de chá cobertas com toalhas brancas sob o candelabro, a fonte de onde ainda se bombeava a água que era vendida por uma libra o copo, a janela com sua vista para as águas quentes e borbulhantes lá embaixo. E, embora não mais fosse possível apreciar a hipnótica visão de inválidos boiando como gânglios intumescidos na superfície das águas medicinais, era divertido assistir à alegre invasão dos turistas, com suas filmadoras, seus moletons universitários falsificados e seus agasalhos esportivos, violando a elegância setecentista daquilo tudo. Mas os turistas tinham sido expulsos cedo naquele dia, por causa do concerto e do jantar.

Sara foi andando sem rumo pela New Bond Street e parou na frente da Jigsaw. Na vitrine, um manequim lacônico trajava um tubinho azul-turquesa, mas não parecia particularmente contente com sua roupa, o que era compreensível. Olhando além do manequim e na direção de seu próprio reflexo no espelho que estava mais atrás, Sara imaginou-se no tubinho e concluiu, sem muito entusiasmo, que tinha corpo para usá-lo, se quisesse. A cor poderia cair bem com seu cabelo escuro e seus olhos azul-esverdeados, e o corte do vestido não seria impiedoso demais com seus quadris, que, embora não fossem grandes, eram mais largos do que a bacia deslocada do manequim de gesso da vitrine. A calça jeans que estava usando estava mais larga agora do que no ano anterior, e a blusa de cambraia também. Isso se devia, em parte, ao hábito de correr regularmente e à musculação que estava fazendo desde que entrara para o clube de ginástica, mas também tinha algo a ver com uma crescente indiferença com relação à maior parte das coisas, incluindo a comida. Não era exatamente que estivesse sentindo aversão à comida, mas muitas vezes tinha de fazer um esforço para se lembrar de comer. Da mesma forma, a perspectiva de experimentar um vestido novo numa loja delineava-se na sua cabeça como uma tarefa tremendamente penosa, à qual só iria se submeter quando realmente achasse que estava precisando de um vestido novo — coisa que esperava que só acontecesse dali a uns dez anos.

"Oi! Pensando em comprar? Lindo, não é? Você vai levar? Ficaria superbem em você!" Apesar da ausência de remos e capacetes, a súbita aparição do físico trabalhado, alto e louro de Sue ao seu lado foi para Sara como testemunhar um desembarque *viking* composto de uma mulher só.

"Ui, nossa, você me deu um susto. Não, acho que não. Mas ele ficaria ótimo em você", disse Sara.

Sue lançou um olhar crítico na direção do vestido e deu um tapinha complacente na barriga. "Talvez. Depende do Paul, se ele gostar... Mas ele detesta fazer compras. Todos eles detestam, não é?"

"Detestam?", duvidou Sara, lembrando de algumas das extravagâncias deliciosas de Matteo. "Escuta, você está indo para a cidade a pé? Então vou com você — eu estou só matando o tempo. Vou fazer uma apresentação no Pump Room mais tarde, mas tenho algumas horas de tempo livre até lá."

"Ah, então vem comigo!", bradou Sue. "Estou indo para um evento maravilhoso nos Assembly Rooms. Se chama 'As artes curativas'. É uma feira de medicina alternativa. Você vai adorar! Eu só tenho umas duas horas livres agora. Preciso voltar para o clube para cobrir o turno das oito às onze. Ah, vem, vai ser superinteressante! Foi a tia Livy quem me falou do evento. Ela vai estar lá. Vai ter uma cerimônia de abertura às seis e meia."

"A Olivia vai fazer essa cerimônia de abertura primeiro, então?", perguntou Sara. "Eu sei que ela vai ao jantar no Pump Room às oito. Ela anda tão ocupada, não?"

"Não, na verdade não. Ela tem que estar lá, mas ela é só diretora-adjunta agora. É o cara novo que vai fazer o discurso, eu acho. Esqueci o nome dele. Então, você vem? Ah, vem, vai ser divertido. Me faça companhia. O Paul vai estar lá também, mas vai estar trabalhando na cozinha, num bico que ele arranjou, e eu não vou nem poder ver a cara dele. Ah, *vem*!"

Sara abriu a boca para recusar o convite, mas hesitou. Por que não ir? Ela tinha tempo de sobra, pois embora os Assembly Rooms ficassem perto do Circus, quase do lado oposto da cidade em relação ao Pump Room, em Bath isso significava no máximo uma caminhada de vinte minutos, em passo acelerado. Mesmo que só saísse dos Assembly Rooms às dez para as sete, ainda conseguiria chegar antes das sete e quinze ao Pump Room se seguisse um caminho praticamente em linha reta, pegando a Milsom Street, a Old Bond Street e depois seguindo pela Union Street até o pátio da abadia.

Sue já estava andando na direção da Russell and Bromley, no final da rua, e Sara se deixou ir atrás.

"Você parece muito 'para cima' hoje", disse Sara. "As coisas estão indo bem?"

"Eu não sei se 'as coisas' estão indo bem, mas eu e o Paul estamos numa fase boa. Já estamos assim há uma semana", calculou Sue, toda feliz.

Sara se deu conta de que aquilo era de fato um recorde. O namorado de Sue trabalhava de garçom no hotel Fortune Park, do qual o clube de ginástica fazia parte. No inverno anterior, numa tarde em que o clube estava quase vazio, Sara encontrou Sue chorando atrás do balcão e teve de ouvir toda a história, entrecortada por soluços, de como Paul tinha acessos terríveis de mau humor e às vezes a tratava com extrema frieza, "como se não quisesse nem me ver por perto e aí, de repente, tudo muda e ele fica carinhoso novamente, e aí eu vejo que ele na verdade me ama". Embora nunca o tivesse visto, Sara formara uma imagem mental de Paul como um garotão fútil, provinciano e de intelecto limitado, essencialmente bobo e pretensioso. Na mesma conversa, Sue lhe contara também que era filha de pais divorciados e que seu pai morrera havia algum tempo. A mãe tivera dois outros filhos com o segundo marido e agora morava no Canadá. Sue só tinha mesmo a tia, Olivia, e o avô, pai de Olivia, com quem contar, muito embora já não morasse mais com eles de fato. "A minha tia trabalha no museu", contara Sue, fungando. "Ela é curadora; é quem dirige tudo, praticamente. Ela é muito legal." Sue sentira-se estranhamente reconfortada ao descobrir que Sara já conhecia Olivia, e Sara desconfiava que, desde aquele dia, Sue passara a vê-la como uma espécie de tia substituta.

Elas estavam dobrando a esquina da Milsom Street. Bom, já que a tia número um estava ocupada com suas funções no museu, talvez fosse gentil da parte da tia número dois assumir o posto e manter a criança feliz — ainda que fosse, admitidamente, uma estonteante criança instável de vinte e quatro anos, que agora examinava toda contente a vitrine de uma loja de lingerie que vendia calcinhas por oitenta libras. E, além do mais, não faria mal nenhum à tia número dois praticar uma boa ação uma vez na vida.

"Eu quero muito ir a esse evento. Tem tudo a ver com uma busca interior, uma tentativa de ser uma pessoa *centrada*, sabe. Eu não tenho dado atenção bastante a minha criança interior", disse Sue, com convicção. "E você?"

Sara não sabia bem como responder a essa pergunta e ficou aliviada quando percebeu que não teria de dar resposta alguma, já que Sue não demorou muito a falar novamente. "Ah, é claro que você dá. Você é tão equilibrada! Enfim, essa é a minha busca, sabe? Mente e corpo. Eu tenho certeza de que existe uma conexão. Os médicos não sabem de nada, não é? *Nada*."

Sara murmurou alguma resposta evasiva, contente por poder aproveitar a alegre energia de Sue sem realmente ter de ouvir o que ela estava dizendo. Elas continuaram andando juntas e, enquanto Sue expunha as "últimas descobertas", que provavam que os antigos egípcios usavam a coroa do abacaxi para fabricar uma droga alucinógena ou talvez um anticoncepcional — Sue não lembrava bem —, Sara se perguntava se elas teriam adentrado sem perceber o epicentro de todos os ursinhos de pelúcia e castiçais de ferro do universo. Quase todas as lojas, com exceção das que vendiam futons, roupas íntimas elegantes e chapéus-panamá, pareciam dedicadas a eles. Elas lançaram olhares cobiçosos para o interior das vitrines das imobiliárias ao longo da George Street e seguiram em direção ao Circus, onde, intercaladas entre escritórios de advocacia e consultórios dentários, as luzes de algumas cozinhas situadas abaixo do nível da rua já aqueciam as paredes da área e lançavam raios cintilantes sobre as folhas lustrosas de camélias e loureiros plantados em tinas. Estava claro que era naquele cômodo da casa que o movimento se concentrava àquela hora do dia, pois as salas de estar no andar de cima estavam escuras e, em suas janelas, as cortinas drapeadas lançavam olhares vazios para a rua. Sara respirou fundo e sentiu o cheiro da prosperidade, o que a fez imaginar que alguns dos Homens que Cozinham estariam agora superocupados atrás das janelas de suas cozinhas, andando de um lado para o outro em seus pisos de cerâmica, abrindo garrafas de vinho para deixar a bebida respirar e administrando suas panelas de cobre em seus incrementados fogões verde-garrafa. Não era bem "o cheiro de bife pelas ruas", como no poema de Eliot, mas mais o cheiro de queijo de cabra grelhado com molho de sorva polvilhado com pinhão torrado sobre folhas de rúcula com um vinagrete de framboesa e cebolinha, pensou Sara, mas isso não tinha o mesmo impacto.

Derek conseguiu sair às quinze para as quatro esquivando-se de um professor recém-contratado e com visíveis problemas ortodônticos, mesmo sabendo que isso estragaria o fim de semana do pobre sujeito, que obviamente queria compartilhar com Derek a chocante descoberta de que ele não tinha certeza se realmente levava jeito para professor.

"Dave, venha me ver na segunda-feira de manhã, que a gente soluciona essa sua questão, está bom? Está vendo ali a Cecily? Ela está com a agenda."

Por precaução, ao atravessar o corredor a caminho da saída, Derek meteu a cara dentro da sala da secretaria e bradou um animado e público "Tchau, gente! Tchau, Cecily! Bom fim de semana!".

Foi para casa zunindo. Não perdeu tempo trocando de roupa. Limitou-se a enfiar alguns pertences dentro de uma enorme sacola da Marks and Spencer: uma camisa, um blusão, uma calça de veludo, uma cueca, um par de meias e uma nécessaire. Enrolou sua faca favorita em seu avental favorito e os colocou também dentro da sacola. Gostaria de levar ainda um raspador de limão decente e sua frigideira predileta — a cozinha de Cecily era uma pobreza —, mas era mais inteligente não levar coisas demais: diminuía a probabilidade de esquecer algum objeto na casa de Cecily do qual Pauline pudesse dar pela falta mais tarde. Não que Pauline passasse tempo suficiente na cozinha para saber exatamente que utensílios havia ali, mas era uma mulher observadora. Derek examinou a correspondência, pôs o único envelope endereçado a ele dentro de sua pasta e a levou também. Só o que precisava agora era ir até Bath, fazer algumas compras e, com alguma sorte, ainda conseguiria chegar à casa de Cecily antes das seis.

Feitas as compras, Derek viu-se preso num engarrafamento, fumegando de raiva, na London Road. Pior ainda, estava parado bem na frente de um bar imundo, de cuja porta uma clientela de aparência assustadora transbordava como um vazamento tóxico por toda a calçada. Eles pareciam ter se vestido com trapos de forrar cestas de cachorro, com um pedaço de manga e suéter aqui, dois ou três pedaços de calça ali, e não com peças inteiras, muito embora suas botas pretas, com canos justos que subiam até o meio das canelas, parecessem bastante inteiriças. Muitos deles davam a impressão de ter rolado na lama e olhavam para Derek como se acreditassem que ele os tivesse empurrado para dentro dela. Sentindo um desprezo profundo por si mesmo, Derek trancou as portas do carro. O noticiário da noite matraqueava a respeito de tabelas de desempenho, diretores de escola incompetentes e quedas nos padrões de ensino. Ainda irritado mas sentindo-se um pouco mais seguro, Derek pescou dentro da pasta a carta que havia trazido e abriu-a sem reparar no carimbo postal.

De repente, o mundo mudou de cor. As notícias não podiam ser melhores. A carta dizia que ele estava na lista dos candidatos selecionados para concorrer ao cargo de diretor de Educação e Serviços Culturais da cidade de Bath e do Noroeste de Wansdyke. Derek sentiu o coração subir à garganta quando começou a lembrar os detalhes da carta de apresentação que enviara com sua inscrição. Tinha se candidatado ao emprego sabendo de duas coisas: a primeira, que era um total desconhecido, e a segunda, que conseguia escrever cartas de apresentação fantásticas quando se empenhava. Embora já tivesse escrito a carta havia cinco semanas, era fácil trazer à lembrança o conteúdo do texto, pois falara de coisas em que já acreditara um dia e a respeito das quais passara anos de sua vida bravateando. Referira-se à necessidade de contrabalançar o esforço de consolidação com o esforço de mudança, os métodos tradicionais com as novas idéias e os padrões com as oportunidades; salpicara pelo texto inteiro centenas de noções, tais como diversidade, enriquecimento, transparência contábil, consulta às bases, liderança visionária e prudência fiscal. O resultado final fora um texto de fácil digestão intitulado "Cidadão 2001: Priorizando as necessidades educacionais e culturais de Bath e do Noroeste de Wansdyke em face do Novo Milênio". Ele poderia estar se candidatando a secretário de Estado! Dissera também que cumprira seu "papel" na região como um educador profissional "com sólida experiência prática", sinalizando que estava preparado para "passar à esfera estratégica da administração". Como prova de que era uma "figura-chave" na "área da cultura e das artes", Derek citara alguns pequenos projetos artísticos beneficentes de cujos conselhos participara com extrema má vontade. Exagerara tanto o escopo quanto a escala de duas consultorias que prestara nos condados centrais oito anos antes, e descrevera sua influência como "consultor" de uma companhia participante do projeto "teatro na escola", agora extinta, em termos que beiravam a fraude. Mencionara o livro que estava escrevendo sobre educação artística na Inglaterra e no País de Gales depois do Ato de 1988, furtando-se a observar que não havia de fato começado a escrevê-lo, mas fizera a maior parte do trabalho de pesquisa e perdera todas as anotações quando o disco rígido de seu computador pifou.

Mais do que uma candidatura a um emprego, aquilo era uma solicitação de visto, era seu passaporte para sair de um emprego decadente no sul de Bristol e entrar na elegante e encantadora cidade de Bath (o bando mal-encarado na porta do bar, Derek descartou como atípico) e na carreira que ele merecia. Seu lugar era em Bath. Em Bristol, com certeza, é que não era, e ele sabia que não conseguiria agüentar muito mais tempo ali. Tinha de sair. Tinha de conseguir aquele emprego *de qualquer maneira.* Derek leu a carta novamente. O texto não dava uma data para a entrevista, mas dizia que Derek seria contactado na semana seguinte. Enquanto isso, o subcomitê de nomeação aguardava ansioso pela oportunidade de ouvir Derek delinear um esboço do plano de medidas educacionais e culturais que, segundo a visão dele, o órgão deveria adotar para os próximos cinco anos. Isso seria moleza. A carta pedia ainda que Derek atentasse para o fato de que o comitê teria um interesse especial pelos planos que ele pudesse formular para os serviços dos museus, já que o cargo ao qual se candidatara passara a combinar, depois de uma reestruturação recente, as funções de diretor de Educação e as responsabilidades gerais relativas ao funcionamento dos museus. Ai, meu Deus.

Cecily chegara em casa apenas alguns minutos antes de Derek. Passara uma hora com Dave aos prantos na sua frente e, portanto, não tivera tempo de se ajeitar ou de trocar de roupa, e não estava exatamente no estado de espírito ideal para ser bolinada por Derek ainda no hall. Também não ficou lisonjeada em saber o verdadeiro motivo da excitação dele e tampouco animada com a perspectiva de dirigir novamente até Bath para fazer uma rápida visita ao museu do vestuário antes que ele fechasse.

"Tenho que estar completamente preparado para essa entrevista, Cecê", disse Derek. "Vem comigo. Não vai demorar muito. Preciso passar a impressão de que entendo do assunto e, para isso, vou ter que visitar todos os museus, e não tenho muito tempo. A entrevista pode ser marcada para daqui a pouco mais de uma semana. A gente poderia visitar os outros museus amanhã. Olha, Cecê, se eu conseguir esse emprego, tudo vai mudar. Para nós dois. É o que você quer, não é? *Por favor.*"

Era tão raro Derek dizer "por favor".

2

Sara e Sue deixaram para trás os aromas do Circus e seguiram em direção ao prédio dos Assembly Rooms, que se erguia com imponente esplendor ambarino em meio às insípidas fachadas da Bennet Street. Para um edifício público, o prédio era estranhamente discreto, com uma entrada principal localizada na lateral e sem nada tão óbvio quanto cartazes com anúncios de futuros eventos ou placas inteligíveis que esclarecessem as atividades ali desenvolvidas. Mas o que aconteceria se você fosse um forasteiro ou alguém que, por alguma razão, não tivesse tido acesso à informação privilegiada de que os Assembly Rooms (concluídos em 1771) de John Wood, o Jovem, estavam agora abertos à visitação pública e disponíveis para eventos? Se, em sua ignorância, você rodeasse o prédio sem chamar atenção e resolvesse procurar pela porta de entrada, poderia imaginar que se tratava da sede de uma seita religiosa endinheirada, ou talvez um cinema exclusivíssimo. Para Sara, aquilo era um pouco irritante, como se você simplesmente fosse obrigado a saber que ali dentro havia um museu de roupas fantástico, além de uma série de magníficos salões do século XVIII.

As duas cruzaram juntas os pilares de uma entrada surpreendentemente despretensiosa e se viram no meio de um saguão lotado. De repente, Sara se sentiu uma idiota. Talvez tivesse sido melhor, afinal, ter aceitado o convite de James para descansar um pouco no apartamento dele antes do concerto. O ensaio correra bem, mas não tão bem a ponto de iludi-los; tudo o que Sara conseguira fora criar um arremedo de envolvimento com a música. Os dois sabiam que ela estava fingindo, mas, na ausência do sentimento genuíno, não parecia haver outra opção. A faísca da emoção simplesmente desaparecera. Tecnicamente, é claro, ela continuava soberba como sempre, e isso com certeza satisfaria a maior parte do público que a ouviria naquela noite, um público local, receptivo e imbuído do sentimento de caridade. Como para ir ao evento — um jantar seguido de concerto organizado com o intuito de angariar fundos para o Festival de Bath — era preciso ter convite e como os convites estavam longe de ser baratos, Sara calculava que cerca de dois terços das pessoas presentes seriam conhecidas suas. Estariam lá, por certo, os principais organizadores do Festival: o diretor artístico, apaixonado e cativante; o diretor executivo, eternamente preocupado com a angariação de fundos, e a maior parte dos membros do conselho deliberativo, um bando heterogêneo mas bem-intencionado. Prósperos empresários de Bath e seus prósperos clientes, potenciais patrocinadores estrategicamente convidados, bem como diversas outras figuras abonadas e sofisticadas da sociedade de Bath também estariam lá. E os Amigos do Festival de Bath mais ativos, como a tia de Sue, Olivia Passmore, e vários outros de que Sara conseguia se lembrar, provavelmente não perderiam a oportunidade de assistir ao que (equivocadamente) imaginavam ser o concerto que marcaria o retorno de Sara Selkirk. A idéia de que aquela apresentação não poderia de fato ser considerada um concerto vinha toda hora à cabeça de Sara.

As pessoas davam lentas voltas ao redor do saguão quando Sue deu seu nome na recepção e recebeu diversas folhas de papel reciclado e a inevitável etiqueta para colar na blusa. Quando conseguiu sair da aglomeração, encostou-se contra uma parede mais afastada para examinar a programação de eventos. Palavras como "oficina", "compartilhar" e "vitalizar" figuravam no texto com patente exagero, até para os padrões de Sue. Enquanto tentava ler a programação por cima do ombro de Sue e se esforçava para não se sentir superior àquilo tudo, Sara viu o grandalhão do mercado entrar no saguão. Como era praticamente o único homem à vista e sem dúvida alguma a pessoa mais volumosa ali presente, quando ele entrou a sala pareceu ficar subitamente lotada. Estava acompanhado de uma mulher e, juntos, os dois emanavam um ar de tensão típico de quem está vindo direto do escritório. Ela era meio baixota, tinha só algumas gordurinhas a mais para quem tem por volta dos seus quarenta e oito anos e claramente não tinha o hábito de se perguntar se havia carregado demais na maquiagem. Usava, de fato, uma maquiagem pesada, mas no aspecto global o efeito obtido era positivo; seus olhos redondos e cinzentos tinham sido habilidosamente contornados com delineador preto, o que lhe conferia um vago ar de mulher ardente. Na verdade, os olhos por pouco não desapareciam debaixo de uma espessa franja, cuja borda picotada parecia ter sido roída por algum bichinho faminto. A cor original do cabelo, que virava para dentro num grosso cacho na altura dos ombros, era um certo mistério, pois a ação impiedosa de vários tubos de tinta produzira uma estranha e triste pátina e endurecera os fios de tal forma que o cabelo agora caía achatado sobre a cabeça, e o contorno do queixo, como um telhado de chalé feito de palha de alumínio. Debaixo do cabelo, ela examinava com interesse as mesas cheias de folhetos.

"Não estou conseguindo entender nada do que está escrito aqui", cochichou Sue. "Vou perguntar." Ela foi avançando saguão adentro, em direção a um balcão em que se via uma placa com a inscrição "Informações" e logo conseguiu ser atendida. Do lugar onde estava, encostada numa parede bem na entrada do saguão, Sara reparou que havia pessoas discutindo. A mulher que cuidava da cabine onde eram vendidos os ingressos concordava com o grandalhão que, de fato, havia muita gente ali. Sim, ela estava explicando, aquelas pessoas poderiam visitar o Museu do Vestuário no subsolo porque estavam participando de um evento privado nos Assembly Rooms, que ficavam no térreo, mas o museu na verdade fechava para o público em geral às seis. Como já eram seis e cinco, eles só poderiam visitar o museu na manhã seguinte, a menos que estivessem participando do evento privado, e eles não estavam, estavam? O sujeito não engolia muito bem aquilo. Sara se perguntava o que diabos aqueles dois estavam fazendo ali, em vez de estarem abrindo sua noite a dois tomando calmamente uma garrafa de champanhe em algum lugar. E, já que eles obviamente estavam juntos, obviamente não eram casados e tinham todos os ingredientes para um delicioso jantar íntimo esperando-os em algum lugar, não seria a cama o local mais sensato para isso, como o poslúdio de uma relação sexual ávida e apaixonada? Dadas as outras opções que Sara supunha estarem à disposição do casal, aquele desgastante interesse por trajes históricos não parecia muito saudável. Mas o fato é que eles estavam levando o caso muito a sério, ou melhor, o homem argumentava que, uma vez que o acesso ao museu na realidade estava aberto, seria com certeza um pouco de mesquinharia não deixá-los entrar. A maneira de falar lenta e alterada do homem já era por si só um insulto, dando a entender que ele era um homem paciente e tolerante e que a mulher, por sua vez, era de uma burrice lamentável. O fato de que ele claramente não era paciente e a possibilidade de que a mulher fosse mesmo burra não vinham realmente ao caso, e a tática não estava surtindo o menor efeito na senhora da cabine.

"Deixa pra lá, Derek", disse baixinho atrás dele a sua companheira.

"Eu não tenho *a menor intenção* de deixar pra lá", disse ele, furioso, virando-se para ela. Talvez fossem casados, afinal. Mas ela não usava aliança e os únicos anéis que trazia nos dedos eram duas monstruosidades de prata e turquesa na mão direita.

"Meu nome é Derek Payne", ele anunciou em voz alta, virando-se novamente na direção da cabine e fazendo uma pausa como se esperasse que aquela informação produzisse alguma mudança. Como que por milagre, a informação de fato produziu uma mudança, ou pelo menos pareceu produzir, pois naquele exato momento a porta do final do corredor atrás da cabine se abriu e, de dentro dela, surgiu um homem alto e em traje formal. Por um instante, Sara ficou em estado de choque, pois na penumbra do corredor o homem dava a impressão de ser anormalmente parecido com Matteo. O smoking era o responsável em parte por criar aquela impressão, mas as pernas longas, o jeito de andar e o cabelo escuro e cheio também contribuíram para deixá-la momentaneamente abalada. A luz forte do saguão não desfez completamente a impressão, pois, como Matteo, o homem tinha um ar de segurança profissional tão marcante que na mesma hora Derek Payne começou a parecer um pouco tolo.

"E o meu", disse o homem de smoking, "é Matthew Sawyer. E eu sou o diretor de Museus e Recursos de Lazer Urbano".

Outra surpresa: aquele homem devia ser o novo chefe de Olivia Passmore. O tal de Derek deixou-se conduzir até um canto da sala, e Sara, entreouvindo um persuasivo barítono apaziguador, concluiu que o grandalhão estava sendo habilidosamente convencido a mudar de idéia. Seria divertido contar aquele pequeno incidente para Olivia. Sara tentaria falar com ela no Pump Room mais tarde, muito embora, se a encontrasse ali, as duas talvez pudessem ir andando juntas até lá. Olivia era quase uma amiga ou, mais exatamente, uma daquelas conhecidas quase íntimas tão fáceis de se arranjar num lugar como Bath. Sara sabia que, depois de trabalhar por quase três anos como diretora interina dos museus, durante os quais o conselho reestruturara tortuosamente todos os seus departamentos, Olivia reassumira aliviada seu antigo cargo de diretora-adjunta quando Sawyer foi nomeado, cerca de três meses antes.

A amiguinha de Derek perambulava canhestramente pelo saguão a certa distância, apanhando folhetos no balcão de inscrição da Feira de Artes Curativas na tentativa de disfarçar seu constrangimento. De repente, Sara se sentiu constrangida também, receando que tivesse acompanhado o incidente de uma maneira excessivamente indiscreta. Não era como se aquele casal tivesse algum real interesse para ela, mas era só que, tendo visto Derek no supermercado, fora divertido ficar assistindo ao desenrolar dos acontecimentos. E era engraçado que aquele homem, que por um momento lhe dera a impressão de ser tão parecido com Matteo, se chamasse Matthew. Sara se afastou dali e se juntou a Sue, que já tinha acabado de pedir as informações que queria e também já se inscrevera para participar da primeira sessão da noite sobre como estabelecer uma comunicação eficaz entre corpo e mente.

"Parece que vai ser genial. É sobre os circuitos entre corpo e mente, sobre como se comunicar com seu corpo, fazer com que ele próprio se cure. É tudo uma questão de atitude, na verdade. De estar *consciente*", disse Sue em tom solene. "Te interessa?"

"Hum, fica para outra vez", respondeu Sara. "Escuta, vai lá descobrir como funciona seu circuito natural de cura, que eu vou dar uma voltinha e olhar os estandes. Você não se importa, não é?"

Dali a menos de meia hora começaria a cerimônia oficial de abertura, que Sara tinha certeza de que se resumiria a uma taça de vinho orgânico morno, algumas frases empoladas vindas do alto do palco, seguidas de uma educada salva de palmas. Depois disso, ela poderia ir para o Pump Room, enquanto Sue se dedicava de corpo e alma ao seu — o que era mesmo que ela estava dizendo? — "simples pancadinhas de leve no crânio para isolar a área afetada e estimular o cérebro". Sara sorriu. "É bom ver você tão feliz", disse ela, tocando no braço de Sue. "Você tem que fazer essa fase boa durar, desta vez. Vê se faz o Paul se comportar."

"Eu vou fazer o máximo que puder", disse Sue, séria, e depois soltou um suspiro. "Eu queria conseguir ser como você. O meu astral sobe e desce o tempo todo. Eu adoraria ser mais como você. Você não muda nunca, não é? Está sempre igual."

Sara, dirigindo a Sue um sorriso que encobria quanto aquele comentário a deprimia, foi andando na direção do Salão de Baile. Era um alívio sair de perto de todo aquele entusiasmo juvenil e do constrangimento do episódio do saguão. Às vezes temia estar se transformando numa daquelas lúgubres solteironas rabugentas que têm mania de tomar conta da vida dos outros. Precisava tomar cuidado com isso. Se não se cuidasse, logo estaria falando sozinha na rua e tirando a roupa no meio do supermercado. Continuou andando, examinando ao acaso os vários estandes, que prometiam massagens holísticas que levavam à cura, leituras paranormais que levavam ao crescimento espiritual e uma coisa chamada canto harmônico, que fazia as pessoas descobrirem sua verdadeira voz. Na fileira do lado oposto, havia estandes de quiromancia, aromoterapia e autêntico artesanato guatemalteco. Até onde Sara podia ver, não havia nada que se assemelhasse a um relaxamento essencial e profundo que levasse violoncelistas de renome internacional a retomar a carreira, de modo que ela teve de se contentar com um gel de banho de chá da índia. Depois, foi andando devagar até o Salão de Chá. Sue já estava lá e conversava com a acompanhante de Derek Payne, a moça do cabelo problemático.

"Ei!", Sue gritou na direção de Sara a vários metros de distância. "Você não vai acreditar! Essa aqui é a minha senhoria!" Sue estava radiante. "Ou melhor, é a minha senhoria de segunda a sexta. Cecily! Sara! Essa é a Cecily, Sara. Cecily, Sara!" Cecily sorriu sem mostrar os dentes. "A Cecily resolveu ficar para a feira, por puro impulso, não é, Cecily?"

Cecily estava tentando parecer descontraída. "É, eu pensei em ficar. Uma pessoa vem me pegar mais tarde. Tem um estande com tratamentos orgânicos para o cabelo que me interessam. E eu queria dar uma olhada nos produtos para emagrecer. Só estou aqui por acidente."

Sara olhou para ela com um ar de dúvida, querendo dar a entender que ignorava por completo as circunstâncias da chegada de Cecily.

"Vim com um amigo. Por outros motivos. Mas talvez fosse melhor eu fazer uma dieta mesmo", acrescentou com tristeza. Seus grandes olhos redondos também podiam parecer melancólicos, além de ardentes. Sara concluiu que Derek devia ter ido embora, fulo da vida, quando não conseguiu levar a melhor na discussão com Matthew Sawyer. Já tendo tido uma amostra do pavio curto de Derek, Sara deduziu que ele se amuava com facilidade, muito embora também fosse possível que Cecily é que tivesse ficado ofendida e batido o pé, adiando o jantar íntimo e a subseqüente noite de amor dos dois para depois que ela tivesse conseguido tirar algum proveito pessoal do vexame anterior. Mas isso não era coisa que Sara pudesse perguntar.

"Ah, fazer dieta não funciona", disse Sue, pousando alegremente no trecho mais familiar da conversa. "O que você tem que fazer é parar de comer *completamente*; é a única coisa que funciona para mim. Força de vontade não é problema. Eu consigo qualquer coisa quando realmente quero. O Paul detesta me ver gorda. Mas, enfim, tem uma mulher aqui que resolve esse problema só com as mãos. É um trabalho mente-corpo, sabe? Ela põe as mãos em cima de você e faz com que a gordura se dissipe. Dizem que é muito suave."

"É mesmo? Parece incrível", disse Cecily, de olhos arregalados.

"É, é, sim. Quer dizer, você tem que seguir um programa alimentar também. Óbvio. Tem que tomar muita água, comer muita fruta, para eliminar as toxinas do corpo. Não pode comer carne nem peixe. Nem tomar café. E gordura e açúcar são proibidos, *óbvio*."

"Ah", disse Cecily, decepcionada. "É uma dieta, então."

"Eu às vezes me pergunto onde é que estão as toxinas do meu corpo", disse Sara. "E o que elas são, exatamente? Quanto é que elas pesam? Quer dizer, será que daria para encher um tubo de ensaio com elas? Quando eu morrer", disse em tom solene, "vou doar as toxinas do meu corpo para a pesquisa médica."

Sue soltou uma gargalhada aguda. "Você não é fácil, Sara!", exclamou, bem na hora em que o ruído de vozes no salão começava a diminuir.

"Muito bem, eu não pretendo prendê-los aqui por muito tempo", disse o homem em cima do palco, que Sara imediatamente reconheceu como o altão que amansara Derek. Ele tinha um sotaque desagradável, típico da classe média alta — exatamente aquele tipo de sotaque que podia fazer uma pessoa ser linchada em vários lugares da Inglaterra, mas não, é claro, em Bath. Então ele passou a apresentar as "damas" a seu lado no palco.

"... a presidente da Associação das Artes Curativas Naturais" — sorridente e volumosa, ela vestia um cafetã, Sara reparou — "e minha colega Olivia Passmore, que como diretora adjunta dos museus de Bath é a responsável, junto comigo, pela administração deste lugar maravilhoso."

Lá estava Olivia, obviamente já vestida para o evento do Pump Room. Seu cabelo grisalho e curto e suas feições fortes tinham combinado maravilhosamente bem com a jaqueta de seda em tom prateado que estava usando. Era provável que ela fosse a pé para o Pump Room quando a cerimônia terminasse e que, portanto, elas pudessem ir juntas. Ou será que Olivia teria de ir com Matthew Sawyer? Será que era por isso que ele estava de smoking?

"Pois bem, sou apenas um homem simples, que trabalhou em museus a vida inteira, e também um sujeito de muita sorte, porque tenho a responsabilidade de dirigir todos os museus desta maravilhosa cidade. Isso quer dizer que tenho o agradável dever de receber todos vocês aqui neste fim de semana, e espero que vocês possam aproveitar bastante não só este edifício tão especial, mas também todas as outras atrações tão singulares de Bath. Ora, é claro que Bath é um centro de cura há muitos e muitos anos. Antes dos romanos, os povos pré-históricos desta região acreditavam que a fonte de águas quentes continha o poder de cura da deusa Sulis. Então, para eles, este era um lugar sagrado. Depois vieram os romanos, e posso garantir a vocês que eles ficaram muitíssimo impressionados. Ora, os romanos sabiam reconhecer uma boa idéia quando lhes convinha..."

Ai, meu Deus, pensou Sara, trocando um olhar significativo com Sue, temos um longo discurso pela frente.

"... e então rolou uma certa violência — ha-ha-ha — e os romanos se apoderaram disto aqui, de forma que gerações de romanos também vieram a conhecer este local como um lugar sagrado. Só que dessa vez o sujeito responsável, ou melhor, a sujeita, era a deusa romana Minerva. Mais tarde, no século XVIII..."

Ah, agora sim, bem melhor, pule logo uns dois mil anos e vá direto ao ponto, pensou Sara com aprovação.

"... as pessoas se tornaram um pouco mais prosaicas e, então, elas vinham para cá aos rebanhos. Ora, tudo isso por causa de idéias pseudocientíficas acerca dos benefícios das águas quentes..."

Pronto, foi aí que começou.

"... o que serve para mostrar que a gente na verdade nunca aprende, não é mesmo? É tudo uma questão de fé. Pois aqui estão todas vocês, senhoras, reunidas hoje, às vésperas do fim do segundo milênio, para nos dizer que, com uma gota de extrato vegetal aqui e uma massagenzinha ali, todos nós podemos ficar 'curados' dos males que nos afligem! Incrível, não é? Só o que você precisa fazer é apertar com força seu cristal curativo — custa vinte libras, por favor — e respirar fundo! E grande parte de nós acredita em vocês, da mesma forma que as pessoas vêm acreditando no poder destas águas e num monte de outras charlatanices há mais de dois mil anos! E continua sendo tão bom para os negócios como sempre foi, não é verdade? Nem preciso dizer que *fé* é tudo de que a gente precisa, ainda hoje! Mas onde, senhoras, eu pergunto, onde termina a fé e começa a superstição? Pois digo a vocês que superstição é simplesmente o nome que a gente dá a todos aqueles artigos de fé familiares que resistiram incólumes à ação do tempo. Se vocês ainda têm alguma dúvida, basta ver a data de hoje. Sexta-feira 13! Consideramos este dia um dia de azar, não é verdade? E consideramos que as águas termais são benéficas a nossa saúde. Dois artigos de fé, percebem? Ambos gozam de igual popularidade entre nós e ambos, igualmente, não têm base nos fatos — ha-ha-ha!"

A risada dele era oca e nasalada. Embora concordasse com a maior parte das coisas que ele dissera, Sara ficou atônita com a falta de tato do sujeito. Seria possível que ele realmente imaginasse que aquele era o lugar e o momento adequados para fazer uma análise tão cética e brutal da natureza da fé? A platéia não estava achando graça e olhava para ele em silêncio. Sentindo, talvez, que as coisas não estavam muito bem para o seu lado, Matthew Sawyer tentou suavizar a mensagem com humor.

"Então, não deixem de se aventurar e de visitar as inigualáveis Termas Romanas de Bath no decorrer deste fim de semana. Isso, é claro, se vocês não estiverem ocupadas demais mexendo seus caldeirões e preparando poções mágicas para curar todas aquelas pequenas aflições de que nós todos sofremos! Aliás, estou com uma verruguinha aqui no dedo — alguém tem alguma sugestão para me dar?"

Sara ouviu Sue sufocar uma risada e sentiu uma vontade louca de rir, misturada ao pânico de não conseguir se conter. Resolveu olhar para o teto. Se fosse formado por pessoas um pouco menos relaxadas e não tão espiritualmente equilibradas, o público ali presente àquela altura já teria se transformado numa turba descontente e revoltosa. Mas, sendo essencialmente cabeça aberta e contra a violência, aquela platéia estava se esforçando para não demonstrar seu descontentamento para com Matthew Sawyer. E ele ainda não tinha dado seu discurso por terminado.

"Na verdade, eu mesmo não tenho em muito alta conta o sistema médico oficial e essa é outra razão da minha gratidão a vocês, como representantes do lobby da medicina alternativa. Quanto mais ativos vocês forem, mais cheias ficarão as salas de espera dos clínicos gerais! Eu pessoalmente aprovo a idéia de manter nossos médicos afastados dos campos de golfe em virtude de alguns casos de overdose de suco de ameixa!"

Era inacreditável, mas ele de fato tinha dito "em virtude". Sara baixou os olhos. Passara um bom tempo com os olhos fixos no teto, aparentemente encantada com os festões de louros e framboesas que atravessavam sua vasta extensão, entrecortados por guirlandas de estuque no formato de palmas e flores, e depois de oito minutos de ininterruptos despautérios pronunciados por Matthew Sawyer, ela já conhecia cada folha de cor. Evitara com todo o cuidado encontrar o olhar de Sue, sabendo que se isso acontecesse as duas teriam um acesso de riso que as reduziria a frangalhos.

Aparentemente atordoada, a platéia foi de uma educação espantosa, chegando de fato a aplaudir, ainda que apenas de leve. Que coisa mais inglesa aquela, pensou Sara. Mesmo sendo claramente ofendido pelo orador, você ainda tem, é claro, a obrigação de aplaudir, só que você aplaude um pouco *menos*. Com um zunzunzum de bate-papo surpreendentemente contido, os participantes foram andando aliviados na direção das mesas do bufê dispostas no canto esquerdo do salão, sob uma longa colunata, ansiosos por riscar da memória, com generosos pratos de samosa e salada, aquele episódio tão desagradável e cheio de equívocos. O esquadrão de chefs e garçons atrás das mesas tentava impor alguma espécie de ordem à avalanche de pessoas, entre as quais estavam Cecily e Sue, que, com seus pratos vazios nas mãos, lutavam ferrenhamente para abrir caminho.

"Você pode pegar um pãozinho pra mim?"

"Quer um pouco deste arroz?"

"O que é aquilo, quiche? É, um pedacinho. Eu peguei ricota, está bom?"

Estava claro que testemunhar em conjunto um flagrante ato de autodestruição fora uma experiência capaz de criar laços profundos de afeição. Com um sorriso nos lábios, Sara virou de costas para as mesas e avistou Olivia do outro lado do salão. Olivia e Matthew Sawyer estavam de frente um para o outro, de pé, ao lado de uma mesinha, e pareciam estar tendo uma conversa tensa. Sawyer dava a impressão de estar muito zangado; sendo bem mais alto do que Olivia, mantinha a cabeça rigidamente inclinada na direção dela e trincava o maxilar num esgar horrendo. Mas era Olivia quem mais falava e, apesar de seu tamanho, também era quem mais assustava. Ela deve estar lhe dando um carão dos diabos por causa daquele discurso, pensou Sara, tendo o bom senso de perceber que não devia interromper. Naquele exato momento, Olivia deu as costas para Matthew Sawyer e saiu marchando em direção à porta do outro lado do salão, enquanto ele tratava de recolher as duas ou três folhas de papel em cima da mesa e olhava para Olivia de cara feia. Sara achou melhor não ir atrás de Olivia e foi andando sozinha para o Pump Room.

James fora cedo para o Pump Room para se aquecer ao piano antes que o público começasse a chegar. Sara ouviu-o tocando o Steinway assim que entrou no prédio pela entrada da Stall Street, que ficava no lado mais novo e funcional do edifício. Ficou parada por um instante no meio do pequeno saguão circular e depois se encostou à parede para não atrapalhar o tráfego dos garçons. Vários corredores e passagens davam para esse saguão: um que vinha do próprio Pump Room, outro que vinha da ala dos escritórios e lojas, e outro que dava para a escada moderna por onde os visitantes subiam das Termas Romanas para o Pump Room passando pela loja do museu. De outro corredor ainda, vinham os cheiros, os ruídos e as vozes das cozinhas, além de uma procissão de garçons e chefs que atravessavam o saguão a cada cinco segundos, carregando pilhas de pratos e imensas travessas de comida para as chapas quentes da copa do Pump Room. Começara a maratona para produzir um jantar de quatro pratos para trezentas pessoas, bem como para converter o recatado Pump Room da hora do chá num salão de jantar cheio de imensas mesas circulares dispostas com candelabros, taças bem polidas, generosos arranjos de flores e frutas e lustrosos rescaldeiros de prata. E tinham menos de duas horas para fazer isso.

James tocava muito bem. Sara ficou ouvindo com admiração o som fluente de sua música, enquanto ele terminava de tocar o acompanhamento da primeira composição que executariam naquela noite, uma das *Canções sem palavras*, de Mendelssohn. Ainda muito jovem, James recebera vários dos principais prêmios internacionais para acompanhadores, e Sara achava uma pena que ele hoje em dia trabalhasse tanto na mídia, apresentando os grandes concursos musicais televisionados e programas de rádio, em vez de tocar. Mas ele era muito bom como apresentador também: cativante, espirituoso, eloqüente e extremamente culto, mas sem intimidar. James era um homem pequeno, muito moreno e bonito, com orelhas visivelmente salientes que o tornavam ainda mais atraente. Em tudo o que fazia e, de fato, em tudo o que era, James parecia incapaz de qualquer deselegância. Ele e Tom já eram àquela altura um casal antigo e moravam parte do tempo em Londres, onde Tom trabalhava como advogado para a União Européia e ainda conservava sua casa, e parte do tempo em Bath, lugar que ambos preferiam. As inevitáveis e freqüentes viagens de Tom a Bruxelas faziam com que James volta e meia ficasse sozinho.

Lá vinha ele agora, descendo pelo corredor do Pump Room e exclamando "Ah, é você! Está melhor agora?", caprichando no sotaque escocês e dando um beijo no rosto de Sara. Depois, saiu em busca de algo para beber, enquanto Sara foi se trocar no pequeno escritório que fazia as vezes de camarim. Ela se vestiu depressa, afundando os pés nos seus maravilhosos sapatos Manolo Blahnik — cujos saltos, embora não fossem baixos, também não eram altos o bastante para incomodá-la na hora de tocar — e entrando na anágua engomada que dava a seu vestido de veludo preto-azulado um balanço suave e inusitado. Já se tornara um hábito automático para ela escolher seus vestidos de concerto pensando em como eles ficariam quando ela estivesse sentada, e aquele vestido era um dos bons. Era quase recatado na frente, com um corte alto de ombro a ombro, logo abaixo das saboneteiras. A cintura era justa e bem marcada com uma faixa larga e brilhosa de seda azul, e a saia quase rodada batia na altura dos tornozelos e descia em dobras suaves até o chão quando ela se sentava para tocar. Na parte de trás, um generoso decote em V quase chegava até a cintura, deixando à mostra suas costas lustrosas. Sara teve de maquiar o rosto usando um espelhinho de mão e sob a luz fraca do escritório. Bom, pelo menos podia *aparentar* ser uma boa violoncelista.

"Você já está vestida?", gritou James detrás da porta, entrando logo em seguida. "Hum, está muito bonita. Estou vendo que você continua malhando naquele aparelho de remo." Com uma garrafa de água mineral em cada mão, James ficou observando Sara escovar seu cabelo preto e estupidamente brilhoso e prendê-lo com uma imensa fivela de veludo e strass.

"É, ate que não cai mal este vestidinho", respondeu Sara, fazendo um beicinho teatral e desencavando, para fazer graça para James, o sotaque escocês que aprendera no tempo em que era aluna da Academia de Glasgow. "*Você* é que está fantástico! É novo?"

"O quê, *isto aqui*?", disse James, com um olhar zombeteiro, mexendo no colete de veludo estampado que estava usando, junto com um smoking cor de marfim e uma gravata-borboleta azul-escura. "Georgina von Etzdorf. Foi um presente do Tom, na verdade. Mas, não, eu já tenho esta roupa há *semanas*."

No espaço exíguo do escritório, Sara transferiu para outro lugar a pilha de roupas que deixara em cima da cadeira e tirou o violoncelo de dentro da caixa. Depois de puxar o espigão para fora da base, apoiou o instrumento no chão e sentou-se, encostando a madeira morna e familiar do braço do violoncelo no ombro. Bateu de leve nas cordas com os dedos da mão esquerda, tirou as dobras do vestido do caminho para firmar os pés no chão e posicionou o corpo do violoncelo entre os joelhos. Retesou o arco e, com a cabeça ligeiramente inclinada, afinou o instrumento. Ajeitou-se na cadeira, assoprou de leve os dedos da mão esquerda e tocou várias escalas, aparentemente sem esforço, repetindo um ou dois dedilhados mais difícieis. Repetiu as escalas, mas dessa vez bem suavemente, e depois mais uma vez, com um rico e sonoro vibrato que o pequeno escritório mal conseguiu conter. O violoncelo de Sara era o Christiani, um esplêndido instrumento fabricado por Stradivarius em 1700, bem no início de seu período áureo. Sua célebre proprietária, Lisa Christiani, morreu em 1853 aos vinte e seis anos, mas mesmo tendo uma carreira tão curta conseguiu encantar Mendelssohn de tal forma que ele lhe dedicou a bela *Canção sem palavras em ré maior*, a primeira composição que Sara executaria naquela noite. Em seguida, Sara praticou alguns acordes quebrados, primeiro com suavidade e depois em staccato, deixando que seu arco quicasse de leve e regularmente nas cordas. Parou, ajustou a afinação e descansou por alguns segundos. Depois, ergueu o arco e tocou os primeiros compassos da peça de Mendelssohn. Tocou duas vezes as diabólicas passagens de escala de quartifusas breves do *Kol Nidrei* de Bruch. Fez uma pequena pausa, fechou os olhos e começou a tocar as três *Peças de fantasia, Opus 73*, de Schumann, composição que executariam no meio do programa.

James percebeu que Sara corria o risco de praticar demais e ficar tensa. Balançou a cabeça em sinal de aprovação, sorriu e disse: "Muito bom. Por que você não pára por aí? Vai dar tudo certo".

Sara sorriu sem olhar para James. Levantou-se e pôs o violoncelo com cuidado de volta na caixa. Em seguida, levando seus copos, os dois saíram de novo para o saguão e desceram as escadas que levavam até o museu, seguindo depois na direção da Grande Piscina.

Ficaram olhando para o imenso retângulo de água esverdeada e leitosa, de onde subiam filetes de vapor. As tochas das colunas de pedra que cercavam a piscina iluminavam parcamente as colunatas, onde algumas pessoas já aguardavam, paradas ou passeando na penumbra. As chamas lançavam sua luz para o alto, iluminando as indiferentes figuras de pedra que se erguiam na balaustrada vitoriana mais acima. Lá embaixo, a luz das chamas tocava a superfície da água, revelando os contornos dos degraus de pedra que desciam até o fundo. Uma brisa soprava a superfície da água, que se encrespava delicadamente com a leve cera derretida que escorria das tochas. O vapor subia em espirais. Como sempre fazia, Sara tentou imaginar a Grande Piscina coberta por um telhado de tijolos vazados tal como já fora um dia, mas não teve muito sucesso, pois ver as águas sagradas agora contidas em seu tosco berço de pedra, iluminadas por tochas e abertas para o céu da noite de verão, intensificava a magia aquática daquele lugar. Gerações de romanos tinham ido ali para se banhar, saber das novidades, discutir, fazer negócios e também, Sara sabia, para se exibir, o que punha os representantes da classe endinheirada de Bath — que agora bebericavam seus drinques sob as colunatas dentro do seu devido contexto — como meros continuadores de uma velha tradição. Mas, muito antes dos romanos, a fonte fora um lugar de peregrinação e devoção. Sara se perguntava se, no tempo em que era dedicado à deusa celta Sulis, aquele lugar teria sido, de alguma forma, mais sagrado. "Minerva é a deusa padroeira. Em seu templo, chamas eternas nunca se reduzem a cinzas", escreveu um historiador romano. O que teria sido feito de Sulis? Intimidados com uma divindade estrangeira e arredia, os romanos haviam simplesmente sobreposto a ela uma de suas próprias divindades, a familiar Minerva, uma deusa com quem podiam conversar, uma deusa que falava a língua deles, uma deusa que podiam capturar e conter no interior das paredes de pedra do novo templo que haviam construído. Sara saiu de perto de James e foi andando pelas pedras irregulares até a beirada da piscina; agachando, mergulhou a mão no calor sobrenatural daquela água. Não estava com muita vontade de conversar. Olhou para o outro lado da piscina verde, na direção do lugar onde os reflexos das chamas tremeluziam contra o fundo escuro do céu. Talvez fosse apenas a passagem do tempo, uma vez que aquelas paredes já haviam testemunhado tantas intrigas, fofocas, permutas e súplicas, que fazia agora com que o lugar parecesse não abençoado, mas desgastado. Os romanos, como era seu costume, tentaram determinar e quantificar a santidade da fonte e, ao fazê-lo, secularizaram-na por completo. Não havia fantasmas de inquilinos sagrados rondando por ali. Era o vento, e só o vento, que fazia as chamas tremerem com tão sinistra delicadeza e só o silêncio que dominava aquele espaço agora. Amanhã novamente, e depois de amanhã e todos os dias a seguir, as pessoas iriam às Termas Romanas não para visitar o antigo santuário de uma divindade pré-cristã, não para se banhar em busca de uma renovação física e muito menos espiritual, mas para admirar a engenharia. E essa era a glória de Roma. Sara se levantou, virou-se com cuidado e voltou pelas pedras até onde estava James, que esperava pacientemente com o copo dela na mão. Quando Sara pegou o copo, um eco de risadas sociáveis chegou até eles vindo do outro lado do prédio.

Cerca de uma hora depois de sua humilhação pública e dois minutos depois de tomar seu primeiro copo do vinho barato que Cecily tinha em casa, Derek começou a se sentir mais calmo. Em seus pensamentos, tentara ridicularizar o homem: "Ah, sim... *e eu sou o diretor de Museus e Recursos de*

Lazer Urbano!". Ah, é? Paspalhão metido a besta! Grã-fininho babaca! Mas não funcionou, porque o homem não tinha sido ridículo, e Derek, sabendo muito bem que era ele quem tinha bancado o paspalhão metido a besta, não conseguiu encontrar o consolo habitual no fato de não ser um grã-fino. É uma coisa terrível, aos cinqüenta anos de idade, sentir tamanha vergonha a ponto de corar numa sala vazia. Atirou-se no sofá novamente, uma baleia vestida numa camisa de golfinho, apoiou o copo sobre um botão repuxado no meio de sua barriga dilatada e olhou para o teto. O que tinha dado nele para insistir daquele jeito? Deixara-se levar pelo entusiasmo de ter recebido a carta, perdera seu comedimento habitual e deixara as coisas simplesmente acontecerem. Esvaziou o copo e encheu-o novamente. Era uma espécie de traço mediterrâneo oculto que ele tinha, essa tendência a mandar a prudência às favas de vez em quando. Não tinha nada de errado em ser espontâneo uma vez ou outra, tinha? Às vezes era melhor simplesmente meter os peitos e abrir o jogo. Era um impulso ao qual sucumbia com freqüência no que dizia respeito a suas secretárias. Só que nesse caso não era bem os peitos que ele metia, mas outras partes de sua anatomia, ha-ha-ha, mas o fato era que ele raramente entrava bem quando seguia seus impulsos. Ou melhor, ele quase sempre *entrava muito bem*, ha-ha-ha! Tinha de admitir, ele não prestava.

Lá pela metade da garrafa, Derek já estava começando a acreditar que um dia conseguiria sair de casa novamente e, por volta da hora em que terminou de esvaziá-la em seu copo, já se sentia capaz de repassar a conversa com Matthew Sawyer mais uma vez em sua cabeça, peneirando cada palavra e nuance com um tênue fio de esperança de descobrir afinal que não havia se revelado, com cada sílaba que pronunciara, um completo, inquestionável e pomposo imbecil de primeira categoria. Ficou decepcionado.

"Ah, muito bem então, se você é o diretor, você é exatamente a pessoa de que eu preciso. Eu gostaria de trocar algumas palavras", dissera Derek naquele tom de camaradagem que costumava funcionar tão bem quando queria extrair algum favor de um de seus professores novatos. O tal de Sawyer pareceu ficar um pouco surpreso. Não tão surpreso quanto ficaria quando Derek conseguisse aquele emprego e se apresentasse como o novo chefe, ha! Mas a verdade era que o emprego ainda não estava exatamente no papo, e Derek achou mais sensato deixar claro que tinha consciência de que sua presença ali era inesperada.

"Este é um bom momento ou você está ocupado?" Trocara de tom com facilidade, adotando agora seu costumeiro "tom persuasivo". "Será que você poderia me dar dois minutos de seu tempo? Eu adoraria saber" — lembrava-se de ter diminuído a voz nesse ponto, passando a falar como que confidencialmente — "como andam as coisas, no geral. Administrar um museu não deve ser nada fácil, tenho certeza. Eu trabalho na área de educação", acrescentou, para que Sawyer não ficasse pensando que ele era um maluco qualquer, "então eu sei como são as coisas."

Sawyer dera um sorrisinho forçado. "Ah, sim, não é fácil mesmo. São tempos difíceis, em todos os campos. Mas, na verdade, a minha área de formação é história da arquitetura. Então você está querendo trazer um grupo de alunos, não é isso? A educação é uma parte importantíssima das minhas responsabilidades, é claro. Eu sou super a favor das visitas escolares. Você já entrou em contato com algum dos meus assistentes na área de educação?"

Foi a vez de Derek dar um sorrisinho. "Talvez eu não tenha sido claro. Não estou querendo trazer um grupo de alunos. A minha coordenadora da cadeira de história provavelmente adoraria — ela é uma moça cheia de energia —, mas essas coisas dependem muito dos pais dos nossos alunos. E, veja bem, estamos falando de uma escola do sul de Bristol."

Derek soltou o suspiro do profissional de educação mal compreendido, pouco valorizado, explorado, sobrecarregado, mas inquebrantável. "Não, sabe, meu interesse é mais, digamos assim, estratégico, num certo sentido. Estou interessado na orientação política geral. Na estrutura dos quadros de funcionários. No estilo de administração. Nos recursos. Você está me entendendo? Como é feito o levantamento de verbas? Vocês fazem sorteios, loterias, coisas assim?"

O sujeito pareceu ficar um pouco desconcertado com as perguntas. Que bom.

"Posso saber qual exatamente é seu motivo pessoal para pedir essas informações?", perguntou Sawyer com certa rispidez.

Pois não era que o nojentinho estava tendo a coragem de botar banca para cima dele, com aquele papo de "eu sou formado em história da arquitetura e você é o quê?". A arrogância estava não só no tom de voz, mas também, Derek constatou, no jeito pedante de franzir o lábio superior. Derek sentiu a raiva crescer dentro dele. O sujeito era só diretor de um maldito museu, puxa vida. E quem é que ligava a mínima, no final das contas, para a porcaria de uma coleçãozinha de artefatos? É claro que os museus eram importantes, mas não havia a menor dúvida de que eram infinitamente menos importantes do que as *escolas*, por exemplo, onde se cuidava de *pessoas reais*, pessoas como os pobres coitados dos garotos por quem ele vinha tentando fazer alguma coisa havia dez anos, sem qualquer reconhecimento. Sua escola era infinitamente mais importante do que qualquer bosta de coleção de relíquias, e dirigi-la era um trabalho árduo, um trabalho digno, um trabalho e meio, nos dias de hoje. Mas ele não podia dizer essas coisas. Não podia se *permitir* dizer essas coisas. Tinha de manter a calma, mas poria aquele historiadorzinho de merda no seu lugar. Sim, ele manteria a calma. Tinha até sorrido.

"Olha, eu não tenho nenhum problema em ser franco com você. Na verdade, tenho mesmo um motivo muito pessoal para pedir essas informações, já que você perguntou. Talvez eu esteja sendo um pouco prematuro, mas existe uma grande possibilidade de que em breve eu venha a estar em posição de exercer uma influência considerável sobre a maneira como as coisas funcionam aqui dentro."

Fez uma pausa, enquanto Sawyer se limitou a levantar as sobrancelhas. "Ah, é?"

Derek, sentindo-se forçado a continuar, inclinara-se um pouco para a frente. "Olha, talvez seja melhor eu abrir o jogo com você logo de saída. Pode ser melhor no final das contas. Sabe, talvez lhe interesse saber que eu estou na lista dos candidatos selecionados para ocupar o cargo de diretor de Educação e Serviços Culturais."

A expressão de Sawyer não se alterou no breve espaço de tempo que ele demorou para responder: "É mesmo? Ora, que coincidência, eu também".

Sozinho na semi-escuridão da sala de estar de Cecily, Derek sorveu por entre os dentes uma golada de vinho tinto, soltou um gemido e forçou-se a reviver sua humilhação até o fim. Naquele momento, Sawyer, sem parar de falar, dera uma meia-volta e, segurando Derek pelo cotovelo, começara a conduzi-lo ao longo do corredor de volta até a entrada.

"É, que interessante. É até divertido. As maquinações todas..."

De volta ao saguão, Sawyer virou-se para Derek e, elevando a voz, engatou um arrastado discurso cheio de falsa piedade. "Sabe, senhor... hum... meu amigo, eles sempre selecionam um ou dois candidatos tapa-buraco para esses cargos de educação. Sabe como é, algum vice-diretor inteligente de algum lugar horroroso, como o centro da cidade ou os condados centrais ou algum lugar desses. Inelegível, é claro. Mas selecionado para agradar aos membros do conselho — o comitê de educação está sempre abarrotado de chatos que subiram na vida por seus próprios méritos. Eles têm que abrir para todas as áreas, anunciar o concurso em âmbito nacional e afirmar a igualdade de oportunidades, não podem deixar que as pessoas pensem que só escolhem candidatos formados em Oxford ou Cambridge. Mas no fim" — Derek notou nessa hora que duas outras mulheres tinham se juntado à mulher da cabine e que as três assistiam a tudo gravemente através do vidro — "no fim eles sempre acabam escolhendo alguém que fala a língua deles, que sabe se relacionar bem com as pessoas certas. É preciso haver uma compatibilidade intelectual e espiritual, sabe como é? Num lugar como Bath? É um papel *social.* É necessária uma certa... *formação.* Tem que ser alguém em franca ascendência. Alguém com uma carreira brilhante, está me entendendo? Não é um emprego para diamantes brutos. Nem para alguém que vai se aposentar daqui a dez anos. Eu não alimentaria muitas esperanças se fosse você, meu velho."

Depois, enquanto se dirigia à ampla porta da frente e a abria, Sawyer soltara um relincho medonho que poderia tanto ter sido uma risada quanto um engasgo. Para a decepção de Derek, fora uma risada.

"E o museu está mesmo fechado. Que mundo cruel, meu Deus... Bom, boa sorte!"

Derek engoliu o resto do vinho, sentindo-se queimar por dentro de ódio daquele homem e de tudo o que ele representava social, política e profissionalmente, mas acima de tudo — e põe acima de tudo nisso — do que representava como pessoa. A raiva estava fazendo as palmas de suas mãos pinicarem. A comichão subiu pelos braços e ombros, esquentou seu imenso tronco, fez suas nádegas formigarem e depois foi descendo por suas longas pernas. Por todo o corpo, o sangue pulsava como uma bomba-relógio. Perder aquele emprego, justo aquele emprego, a sua única oportunidade, perder tudo aquilo já seria horrível, mas perdê-lo para aquele... para *aquele*... Mas, antes que conseguisse resolver como terminar a frase, Derek quase sufocou numa onda de azia.

Sabendo que sentir tanta raiva não lhe fazia bem, Derek procurou concentrar seus pensamentos naquela que, até então, sempre lhe trouxera conforto, Cecily, mas não encontrou conforto algum. Na verdade, lembrar o que acontecera em seguida fez com que ficasse com mais raiva ainda: Cecily saindo atrás dele até a calçada e fingindo que estava mais interessada naquelas baboseiras para emagrecer do que em passar a noite com ele. Ela insistira em ficar, o que significaria que ele teria de sair de casa novamente, pegar o carro e voltar para buscá-la dali a umas duas horas e que os dois acabariam jantando tão tarde que Derek provavelmente se sentiria estufado demais para o programa costumeiro dos dois, a menos que conseguisse convencê-la a ficar por cima. Quase chegou a admitir para si mesmo que aquele, afinal, era o principal motivo por que estava ali, mas conteve-se a tempo. Ela estava estragando a noite dos dois e estava se comportando como se *ele* é que estivesse estragando tudo. Sua raiva foi se transformando aos poucos numa exaustão impotente. Estava cansado daquilo tudo. Fora uma semana de matar, do início ao fim.

Bocejou, mas sabia que ainda não podia se permitir relaxar completamente. Trouxera as compras consigo, mas ainda estava de terno e só poderia trocar de roupa quando fosse apanhar o resto de suas coisas na mala do carro. Estacionara, como sempre, a uma boa distância da casa de Cecily, o que era mais discreto mas também muito menos conveniente. E também, refletiu, completamente inútil, já que os vizinhos de Cecily já deviam tê-lo visto abrir a porta com sua própria chave dezenas de vezes. Ainda bem que ela morava em Bath, onde ninguém o conhecia. Podia até sair em público com Cecily ali (não que de fato saíssem muito), coisa que jamais arriscaria fazer em Bristol. Apanharia suas coisas no carro dali a um minutinho. Começaria a trabalhar na cozinha dali a um minutinho. Sugou as últimas gotas de vinho no fundo do copo, recostou e fechou os olhos. Só um minutinho. Mas, antes que o tal minutinho tivesse passado, sua boca foi se abrindo, suas mãos relaxaram, e o copo de vinho, tombando levemente do alto de sua barriga, foi pousar suavemente a seu lado no sofá.

Eles tocaram todas as composições do programa e mais duas como bis, uma breve *Siciliana* de Maria Theresia von Paradis e a quase obrigatória *O cisne*, de Saint-Saëns. Sara ficou surpresa com a extensão e o entusiasmo dos aplausos, que ela sabia serem tanto sinceros quanto imerecidos, e dirigiu-se aliviada para seu lugar à mesa do jantar. O lugar reservado para James ficava do lado oposto da mesa e, salvo a troca de sorrisos de praxe ao final da apresentação, não houvera outra comunicação entre os dois. Sara imaginava que James diria que ela estivera "ótima", e em alguns aspectos estivera mesmo: seu dedilhado fora ágil e virtuosístico, suas arcadas fluentes e seguras, seu fraseado inteligente e melodioso e seu tom doce e forte ao mesmo tempo. O homem sentado a sua esquerda estava lhe dizendo exatamente isso, atacando entre uma frase e outra uma tortinha de cogumelos com molho *hollandaise*, enquanto Sara balançava a cabeça, sorria e comia sem realmente ouvir o que ele estava dizendo. Estava absorta em seus pensamentos, lembrando-se de um curso de verão que fizera na escola de Tanglewood em 1974, aos treze anos, quando, como uma jovem, nervosa e "promissora" violoncelista de Glasgow, tivera a inesquecível e vertiginosa experiência de assistir a uma aula do lendário Piatigorsky, que dissera: "O que realmente importa é de que forma você vai usar sua arte como ser humano numa vida produtiva. Tudo está interligado. É impossível você ser uma pessoa imbecil e um músico fantástico ao mesmo tempo; é impossível você ser uma pessoa mentalmente desequilibrada e produzir algo de valor na nossa difícil profissão".

Pelo menos ela não era uma imbecil, Sara pensou mais tarde, enquanto atravessava a Kings Parade na escuridão, muito embora não ter esperado a chuva diminuir beirasse o desequilíbrio mental. Chovia a cântaros e, enquanto tentava se desviar das poças, carregando violoncelo, uma sacola com sapatos e anágua e um cabide com seu vestido de veludo protegido por uma capa de plástico, Sara lamentava não ter ido embora mais cedo ainda. Ficaria ensopada só de andar até o carro, que estava estacionado na Manvers Street. Ao sair, deixara James bebericando, melancólico, uma garrafa de clarete. "Ah, o que é isso, toma mais um copinho de vinho. *Life is a cabaret, old chum*", dissera ele. Ainda eram dez e meia e era falta de consideração sua, Sara sabia, ir embora tão cedo, mas sentira uma necessidade irrefreável de fugir da perspectiva de ter de ouvir James fazer um sombrio discurso em louvor a Graham. Meia hora antes, quando Olivia fora até a mesa de Sara para se despedir, ainda não havia nenhum sinal de chuva, de modo que, mesmo estando a pé, a sortuda Olivia teria chegado em casa sequinha.

Depois de chegar ao Medlar Cottage, sair correndo do carro até a casa no meio da chuva e trocar suas roupas molhadas por um roupão, Sara tirou o vestido de veludo de dentro da capa de plástico e notou de imediato que a faixa de seda não estava lá. Tinha certeza de que não a deixara cair em lugar nenhum e se deu conta, contrariada, de que teria de voltar ao Pump Room na manhã seguinte para apanhá-la. Decidiu, no entanto, que trataria aquela inconveniência como um exercício de esportividade; acordaria cedo para escapar do pior do trânsito e tiraria o máximo de proveito possível da necessidade de ir a Bath num sábado de verão. Como no dia seguinte James iria jantar em sua casa, ela poderia ir à peixaria e à Companhia de Queijos Finos e comprar algo especial. Transformaria aquele jantar num acontecimento como uma forma de agradecer a James por aquela noite e por tentar tirá-la do marasmo. (Não era culpa dele que ela ainda se sentisse tão mergulhada no marasmo quanto antes.) E, quem sabe, amanhã talvez pudesse até ser um dia agradável, pensou, apagando o abajur à meia-noite e saboreando por um momento, no escuro do quarto, o silêncio que se seguiu ao cessar da chuva.

3

Quando Sara acordou no sábado, pouco depois das sete, o dia estava claro, muito embora algumas nuvens estivessem se acumulando a oeste, sobre Wing-o'-the-Hill. Sara saiu de casa quando a luz da manhã ainda formava longas sombras e deparou com a cena final de uma chacina botânica. Chovera novamente durante a noite e, ao amanhecer, um vento extemporâneo varrera o vale inteiro, decepando as imensas cabeças vermelhas de todas as peônias tardias do jardim com a agilidade de uma pata de gato. Suas pétalas tinham se espalhado pelas trilhas como penas soltas. Sara embrenhou-se pelo jardim, chutando os montinhos de pétalas no caminho e impondo a si própria a dolorosa tarefa de examinar de perto o estrago. Quase todas as flores tinham sido destruídas. Elas iriam murchar de qualquer forma dali a cerca de uma semana, mas saber disso não diminuiu em nada a sensação de violação que Sara estava sentindo.

Sara chegou à cidade em dez minutos, estacionou o carro na Manvers Street e alcançou as Termas Romanas às nove em ponto, exatamente na hora em que George, o chefe da segurança, estava destrancando os portões. Ao vê-la, George deu um largo sorriso.

"Minha nossa, você gosta de sofrer, hein? Você não cansa, não? Última a sair, primeira a entrar... não sei, não. Qual é seu problema?"

Sara fingiu ficar ofendida, uma etapa necessária do jogo que tinha de jogar com George, enquanto explicava o motivo que a levara ali. Encontrara George algumas vezes no decorrer dos ensaios para a apresentação do dia anterior. Como a acústica do Pump Room era extremamente difícil, James marcara dois ou três ensaios fora do horário de expediente para que pudessem tentar encontrar um bom equilíbrio. Pediam a George que se posicionasse em diferentes partes do salão, ouvisse e depois lhes dissesse como estava o som e, no desempenho desse seu novo papel de consultor sonoro, George fora ficando falante e desinibido a ponto de fazer brincadeiras.

"Quer dizer que você anda largando as roupas por aí, é? Sei. Imagino que esteja no escritório, então, mas o escritório fica fechado aos sábados. Eu tenho a chave, sim. Olha só, trabalhei até tarde ontem e estou um pouco atrasado com o trabalho hoje. Será que você poderia me dar uns dez minutos para eu abrir primeiro lá embaixo?"

"Claro", disse Sara. "Pode ir. Não precisa ter pressa. Vai ser bom dar uma voltinha por aqui, na verdade. Eu procuro você novamente daqui a pouco, está bom?"

George foi andando rapidamente na frente dela, destrancando portas, acendendo luzes e assobiando satisfeito como se as Termas Romanas fossem só suas (como de fato eram fora do horário de funcionamento), mas ele não se importasse em deixar as outras pessoas darem uma olhadinha. Sara foi ficando para trás até que, com o assobio cada vez mais fraco e George fora de seu campo de visão, todo aquele espaço ficou sendo quase só seu. Três jovenzinhas japonesas de mochilas nas costas entraram depois dela e foram se instalar, todas felizes, na varanda que ficava acima da Grande Piscina para tirarem intermináveis fotografias umas das outras ao lado das estátuas de pedra em tamanho natural. Sara ficou debruçada por algum tempo sobre a balaustrada de pedra, contemplando a piscina verde e fumegante lá embaixo, e depois foi andando em direção à semi-escuridão do museu no andar inferior. Conforme descia e se aproximava da nascente, o ar morno e úmido ia subindo ao seu redor. Não sentia um pingo do desconforto misantrópico que experimentara à beira da Grande Piscina na noite anterior. Era bom estar na cidade tão cedo. Poderia tomar um café no Pump Room depois e ficar na cidade até um pouco mais tarde para fazer suas compras. Talvez pudesse sair para dar uma corridinha depois de voltar para casa, ou então ir ao Fortune Park para fazer musculação e nadar. Entrou no museu e continuou andando, saboreando a leitura de trechos a esmo dos textos meticulosamente informativos que cobriam as paredes.

Chegou à parte dedicada às sepulturas e parou para examinar uma fileira de túmulos de pedra irregular cujas tampas cheias de inscrições tinham se transformado nas biografias de pessoas mortas havia tempos. As pedras gravadas contavam as histórias de soldados perdidos, esposas saudosas e do bebê de uma escrava, que fora "liberto" ao ser adotado por uma família romana. Será que a jovem mãe escrava tinha morrido? Ou será que o bebê fora simplesmente arrancado dela, tornando-se propriedade do casal sem filhos que era dono da mãe? Talvez o pai da criança fosse o próprio senhor romano. Não havia como saber lendo as lajes, que se fecharam havia tanto tempo por sobre aquelas pessoas, e isso não importava muito de qualquer forma. O bebê morrera antes de completar dois anos. O sofrimento daqueles mortos já tinha acabado e dois mil anos já tinham se passado para apaziguar os que choraram suas mortes. Em todo aquele tempo, quantos litros de água a fonte sagrada teria vertido, sem nunca cessar?

Sara olhou ao seu redor lentamente, ouvindo como que pela primeira vez o barulho da água jorrando ao fundo. Deixou que seus pensamentos a levassem para longe das sepulturas e fossem em busca da origem do ruído. Estava vindo da calha de escoamento da Fonte Sagrada, que vertia água diretamente da parede a cerca de três metros e meio de distância, ao final de um largo corredor em forma de túnel. Sara parou para olhar através da escuridão do corredor em direção à luz do outro lado. O corredor levava a um parapeito que ficava logo em frente à calha e que constituía a única barreira entre o observador e os milhares de litros de água quente que jorravam diariamente da parede. Sob o feitiço do barulho, Sara foi andando em direção ao parapeito, enquanto o jato de água se precipitava à altura dos olhos e despencava verticalmente por cerca de um metro e meio até bater contra as pedras lá embaixo. Sara podia ver também que, depois de cair, a água formava um lençol profundo e ferruginoso e deslizava em sua direção até desaparecer através de uma grade grosseira num ponto diretamente abaixo de seus pés. Debruçando-se por sobre a beirada do parapeito, ela quase poderia ter posto a mão naquele jato quente e forte, se fosse idiota a esse ponto — seria muito fácil perder o equilíbrio e despencar sobre as pedras. Esse mecanismo de escoamento, um buraco curvo na parede revestido de tijolos, conduzia a água até um dreno, o qual, por sua vez, a conduzia subterraneamente ao dreno principal e depois até o rio. Os romanos por certo não poderiam ter imaginado que aquele mecanismo ainda continuaria funcionando — e maravilhando as pessoas com seu brilhantismo — dois mil anos depois de o terem construído.

O vapor diáfano que subia por toda parte untara cada reentrância da parede circundante com gotículas recheadas de minerais, construindo, partícula por partícula, uma crosta cor de cobre avermelhado ao redor da boca de tijolo de onde a água irrompia, aparentemente manchada de ouro, como que de um reservatório sem fundo de riquezas. Holofotes ocultos realçavam o efeito da torrente de água em seu momento de explosão e banhavam-na com a luminosidade de um milagre. Sara foi se aproximando da torrente com cuidado, como quem se aproxima de um altar. Por mais impressionante que fosse aquela visão, o estouro da água em seus ouvidos era ainda mais estupeficante. Respirar e sentir o gosto eram a mesma coisa naquele ar exuberante e saturado de minerais. Sara sentia o visgo da umidade debaixo dos pés a cada passo que dava, silenciosa e atenta. Alcançou o parapeito. Foi aí. Olhando para baixo. E o barulho da água quase afogou o grito, mas naquela luz laranja sua cabeça levantou de repente e ela desviou o olhar. A água continuava correndo. Sara tinha de olhar de novo. Seus olhos foram descendo novamente, procurando lá embaixo a piscina cintilante onde estava o corpo. Ele parecia muito grande e escuro naquele espaço tão pequeno e iluminado, no meio de toda aquela água que não parava de correr e cair. Aqueles braços e pernas estavam todos tortos; eram como pernas de aranha. Aquilo era uma imensa aranha morta e encharcada. Sara tentava não olhar novamente para o rosto. A água continuava correndo. Sara olhou mais uma vez para o perfil daquele pobre rosto morto e rígido, com sua boca aberta e muda, enquanto a água não parava de passar por cima dele, como um vidro claro em incessante movimento. Estava tudo errado naquele rosto, que ontem mesmo ela confundira com o de Matteo. O pobre rosto vazio e morto de Matteo. Tira ele de lá. A gente precisa tirar ele de lá. A gente precisa tirar aquela expressão daquele rosto. Sara se afastou do parapeito, cambaleante, e, quando suas mãos se ergueram para cobrir os olhos, um vulto escuro e apressado chegou até ela vindo da escuridão e a segurou nos braços antes que ela caísse.

O torpor engolfou as horas que se seguiram. Sara supunha que certas medidas práticas deviam ter sido tomadas. Lembrava-se de ter visto pessoas correndo, de ter ouvido vozes alteradas e de sentir George praticamente a carregar pelo caminho, tirando-a de lá com delicadeza e conduzindo-a novamente pelas escadas e depois até a alta e reverberante Sala de Concertos. Sara não fazia a menor idéia de quanto tempo tinha se passado, mas estava melhorando da náusea e da tontura que a atingiram de início e conseguiu rebater bem as indagações ansiosas sobre seu estado. Sim, sentada ali ela ficaria bem. Não, não havia ninguém na casa dela com quem eles pudessem entrar em contato. Estava sentada agora na

Sala de Fumar, uma de uma série de salas menores que ficavam no final de um corredor que corria paralelo à Sala de Concertos. A sala estava ficando cada vez mais cheia. As três japonesinhas estavam lá e também cerca de doze outras pessoas que deviam ter entrado nas termas depois delas. Uma ou duas ainda seguravam seus guias de viagem e todas estavam sentadas em grupos de três ou quatro nas cadeiras ao redor das paredes, conversando de um jeito meio desanimado. A porta se abriu e George entrou novamente, seguido por três de seus assistentes, pelas duas vendedoras da loja de suvenires e por duas das senhoras que trabalhavam no balcão de entrada. Sara ficou observando em silêncio, enquanto um dos turistas, instigado pela visão de funcionários uniformizados, perguntava o que diabos estava acontecendo. George balançou a cabeça. Nem ele sabia direito. Uma fatalidade parecia ter acontecido. Ele tinha telefonado para a polícia, que chegara quase imediatamente depois e fora direto para o lugar onde estava o corpo. A polícia dera ordens para que um cordão de isolamento fosse colocado ao redor do edifício e pusera oficiais de guarda nos quatro lados do prédio. Nenhum membro do público poderia entrar e nenhuma das pessoas que estavam dentro do prédio poderia sair. George recebera instruções de um oficial de polícia para encontrar uma sala adequada onde eles pudessem dar início ao inquérito e tomar depoimentos preliminares. Tendo-os encaminhado à Sala de Recepção que ficava ao lado, e com a qual eles pareceram ficar satisfeitos, George fora instruído a reunir todos os visitantes que ainda pudessem estar perambulando pelo edifício e conduzi-los, juntamente com toda a equipe de funcionários, à Sala de Fumar. Isso era tudo o que ele sabia.

Mais carros de polícia haviam chegado; das janelas da Sala de Fumar eles tinham uma vista que se estendia até o pátio da abadia, onde um dos carros de polícia estava parado com sua luz azul piscando e rodopiando e de cujas portas abertas podia-se ouvir o zumbido intermitente do rádio. Uma policial entrou na sala e todo mundo parou de falar. Ela pediu a todos que aguardassem, pois era tudo o que podiam fazer no momento, pediu desculpas pela inconveniência e disse que esperava que eles não ficassem detidos ali por muito tempo. Eles aguardaram.

A policial voltou pouco depois e perguntou se havia uma cozinha no prédio onde fosse possível fazer chá. As duas vendedoras da loja de suvenires saíram da sala junto com ela, contentes por terem alguma coisa para fazer. Voltaram trazendo duas bandejas. Parecia um pouco desrespeitoso, sob as circunstâncias, abrir um sorriso por causa de uma xícara de chá, mas foi isso o que a maior parte das pessoas fez, e o suave zunzunzum de bate-papo foi se restabelecendo à medida que as xícaras eram distribuídas. George trouxe uma xícara para Sara e se sentou ao lado dela.

"Está melhor agora, meu amor?"

"Aquele homem na água... era o homem que fez o discurso ontem nos Assembly Rooms, não era? Matthew Sawyer."

George respondeu que sim balançando a cabeça gravemente. Sara continuou. "Estou me sentindo péssima. Eu ri dele. Nós duas rimos, eu e a minha amiga. Ontem tudo parecia muito engraçado. Eu só achei que ele estava dando um vexame, não tinha idéia do perigo que estava correndo. Não consigo acreditar que ele está morto."

A porta se abriu e a policial entrou na sala novamente.

"Teremos de tomar o depoimento de todo mundo que estava no prédio quando o corpo foi encontrado. No caso da maioria de vocês, vamos precisar hoje apenas de seus dados pessoais e de uma declaração dizendo exatamente onde vocês estavam quando o alarme soou. Peço desculpas por vocês terem tido de esperar, mas acredito que não vai ser necessário mantê-los aqui por muito mais tempo."

Mais chá. Outro policial entrou e tomou nota de nomes e endereços. Sara continuava sentada, pálida e quieta, aliviada por aparentemente ninguém querer que ela fizesse nada além de permanecer ali sentada. Ficou vendo a sala se esvaziar aos poucos, conforme os turistas eram levados um a um para a sala ao lado para darem seus dados inócuos e relatarem seus conhecimentos periféricos dos acontecimentos, sendo em seguida liberados. Sara se deu conta de que alguns daqueles turistas um dia se lembrariam daquele episódio como algo levemente divertido; para alguns deles, como aquelas duas americanas de suéteres de caxemira verde-limão, o episódio acabaria se transformando num pequeno detalhe extra para dar tempero a seus relatos de viagem. Gente, como a Inglaterra é violenta! Nós já te contamos o que aconteceu na viagem que a gente fez em 97? Sara teve inveja, pois se sentia mudada, mais uma vez pega de surpresa pelos acontecimentos, pela morte. Sem querer, entrara novamente naquele estranho território onde prazeres simples e a esperança despretensiosa de ter um dia agradável pareciam ser não só ligeiramente indecorosos, mas risíveis.

"O coitado provavelmente levantou da cama hoje de manhã como sempre", dizia George, "achando que teria outro dia perfeitamente normal, e acabou sendo o seu último, o último dia da vida dele. Para mim, ele deve ter simplesmente tropeçado, caído por cima do parapeito, batido com a cabeça lá embaixo e pronto. É uma teoria, não é? Inacreditável."

Enquanto falava, Sara via novamente em sua cabeça os Assembly Rooms, a platéia cheia de mulheres, o palco e o homem alto da noite anterior, penando para conseguir desfiar seu desastroso discurso.

"George, ele *não* levantou da cama hoje de manhã como sempre", disse em voz baixa. Involuntariamente, Sara viu outra vez o corpo torto e encharcado e o rosto morto. "Ele ainda estava de smoking, George. Deve ter passado a noite inteira ali."

O sargento-detetive Bridger não se levantou quando a policial, que fora buscar Sara na Sala de Fumar, abriu a porta da Sala de Recepção e fez sinal para que ela entrasse. O detetive indicou uma cadeira para Sara se sentar e, alheio à ironia, perguntou se ela se importaria que ele fumasse. Ou melhor, sacudiu um maço de cigarros na frente dela e disse, já que estava lidando com um membro da população civil e tinha a obrigação de perguntar: "Você não se importa, não é?".

"Na verdade, eu me importo, sim."

Sara não estava ligando a mínima para o que ele pudesse pensar. O sujeito era imperdoavelmente repulsivo. Vestia — provavelmente tentando fazer um gênero de policial durão — uma calça cáqui da Gap, uma jaqueta de aviador azul-marinho de estilo militar, obviamente de couro sintético, e uma gravata fina de camurça marrom, um pouco frouxa no pescoço. Sara tinha a certeza de que a ruga de tensão visível em seu rosto se devia menos a uma tocaia noturna longa e estressante do que ao fato de não ter podido comer seu doughnut na delegacia naquela manhã. Bridger também conhecia bem o tipo dela. Era uma daquelas vacas intelectuais petulantes e neuróticas que odeiam homens.

"Ó céus", disse ele com um ar de preocupação debochado, enquanto consultava sua lista. "Muito bem, então. Bom, dona... ah, me desculpe, eu estou vendo aqui que é senhorita... Selkirk, não é isso? Vamos torcer para isso não demorar muito, então. Olhe como eu já estou sem fôlego. Realmente, é um vício horrível, eu sei."

Guardou os cigarros e puxou do bolso uma barra de chocolate com recheio de caramelo. Depois de abrir o chocolate e dar uma mordida, Bridger cometeu seu segundo erro.

"Bom, com um nome desses, só posso concluir que você seja do norte da fronteira, estou certo?", perguntou com a boca ainda meio cheia. "É frio à beça lá, não é? Eu nunca fui. Prefiro o calor."

Sara ficou olhando para ele com uma cara que ela esperava que transmitisse todo o seu tédio e sua irritação com relação ao tema do clima na Escócia. Bridger decidiu abandonar toda e qualquer tentativa de ser cordial e, em vez disso, adotou seu tom de "profissional altamente treinado com uma tarefa a cumprir e sem tempo a perder", passando os dedos amarelados pelos cabelos foscos como se esperasse encontrar algo de interessante ali. Sara tentava descobrir por que razão sentia tamanha antipatia por aquele homem, que afinal era um policial. Ele parecia de fato bastante jovem e ela não podia exatamente culpá-lo por isso, mas tinha uma daquelas caras de rato e um tipo de corpo franzino, branquelo e provavelmente quase sem pêlo que ela achava tão repugnantes. Cães fila tinham o mesmo efeito sobre ela. Olhando em volta, Sara ficou indignada de ver o que ele já tinha conseguido fazer com aquela sala antes tão tranqüila e elegante. Vários arranjos de flores haviam sido retirados de seus devidos lugares e amontoados com óbvia impaciência sobre um longo banco do final do século XVIII que ficava encostado contra a parede. Os amplos peitoris das janelas e três mesinhas laterais em forma de semicírculo já estavam cobertos de tralhas da polícia: pastas e papéis, um laptop, um telefone celular e uma caixa de disquetes. Uma escrivaninha, com certeza trazida de um dos escritórios, fora enfiada debaixo das janelas. A sala já estava muito mais caótica e suja do que seria necessário. Sara poderia apostar que Bridger achava que era a policial quem deveria se encarregar de manter as coisas arrumadas, de lavar as xícaras sujas e coisas assim, e que a policial — viva ela! — estava fazendo questão de não fazer nada disso.

Agora Bridger estava sendo curto e eficiente. Em resposta às perguntas dele, Sara relatou o que havia feito desde que chegara ao Pump Room naquela manhã. Em seguida, Bridger passou a fazer perguntas a respeito da noite anterior, e Sara então contou em detalhes tudo o que acontecera, desde o ensaio da tarde até a hora em que saíra do Pump Room, na chuva, às dez e meia. Falou também do discurso de Matthew Sawyer.

"Foi um desastre. Ele foi extremamente grosseiro e debochado, como se não fizesse a menor idéia de que aquilo era importante para aquelas pessoas. Todo mundo deve ter ficado furioso com ele. Eu mesma me senti constrangida."

"E você acha que praticamente a platéia inteira ficou irritada? Você se lembra de alguém que tenha ficado particularmente furioso?"

"Como é que eu poderia saber? De qualquer forma, fui embora logo depois." Sara ficou em silêncio por alguns instantes e depois acrescentou: "Eu só vi uma pessoa falando com ele depois disso. Uma colega de trabalho dele, Olivia Passmore, a diretora-adjunta. Não, eu não ouvi o que eles disseram. Mas imagino que você possa perguntar a ela, não é?".

Nem morta ela daria uma contribuição maior do que essa que já havia dado. Olivia com certeza estava na lista das pessoas que teriam de prestar depoimento. E, de qualquer forma, não cabia a ela especular sobre o que os dois teriam conversado. Aquilo era problema deles ou, mais exatamente agora, de Olivia. De repente, Sara sentiu um misto de pena e carinho pelo coitado do Matthew Sawyer, tão desastrado, a quem nunca sequer tivera a oportunidade de conhecer direito. Bridger a estava interrogando novamente a respeito do momento em que encontrara o corpo. Para quê? Para que falar nisso de novo? Esse nojento só está fazendo isso para me atormentar, pensou Sara, enquanto respondia mecanicamente.

"Como já lhe disse, eu estava dando uma volta pelo museu. Estava só fazendo hora até que o George pudesse abrir a porta do escritório onde eu tinha deixado a faixa do meu vestido. Fui a primeira visitante a entrar. Aí eu simplesmente fui andando até o parapeito que fica em frente à calha de escoamento e vi o corpo lá embaixo, na água. Reconheci quem era. A água estava correndo por cima do rosto dele. A boca estava aberta. Suas pernas e seus braços pareciam completamente... completamente desconjuntados. Devo ter gritado. O George me segurou. Isso é tudo de que me lembro. Foi um choque horrível... O Matthew Sawyer era muito parecido com uma pessoa que eu... que eu conheci."

Sara parou de falar por um instante. Tinha a sensação de que começaria a chorar se tentasse dizer mais alguma coisa, mas ela precisava saber.

"Como foi que ele morreu?"

Bridger olhou para ela. A imprensa seria informada dali a umas duas horas de qualquer forma; a declaração já estava pronta. Ele pegou uma folha de papel de cima da mesa. Não deveria dizer nada, mas seria um prazer ver a cara que ela faria quando soubesse.

"Ainda na pendência do relatório definitivo do legista, um exame preliminar sugere que o morto sofreu ferimentos fatais causados por punhaladas que não parecem ter sido auto-infligidas", leu Bridger, passando a língua pelos dentes caramelizados, com ar satisfeito.

4

Sara não conseguia tirar da cabeça os acontecimentos do dia. Estava chovendo quando saiu do prédio. Recusando ofertas de ajuda, pegou o carro e foi para casa, desistindo de todos os seus planos, decidida apenas a voltar para a privacidade reconfortante das paredes grossas de sua casa. Ligou para James.

"Então, por causa disso tudo que aconteceu, acabei não comprando nada. Me desculpe. Eu pretendia ir à peixaria. Tenho salada em casa, mas nada para a sobremesa. Eu queria fazer um jantar especial. Ai, James, me desculpe. E os queijos? O que é que a gente vai fazer?", resmungou Sara, transferindo sua ânsia de que alguma espécie de ordem se restabelecesse para o estado de sua despensa, onde pelo menos era possível fazer alguma coisa para que isso acontecesse.

James a interrompeu. "Você quer parar com isso? Eu vou dizer o que a gente vai fazer. Vou fazer umas compras e depois vou direto para aí. Você não vai fazer absolutamente nada até eu chegar, a não ser talvez preparar um chá. Me espere que eu já estou chegando."

E, embora achasse que provavelmente fosse fazer bem a Sara, James achou melhor não lhe sugerir que tomasse um longo banho de água quente.

No final da tarde, começou a ventar forte de novo e esfriou. Sara recolheu algumas das flores de peônia caídas e botou-as para boiar numa tigela larga de vidro. Apanhou um pouco de lenha, acendeu a lareira e fez um chá. Depois, arrastou-se pelas escadas acima até o segundo andar. Em seu banheiro enorme, que também fazia as vezes de quarto de vestir, Sara encheu a banheira com água quente, despejou a maior parte do gel de banho de chá-da-índia na água e entrou na banheira, ofegando por causa da quentura. Soltou um gemido, afundou por inteiro na água e depois emergiu; apanhou seu óleo de banho da Floris e derramou na banheira uma quantidade generosa, suficiente para extinguir o aroma de chá-da-índia. Ficou ali deitada por um longo tempo, flutuando absolutamente imóvel na água quente e perfumada, e sentiu que se livrara de parte da sujeira acumulada ao longo do dia. Bem mais tarde, enrolada num roupão, descansou por um momento na ampla cadeira de balanço de vime, na qual se sentou para secar os pés. Pensou na viúva e nos filhos de Matthew Sawyer, supondo que ele fosse casado e tivesse filhos. Para ela, a experiência da morte dele tinha praticamente terminado. Só o que precisava fazer agora era se recuperar de um choque momentâneo. Para a sra. Sawyer, no entanto, aquilo era só o começo: depois da dor, da raiva e da amargura, ainda viriam a solidão e uma tristeza infinita. Sara cobriu o rosto com as mãos mornas e enrugadas pela água.

James chegou na hora certa para preparar duas grandes taças de kir para os dois. Entrou na casa sozinho pela porta da cozinha e, para anunciar sua chegada, pôs-se a cantar "Ma in Espana", bem na hora em que Sara começava a descer as escadas, sob uma nuvem de perfume de estefanote, descalça e vestindo uma calça indiana de seda cinza e uma camisa masculina sem gola. A pele de Sara estava rosada e extremamente lustrosa, e James, achando que ela parecia um bebê tamanho gigante, concluiu que era assim que ela estava precisando ser tratada. Notou que uma expressão de dor tinha voltado a seus belos olhos.

"Cantando *da capo*, eu percebi", disse Sara. "Leporello já chegou. Você nunca se cansa de *Don Giovanni,* não?"

"Provavelmente não tanto quanto todo mundo. Vem cá, meu amor", disse James, dando um beijo na testa de Sara e abraçando-a. "Coitadinha da minha queridinha. Você sabe que não devia deixar a porta destrancada desse jeito, não sabe?", disse, balançando-a suavemente em seus braços.

"Nós estamos no interior. Não seja tão londrino", respondeu Sara, soltando em seguida um suspiro meio trêmulo. "Estou tão feliz por você estar aqui", murmurou, com a boca encostada contra o peito de James. Depois de um instante de silêncio, Sara se afastou e disse: "Você o viu ontem à noite, não viu? No jantar, no Pump Room. Ele parecia um pouco com o Matteo, não parecia?".

"Um pouco. Só um pouco. Vem cá, tome este drinque. Você quer gelo?"

Só o que James queria era fazer com que Sara se sentisse um pouco melhor depois daquela experiência horrível e, como todas as pessoas que são extremamente agradáveis sem perceber, ele não se dava conta de como sua simples presença já era suficiente para isso. Fazendo-a sentar-se à mesa, com sua taça e uma tigela de azeitonas na frente, James pôs-se a trabalhar alegremente na ampla cozinha de teto alto. Estava adorando movimentar-se naquele espaço tão generoso, apanhando colheres e ervas penduradas em ganchos, tirando do caminho as coisas de que já não precisava mais. Sara observava, reconhecendo a mesma desenvoltura técnica impecável que James tinha para o piano. Seus movimentos eram simples. Nada dos gestos passionais e exagerados que tantos músicos adotavam, imaginando que fosse isso que o público esperava. James punha toda a sua energia no que estava fazendo e se concentrava apenas naquilo. Conseqüentemente, nunca havia no que quer que fizesse — fosse executar uma composição, contar uma história ou preparar uma salada como estava fazendo agora — um só elemento destoante ou gesto vazio, mas havia sempre uma espécie de honestidade que nascia da profunda concentração que ele dedicava às coisas. James usava as mãos com perfeição. Parecia estabelecer uma harmonia com o que tocava; tirava tábuas de picar de dentro do armário sem bater com elas nas coisas, não deixava dentes de alho descascados caírem no chão e depois pisava em cima, não descascava cebolas como quem abre um embrulho rasgando o papel em pedaços. Quando James começou a cortar as batatas, Sara pensou que ele era a única pessoa no mundo que ela tinha prazer de ver usando uma faca. Os kirs acabaram rápido, e James preparou outros. Um pouco por causa do vinho, um pouco por causa do jeito afetado de James e um pouco pela necessidade de aliviar as tensões do dia, os dois estavam rindo à toa. Levaram as bandejas de comida para a sala e comeram sentados a uma mesinha baixa perto da lareira, enquanto o gato descansava em frente ao fogo, grogue de tanto comer Whiskas.

"Quer mostarda? Esta aqui leva cerveja", disse James, servindo-se. "Mas me diz uma coisa, isto aqui não está igual a um episódio de *Famous Five*? Olha só, montanhas de folhas de alface, *pommes savoyardes*, lingüiça de javali, azeitonas, um pão francês maravilhoso, cabernet sauvignon aos borbotões. Para não falar de um assassinato. Que sinistro! Obviamente, não tem graça nenhuma", acrescentou, em resposta ao olhar de Sara, "mas eu me pergunto qual terá sido o motivo. Será que o discurso teve alguma coisa a ver?"

Sara respondeu, bufando, que Sawyer com certeza tinha deixado muita gente irada com aquele discurso, mas que não era possível alguém assassinar uma pessoa por causa disso.

"Ah, *parece* impossível", entoou James num tom macabro, "mas existem inúmeras coisas no mundo que *parecem* impossíveis, não é verdade? Ecos de tempos passados. E aquelas maldições que as pessoas costumavam jogar nas piscinas de água quente? Me passe o guia de viagem."

James folheou o guia.

"Escuta só. 'Que a pessoa que roubou de mim se liquefaça como água.' Não, escuta esta: 'Que o meu inimigo afunde como chumbo'. 'Que a deusa Sulis o castigue com a pior das mortes.' Está vendo?"

Sara olhou para ele com olhos arregalados e zombeteiros e disse "Uuuh, uuuh!".

"Não, olhe, essas coisas são muito poderosas. São, *sim*. Você não acha que pode existir alguma ligação?"

"Bom, meu caro Watson, pode até ser que exista, mas eu não imagino que a polícia de Bath esteja muito disposta a aceitar esse tipo de explicação", disse Sara.

Em seguida, Sara brindou-o com uma descrição do detetive Bridger recheada de obscenidades. Subitamente transformado num perito em procedimentos policiais, James comentou: "Ah, mas esse cara é fichinha. Com certeza não vai ser ele quem vai ficar no comando das investigações. Eles vão ter que tomar o depoimento de todos os funcionários do museu, dos Assembly Rooms e do Pump Room, de todo mundo que estava trabalhando no bufê e de todo mundo que assistiu à apresentação ontem à noite. Se você somar essa gente toda dá muito mais de quinhentas pessoas, e isso é só para começar".

"Mas por quê?", perguntou Sara. De repente, tudo pareceu ficar sério novamente. "Você não acha que eles vão conseguir descobrir quem arrombou a porta sem ter que passar por tudo isso? Eles devem ter câmeras de vigilância no prédio. Ou alguém pode ter visto o sujeito entrar, ou ouvido barulhos. Ele provavelmente estava bêbado e louco para arrebentar tudo. Aposto que foi só um arruaceiro bêbado com uma daquelas facas do Exército."

"Você acha mesmo? Mas, veja bem, você chegou lá logo cedo e o George estava abrindo os portões como sempre faz. Ele obviamente não tinha encontrado nenhum sinal de arrombamento nem nada fora do normal. Tudo devia estar exatamente como ele esperava."

"Bom, é, imagino que sim. Inclusive o alarme", acrescentou Sara. "Toda noite, a pessoa encarregada de trancar as portas também tem que ligar o alarme. George, ou quem quer que esteja encarregado de abrir o prédio, desliga o alarme de manhã. Se o alarme estivesse desligado, George teria ficado nervoso hoje de manhã. Mas ele estava perfeitamente calmo."

"E quem é que estava encarregado de trancar as portas ontem à noite?", perguntou James. "Porque, se alguém trancou as portas e ligou o alarme como de costume, essa pessoa, seja ela quem for, ou trancou o Matthew Sawyer ou trancou o corpo do Matthew Sawyer lá dentro."

"Mas era o Matthew Sawyer quem estava encarregado de trancar ontem", disse Sara. "A Olivia mencionou isso quando foi se despedir de mim. E então, como é que fica? Quem trancou as portas afinal? Só pode ter sido o assassino."

"Isso *se* o alarme realmente estava ligado. Mas e se o George agiu naturalmente porque não ficou nem um pouco surpreso de encontrar o alarme desligado? Porque *ele* é que é o assassino? Não, mas espera aí, se ele tivesse cometido o assassinato e deixado o alarme desligado para que a polícia pensasse que o assassinato foi cometido por alguém que *não* sabia ligar o alarme, então parte da estratégia seria agir como se tivesse ficado muito surpreso de 'descobrir' que o alarme estava desligado de manhã, certo? Então não pode ter sido ele, pode?"

"Pára. Você está me deixando toda confusa", disse Sara, rindo. "Enfim, acho isso tudo um horror. Quando penso nas últimas pessoas a irem embora, sem fazer a menor idéia do que estava para acontecer com ele... Você ficou até o final, não ficou? Eu pelo menos tive a impressão de que você estava se divertindo."

"Ah, você me conhece. Eu detesto ir embora antes de a festa acabar." James levantou sua taça na direção de Sara com um ar brejeiro antes de tomar um gole. "O que mais me intriga é *por que* ele foi assassinado. Não foi roubo, pelo que tudo indica, nem vandalismo. Ele devia ter inimigos."

"Um inimigo pelo menos", disse Sara cheia de certeza, "muito embora eu não consiga entender como é que as pessoas podem perder a cabeça a esse ponto. Quer dizer, no mundo *real*..."

"A-há! Você quer dizer no seu mundinho protegido, não é?", disse James, de forma mais brusca do que pretendia. "Você não faz idéia das coisas que acontecem, não mesmo. As pessoas nem sempre são o que parecem, sabe?"

Sara olhou para ele com um ar de desdém debochado. "Ah, está bem. Já entendi. Entramos novamente no reino da paranóia gay, não é? Não, espere aí, talvez o Matthew Sawyer fosse na verdade um chefão do narcotráfico. Ou um cafetão. Ou os dois. Ah, James, pelo amor de Deus..."

"Sua ridícula. Você não sabe de nada *mesmo*. Não é paranóia, existe muita homofobia no mundo, sim, e a coisa não se resume a valentões espancando gays nos sábados à noite nas cidades do interior. Há muita coisa que acontece por debaixo do pano."

"Então você acha que o Matthew Sawyer era gay, é isso?"

"Eu não disse que ele era gay, disse? Não que não exista muita gente que é gay e homófoba ao mesmo tempo."

"Ah, não começa com isso agora. Enfim, acho que a gente devia deixar as especulações para a polícia."

"Ou seja, você está me dizendo que vai perguntar ao gostosão do Andrew o que ele acha, não é isso?", provocou James. "Vai ver até que é ele quem está conduzindo as investigações."

Sara fuzilou-o com os olhos. "Você não precisa ser maldoso só porque ele é policial."

"O primeiro policial violoncelista que o mundo já conheceu", zombou James. "E eu não estou sendo maldoso. Só desconfio um pouco dos motivos dele para atazanar você, insistindo tanto para que você lhe desse aulas de violoncelo, só isso."

"Não há nada do que desconfiar. Como você se sentiria se tivessem impedido você de continuar estudando piano, justamente na época em que a coisa estava começando a ficar interessante, só porque seus pais achavam que estava na hora de se preparar para conseguir um emprego 'decente'? Ele foi forçado a desistir de tudo e se arrepende muito disso. Ele poderia ter se tornado um músico profissional, se tivesse tido o incentivo necessário. Foi um desperdício criminoso de talento."

"Ele tem uma quedinha por você."

Sara torceu o nariz.

"E quanto aos seus motivos para aceitá-lo como aluno? Será que é realmente o talento dele que lhe interessa tanto? Ele é muito bonito, é claro, mas não conte a ele que *eu* disse isso — ele vai ficar horrorizado."

"Além do mais, ele não é policial, é detetive, como você sabe muito bem. Inspetor-chefe, para ser mais exata", disse Sara, acrescentando depois de uma pausa: "Você está é com ciúme, porque você é quem tem uma quedinha por ele".

"Eu me recuso a honrar com uma resposta uma insinuação tão ofensiva", retrucou James. "E, como sempre, você não está percebendo o xis da questão, que é você, uma artista e concertista de renome internacional, estar *dando aulas* para um agente de polícia bonitão. E não me entenda mal; pode até ser que ele seja um aluno digno de receber aulas suas, mas se você deveria ou não estar gastando o *seu* tempo dando essas aulas, em vez de estar pensando em voltar a fazer concertos, é algo que, a meu ver, merece ser questionado."

Fez-se o silêncio.

"E é preciso levar em conta também a esposa dele, não é verdade?"

Sara soltou um suspiro. Sabia que, tendo perdido a batalha para continuar a estudar música e entrado para a polícia, Andrew tornara-se presa fácil para Valerie. Os dois se casaram quando tinham vinte e três anos e, desde então, a vida de Andrew resumira-se à tensão da hipoteca, aos cursos de como cuidar bem dos filhos, às provas da polícia, aos almoços com os sogros domingo sim, domingo não, às incursões às lojas de artigos para gestantes, bebês e crianças, às prestações dos estofados, do microondas e da filmadora e às discussões regulares com Valerie em torno de cada um desses assuntos. Boa parte disso tudo ele relatou logo na primeira vez em que foi falar com Sara. Mas só depois de conhecê-la melhor foi que lhe contou que fora depois de uma briga particularmente feia com Valerie que criara coragem e gastara as economias de fim de ano na compra de um violoncelo novo, já que tinha vendido o antigo no Natal do ano anterior, sob pressão, para comprar um computador para as crianças. Valerie ainda o atormentava um bocado por causa disso, mas ele chegara a um ponto em que simplesmente não conseguia mais ficar sem tocar, e Valerie ia ter de engolir.

"A esposa dele é problema dele", disse Sara.

"Certo, certo", disse James. "Talvez você tenha motivos inteiramente inocentes para dar aula para ele. Mas ele bem que fez uma certa chantagem emocional para que você aceitasse, não fez?"

James era tão irritante às vezes. Ela não ia explicar tudo de novo, não ia contar outra vez que Andrew simplesmente estava sentindo necessidade de ter aulas e que, ao ficar sabendo, por uma matéria especial que o *Bath Chronicle* publicara sobre Sara, que ela estava morando perto de Bath, Andrew lhe escrevera uma espécie de carta de fã. Ele se apresentava, dizia que tinha todos os discos dela e sondava o terreno, dizendo que não imaginava nem por um instante que ela pudesse levar em consideração a hipótese de lhe dar aulas. Sara lhe escrevera uma resposta agradecendo pelo que ele dissera na primeira parte da carta, mas em nenhum momento dizia claramente que não dava aula. Andrew, então, simplesmente lhe telefonara e perguntara quando poderia ir à casa dela para conhecê-la e pedir uma orientação. Sara não ficou surpresa ao descobrir que a voz suave e atraente que ouvira pelo telefone pertencia a um homem musculoso, de cabelos claros e olhos castanhos, um ano ou dois mais velho do que ela. Mas ficou surpresa com a musicalidade com que ele tocou — apesar da técnica um pouco enferrujada pelos vários anos em que estivera parado — e com a veemência com que resistiu à idéia de procurar qualquer das outras pessoas que ela sugeriu para lhe dar aulas. "Mas eu não dou aula", ela dissera.

"Eu não cobro nada pelas aulas", disse Sara, olhando para James na defensiva, enquanto ele bebericava seu kir com ar condescendente. O fato de ela não cobrar pelas aulas obviamente não vinha ao caso. Andrew lhe escrevera de novo. Depois telefonara mais uma vez. Àquela altura, ele já se tornara tão constante em sua capacidade de surpreendê-la que Sara, ridiculamente lisonjeada, acabou cedendo. Foi quando se deu conta de que a idéia de que aquele homem insistente e divertido, com seu jeito suave de conseguir exatamente o que queria, pudesse vir a fazer parte da sua vida lhe agradava mais do que a idéia de que ele sumisse por completo.

"Olha, é só uma aula a cada quinze dias, mais ou menos. E, além do mais, eu gosto dele e gosto de dar aula para ele, então você pode parar de olhar para mim com essa cara. Se ele estiver mesmo trabalhando no caso, é provável que já tenha mandado prender alguém a esta altura. Não é possível que seja tão complicado assim. Me dá mais um drinque, vai. Você não comprou queijo?"

"Claro que comprei", disse James, sem perder o ar de condescendência.

5

Na manhã seguinte, apesar de uma leve ressaca, Sara saiu de carro e seguiu pela estrada de Londres, por entre os muros altos das casas de Batheaston. Parou para comprar um jornal na loja de Dennis e Maureen aonde, para sua surpresa, as notícias do corpo encontrado na água e de seu envolvimento na descoberta do cadáver ainda não tinham chegado. Depois, dobrou à esquerda em direção a Bannerdown, onde a estrada romana seguia em linha reta ao longo do topo da colina em direção a Colerne e ao santuário do clube de ginástica em Fortune Park.

Assim que entrou pela porta do clube, Sara viu que Sue estava no balcão e que seu bom astral de dois dias antes já havia desaparecido. Era quase uma façanha, a maneira como ela conseguia parecer tão deprimida em suas arrojadas malhas colantes de professora de ginástica, muito embora esse trabalho muitas vezes também se combinasse ao de recepcionista e garçonete do clube. Seu corpo atleticamente perfeito estava vestido e imaculadamente equipado com um caro uniforme de aeróbica, mas seu rosto traía uma existência mais uma vez desprovida de alegrias.

"Olá", disse Sara, com uma animação irritante.

Sue deu um sorriso forçado.

"Ih, nossa. É o Paul de novo?", perguntou Sara.

Sue fez que sim com a cabeça. Sua voz mal chegava a ser um sussurro. "Mas não foi o que você está pensando — nós não brigamos nem nada. Ele está sendo interrogado a respeito... ai, meu Deus, é horrível... a respeito de um assassinato! No Pump Room. A polícia telefonou para cá. Ele foi para a delegacia de Bath e a coisa toda estourou. Ele foi descoberto e acabou tudo. Ele não vai mais poder trabalhar aqui!"

Sara queria dizer várias coisas ao mesmo tempo, uma das quais era que, se Paul cometera o assassinato, com certeza haveria conseqüências mais sérias e prementes do que a perda do emprego. Sara adiou sua sessão de exercícios sem reclamar, sentou-se num dos bancos do bar, entre vasos de palmas e números antigos da revista *Country Life*, e tomou um café enquanto ouvia. Conseguiu, com certa dificuldade, contar a Sue que tinha estado lá e que tinha na verdade sido a pessoa que encontrara o corpo. Sue mostrou-se devidamente chocada, mas a notícia só a distraiu momentaneamente de suas próprias aflições.

"Não! Meu Deus! Que coisa! Que horror! Coitadinha de você! Que horror! Mas, enfim, como eu estava dizendo..."

À medida que Sue continuou falando, as coisas começaram a fazer sentido. Paul vinha trabalhando nos Assembly Rooms nas tardes e noites de sexta-feira, preparando e servindo o bufê vegetariano. E esse era o problema. Paul não poderia estar lá, porque seu contrato com o Fortune Park o proibia terminantemente de fazer biscates. O argumento da gerência era que eles pagavam seus funcionários para estarem alertas e bem-dispostos e que não queriam que ninguém se metesse a fazer bicos em outros lugares fora do horário de expediente e depois aparecesse no clube no dia seguinte para servir o café-da-manhã semimorto de cansaço. Por isso seus contratos os proibiam de arranjar outros trabalhos. A própria Sue pedira certa vez uma permissão especial para dar uma aula de aeróbica fora do clube, mas a gerência recusara.

"Ele só estava fazendo isso para ver se conseguia melhorar um pouco de vida", disse Sue. Sara murmurou algum comentário compreensivo. "Trabalhar de garçom é um desperdício do talento dele, sabe. Ele na verdade é chef. E é muito bom. Ele é parte francês, a mãe dele era francesa, e ele fez treinamento lá, no restaurante de um tio. Ele quer muito ser chef, só que, como nunca teve nenhum treinamento formal, o clube só pôde contratá-lo como garçom. É praticamente impossível subir de posto nas cozinhas daqui, principalmente quando se é garçom. É como no Exército, todo mundo que trabalha na cozinha tem um posto, e até os assistentes têm que ter diploma, só para picar legumes. Ele nunca vai ter uma oportunidade aqui. Então, tem trabalhado de vez em quando para a Coldstreams, sabe, o pessoal que faz a comida do Pump Room e dos Assembly Rooms e de outros lugares. E da prefeitura também, eu acho. Já trabalhou como assistente de chef algumas vezes, em alguns dos eventos. Em geral, ele prepara os legumes. Na outra semana preparou os merengues. Mas ele cozinha bem. E é cuidadoso, só aceita trabalhos de que sabe que vai dar conta. E agora vai ser despedido. É tão injusto! A gente precisa do dinheiro. Ele está tentando economizar para podermos morar juntos." O rosto de Sue se enrugou.

"Olhe, não fique imaginando o pior. A gente nunca sabe, talvez a gerência seja compreensiva. Eles podem até resolver ajudar quando souberem por que ele estava fazendo esses bicos. Talvez até o ajudem com o treinamento. Ou talvez o Oliver Coldstream possa interceder junto ao chefe dele aqui no clube, explicar a situação toda."

"Ele mal conhece o senhor Coldstream. E ele nunca nem viu o tal do Matthew Sawyer. Só porque estava *lá* a polícia já quis interrogá-lo. E provavelmente vai perder o emprego por causa disso. É tão injusto!"

Sara não sabia o que dizer para consolá-la. Mais gente havia chegado à academia, e a piscina agora estava relativamente cheia, com duas senhoras e três ou quatro crianças acompanhadas pelo pai. Sue tinha de estar a postos para servir as refeições. Sara foi se trocar com certa relutância, vestiu sua roupa de corrida e, saindo pela porta dos fundos do clube, foi correr sozinha. Girando os braços enquanto corria, Sara seguiu num ritmo tranqüilo pela parte de fora do jardim murado que separava o clube do hotel, tomando em seguida uma rua secundária estreita que seguia pela lateral e depois fazia a volta até a frente do hotel, originalmente uma mansão senhorial de extraordinária beleza. O edifício era rústico mas imponente, com janelas superiores rematadas por frontões, pilares na entrada e, na frente, um avental de grama em forma de semicírculo. Os BMWs dos hóspedes, no entanto, estacionados bem em frente às imensas janelas, não só não contribuíam em nada para realçar a fachada como, ainda por cima, provavelmente bloqueavam a vista que, das salas de recreação do hotel, podia-se ter de toda a avenida, uma estrada reta, ladeada por faias altíssimas, que se estendia por quase meio quilômetro do gramado em frente à casa até o portão principal. Sentindo as pernas pesadas, Sara corria penosamente sob a copa das árvores. Os acontecimentos do dia anterior tinham-na desgastado mais do que imaginara, e ela ainda não estava conseguindo sentir prazer com a corrida. Não faria treinos cronometrados hoje, mas apenas o circuito de três quilômetros em que percorria a avenida, saía do terreno do clube, fazia a volta no início do povoado de Colerne e depois retornava ao Fortune Park pela porta dos fundos.

O ritmo regular da corrida sempre a ajudava a pensar. Então ele tinha sido esfaqueado. Mas como é que um homem tão alto e provavelmente bastante forte poderia ter ido parar dentro da água? Sara teve de se concentrar para não perder o ritmo da respiração enquanto pensava nesse assunto. Não poderia ter sido fácil dominá-lo e empurrá-lo por cima do parapeito, a menos que o agressor fosse mais forte do que ele. Mas se já estivesse ferido, ou morto, seria bem mais fácil atirar o corpo lá embaixo. Será que então ele fora apunhalado pelas costas e depois atirado dentro da água? Suas pernas compridas poderiam ter funcionado como uma alavanca. Talvez a expressão "punhaladas que não parecem ter sido autoinfligidas" seja uma espécie de jargão que a polícia usa para se referir a facadas nas costas. Sara não tinha visto faca alguma, mas talvez ela estivesse debaixo da água, ou escondida em algum canto. A polícia devia estar louca atrás dessa faca. As pernas de Sara estavam mais aquecidas agora. Não dizem que os assassinos sempre se livram da arma do crime? O corpo deve ter ficado ali a noite inteira. Talvez Sawyer não fosse casado afinal, porque, se fosse, sua mulher com certeza teria entrado em contato com a polícia quando ele não voltou para casa depois do jantar. Era provável que fosse divorciado. Chegando ao final da avenida, Sara dobrou à esquerda na calçada em direção ao cruzamento que ficava no início do povoado. O caminho agora se elevava ligeiramente, com um ângulo de inclinação que seria quase imperceptível se estivesse andando, mas correndo, mesmo naquele ritmo suave, Sara sentia cada desnível. Correu sem sair do lugar por alguns instantes e voltou a girar os braços extravagantemente numa tentativa de desacelerar sua respiração. Seguiu em frente mais uma vez, levantando os joelhos com mais determinação. Agora o ritmo estava vindo mais fácil. Acelerou o passo e sentiu seu corpo relaxar, atingindo um ritmo de respiração e movimento que ela sabia que conseguiria manter por uma hora ou até mais. Maravilha.

Fora do abrigo da avenida, a paisagem também se abria. Nos campos dos dois lados da estrada principal em que Sara corria agora, os novos pés de trigo sussurravam com a brisa que soprava de um céu imenso e impressionante. O sol aparecia e desaparecia ao sabor das nuvens, mas o próprio vento parecia propagar a luz. Enquanto corria com os cabelos batendo contra o rosto, Sara se lembrou do tempestuoso dia de março em que viu os campos escuros sendo arados e semeados, enquanto rajadas de vento sopravam punhados de terra para dentro de seus olhos e boca e levantavam as gaivotas como se elas não passassem de sacolas de papel. Lembrou-se também de uma manhã de inverno, meses antes, quando, tendo se aventurado a sair para correr com um pesado agasalho de corrida, Sara viu de repente o vento arrancar do céu carregado uma torrente de granizos, fazendo-os retinir à sua volta na estrada vazia e por toda a superfície do solo ferruginoso e depois arrastando-os em torvelinho para os cantos do campo escuro. Hoje, no entanto, havia uma luminosidade deslumbrante nos trigais sedosos, nos canteiros de cerefólio e, mais adiante, nos telhados baixos e reluzentes de Colerne. Dali a mais algumas semanas, o ar estaria impregnado de pó de trigo e palha solta, e os campos, cobertos de frágeis restolhos. Sara estava vivendo assim fazia meses. Meses em que não fazia outra coisa senão ser paciente, deixar que sua exaustão passasse, reunir forças, recuperar suas energias e praticar, praticar, na esperança de que alguma mudança se desse em sua música, uma mudança que ainda não acontecera e que ela não podia forçar. E, enquanto esperava, praticava e corria, coisas eram plantadas, cresciam e eram colhidas. Se nada mudasse, Sara poderia ainda estar ali quando o ciclo se repetisse, correndo por entre aqueles campos em seu agasalho, vendo a neve cair e esperando a primavera chegar.

Enquanto respirava e corria num ritmo contínuo, Sara repassava mentalmente os acontecimentos de sexta e de sábado. Nos Assembly Rooms, vi o Matthew Sawyer, a Olivia, a Sue, é claro, e a Cecily com seu bizarro acompanhante no saguão. Derek alguma coisa. Saí de lá pouco antes das sete e cheguei ao Pump Room talvez uns vinte minutos depois. Encontrei com o James e depois fui trocar de roupa; fiz meu aquecimento e tomei uma água. Comecei a tocar às oito e parei vinte e cinco minutos depois, ou trinta, somando o bis. Quem estava no Pump Room? A Olivia, que chegou por volta de quinze para as oito e foi embora cedo, assim que o jantar terminou. Antes de ela ir embora, conversamos um pouco. Não tive coragem de mencionar a cena nos Assembly Rooms. Nem sei se a Olivia me viu lá. Ela foi embora um ou dois minutos depois das dez; disse que tinha de ir para casa para dar boa-noite para o pai antes que ele fosse para a cama. Ele agora está em casa, sob os cuidados de uma enfermeira, e o Matthew estava encarregado de trancar as portas; ela só estava ali como convidada. "Não estou aqui a trabalho", dissera ela.

"Ser diretora adjunta tem suas compensações." O Matthew cobriria o Pump Room e o George se encarregaria de trancar os Assembly Rooms. Só me lembro de ter visto o Matthew Sawyer quando o jantar já estava quase acabando, por volta de quinze para as dez. Imagino que ele estivesse em algum lugar lá dentro, ou talvez tenha ficado nos Assembly Rooms até aquela hora. Ele não tinha uma mesa; só circulava pelo salão e conversava com as pessoas, segurando um prato de sobremesa e uma xícara de café. Fui embora às dez e meia. Chovia torrencialmente. Dei boa-noite para o George na porta. Ainda havia muita gente lá, inclusive o James, que ficou quase até o final, segundo ele me disse. Esqueci de lhe perguntar ontem à noite a que horas ele foi embora e quem ainda estava lá quando saiu. Quem terá sido o último a sair, antes do Matthew Sawyer? Talvez o assassino simplesmente tenha ficado esperando até todo mundo ir embora, menos o Sawyer. Talvez estivesse se escondendo. E o que foi mesmo que o George disse: "Última a sair, primeira a entrar"? Bom, eu não fui a última a sair. A última pessoa a sair, seja ela quem for, deve ter cometido o assassinato. Não, não necessariamente. E aonde foi que eu cheguei até agora? A lugar nenhum. Só o que fiz foi andar em círculos — parece que não faço outra coisa na vida.

Sara decidiu parar com as especulações e tirar aquele assunto da cabeça de uma vez por todas. Ao encerrar sua corrida na entrada do clube, estava se sentindo revigorada, ainda que tão confusa quanto antes. No ginásio, alongou as pernas e as costas e fez dez minutos de exercícios no aparelho de remo. Quando terminou de se aprontar para nadar, a maior parte dos outros freqüentadores do clube já tinha cedido à tentação de ir almoçar, de forma que Sara ficou com a piscina quase toda só para ela, podendo nadar de um lado para o outro com uma lentidão hipnótica, alongando-se e boiando entre uma braçada e outra. Depois, sentindo-se fisicamente cansada, deixou-se dominar por uma agradável moleza e leu o jornal estendida numa espreguiçadeira ao lado da piscina.

6

"Andrew, uma mula poderia tocar melhor do que isso."

Sara não queria ter dito aquilo de maneira tão brutal, mas, como o único objetivo das aulas que estava dando para Andrew era ajudá-lo a atingir um nível próximo do razoável, decidira cobrar dele um desempenho à altura. Poderia descartar com segurança a insinuação de James de que haveria um motivo oculto para aceitá-lo como aluno, pois simplesmente não tinha a menor importância que o corpo de Andrew tivesse mais uma vez lhe parecido excepcionalmente bem-feito. Seria ridículo esperar que ela não *notasse* como suas coxas, apertadas ao violoncelo, eram longas e musculosas. É claro que tinha plena consciência de como o rosto dele era inteligente e forte, mas isso para ela era indiferente. Era fundamental para seu desempenho como professora reparar nessas coisas — elas faziam parte das informações visuais em que se apoiava para ajudá-lo a aperfeiçoar sua técnica ou concentração. James devia saber disso, mas ela lhe diria, de qualquer forma, da próxima vez que o visse.

Desde que chegara, Andrew não dissera uma palavra nem sobre o assassinato, nem sobre o inquérito. Tinha adiado sua aula de segunda para terça-feira por causa de "pressões de trabalho", e Sara ficara sabendo, por meio de um breve relato factual do assassinato do Pump Room publicado no *Chronicle* de segunda-feira, que Andrew estava de fato trabalhando no caso. E agora ali estava ele, falando tão pouco e tocando tão mal que Sara começou a se sentir quase assustada. Conseguira recuperar seu próprio equilíbrio desde os acontecimentos de sábado basicamente convencendo-se de que o assassino seria preso logo. Estivera esperando que Andrew entrasse porta adentro naquele dia metaforicamente abanando o rabo, e em vez disso ele chegara trazendo entre os dentes uma oferenda ensangüentada, feita de morte inesperada e sem solução, e largando-a aos pés de Sara. Uma atmosfera de ameaça os rondava. Andrew estava tão preocupado em *não* falar sobre o assassinato que também não estava conseguindo fazer mais nada direito.

Soltando um suspiro, Andrew pousou o arco e encostou o rosto contra a madeira do violoncelo. Adorava aquele lugar, bem no topo do jardim de Sara. Eles estavam na cabana, lugar que Sara gostava de usar como sala de música durante o verão e que consistia numa casinha de madeira pintada de verde-escuro, com janelas dos dois lados e uma larga porta de duas folhas que se abriam até encostar na parede, permitindo que as pessoas se sentassem quer dentro da cabana viradas para o lado de fora, quer no pequeno espaço em frente coberto de cascalho e cercado por uma balaustrada baixa de madeira. Além das duas cadeiras em que eles se sentavam para tocar e de uma chaise longue um tanto vergonhosa, havia ainda uma mesa bamba e algumas cadeiras de vime, de pernas finas e compridas, com almofadas verdes desbotadas em que se podia desabar o corpo sem receio. Penduradas por correntes presas à estrutura do telhado, havia duas lamparinas especiais para tempestades. A cabana ficava camuflada sob a sombra de um imenso pinheiro e era tão reservada quanto um ninho de águia. Lá em cima, você ficava invisível, inatingível. Andrew olhou lá para baixo, por entre a massa de arbustos de alfazema, fitando primeiro as velhas roseiras trepadeiras que se enroscavam, em plena floração, pelas árvores frutíferas, depois o telhado do Medlar Cottage, o vale e o campo de tílias.

"Eu sei. Desculpe", disse ele, sem tirar os olhos da encosta. "Sei que estou tocando mal. Tinha resolvido não falar no assunto, mas estou comandando as investigações do caso do Pump Room. E eu sei que você acabou se envolvendo no caso."

Andrew fez uma pausa, ainda com o olhar fixo na paisagem. Às sete horas daquela noite de junho, o vale ainda estava todo iluminado pelos raios do sol. Vacas malhadas descansavam ociosas sob as copas das árvores, em campos crispados de sulcos abertos pelos cascos de gerações de seus ancestrais. A grama nova estava pintada do verde-claro do início do verão. Tinha-se a impressão de que a qualquer momento uma pastorinha poderia surgir no horizonte.

"A Valerie acha que eu não vou conseguir dar conta."

"Ah, tenho certeza de que ela não acha isso, não", disse Sara casualmente. "E o caso está... está... indo bem?"

"Não, na verdade não."

"Mas você não conhece a maior parte dessas pessoas? Quer dizer, a maior parte dos vândalos e desordeiros da área. Os mesmos de sempre. Só pode ter sido um deles, não é verdade?"

Andrew fingiu estar absorto na partitura da composição de Fauré pousada em sua estante, mas era um péssimo ator.

"O que a Valerie acha?"

"Eu não discuto esses assuntos com a Valerie." Começou a tocar novamente, mas o som que tirou fazia lembrar o guincho de um gato que acabou de levar um pisão no rabo.

"Pára, *pára*! Credo, pára com esse barulho! Escuta, você provavelmente vai conseguir pegar rapidinho o sujeito que fez isso", Sara acrescentou com suavidade. "Eu *espero* que você consiga. Essa coisa toda está fazendo com que eu me sinta... insegura. Você vai resolver isso, não vai?"

Andrew pousou o arco novamente. "Olha, me desculpa, mas eu realmente não posso discutir o caso. Mas uma coisa eu posso te dizer: não foi um dos vândalos de sempre."

"Então está bom", disse Sara, cautelosa. "Eu entendo. Mas, se você só me dissesse como foi que chegou a essa conclusão, isso não seria a mesma coisa que *discutir* o caso, seria?"

Andrew tocou mais um pouco, ponderando a sugestão. "Está bem então, mas isso é estritamente confidencial. Matthew Sawyer foi encontrado morto dentro de um edifício trancado e com o alarme ligado. A pessoa, ou pessoas, que o deixaram morto lá dentro teriam que ter trancado o prédio e ligado o alarme depois de sair. Enfim, isso não é problema seu. Desculpa. Posso tentar de novo?"

"Comece do início novamente. Respire junto com as frases. Pense em como você quer que elas soem. E ouça."

"Parece fácil, não é? A música, quero dizer", acrescentou, olhando para a partitura com as sobrancelhas franzidas.

Enquanto ele tocava, Sara disse: "E não é fácil? Você só tem que listar todas as pessoas que sabiam do alarme e depois ir eliminando uma por uma até encontrar aquela que poderia ter cometido o crime".

"Já fiz isso. Não deu em nada. Escuta, Sara, eu realmente não posso discutir esse assunto."

"Bom, então tente se concentrar no que você está fazendo com esse violoncelo. Como assim, não deu em nada?"

"Não encontrei nada. Todo mundo está limpo. Todos são bons funcionários do museu, pessoas decentes e respeitadas, e não há nada que sequer sugira um motivo para cometer o crime. E todos têm álibis."

Para a irritação de Sara, Andrew conseguiu tocar de forma convincente por alguns minutos. Depois largou o arco novamente.

"Está bem, mas não esqueça que isso é *confidencial.* Dois funcionários estavam de folga. Um deles, o Jack, estava participando de um campeonato de perguntas e respostas no Centurion, um pub em Twerton. Ficou lá a noite inteira e dezenas de pessoas podem confirmar isso. Colin estava em casa com a mulher. Eles tiveram bebê há pouco tempo, e o bebê passou mal durante boa parte daquela noite. Então, Colin ligou para o médico da família às dez para pedir conselhos e depois novamente à meia-noite e meia, para pedir que o médico fosse até lá examinar o bebê, porque eles não estavam conseguindo fazer a febre do neném baixar. George Townsend, o chefe da segurança, estava a serviço, é claro. Ele ficou de guarda na porta do Pump Room até dez para as onze, depois foi para os Assembly Rooms para trancar as portas e liberar o Andy, que tinha ficado lá sozinho desde a hora em que o Matthew Sawyer tinha saído dos Assembly Rooms para dar uma olhada no evento do Pump Room. O Andy é novo no museu, então ainda não tem autorização para ficar com as chaves. O George o liberou pouco depois das onze. O Andy mora com a mãe, e ela estava com uma amiga em casa. Ele chegou em casa às onze e quinze e saiu para levar a amiga da mãe de carro até a casa dela às onze e meia. Voltou direto para casa e trancou a porta às dez para meia-noite, preparou um chá para a mãe, como faz toda noite, e levou uma xícara para ela na cama. Depois, foi para o quarto dele. O George trancou os Assembly Rooms por volta das onze e dez e chegou em casa por volta de vinte para meia-noite. Foi direto para a cama. Sua mulher já estava deitada."

De repente, Andrew pareceu se dar conta do que estava fazendo. "Eu não devia ter contado tudo isso. Esquece tudo o que eu disse."

"Você pode me contar o que quiser, se isso ajudar."

Andrew lhe deu um sorriso carinhoso e agradecido, mas não disse nada.

Sara continuou: "Bom, já que claramente não há a menor possibilidade de você conseguir se concentrar no Fauré hoje, você sabe exatamente a que horas o Matthew Sawyer morreu?".

"Esse é outro problema. Nunca é fácil estabelecer a hora da morte com exatidão, como você provavelmente sabe. Mas a gente sabe que ele não se afogou. Não havia água nos pulmões. Ele já tinha parado de respirar quando caiu na água."

"E quanto ao *rigor mortis*? Não dá para saber a partir dele?"

"Não com muita precisão." Andrew fez uma pausa. "Qual é a mágica desta vista, hein?"

"Ah, é que ela parece uma vista de outros tempos", disse Sara. "Você não vê nenhuma grande estrada, nenhum poste. Os campos são todos de formas diferentes, e não derrubaram as árvores. Eu fico sempre esperando ver um jovem John Betjeman, de bermuda de flanela cinza, balançando em algum portão ou atirando nos pombos de estilingue, você não?"

Andrew ficou em silêncio. "O *rigor mortis*", disse ele depois de algum tempo, "é na verdade uma reação química que se dá no corpo depois da morte. A temperatura ao redor do corpo pode alterar a velocidade com que a reação acontece. Não existem, infelizmente, muitos precedentes que possam nos ajudar a estabelecer o início e a progressão do *rigor mortis* num corpo deixado dentro de uma piscina de água quente e corrente, mas é possível que isso tenha acelerado o processo. De qualquer forma, a rigidez leva diversas horas para desaparecer completamente, às vezes até mesmo uns dois dias."

Virando-se para olhar para Sara, Andrew exclamou: "Como assim John Betjeman? Ele não! A gangue de *Just William*, talvez".

"Está bem, William e sua gangue, perseguidos por Violet-Elizabeth Bott. Então, a que conclusão você chegou a respeito da hora da morte?"

"Bom, o *rigor mortis* já havia se instalado quase completamente quando o corpo foi examinado, o que aconteceu um pouco antes das dez horas. Isso foi, como você sabe", acrescentou num tom pesaroso, "cerca de quarenta minutos depois de você ter encontrado o corpo. Sawyer foi visto vivo às onze e quarenta e cinco da noite anterior, quando as últimas pessoas da equipe do bufê foram embora — dois rapazes, que saíram juntos e chegaram a suas respectivas casas cerca de meia hora depois. Sendo assim, o legista diz que a morte pode ter ocorrido em qualquer momento dentro do período entre cerca de meia-noite até cinco horas da manhã, o que é uma margem bem considerável. Ele acredita que, como o corpo estava dentro da água, isso *pode* ter adiantado o início do *rigor mortis* em algumas horas, mas não dá para dizer exatamente quanto. Supondo que a água tenha acelerado o processo, mas apenas minimamente, ele pode ter sido assassinado minutos depois de ter sido visto vivo pela última vez. Se, por outro lado, a água quente acelerou o processo significativamente, o que é possível, ele pode ter sido assassinado só às cinco da manhã. Os resíduos estomacais também não ajudam muito: no caso de Sawyer, tudo já estava digerido. As taxas metabólicas são variáveis demais para que a gente possa tirar alguma conclusão. A água não chega exatamente a apagar indícios, mas os borra bastante. É uma verdadeira maldição."

Andrew continuou. "Você viu o corpo dentro da água, sob a luz dos holofotes. Você disse ao Bridger que o corpo parecia meio amarelado, como a cor da água. Aquelas luzes têm um filtro dourado, sabe. Eu vi o corpo no necrotério, mais tarde. A maior parte das facadas atingiu as costas, oito delas, e a faca devia ter pelo menos uns vinte e cinco centímetros de comprimento. Uma facada atingiu o ombro direito e outra o braço direito. Ele foi golpeado pelas costas e com quase toda a certeza se virou para tentar se defender. A facada que perfurou o pulmão esquerdo foi o golpe fatal. Mas eu nunca vi nada assim. Como a água ficou correndo por cima dele a noite inteira, o sangue foi simplesmente sendo expelido do corpo. Foi como se todo o sangue dele tivesse sido... bombeado para fora. Como carne crua debaixo da água da torneira. É tão gostoso aqui", disse, inspirando a morna mistura de madeira antiga, alfazema e almofadas tostadas pelo sol, antes de acrescentar, melancólico: "A Valerie anda a fim de construir um pátio".

Sara ficou em silêncio por alguns instantes. Nem a cabana quente, nem as flores, nem a vista podiam oferecer um refúgio contra o quadro que Andrew pintara diante dela. "Você já encontrou a faca?"

"Não. O mais provável é que seja uma faca de cozinha. Não há nenhum sinal dela, e as chaves que estavam com o

Matthew Sawyer sumiram, é claro. Existe mais de um molho de chaves, obviamente. O George Townsend estava com o outro molho na sexta à noite, e há também um molho de chaves mestras que fica guardado no cofre da prefeitura. Cada molho contém as chaves de *todos* os prédios do museu. Eles acham mais fácil administrar três grandes molhos do que vários molhos separados para cada um dos prédios."

Andrew falava baixo e pausadamente, mapeando em voz alta todas as etapas conhecidas daquela noite. Na paz perfumada e creosotada da cabana lá no alto, ele falava e ao mesmo tempo procurava em suas palavras o detalhe que não se encaixava direito, o detalhe que não podia estar certo, aquela coisinha à-toa que lhe daria um ponto de partida para as investigações. Plantou os pés com firmeza no chão de madeira e, levantando o arco, arrastou-o num único movimento dissonante contra todas as cordas do violoncelo.

"Droga, não há nada nesse caso que dê uma base para começar. O George Townsend levou seu molho de chaves com ele para os Assembly Rooms e trancou o prédio por volta das onze e dez. Depois, levou as chaves para o escritório central do Departamento de Museus, no Circus, e guardou-as dentro do cofre. Ele disse que às vezes leva as chaves para casa, quando sabe que vai voltar bem cedo no dia seguinte. Mas na sexta não fez isso, porque, como o Sawyer ia trancar o Pump Room e depois levar o molho de chaves dele para o escritório do Circus também, ele teria percebido que as chaves do George não estavam no cofre, então o George resolveu fazer tudo como manda o regulamento. Só que o Sawyer, é claro, nunca chegou a levar as chaves dele para o cofre. Ninguém sabe onde elas estão. No sábado de manhã, o Colin teve que pegar o molho das chaves mestras para abrir os Assembly Rooms. Ele disse que imaginou que o senhor Sawyer tivesse ido para casa na noite anterior com o molho de chaves ainda dentro do bolso e que o traria de volta mais tarde. Não cabia a ele reclamar, já que o Sawyer era o chefe."

"Mas o assassino com certeza não ia ficar com as chaves", murmurou Sara. "Nem com a faca. Quer dizer, o mais sensato seria tratar de se livrar de qualquer coisa que pudesse associá-lo ao crime, não é? E, agora, será que a gente pode tocar um pouquinho de Fauré?"

Suavemente, Sara começou a tocar a *Elegia em dó menor*. Andrew ficou observando por um momento, depois ergueu o arco e começou a tocar também. Sua afinação estava mais instável, seu fraseado mais frio. Era um som deprimente.

"Tente respirar junto com essas frases. Do início ao fim das frases, não seja mesquinho com elas. Faça seu instrumento *cantar*, Andrew, não ganir. Assim está melhor."

Sara parou de tocar e ficou olhando para o jardim, enquanto Andrew continuava.

Sem parar de tocar, Andrew disse: "De qualquer forma, ajudaria muito encontrá-las".

"Pensei que você não quisesse discutir o assunto. Ouça, *ouça*. Seu tom está caindo. Tente avivá-lo. Assim."

Andrew tocou até o final da frase. "Fizemos a busca de praxe nos escoadouros. Não encontramos nada; o que, na verdade, não foi surpresa, já que chaves e facas são pesadas demais para serem arrastadas pela corrente. Eu obviamente quero drenar o local inteiro, mas você acha que consigo permissão para isso? É claro que não; o comitê do patrimônio histórico do conselho se opôs na mesma hora. 'Alterar o curso da fonte e desviar a água constituiria um risco inaceitável para este monumento único e insubstituível.' O chefe, o comandante do distrito, foi obrigado a prometer que nós não vamos fazer nada, a menos que tenhamos 'uma sólida razão para acreditar' que a busca seria proveitosa. E eu não tenho, não tenho ainda."

"Olha, se fosse eu, seria ali que eu as largaria", disse Sara, enquanto inspecionava o dedilhado de Andrew. "As chaves. É possível que ninguém nunca as encontre. E elas ficariam perto do corpo. Num edifício trancado. Não que eu esteja interessada."

Andrew bufou. "Bela detetive você está me saindo. Como é que você faria isso? Poderia largar a faca ali depois de usá-la, mas não as chaves. Teria que pegar as chaves do Matthew Sawyer antes de esfaqueá-lo, ou então esfaqueá-lo primeiro e depois pegar as chaves. De qualquer forma, ainda precisaria sair do prédio, certo? Digamos que você trancasse a porta da Stall Street primeiro, pelo lado de dentro. Depois teria que atravessar o Pump Room até o portão principal das Termas Romanas, que dá para o pátio da abadia, certo? Aí teria que ligar o alarme na caixa que fica dentro do painel, perto da porta, trancar o painel, sair, fechar a porta e trancá-la depois de sair. Ou seja, você estaria do lado de fora do prédio com as chaves, certo? Então, como é que você iria poder atirá-las dentro da piscina, Einstein?"

Sara fitou-o com um olhar devastador. "Muito simples. Depois de ligar o alarme, sair do prédio e trancar a porta, você só teria que dar a volta no quarteirão até Kingston Parade e trepar no muro da sacada. Como o nível da rua do lado de fora é muito mais alto do que a piscina, eles fizeram um muro externo baixo naquele trecho que fica atrás da sacada. E existem até estrias lapidadas nas pedras do muro. Tendo subido em cima do muro, só o que você teria que fazer depois seria atirar as chaves com força, para que não caíssem na sacada nem na balaustrada. Bastaria arremessá-las bem alto e pronto, elas cairiam na água. Aliás, seu tom caiu de novo."

Andrew continuou tocando e, depois de alguns instantes, deu um sorriso astuto. "Mas você não está esquecendo um pequeno detalhe, não? Você acabou de ligar o alarme, certo? Toda aquela área em volta da grande piscina está protegida pelo alarme. Haveria sirenes disparando por tudo quanto é lado."

Sara ficou pensativa por um momento. "Tem certeza? A *água* também está protegida pelo alarme? É claro que uma pessoa andando *em volta* da piscina faria o alarme disparar, mas e se um objeto simplesmente caísse dentro da água? As gaivotas não fazem o alarme disparar. E há sempre uma ou duas gaivotas por ali, pousadas nas cabeças das estátuas. O alarme não dispara toda vez que um pássaro pousa na água, dispara? Então, ou os pássaros não são grandes o bastante para disparar o alarme, ou a água não está protegida pelo alarme coisa nenhuma. Foi por isso que eu pensei que um molho de chaves *poderia* ser atirado dentro da piscina sem disparar alarme nenhum."

Andrew continuou tocando, sem responder, até o fim da *Elegia* e finalizou-a com eloqüência e sem o menor sinal de pressa. Sara, que estava prestes a comentar que ele estava começando a chegar a algum lugar com a composição, foi interrompida.

Andrew tinha um largo sorriso nos lábios. "Você se importaria se a gente parasse por aqui? Acho que consigo transformar isso numa 'sólida razão para acreditar' que a busca seria proveitosa. Preciso sair correndo. Tenho uma piscina romana para esvaziar."

Tendo descido mais ou menos metade da trilha, Andrew se virou e olhou para Sara. "Você é maravilhosa, sabia? Não sei como agradecer. Eu aviso se a gente encontrar alguma coisa."

Ele já tinha se desvirado e, de qualquer forma, já estava longe demais para perceber o movimento dos lábios de Sara quando ela disse, um pouco para si mesma: "Ah, não, por favor, não me avise nada".

7

A tarde de Derek se arrastava. Ele concordara em dar a aula de geografia para a sétima série para que a coordenadora da matéria, a sra. Higgens, e seu auxiliar, Philips, pudessem sair cedo com a oitava série para a excursão que fariam a Brecon Beacons. Ao se despedir deles na hora do almoço, Derek não sentiu outra coisa senão inveja pelos três dias que passariam longe da escola, ainda que a excursão consistisse em quatro noites num albergue da juventude junto com uma tropa de adolescentes ensandecidos pelas transformações hormonais — isso depois de uma viagem de três horas pela M4 num microônibus lotado e com testosterona transbordando pelas janelas.

Estava cansado. Sua virilha chegava a doer de ansiedade quando ele pensava no fim de semana que em breve passaria ao lado de Cecily; sua cabeça chegava a doer de desgosto quando pensava nos dois dias e meio que ainda faltavam para o fim de semana. Estava decidido a fazer daquele um fim de semana mais agradável do que o último, que fora, no cômputo geral, um fiasco. Ainda se sentia intoxicado pela tremenda sensação de alívio que tivera ao perceber que conseguira escapar ileso. A polícia aparecera para tomar o depoimento de Cecily na segunda-feira. Eles tinham dito que estavam tomando o depoimento de todo mundo que estivera no local naquela sexta e que tinham encontrado o nome dela na lista fornecida pelos organizadores da feira. A espertinha da Cecê tinha conseguido convencê-los de que não sabia de nada. A única coisa que o preocupava um pouco era que ela tivera de mencionar o nome dele, mas, também, não era segredo nenhum que ele tinha estado nos Assembly Rooms. Afinal, tinha dito seu nome para Sawyer (cuja rigidez, àquela altura, já não estaria mais só na pose, mas no corpo inteiro, ha-ha-ha, e bem feito para ele), e de qualquer forma pelo menos três outras pessoas o tinham visto (ser convidado a) sair. Ele poderia até, se fosse preciso, admitir para Pauline que estivera lá. Afinal, o simples fato de *estar* lá não constituía adultério. Não que achasse que fosse chegar a esse ponto. Não que previsse, tampouco, grandes dificuldades para manter o bico calado com relação a tudo o que acontecera mais tarde naquela noite. Estava fora de perigo. Mesmo assim, era melhor não sair mais em público com a Cecily. Devia mesmo reduzir as visitas. Na verdade, tinha de reavaliar a coisa toda, quando tivesse tempo para pensar; mas não agora.

Ainda era quarta-feira. Ele sempre odiara quartas-feiras, principalmente a última aula, depois da qual era comum que se sentisse mareado e à deriva, lutando para chegar ao final de uma semana interminável e cheia de perigos. Sempre odiara geografia. E odiava a sétima série, de cuja sala emanava um odor inconfundível de inhaca de criança, uma mistura nauseante de cachorro molhado e bolo mofado. Ao abrir a porta, Derek encostou discretamente a manga da camisa no rosto, na esperança de que algum vestígio da Eau Sauvage que passara naquela manhã ainda pudesse subsistir ali e sustentá-lo.

Mandou que ficassem quietos, coisa que fazia com muita eficiência, já que era várias vezes maior e mais inteligente do que qualquer um deles e também o diretor da escola. Trinta e oito espécimes da *jeunesse dorée* do sul de Bristol olharam para ele com expectativa. Higgens devia ter passado algum trabalho para eles fazerem, não que ela, Derek ou os alunos imaginassem que isso significava que o trabalho de fato iria ser feito.

"Então, o que vocês têm feito com a senhora Higgens?"

Risadinhas obscenas.

Derek tentou de novo. "O que foi que a senhora Higgens deixou para vocês fazerem?"

Silêncio. Perplexidade. Revolta.

"Para a gente *fazer*, professor? Ah, professor, já são quase quatro horas, professor!"

Derek soltou um longo suspiro, enquanto a zorra de protestos crescia a sua volta. Cruzou os braços. Não ia esquentar com aquilo.

"Professor, professor, ela deixou uma folha, professor", disse uma voz solitária e amedrontada. Ótimo. Você sempre podia contar com pelo menos um capacho em cada turma. Metade da turma gemeu, enquanto a outra metade sussurrava terríveis ameaças de vingança ao informante.

"Certo, obrigado. Vamos então dar uma olhada nessa folha. Vocês todos estão com ela aí?" Parte da turma sacudiu a folha no ar em letárgica rendição.

"Que país é esse na folha? É um continente, na verdade", acrescentou rapidamente, evitando qualquer "Ih, professor! A senhora Higgens diz que isso é um *continente*, professor! Será que a senhora Higgens sabe *mais* do que o senhor, professor?".

"Professor! Professor! É a *Áfrical*, professor!"

Derek suspirou de novo. Já devia estar acostumado àquela altura, mas às vezes o sotaque de Bristol ainda o pegava desprevenido. Quando foi para aquela escola, dez anos antes, assumindo seu primeiro — e, ao que estava parecendo, único — cargo de diretor, Derek ficara confuso ao ouvir o zelador exclamar "Excelente *ideal*!", quando ele propôs uma pequena modificação na escala da coleta de lixo. Aquela não era bem a esfera condizente com um ideal, pensara ele, antes de ouvir o zelador acrescentar: "Amanhã mesmo vou modificar a *escalal*". Mas naquela época Derek *tinha* ideais, tinha uma verdadeira visão para o futuro, e hoje em dia mal conseguia enxergar além do final de cada aula.

A turma se dividiu em duas facções antagônicas.

"Não é, não! É a *Índial*!"

"Claro que não! É a *Áfrical*!"

Derek não disse nada. Num dia bom, ele se sentia simplesmente desanimado diante da chatice daquilo tudo. Num dia não muito bom, talvez na hora das filas da entrada, quando estava prestes a liderar a porra da escola inteira numa apática declamação de alguma prece, ou sentado a sua mesa, ouvindo o servente ("meu gerente predial") contar que trinta quilos de papel-toalha tinham novamente entupido as privadas, Derek sentia uma espécie de soluço seco vindo de algum lugar dentro dele e tinha de parar para respirar fundo para não deixar que seu corpo inteiro se envergasse publicamente sob o peso da infelicidade. Mas, num dia *ruim*, Derek conseguia enxergar longe muito bem, obrigado. Conseguia enxergar direitinho o que iria acontecer na próxima inspeção do departamento de educação em novembro, que poderia muito bem resolver despachar toda aquela escola molambenta e toda a sua equipe desgastada e todos os seus alunos enjeitados para a cesta de lixo das "Escolas Fracassadas". O que ele poderia fazer, o que *mais* poderia fazer, dali até novembro, para dar a cada criança a oportunidade de ler os livros que ela tinha de dividir com três outras crianças, para evitar que a srta. Cross tivesse de ensinar história da arte com xerox em preto-e-branco das obras de arte, para convencer o coordenador de matemática a largar os antidepressivos e voltar para a sala de aula? Num dia ruim, a sopa quente e incoerente de raiva e vergonha que cozinhava dentro dele começava a borbulhar violentamente, deixando-o nauseado e irritadiço. Ninguém era bobo de chegar perto. Houve uma época em que Cecily, com seu jeito reverente de estar sempre à disposição, conseguia animá-lo em dias ruins, mas depois de algum tempo aquela sua submissão tão plácida e inalterável começou a irritá-lo, como o irritavam também os sinais de que ela poderia estar esperando que algo mais permanente viesse a germinar da ligação entre os dois. Cecily até chegara perto, uma ou duas vezes, de mencionar que estava precisando de dinheiro. Deus do céu, se ele lhe desse dinheiro, o que isso faria dela? O que isso faria *dele*? Cecily simplesmente não conseguia deixar de ser meio chinfrim. Ultimamente, o único verdadeiro consolo para seus dias ruins vinha da perspectiva de arranjar outro emprego antes de ser suspenso depois de passar vexame na inspeção do departamento de educação. Ainda conseguia, com certo esforço, imaginar uma vida melhor para si do lado de lá das fronteiras do sul de Bristol, mas não tinha coragem. Agora que uma oportunidade havia acenado de Bath, aquele universo paralelo de prosperidade, civilidade e belos prédios, ele não a deixaria escapar de jeito nenhum. O emprego seria dele. Faria de tudo para garantir que fosse dele.

"É, na verdade, a Áfric*á*", disse Derek. "O continente da Áfric*á*. E qual é o nome do país que aparece no alto da folha? Um dos países da Áfric*á*?"

"Professor! Professor! É o *Quênial*, professor!"

"Quêni*á*. Certo. E o que vocês podem me dizer sobre o Quêni*á*?"

Depois disso, a fonte da sétima série secou. No entanto, com bastante incentivo, Derek conseguiu extrair deles a fascinante informação de que, como muitos países da Áfrical, o Quênial é uma áreal tropical de malárial.

8

Na sexta-feira, Sara voltou para casa ensopada depois de correr e encontrou uma mensagem de Andrew na secretária eletrônica pedindo-lhe que ligasse para ele em seu celular. Por cima da estática, Andrew disse que tinha duas coisas para contar e que estava indo para a casa dela para discuti-las. Pelo seu tom de voz, ficou óbvio que nenhuma delas dizia respeito à *Elegia em dó* de Fauré.

"Mas acabei de voltar de correr e estou encharcada. Você não está vindo para cá agora neste exato instante, está? Eu tenho que tomar um banho."

"Ah, não, não neste exato instante. Você tem uns... uns quinze minutos para tomar banho, eu acho", disse ele e desligou. Ao chegar, Andrew perguntou se eles poderiam ir para a cabana. Os dois foram subindo então a longa trilha em ziguezague, que atravessava o pomar, contornava o amplo gramado à esquerda da casa e depois, continuando a subir, passava por entre os canteiros de alfazema. Em determinados pontos, algumas trilhas menores se uniam à principal, vindas do gramado, da fileira de avelãzeiras que marcava a divisa num dos lados do terreno e do lago cercado por sobreiros e íris do lado oposto. O ar tinha o cheiro do sol batendo em pétalas molhadas e pedra úmida. Sara abriu e prendeu na parede as duas folhas da porta da cabana e os dois se sentaram nas cadeiras de vime, de frente para a encosta encharcada e para as seis tílias, carregadas e reluzentes com a água da chuva. Sem olhar para Sara, Andrew começou a falar.

"Tenho a sensação de que consigo pensar melhor aqui em cima e queria refletir sobre mais algumas coisas junto com você. Mas, antes de mais nada, obrigado pela ajuda com as chaves e a faca. A busca só terminou hoje de manhã, mas a gente conseguiu encontrá-las. Elas estavam em partes diferentes da piscina. Então é possível — provável até — que tenham sido jogadas de lugares diferentes, o que significa que a sua teoria pode estar certa. O laboratório forense as está examinando, mas é pouco provável que elas nos digam muita coisa. A notícia vai sair no *Chronicle* de segunda-feira, mas eu queria contar antes para você."

"Você não precisava ter se incomodado. Isso não me diz respeito, sabe, só porque eu encontrei o corpo." Sara virou-se para ele. "Olha, Andrew, eu preferia esquecer isso tudo. Você devia vir para cá para tocar violoncelo, não para falar sobre o caso. Eu não posso ajudar você. E não quero que o caso invada... isto tudo. Isto aqui. Tudo isto aqui é... particular", acrescentou, fazendo um gesto vago com o braço. "Isto é a minha casa."

Andrew pegou o braço de Sara e pousou-o novamente sobre o colo dela.

"Eu entendo que você prefira esquecer tudo isso e não tocar mais no assunto. Mas você não vai conseguir, sabe, como eu também não. Não dá. Estou falando agora só como... eu mesmo. Não como policial. Mas posso falar só como policial, se você preferir assim. Mas, Sara, por favor", pegou o braço dela novamente e sacudiu-o de leve, "me ajuda? Eu preciso da sua ajuda."

Sara não olhou para ele. Andrew ficou em silêncio, com a mão ainda no braço dela, aparentemente com dificuldade para entrar na próxima etapa da conversa.

"Sara, que impressão você teve do detetive Bridger?"

Sara deu uma risada curta e virou-se para ele. "Sinceramente? Ele me pareceu um machista babaca. Tinha um monte de idéias preconcebidas e foi logo me encaixando num estereótipo. E me pareceu também extremamente ignorante."

Andrew parecia cansado. "Aqui entre nós, sou obrigado a concordar com você. Ainda temos alguns tipos como ele na polícia. Não muitos, hoje em dia, graças a Deus." Soltou um suspiro. "Estive examinando os relatórios dos primeiros depoimentos que ele tomou. E, aliás, isso que vou dizer tem que ficar só entre nós dois. Caso contrário, eu poderia ter problemas. Entendido?"

Sara balançou a cabeça afirmativamente.

Andrew continuou. "O Bridger achou muito suspeito que você seja dona desta casa — localizada numa área extremamente cobiçada, segundo ele — e ande sempre muitíssimo bem vestida, apesar de não ser casada e não ter 'um emprego decente em tempo integral'. Ele se pergunta se essa prosperidade inexplicada poderia ter alguma relevância para o caso. Na opinião dele, isso é algo que merece ser investigado."

Sara deu uma risada envergonhada. "A culpa foi minha. Não consegui resistir. Ele me perguntou se eu me dedicava a 'esse negócio de tocar violoncelo' o tempo todo. Ele não imaginava que pudesse haver muita procura por esse tipo de coisa. E eu respondi que não, porque estava dando um tempo nas apresentações no momento e só tinha tocado naquele evento beneficente para ajudar o festival. Aí ele disse: 'Imagino que só alguém *realmente* bom conseguiria se sustentar com isso; então, para você, isso é mais como um hobby?'. E eu disse: 'É, acho que você poderia chamar assim, muito embora eu seja paga para tocar *às vezes*'."

Andrew caiu na gargalhada.

"Estou com vergonha de mim mesma, de verdade. Fiquei ofendida porque ele obviamente nunca tinha ouvido falar de mim, mas eu não tinha o direito de me ofender. Eu não presto. Ele disse que não ligava muito para essas coisas eruditas, mas que gostava muito daquele sujeito gordo, aquele italiano, como era mesmo o nome dele, Nessun Dorma." Sara sorriu. "E eu disse: 'É, ele é muito bom. Mas que nome estranho ele tem, você não acha?'."

Sara parou de falar e ficou observando um pombo selvagem que, assustado com a gargalhada de Andrew, procurou e logo depois abandonou o abrigo de uma macieira.

"Imagino então que eu tenha obstruído o trabalho da polícia no decorrer das investigações e tenha agora que ser algemada e atirada na traseira de um camburão. Espero que você tenha consciência de que vão me comer viva na penitenciária."

"É o mínimo que você merece. E pode deixar que vou providenciar para que você passe uns maus bocados na delegacia também. Você não presta mesmo, hein?"

"Olha, eu realmente não tinha a menor intenção de causar problemas nem atrasos. Se causei, peço desculpas."

"Não causou nada, não se preocupe. Na verdade, isso até ajudou, porque foi só porque eu conheço você que pude ver a asneira que ele fez com seu depoimento. E gostei muito de poder dizer a ele que sua prosperidade inexplicada vinha do fato de que o cachê de um concerto seu equivalia a mais ou menos um terço do que ele ganha num ano inteiro, e que estranho seria o mês em que nenhuma de suas gravações emplacasse na Radio 3 da BBC." Ele fez uma pausa e sorriu novamente. "Mas não tenho certeza se ele já tinha ouvido falar na Radio 3."

Andrew ficou mais sério depois disso, enquanto Sara dizia a si mesma, como fazia de vez em quando, que não podia continuar vivendo indefinidamente de seus royalties. Tinha de ligar para Robin.

"Enfim, estive relendo os depoimentos das pessoas que ele ouviu e resolvi conversar com algumas delas eu mesmo. É possível que ele tenha passado por cima de detalhes importantes. Por exemplo, só vim a saber pela própria Olivia Passmore que você e ela se conhecem. O Bridger passou menos de quinze minutos conversando com ela e logo concluiu que se tratava de uma solteirona típica: obcecada pelo trabalho e com um pai idoso para cuidar. Ele acha que ela é uma forte suspeita."

"Por que diabos ele suspeita dela?"

"Ah, ele raciocina como um leitor de tablóides. Acha que ela ficou desnorteada quando teve que voltar a ser vice depois que o Sawyer entrou em cena. Descreve-a como uma mulher frustrada, neurótica, amarga, tolhida em sua liberdade pelo pai inválido. Só faltou escrever a manchete; sabe aquele tipo de coisa: SOLTEIRONA BARATINADA MATA A FACADAS."

"Sei, típico. Meu Deus, Andrew, como é que você consegue trabalhar com uma pessoa dessas?"

"Pois é, ele também não me convenceu. Fui conversar com a Oliva Passmore no domingo à tarde, e desnorteada é a última palavra que eu usaria para descrevê-la. Bridger tinha falado com ela pela manhã. Mas você diria que pode haver algum fundo de verdade na história de ela ser obcecada pelo trabalho?"

"Ah, a Olivia é uma pessoa muito antenada e muito boa no que faz, mas você não deve reduzi-la — na verdade, você não deve reduzir ninguém — apenas a isso. Ela é muito mais do que isso. O pai dela é o Edwin Passmore."

"Certo. Só refresque a minha memória: quem ele é mesmo?"

"Trompista. Um cara realmente brilhante. Isso há muitos e muitos anos — ele agora já tem mais de oitenta. Mas era um músico fabuloso. Está doente faz tempo, com enfisema pulmonar, e a Olivia cuida dele. Agora ele tem também uma enfermeira. A Olivia nunca se casou. Acho que é ela quem tem que cuidar de tudo. Ela tem uma sobrinha que trabalha no Fortune Park — você sabe, o lugar onde eu nado. Sue tem um sobrenome diferente; a Olivia tem uma irmã casada. A Sue é fanática por aeróbica e saúde física. A Olivia é uma amante da música: adora o festival e presta serviços voluntários para o MBF — você sabe, o fundo beneficente dos músicos. Foi assim que nós nos conhecemos."

"E quanto ao emprego dela? Você sabe se ela tinha inveja do Sawyer?"

"De jeito nenhum. Você sabe que ela ficou administrando todo o departamento de museus sozinha durante um bom tempo. Por mais de dois anos. Ela me disse uma vez que não via a hora de ficar livre daquela trabalheira toda. Ela é curadora de artes, sabe? O negócio dela é cuidar da conservação de objetos; produtos têxteis, principalmente. Não estava interessada em administrar lojas, salões de chá, reservas para festas, segurança e tudo o mais. Ficou aliviada de passar isso tudo para o Sawyer. Ela não lhe contou isso, não?"

"Contou, claro."

"Então, pronto. Isso acaba com a teoria do Bridger, certo?" Depois acrescentou, indignada: "E que diabos ele quer dizer com 'solteirona típica', afinal? Ela tem tanto estilo. Você não acha que ela é superelegante? E não me refiro só às roupas. Ela tem um porte, uma postura — parece uma pessoa forte, que sabe o que faz. Tenho uma admiração enorme por ela, na verdade".

"Eu entendo", disse Andrew, lembrando-se da elegância despojada de Olivia. "Ela transmite uma tranqüilidade interior. E é bem bonita até, num estilo meio Eleanor Bron. O que há de errado com ela, hein?"

"Como assim?"

"Bom, quando fui à casa dela, tive que ficar esperando uma eternidade até ela aparecer para abrir a porta. Depois, quando ela me levou até uma sala no segundo andar, notei que estava tendo dificuldades para subir as escadas. A mesma coisa para descer. Deve estar com algum problema nas pernas."

"Bom, ela parecia estar muito bem na sexta-feira passada, pelo menos até onde pude perceber. Talvez sofra de reumatismo, ou algo assim, e estivesse tendo uma crise. Choveu muito naquele fim de semana, e a umidade desencadeia essas coisas. Ou talvez simplesmente estivesse no último andar da casa, onde o pai dela fica. Ou no banheiro. A casa dela fica em Bathwick Hill, não é? As casas ali são todas imensas."

"É, a casa dela é bem grande. Você deve ter razão."

"Então. Espero que você a deixe em paz agora."

"E tem também o George. Eu desconfio um pouco dele. O Bridger diz que ele é 'o sal da terra', é claro. Talvez seja, mas não engulo muito aquele papo de 'que coisa chocante, inspetor; pode contar comigo para ajudar a polícia no que for preciso, inspetor'. Papo-furado. Detesto lambe-botas."

"Ah, você está sendo injusto. Tudo bem que ele é meio puxa-saco, mas tenho certeza de que realmente quer ajudar. Só que ele foi desse jeito a vida inteira, não sabe ser diferente. E está nesse emprego há anos. Uma pessoa assim não vai começar de repente a 'se fazer de besta com o chefe, cruz-credo-ave-maria', vai?"

"Imagino que não. Não há por quê. Mas, Sara, eu não vou chegar a lugar nenhum se me prender aos motivos. Qualquer pessoa é capaz de ocultar um motivo, e a gente pode passar a vida inteira procurando um motivo plausível. O fato é que esse crime só pode ter sido cometido por alguém que tivesse como trancar o prédio e ligar o alarme. Isso quer dizer que a Olivia, o George e o seu bando de assistentes — Andy, Jack e Colin — são os principais suspeitos. A gente tem que se ater aos fatos, entende? O álibi de alguém vai acabar ruindo e então o motivo vai aparecer. Assim eu *espero*, porque é pouco provável que as evidências do laboratório forense sejam suficientes para incriminar alguém."

Andrew ficou em silêncio por alguns instantes. "Sara, esse é um inquérito enorme. Tenho vinte policiais trabalhando comigo. Temos que tomar o depoimento de centenas de pessoas, e no estágio em que a gente está praticamente qualquer uma delas poderia ser culpada. Você entende que isso que eu tenho contado a você é estritamente confidencial, não entende? Estou falando muito a sério. Escute o que estou dizendo: se você contar isso para quem quer que seja, vou lhe dar uma surra que você não vai conseguir esquecer para o resto da vida."

"Pode confiar em mim", disse Sara, rindo.

"Sara, é sério mesmo. Teria sido muito melhor, provavelmente, que eu não tivesse contado nada. Na verdade, eu entraria numa tremenda enrascada se alguém descobrisse que contei. Posso até ter colocado você em perigo. Olha, você não pode dizer para ninguém — para ninguém *mesmo*, Sara — que sabe qualquer coisa a respeito das investigações da polícia. Guarde tudo isso em segredo, para o seu próprio bem e para o meu também. A gente não sabe quem é o assassino, e, seja ele quem for, é natural que esteja muito interessado em ouvir alguma coisa a respeito dos rumos da investigação."

Naquela noite, Olivia telefonou.

"Eu sei que está super em cima da hora, mas eu estava pensando se você não poderia vir jantar aqui em casa no domingo. Estou para convidar você há séculos e pensei que, depois dessa coisa horrível que aconteceu com o Matthew... deve ter sido horrível para você e eu tenho certeza de que você está bem, mas, enfim, pensei em você aí sozinha e achei que talvez pudesse ser bom a gente se ver. A Sue e o Paul vão estar aqui também. No domingo está bom para você? Ótimo. Desculpe o convite em cima da hora. Ah, sim, inteiramente informal."

9

Para pegar a Dunsmore Park Road, é preciso dobrar à esquerda depois de subir a Bathwick Hill, e para pegar a Dunsmore Place, onde Olivia mora, é preciso dobrar novamente à esquerda depois de subir mais alguns metros. Assim, a casa de Olivia, a última casa do lado direito da estrada, "oferecia uma bela vista", como diria um corretor de imóveis, de toda a cidade lá embaixo. Do lado oposto da estrada, havia outra fileira de casas parecida, e os dois blocos encaravam-se mutuamente numa atmosfera de insociabilidade pacífica, separados pela estrada e pelos jardins surpreendentemente extensos que ficavam à entrada das casas. Logo em seguida à casa de Olivia, a estrada fazia uma curva de quase noventa graus e começava a descer novamente em direção à cidade, dando à casa uma faixa extra de jardim — faixa que corria paralela ao lado direito da pista e era separada do jardim dos fundos por uma cerca de madeira com portão. A desvantagem de ter uma estrada passando em dois lados da casa era insignificante, já que o trecho de estrada que passava do outro lado do muro alto do jardim era na verdade um beco sem saída que terminava numa fileira de garagens fechadas, usadas por Olivia e seus vizinhos. A transversal em que a Dunsmore Place se ramificava descia novamente em direção a Bathwick Hill e tinha três pares de casas geminadas, mais novas do que as outras e construídas com pedras restauradas, um posto de lavagem de automóveis e algumas lojas.

Quando Olivia abriu a porta, Sara notou que sua postura estava um pouco precária. Seus olhos cintilavam e ela dava a impressão de estar um pouco ansiosa demais para parecer relaxada.

"Muito obrigada por ter chegado cedo", apressou-se em dizer, aceitando o buquê de flores do campo que Sara lhe oferecia. "Puxa, obrigada. São lindas. Eu pensei que a gente podia tomar um drinque juntas antes de a Sue e o Paul chegarem. Você prefere vinho branco ou tinto? Tem também gim."

Na sala do segundo andar, taças de vinho, garrafas e tigelas de petiscos já estavam a postos. Aquilo não era bem o que Sara estava esperando de um jantar "inteiramente informal" e também não parecia muito do feitio de Olivia, que sempre lhe parecera ser mais o tipo de pessoa que a levaria para a cozinha e poria os petiscos nas tigelas enquanto conversavam. Não que isso de fato importasse, já que a sala era extremamente agradável. Seus objetos eram inteira e patentemente não-georgianos e, no entanto, combinavam perfeitamente com o ambiente. Olivia era uma modernista e também, como ela mesma explicou quando Sara elogiou a beleza e o despojamento do ambiente, uma minimalista por força de motivos econômicos — o que queria dizer, segundo ela, que não tinha dinheiro para comprar em grande quantidade o tipo de coisa de que gostava e que preferia ter um vaso fantástico a ter três vasos sem graça. E ali, colocado no meio das duas janelas altas, estava o vaso fantástico: uma peça de chão, de bojo estreito, cujo padrão, feito de frenéticos riscos cinza sobre um fundo branco, fazia lembrar rabiscos a lápis de uma criança pequena de talento precoce. Demonstrando tanto originalidade como contenção, Olivia não o enchera nem de galhos de bétula, nem de folhagens secas. Havia outras coisas também: um par de litografias de Brangwyn, um prato redondo e largo de vidro preto com pingos amarelos que pareciam girar dentro de um vórtice e um par de cadeiras absurdamente confortáveis, que na verdade não passavam de tiras de couro presas em tubos de aço engenhosamente equilibrados. A sala tinha o ar controlado de uma pequena e sofisticada galeria de arte, tendo Olivia como sua rigorosa curadora.

Todos os objetos ali dentro mereciam não só ser vistos, mas contemplados, e, como estavam dispostos com parcimônia e sem ostentação, conferiam à sala uma aura de serenidade, quase de recato. Sara se sentiu uma completa grosseirona lembrando-se de algumas das composições estéticas mais ambiciosas com que decorara o Medlar Cottage, como o jarro de Spode em frente à janela do patamar da escada, que ela abarrotara de ramos de trigo e alfazema. Decidiu que passaria a limpo toda aquela bobajada pastoral e daria sumiço em algumas almofadas.

Quando se sentaram, Sara notou que o gim que Olivia estava tomando já colorira suas bochechas de rosa e que ela parecia muito cansada.

"Você deve ter tido uma semana horrorosa", comentou Sara, afetuosa.

"É, tive mesmo. Tem sido realmente horrível. Não dá nem para descrever. A polícia não só fechou as termas como drenou todas as piscinas para fazer uma busca. É um risco *tremendo* para o prédio. Estou muito preocupada. E já perdi a conta do número de telefonemas que tive que atender de pessoas furiosas com o que está acontecendo. E o Departamento de Turismo não larga do meu pé e liga toda hora para me falar das projeções dos prejuízos, como se eu pudesse fazer alguma coisa."

Olivia esfregou a testa com os dedos e depois passou-os pelos cabelos, como que para varrer as preocupações para longe. "E a Coldstreams está perdendo clientes, e, para piorar, o contrato que eles têm com o conselho não é muito claro a respeito de indenizações. A situação nos Assembly Rooms também está bastante caótica. Boa parte dos funcionários de lá estava fazendo um extra no Pump Room naquele dia, sabe, então estão sendo convocados toda hora pela polícia para prestar novos depoimentos. Na quarta-feira, a gente não tinha funcionário suficiente nem para tomar conta da loja do museu de roupas e estávamos recebendo cinco grupos de visitantes naquele dia. E depois, quando a polícia resolveu drenar a Grande Piscina, alguém tinha que ficar lá tomando conta para não deixar que eles estragassem nada. Ou seja, precisei supervisionar o procedimento inteiro."

"Mas vocês já estão abertos para o público novamente, não estão?"

"Ah, sim." Olivia suspirou. "Reabrimos ontem, muito embora esteja sendo muito difícil para todo mundo. Eles estão precisando de um pulso firme no momento. Imagino que seja obrigação minha cuidar do estado de espírito da equipe. Mas, sabe, não tenho me sentido em condições para isso."

Sara, pensando que um pulso firme era, com quase toda a certeza, o que os aguardava mesmo assim, disse: "A gente nunca pensa, quando lê a notícia de um assassinato no jornal, em todas essas coisas que acontecem, na confusão toda, na quantidade de gente que é afetada, não é verdade? No máximo, a gente pensa na família da pessoa que morreu, mas nunca nos colegas de trabalho, nem nos amigos e muito menos em todas as outras pessoas menos próximas. Aliás, o Matthew Sawyer tinha família?".

Lágrimas foram se juntando nos olhos de Olivia enquanto ela balançava a cabeça em sinal de afirmação. "Três filhos. O mais velho tem catorze anos. É *horrível*."

"Eles moravam juntos? Quer dizer, eu o vi naquela sexta e ele ainda estava com as mesmas roupas na manhã seguinte, quando encontrei seu corpo. Ele não pode ter ido para casa naquela noite, mas ninguém notificou seu desaparecimento. Achei que ele talvez pudesse ser divorciado."

As lágrimas escorriam pelo rosto de Olivia quando ela respondeu. "Não. A Annabel tinha ido com as crianças para a casa dos pais dela, para passar o fim de semana. Eles moram perto de Swanage. Era o aniversário de setenta e cinco anos do pai dela. O Matthew ia para lá no sábado. Eles iam dar uma festona, com toldo no jardim e tudo o mais."

Olivia secou o rosto. "Ai, Sara, desculpe. Eu consegui superar o pior do choque, mas quando penso em todos eles — em como deve ter sido para eles... E foi uma morte tão estúpida. Sem razão nenhuma de ser."

Balançou a cabeça e depois deu um gole na bebida. "Mas, escute, me fale de você. Você está bem? Você deve ter tido um choque horroroso. Você conhece o Andrew Poole, não conhece? Você dá aula para ele, não é? Ele esteve aqui no fim de semana passado, sabe? O que ele acha?"

Sara tinha quase certeza de que nunca falara de Andrew para Olivia. Será que James andara fofocando?

"Como é que você sabe disso?", perguntou, torcendo para que seu largo sorriso interrogador pudesse disfarçar quanto aquela pergunta a deixara nervosa.

"Ele mesmo me contou. A princípio pensei que ele estava querendo dizer que a conhecia de nome, por reputação, mas depois ele comentou algo a respeito de como encontrar o corpo devia ter sido um choque terrível para uma pessoa tão sensível, uma artista, ele disse. Acho que usou a palavra frágil. Na verdade, nem reconheci você na descrição que ele fez. Mas o que ele acha?"

Sara notou o olhar ligeiramente sardônico que pessoas que já estão para lá da metade da terceira dose de gim não conseguem esconder.

Olivia esvaziou o copo. "Quer dizer, eles têm alguma idéia de quem estão procurando?"

"Ah, o Andrew não fala muito sobre isso comigo. Ele vai à minha casa para tocar, nunca discute assuntos de trabalho."

Olivia olhava para ela calmamente.

"Só conversei sobre isso com o Bridger, depois que eu... você sabe... encontrei o corpo."

Olivia se levantou para encher novamente a taça de vinho de Sara e pegar outra dose de gim para si.

"Deixe para lá. Desculpe ter tocado no assunto; ainda deve ser difícil para você pensar sobre isso. Eu não esperava que você soubesse de nada específico, só talvez de alguma coisa genérica. Pensei que talvez pudesse ter ouvido algo.

De quem eles suspeitam, por exemplo. Eles já *têm* suspeitos, afinal?"

Olivia fez uma pausa enquanto se sentava novamente. "Não é só uma questão de curiosidade da minha parte, sabe? Eu tenho um trabalho a desenvolver, e, quanto mais a polícia demorar para prender o assassino, mais difícil vai ser para mim e para a equipe toda. É *deles* que sinto pena. Eles todos se sentem sob suspeita."

Dando uma risada desdenhosa, Olivia acrescentou: "Eu mesma me sinto! Eu disse ao Andrew Poole, é claro, que cheguei em casa naquela noite às dez e meia. Subi para falar com a enfermeira da noite e ver como o papai estava e depois fui direto para a cama. Mesmo assim, ainda tenho a impressão de que estou entre os suspeitos".

Sara hesitou, dando tratos à bola para encontrar um jeito de puxar a conversa para outro assunto.

"Como vai a Sue? Ela estava superpreocupada com o emprego do Paul no Fortune Park. Está tudo bem com ele?"

"Ah, isso tudo já passou, segundo a Sue. Ela fica nervosa demais com as coisas, transforma tudo num drama. Ele levou uma bronca por estar fazendo um bico, mas não vai perder o emprego. Os dois já devem estar vindo para cá; na verdade, eles vêm muito aqui em casa. Imagino que você saiba que a Sue está alugando um quarto em Larkhall agora, mas metade das coisas dela ainda está aqui."

Olivia ficou calada por um instante. "Sara, eu gostaria de perguntar uma coisa. Talvez você não queira responder; se não quiser, não tem problema. Mas eu ficaria muito grata se você respondesse."

"O que é?"

"Bom, quando perguntei a respeito dos suspeitos, eu na verdade tinha esperança de que você pudesse saber se... olha, sei que isso vai soar horrível, mas... você sabe se a polícia acha que pode ter sido o George?"

"O *George*? Você está falando sério? Você não acha que foi o George, acha? Mas ele trabalha lá há tanto tempo! E é um senhor tão bonzinho."

Olivia a interrompeu. "Não, não, é claro que não. É claro que *eu* não acho que foi ele. Mas estou preocupada. Só fiquei pensando se... você sabe... quer dizer, a polícia esteve conversando com ele."

"Bom, eles conversaram com todo mundo, não foi? Quer dizer, eu *imagino* que já tenham conversado com todo mundo a esta altura. Ele estava no Pump Room naquela noite, não estava?"

"Estava. Foi por isso que fiquei me perguntando. Não se foi ele, de forma alguma, mas se ele pode ter visto alguma coisa."

Sara fez uma cara de quem não estava entendendo. Olivia continuou: "George estava de guarda no portão do Pump Room na noite do dia treze. Ele deveria sair de lá antes das onze para ir trancar os Assembly Rooms. Deveria só não, ele saiu de fato. Depois levou as chaves de volta para o escritório no Circus. Eu só fiquei me perguntando se ele poderia ter voltado para o Pump Room para buscar alguma coisa e talvez ter visto... algo".

"Por quê? O que faz você pensar que ele possa ter visto alguma coisa?"

"Bom, na verdade é só por causa do jeito como ele tem se comportado desde aquele dia. Quer dizer, ele teve um choque horrível, é claro. Todos nós tivemos. Mas a maioria de nós já está superando o choque. A gente não tem outra escolha. Mas o George não. Na verdade, acho até que ele está ficando cada vez pior."

"Como assim?"

"Bom, se eu não o conhecesse, não acharia nada de mais. Ele está claramente se esforçando para agir como sempre agiu, mas anda tenso, mal-humorado, não está nem um pouco no seu normal. Não consegue nem me olhar nos olhos. Alguma coisa definitivamente o está incomodando. E então eu pensei: talvez ele tenha visto alguma coisa. E, se viu, será que contou para a polícia?"

"E *você* contou isso para a polícia? Você não deveria contar?"

"Não, não contei. Achei que, se contasse, eles poderiam ficar no pé do coitado do George e, além do mais, posso estar completamente enganada. Mas o George é um tremendo fã seu. Adora arranjar uma desculpa para falar com você. Foi por isso que pensei que talvez ele pudesse ter feito algum comentário com você, sabe, que pudesse ter mencionado se estava preocupado com alguma coisa a respeito do caso."

Mas Sara não vira mais George desde o dia em que o corpo fora encontrado.

"Mas será que não daria para você encorajá-lo a conversar com a polícia a respeito do que quer que seja que o está incomodando? Você é diretora interina agora, não é? Então, você mesma poderia tentar dar uma palavrinha com ele."

"É, estou vendo que vou ter que cuidar disso eu mesma", disse Olivia, um pouco irritada. "Muito embora sua ajuda pudesse ter sido útil. Mas Deus sabe que eu já estou perfeitamente em condições de cuidar das coisas sozinha a esta altura."

"Ih", disse Sara rapidamente, "esse barulho foi a porta?"

Sue e Paul tinham ido direto para a cozinha no primeiro andar e, quando Olivia e Sara chegaram lá, os dois já estavam esvaziando sacolas de compras sobre a mesa redonda que ficava no vão circular formado pela janela, na parte da frente da sala de teto alto que era uma espécie de extensão da cozinha. Grandes festões de um tecido listrado azul e branco pendiam da janela, e havia uma alegre maria-sem-vergonha no meio da mesa. A parte que correspondia à cozinha tinha uma decoração prática, com armários de parede dos dois lados, instalados um pouco acima dos armários de chão e das bancadas, uma das quais, a que acompanhava a parede do fundo, continha a pia. Acima dela, uma grande gravura emoldurada exibia um molho artisticamente desmazelado de alhos-porós contra o fundo azul de um tecido amarrotado. Um fogão arrojado ocupava a maior parte da bancada oposta, que fora construída perpendicularmente à parede para separar a cozinha da sala e oferecer a quem estivesse cozinhando um espaço de trabalho cercado por bancadas dos três lados. Uma porta almofadada na parede do fundo estava entreaberta e, pela abertura, Sara vislumbrou uma mesa de escritório.

"Boa idéia, Sue, ele vai adorar", exclamou Olivia ao ver Sue desembrulhar um buquê de frésias e aparar as hastes com uma faca de cozinha.

Sue separou três ou quatro flores e colocou-as sobre a mesa. "Estas aqui são para você, Livy." Cheirando o resto, disse: "Ele adora o perfume, principalmente agora que não pode mais descer para o jardim. Vou levá-las lá em cima e dar um alô para ele. Ele tem vasos lá cima, não tem? Levo o uísque dele também?".

"Não, eu levo", disse Olivia. "Ele gosta que eu leve." Dando um sorriso alegre, acrescentou: "Ele é danadinho. Vai querer que você vá lá *além* de mim, não *em vez* de mim. E você vai poder conhecer a nova enfermeira da noite. Ele gosta dela". Olhando para o relógio, disse: "Vamos subir agora; ele vai querer fazer a nebulização em paz daqui a pouco".

As duas saíram, deixando o perfume das frésias atrás de si. Paul respondeu às sobrancelhas levantadas de Sara.

"Nebulização", disse devagar, com um leve sotaque que parecia ter um poder hipnótico de atração. "É um aparelho chamado nebulizador; serve para abrir os canais nos pulmões para ele poder respirar. Você põe o líquido de um frasco de remédio dentro do aparelho, e aí ele tem que colocar um bocal perto da boca e aspirar o vapor. Não demora muito, mas o aparelho é muito barulhento."

Enquanto falava, Paul foi andando até a parede do fundo da cozinha e em seguida entrou pela porta almofadada. Reapareceu alguns instantes depois, trazendo um pequeno vaso no formato de uma urna clássica. O corpo do vaso tinha uma tonalidade rica e profunda de rosa, e as duas pequenas asas douradas tinham perdido o lustre com o uso, tendo agora um tom de ouro fosco. Sara se sentou num dos bancos altos, de frente para a bancada que separava a sala da cozinha, e ficou observando-o de lá.

"Não parece muito agradável. De quanto em quanto tempo ele tem que fazer isso?"

"De quatro em quatro horas, mais ou menos. Ele já teria morrido sem isso."

"Coitado. E coitada da Olivia também."

Paul pôs as flores dentro do vaso, onde elas ficaram naturais e perfeitas.

"Que vaso lindo."

Paul sorriu, contente por ela ter notado. "É francês. Do final do século XVIII. Feito provavelmente entre 1780 e 1795. Eu lido um pouco com antigüidades, sabe? Francesas e inglesas."

Jogou fora os pedaços de haste das flores, as tiras elásticas, as folhas soltas e o papel celofane molhado que Sue deixara na mesa. A simplicidade de seus movimentos, as mãos longas, a escolha do vaso perfeito e a beleza e elegância do resultado final fizeram Sara se lembrar de James. Mais um artista. E um artista heterossexual com um traseiro fantástico, pensou, quando Paul se virou para a pia para encher o vaso de água. Sara esvaziou seu copo, lembrando a si mesma que ele estava comprometido com outra mulher — e mulher loura de vinte e poucos anos que, ainda por cima, era professora de ginástica e tinha um corpo que provavelmente faria o dela parecer um saco de bolinhas de gude. E não se esqueça de que, antiquário ou não antiquário, ele trabalha mesmo é como garçom, sua voz interior advertiu, e de que você é uma esnobe. E uma balzaquiana pervertida, a voz acrescentou, enquanto ela refletia que, se Paul tivesse uns trinta anos, isso faria dele um homem seis anos mais novo do que ela.

"Aquele quarto ali é o escritório da Olivia?", perguntou, fazendo um gesto em direção à porta almofadada.

"É, sim", disse ele, um pouco surpreso. "Você nunca esteve aqui antes? Desculpe, eu tendo a tratar isto aqui como a minha casa." Ficou em silêncio por um instante. "Vem dar uma olhada. A Olivia tem coisas fantásticas ali dentro. Não são dela, é claro, são do museu; ela trabalha bastante em casa. Ela não vai se importar, ela gosta que as pessoas vejam. Na verdade, se você der corda, ela é capaz de prender você a noite inteira ali dentro."

Sentindo-se um pouco intrometida, Sara entrou no quarto atrás de Paul. O quarto tinha janelas francesas, mas as cortinas estavam totalmente fechadas.

"É para não deixar entrar muita luz", disse Paul. "Ela quase sempre tem artefatos de tecido aqui. Está catalogando alguns sapatos no momento. Estão aqui."

Paul se aproximou da mesa, sobre a qual havia uma caixa funda de papelão cinza cercada por pilhas de papel. Levantou a tampa e abriu com cuidado as folhas de papel de seda. "A caixa e o papel são especiais, não têm ácido. Pode olhar. Mas não respire em cima deles, nem toque. É por causa da umidade, sabe. Da acidez dos dedos."

Sara chegou mais perto e espiou dentro da caixa como se estivesse se debruçando sobre o carrinho de um bebê adormecido. Na caixa, de pé, um par de sapatos forrados de seda em tom verde-pálido, com tiras de amarrar feitas de uma fita muito frágil e delicada.

"Eles também são do final do século XVIII. São ingleses", disse Paul. Os saltos eram finos e altos, e os bicos se estreitavam a ponto de causar agonia, mas era o tamanho minúsculo dos pés para os quais haviam sido feitos que mais impressionava Sara. Pensou em seus próprios pés, não como estavam agora, dentro de suas adoradas sandálias Missoni, mas dentro de imensos tênis de corrida acolchoados e de grossas meias brancas, martelando o chão com firmeza ao longo do costumeiro circuito de oito quilômetros pelas alamedas de St. Catherine Valley. A dona daqueles sapatos, uma bonequinha bamboleante, só devia conseguir dar uma ou duas voltinhas, com seus passinhos delicados, ao redor dos Sydney Gardens, antes de desmoronar elegantemente numa cadeira diante da mesa do chá e depois voltar de liteira para casa. Sara olhava para os sapatos em silêncio, imaginando se a dona teria morrido jovem ou velha. Será que ela sabia, da última vez que os usou, que aquela seria a última vez? Ou será que simplesmente os arrancou dos pés com um suspiro, depois de desfilar com eles a noite inteira pelos Assembly Rooms com um vestido de seda no mesmo tom verde-pálido, sem pensar em mais nada a não ser no alívio que estava sentindo em seus dedinhos torturados e nas visitas que receberia na manhã do dia seguinte? Agora, os sapatos com que tinha dançado suas quadrilhas e cotilhões, deixando atrás de si as marcas de seus saltos, tinham apenas um interesse histórico e acabaram se tornando, no final das contas, mais memoráveis do que sua dona. Mas a mensagem mais eloqüente dos sapatos vazios, Sara pensou, estava em nos dizer, como se já não soubéssemos, que no fim tudo não passa de uma série de afazeres sem importância.

Paul rearrumou com cuidado as folhas de papel de seda em cima dos sapatos e fechou a tampa. Sara o acompanhou de volta à cozinha e sentou-se de novo no mesmo banco, enquanto Paul abria a geladeira em busca de outra garrafa de vinho. Encontrou uma travessa com um salmão inteiro, cozido. Tirou a travessa da geladeira, examinou o peixe e estalou a língua com irritação. "Está completamente gelado! Onde é que ela está com a cabeça? Isso deveria ter sido tirado da geladeira uma hora atrás. Peixe gelado é um horror. Não tem sabor algum."

Paul fez uma cara de quem estava a ponto de cuspir no peixe. Será que ele ia ter um chilique de chef? Não, estava apanhando coisas dentro dos armários. Parecia que pretendia botar gemas de ovo numa tigela e foi o que fez, separando-as das claras com uma só mão, exibindo-se.

"Maionese?", perguntou Sara.

"Não, *sauce rémoulade*", disse, com pronúncia perfeita.

"Ah, que bom", disse Sara, sem pestanejar. "É aquele que leva alcaparras, picles e salsa, não é? Posso picar? Você vai usar essência de anchova ou mostarda, ou os dois?"

Paul ficou impressionado, como ela pretendia que ficasse, e recompensou-a com um olhar maroto de espanto e com um sorriso que revelou dentes tão bonitos que chegavam a irritar. Apanhou uma tábua de picar para Sara e, abrindo um rolo de lona sobre a bancada, escolheu a menor faca do jogo.

"Você pode usar esta aqui. Mas tome cuidado, é muito afiada."

Uma intimidade se cria sempre que duas pessoas preparam alimentos que acabarão reunidos num mesmo prato, e o reaparecimento de Olivia alguns minutos depois, mesmo sendo na cozinha *dela*, acabou sendo sentido por todos, ainda que só por um instante fugidio, como uma espécie de invasão. Olivia deu um largo sorriso diante da comunhão de Sara e Paul sobre a tábua de picar.

"Mostrei os sapatos para a Sara, Olivia", disse Paul. "Você não se importa, não é?"

"Não, não tem problema, desde que você saiba como manuseá-los", respondeu Olivia. "Eles não são maravilhosos?"

"São lindos", disse Sara, sorrindo. Olivia começou a pôr a mesa em torno do lugar onde estava Sue, que também viera para a cozinha e estava sentada languidamente, comendo azeitonas. Sara levantou o olhar, sentindo-se culpada até mesmo de sua rapinagem puramente mental do homem de Sue, e cortou fora com destreza uma lasca da ponta do dedo.

"Droga! Au! Que *merda*! Desculpa!", disse Sara, tentando não deixar nenhuma gota de sangue cair no montinho de salsa picada. Desceu do banco desajeitadamente e olhou em volta desesperada à procura de papel toalha, enfiando a outra mão nos bolsos do vestido à procura de um lenço e simultaneamente tentando tranqüilizar a todos dizendo que fora um corte bobo e sem importância. Na mesma hora, porém, se deu conta de que o corte fora na mão com que dedilhava e que, se tivesse cortado fora toda a almofada do dedo, isso com certeza afetaria sua habilidade como instrumentista. Ai, meu Deus, será que *ninguém* poderia lhe arranjar um lenço? Percebeu de repente que as mãos longas e lentas de Paul tinham segurado seus pulsos. Ele retirou gentilmente a mão esquerda de Sara do jugo da sua mão direita e, sem examiná-la, enrolou-a com um pano de prato branco. Levou Sara, ainda pelos pulsos, até a pia, onde a torneira de água fria já estava aberta, pôs o dedo machucado debaixo do fio de água corrente e segurou-o ali.

"Respire fundo", disse ele, baixinho.

Sara obedeceu e, um minuto depois, a ardência que sentia no dedo latejante cedeu lugar a uma sensação gelada de anestesia. "Está tudo bem. Já está melhor agora, obrigada", disse, tentando parecer animada. Paul soltou o pulso dela e ficou observando.

"É afiada mesmo, hein?"

"Eu avisei."

Sara girou o dedo devagar debaixo da água. Perdera uma lasca de pele, só isso. Desculpou-se novamente, tirando a mão da água para secá-la. A dor voltou no mesmo instante. O sangue tornou a jorrar, pingando ruidosamente na pia.

"Não tire o dedo da água, não", ordenou Paul, puxando a mão de Sara novamente para debaixo do fio de água. "Você vai ter que ficar com ele aí por um tempo, até parar de sangrar."

"Vou pegar um band-aid", disse Sue, que se levantara da mesa e estava debruçada sobre uma gaveta.

"Esse corte vai precisar de um curativo decente", disse Paul. Sue deu a volta e se posicionou do outro lado de Sara, examinando o dedo que balançava levemente sob o fluxo da água.

"Não, é melhor um band-aid", retrucou.

Sara ouviu uma espécie de sibilo saindo dos lábios semicerrados de Paul.

"E *eu* digo que esse corte precisa de um curativo decente", disse ele, devagar.

Olivia abrira uma caixa verde de primeiros socorros sobre a bancada. "Toma aqui um pedaço de gaze. Se você dobrar, dá para colocá-lo debaixo de um desses band-aids grandes", disse, apostando numa solução conciliatória. O olhar que Sue e Paul trocaram por cima da cabeça de Sara fez com que ela sentisse vontade de se abaixar.

"Eu mesma posso fazer isso", disse Sara, na esperança de evitar uma possível disputa pelo privilégio de lhe fazer o curativo, mas sucumbindo com facilidade diante da insistência de Paul de que ele poderia fazer o curativo melhor do que ela.

Durante o jantar, foi um alívio quando a conversa se desviou do tema dos ferimentos interessantes e as formas mais recomendáveis de tratá-los para o assunto agora corriqueiro do assassinato. Sara teve de tolerar a troca — àquela altura tediosa — de hipóteses e contra-hipóteses, que era sempre acompanhada pela reiteração dos álibis de cada um. Era estranho como as pessoas sentiam necessidade de fazer isso. Quase todo mundo com quem tinha conversado acabava sempre, mais cedo ou mais tarde, e sem que fosse preciso o menor estímulo, fazendo a declaração que os eximia pessoalmente de toda e qualquer suspeita. "Bem, *eu*, é claro...", era como geralmente começava. Sue, bem, é claro, saíra dos Assembly Rooms naquela noite às quinze para as oito e chegara quase quinze minutos atrasada para cumprir o turno da noite no clube. Fechara o clube pouco depois das onze e fora para o quarto de Paul no alojamento dos funcionários, no próprio terreno do Fortune Park, onde ficaria, como costumava fazer, para passar o fim de semana.

"Estou morando em Larkhall agora, mas em geral não passo os fins de semana lá", disse Sue. "A casa é da Cecily, e eu sou uma espécie de locatária, só que ela anda tendo um caso com um homem casado, sabe?" Soltou um suspiro. "Então a gente combinou, mais ou menos, que eu sumiria nos fins de semana. É uma grande burrice, isso, eu acho. Essas coisas nunca dão certo, não é? É o que acho, pelo menos."

Sue olhou para Paul, que parecia não estar ouvindo. "Enfim, ele vai lá nos fins de semana, geralmente. Às vezes, só passa uma tarde, outras vezes fica mais tempo. De qualquer forma, para mim é melhor ficar longe de lá."

Dando um sorriso insinuante na direção de Paul, Sue acrescentou: "É melhor para nós, não é?". Paul deu um sorrisinho quase imperceptível. "Mesmo tendo que trabalhar em turnos diferentes, a gente sempre consegue passar um tempinho junto. Eu lembro que nós dois estávamos trabalhando naquela noite. O Paul chegou pouco antes da uma hora, não foi?"

Paul fez que sim com a cabeça. "A gente terminou o serviço cedo nos Assembly Rooms e então eu fui para o Pump Room, para ajudar com as sobremesas. Saí de lá pouco depois das onze e fui para casa."

"Mas você só leva por volta de meia hora para ir de lá até o Fortune Park, não é?", perguntou Sara.

"Sim, se você está de carro. Mas eu vou de bicicleta no verão. Você leva uma hora e quarenta e cinco minutos, de bicicleta."

Então foi assim que ele ficou com aquele traseiro.

Sue estava falando de novo. "Mas nem sempre é bom sair de bicicleta no verão, não é? Você ficou encharcado naquela noite; seu cabelo estava todo molhado. Caiu um aguaceiro naquele dia, não foi?"

Olivia lançou um discreto olhar significativo para Paul, que se levantou obedientemente e tornou a encher os copos de todos, enquanto Olivia se afastava da mesa e voltava trazendo uma tábua de queijos supercheia. Estava claro que ela o havia instruído antes a cuidar dos copos de todos, o que parecia certo exagero num jantar informal para quatro pessoas. Ou talvez ele simplesmente estivesse acostumado a bancar o anfitrião para ela. Não havia dúvida de que sabia muito bem o lugar de cada coisa nos armários da cozinha, e preparara a *sauce rémoulade* e algumas saladas requintadas para acompanhar o salmão com a mesma desenvoltura hipnótica com que James trabalhara na cozinha de Sara. Enquanto beliscavam os queijos, Olivia ainda parecia meio nervosa e Sue mergulhou no silêncio. Era como se Paul detivesse o privilégio exclusivo da iniciativa naquela casa. Ele era a fonte de energia, Sara supunha, uma espécie de pilha, sem a qual as outras duas simplesmente perderiam as forças e parariam de funcionar. Do lado oposto da mesa, Sara pôde olhar melhor para ele. O cabelo lhe caía sobre a testa em grossas mechas castanhas e era tão longo que Sara imaginou que ele devia ter de prendê-lo para trabalhar. O nariz era longo e interessante, de um feitio gaulês que beirava a feiúra, mas o que mais chamava a atenção em seu rosto eram seus extraordinários olhos verdes e quase cruéis. Paul devolveu o olhar de Sara. Eram olhos de fera; Sara era carne fresca, e ele estava refletindo se deveria rasgá-la ao meio com uma dentada agora ou brincar um pouquinho com ela primeiro e rasgá-la ao meio depois. Sara tinha a certeza de que ele sabia exatamente o efeito que estava produzindo sobre ela, incluindo o momento, logo depois que ela cortou o dedo, em que, na confusão da dor, do constrangimento, do susto e do receio de sujar tudo de sangue, houve também uma pontinha de prazer porque ele estava tocando nela com tanto cuidado. Ele era absurdamente sexy. Nós mulheres simplesmente não fomos feitas para resistir a um homem desses, pensou Sara, olhando para Sue.

Como é que ela agüentava? Não havia dúvida de que se esforçava um bocado para ter aquela aparência. Sua pele, cujo suspeito tom bronzeado formava um contraste com a camiseta branca, parecia marinada e levemente untada, pronta para ir para a grelha. Suas jóias eram de ouro e extremamente delicadas: um cordão bem fininho com um pendente minúsculo — possivelmente um S — e três ou quatro anéis raquíticos. Como o louro de seus cabelos, as jóias eram graciosas e femininas num estilo levemente ordinário, mas seu ar de saúde dourada combinaria bem com bijuterias étnicas arrojadas, braceletes esmaltados reluzentes ou colares de contas mais pesados. Seu corpo forte e esguio era um modelo de beleza esculpida à aeróbica, e seus quadris desbastados tinham contornos convincentemente californianos para uma moça nascida em Corsham. Mas toda a sua força era física e se concentrava apenas em seus músculos confiantes; esse era seu único poder. Era como se sua vontade fosse um gato ferido escondido num prédio abandonado. Seus olhos pretos eram janelas com vidraças quebradas. O que a princípio parecia inanidade mental era na verdade desamparo.

As etapas do cardápio hiperorganizado de Olivia foram se sucedendo tranqüilamente, tendo como *finale* um bolo de merengue com creme e morangos. Ela tinha trabalhado um bocado para servir seus convidados. Sara se perguntava por que afinal Olivia teria se dado ao trabalho de convidá-la, já que estava obviamente exausta e a situação no seu emprego com certeza estava sendo demais para ela. Teria sido de fato por uma preocupação com o bem-estar de Sara? Na verdade, Olivia não havia perguntado acerca de seu estado além do que manda a boa educação. E não havia a menor dúvida de que era sofisticada demais para acalentar qualquer ambição maternal de "reunir os jovens" — não que Sara lamentasse que o tivesse feito. Quando tomavam café na bela sala de estar, Sara concluiu que talvez Olivia estivesse simplesmente respondendo a um instinto de reunir pessoas à sua volta depois da barbaridade que acontecera em seu círculo.

Lembrando-se de como Olivia lhe parecera cansada, Sara se levantou para sair antes das onze. Reparou que Sue e Olivia, ao descerem junto com ela para levá-la até a porta, trouxeram consigo as xícaras de café sujas, ansiosas por terminar as arrumações e dar a noite por encerrada. As duas se despediram de Sara na porta da frente e entraram de volta na direção da cozinha. Paul, no entanto, desceu a trilha do jardim junto com ela, na paz fresca e íntima da noite de verão. Sara sentia a presença de Paul deliciosamente próxima de suas costas, perto o bastante para que seus braços pudessem envolvê-la pela cintura, ou para que ele pudesse inclinar a cabeça e roçar-lhe a nuca com os lábios.

"Bom, boa noite. Obrigada por cuidar do meu dedo", disse Sara, virando-se.

Paul pegou-lhe a mão como que para verificar o curativo, depois girou-a gentilmente e beijou-a.

"A consulta é grátis", disse, sem soltar a mão dela.

Sara olhou para ele, sabendo que o abandono com que sua mão estava entregue à dele era uma indicação de sua disposição de sucumbir. Paul apertou-lhe os dedos muito suavemente e tornou a beijar sua mão de leve, dessa vez por muito mais tempo.

"Na verdade, acho que seria bom para você ter uma outra consulta."

Sara tirou a mão de dentro da dele.

"Ah, mas eu tenho certeza de que a sua lista de espera é longa *demais*", disse ela, um pouco alto. "Boa noite, Paul."

Quando chegou em casa, Sara estava sentindo não só uma leve sensação de triunfo por ter resistido a Paul, mas também certo orgulho de si mesma por ver que o choque da morte de Matthew Sawyer estava deixando lenta e pacificamente de ocupar sua vida. Por isso, foi um novo choque descobrir que a única mensagem que a aguardava na secretária eletrônica era de Tom, que ligara de Bruxelas dizendo, numa voz a princípio quase irreconhecível, que pegaria o primeiro avião de volta para Londres na manhã seguinte. James tinha sido preso.

10

Sara estacionou o carro pessimamente na entrada do prédio na Manvers Street e entrou furiosa pela porta da delegacia adentro, pronta para ser tão escandalosa, insistente e malcriada quanto fosse necessário para conseguir falar com Andrew e fazê-lo ver quanto era absurda e *ridícula* a prisão de James. O guarda da delegacia foi deslizando afavelmente em sua cadeira de rodinhas até chegar perto da divisória de vidro e sorriu para Sara com tanta simpatia que ela se desarmou na mesma hora. Devem treiná-los a fazer cara de titios bonachões, delirou Sara; no fundo, ele é um filho-da-mãe corrupto.

"Boa noite, senhora. Aquele ali é o carro da senhora? Acho que a senhora deixou os faróis acesos. Muito bem, em que posso ajudá-la?", perguntou ele, ainda sorrindo. Era inútil. Cada molécula que contribuía para formar a Sara Selkirk bem-educada e socialmente bem-ajustada entendia que, se uma pessoa era gentil com você, era sua obrigação ser gentil com ela também.

"O meu amigo, eu tenho um amigo que está aqui, ele está sendo detido aqui, houve algum equívoco. James Ballantyne. Eu *preciso* falar com ele. Não, espera, o inspetor-chefe Poole está aqui? Posso falar com ele? Andrew Poole? Por favor, é muito importante. Houve um equívoco." Por dentro, uma outra Sara Selkirk, uma peixeira desbocada e mentalmente desequilibrada, vociferava: *Seus filhos-da-mãe, vocês prenderam o meu amigo; soltem-no já, devolvam o meu amigo que-*

rido, que não fez nada de mal a ninguém. Como vocês se atrevem, seus imbecis, seus canalhas...

O guarda da delegacia foi gingando alegremente lá para dentro, deixando Sara à espera no surrado vestíbulo feito de divisórias de madeira. O tempo foi passando, pontuado pela ocasional troca de palavras no escritório atrás da divisória e pelos ruídos de portas e passos. Algum tempo depois, o guarda voltou, sorrindo atrás do vidro.

"Desculpe ter feito a senhora esperar."

Sara ouviu o barulho de uma porta sendo destrancada do outro lado do vestíbulo e levantou-se num salto. Fora fácil afinal. Obviamente, tudo não passara de um mal-entendido. James estava prestes a sair por aquela porta, encabulado, agradecido e contente por poder voltar para casa. O sorriso aliviado de Sara murchou quando Andrew apareceu. Sob a luz das lâmpadas fluorescentes, seu rosto parecia pálido, encovado e gordurento, e Sara refletiu consternada que Andrew também deveria estar tendo a mesma impressão do rosto dela.

"O senhor Ballantyne já foi informado de que você está aqui. Infelizmente, foi informado também de que não será possível vocês se verem esta noite. Sinto muito, Sara. Não há mais nada que eu possa fazer."

"Andrew? O que você está *dizendo*? Você tem que soltá-lo! E por que é que ele está aqui, afinal? Você está cometendo um erro! Por que você não deixa ele voltar para casa logo de uma vez?"

"Sara, o senhor Ballantyne foi interrogado a respeito de uma questão muito séria. Sim, relacionada ao caso do Matthew Sawyer. Não, eu não posso lhe dizer o que é. Ele ficará detido aqui esta noite e será interrogado novamente pela manhã. O... bom, o companheiro dele — é isso que ele é? — virá para cá de manhã, e já se está providenciando um representante legal para ele. Não podemos permitir que ele veja ninguém esta noite."

Sara estava boquiaberta. "Eu não acredito no que estou ouvindo. Que baboseira é essa agora de 'senhor Ballantyne', Andrew? É sobre o James que nós estamos falando, Andrew, o *James*. O meu amigo. Você o *conhece*. Você *sabe* que ele não fez nada. Pelo amor de Deus, ele é um pianista, um músico, não um assassino. Olha, eu quero falar com ele. Eu vim aqui para levá-lo para casa."

Andrew soltou um suspiro exasperado. "Sara, por favor, tente entender. Eu estou fazendo um favor para você lhe dizendo isso. Em circunstâncias normais, eu teria simplesmente mandado o guarda vir lhe dizer para ir para casa e voltar aqui amanhã de manhã. Mas decidi vir pessoalmente. Sinto muito, mas você não pode falar com o James hoje."

"Mas por que não? Eu quero falar com ele! Você não está *ouvindo*..."

Andrew interrompeu-a, irritado. "Pombas, Sara, *você* é que não está ouvindo! Não faz a menor diferença que ele seja seu amigo, *nem* músico. Se ele for o assassino, eu não quero nem saber se ele é o Herbert von Karajan, caramba! Preciso resolver esse caso e não estou nem aí se o seu amiguinho querido vai ter que agüentar uma noite na cadeia para isso acontecer. E talvez seja bom você ficar sabendo que temos motivos para suspeitar que ele já tenha mentido para a polícia."

"Meu Deus", disse Sara, com a voz sufocada de raiva, "eu não acredito nisso. Será que você não percebe quanto está enganado? Você está completamente errado! Você está sendo um imbecil. Um completo *imbecil*. E eu que pensava que você fosse... sei lá o quê. Eu pensava às vezes, coitado do Andrew, desperdiçado daquele jeito, tanta criatividade, tanto talento para a música, desperdiçado num emprego daqueles. E você não entende *nada*. Você está sendo tão burro! Você não passa de..."

"É, eu não passo de um policial asqueroso, não é isso?", disse Andrew, amargo. "Bom, eu sinto muito ter desapontado você. Vá para casa, Sara. Vá para casa. Eu tenho que trabalhar. Boa noite."

No carro, arrasada, Sara tomou o rumo de Camden Crescent, com a cabeça explodindo de raiva da estupidez sem tamanho de Andrew e de sua postura de "Eu Sou um Representante da Lei". Parou o carro em frente ao prédio. Todas as luzes do edifício número 11 estavam apagadas. Sem qualquer justificativa muito lógica, aquilo a deixou ainda mais enfurecida. Ficou se perguntando quanto tempo fazia que James estaria sob a custódia da polícia. Devem ter lhe dado permissão para telefonar para Tom em algum momento — provavelmente já bem tarde, se Tom não fora contactado a tempo de pegar o último vôo da noite. De qualquer forma, no fuso de Bruxelas seria uma hora mais tarde, o que também não ajudava. Agora era meia-noite e meia. Sara ainda tinha a noite inteira pela frente e não havia nada que pudesse fazer por James até de manhã. Foi para casa.

Tom deu dois beijinhos secos no rosto de Sara e levou-a até um banco no vestíbulo da delegacia. Do lado de fora, a manhã estava dourada, mas as lâmpadas fluorescentes do teto não tinham sido desligadas e ainda emitiam uma doentia película de luz azul que, de tão incômoda, quase parecia um ruído.

"Cheguei aqui às sete", disse ele a Sara. "O James só me ligou ontem à noite. Eles o interrogaram a tarde inteira, acompanhados pelo procurador que estava de plantão. Consegui entrar em contato com um sujeito da Thrings and Long, que vai vir para cá às nove. É o principal criminalista da firma. Não podem mais interrogá-lo antes que o advogado chegue. Mas não estão me deixando vê-lo, nem para uma visita rápida."

"Mas por que ele foi preso, afinal?", perguntou Sara. "Eu simplesmente não entendo por que ele está aqui. O que imaginam que ele tenha feito?"

Tom soltou um lento suspiro. "Na verdade, a culpa é dele. Eu ainda não sei exatamente por quê, mas ele deu um álibi falso para sexta-feira, dia treze. Ele disse à polícia que eu liguei para ele por volta das onze e meia e que ficamos conversando por quase meia hora ao telefone."

Balançando a cabeça, acrescentou: "Eu não liguei. E, se ele tivesse parado para pensar por um segundo que fosse, teria se dado conta da burrice que estava fazendo dizendo que eu tinha ligado. A polícia ligou para mim para verificar o álibi. E eu prestei uma declaração". Fez um gesto de desamparo. "Eu sou advogado, puxa vida. Não posso dar informações falsas para a polícia em nenhuma circunstância. Nem mesmo nestas circunstâncias. Só que eu acho que o James ainda não entendeu isso até agora."

"Que maluquice a dele dizer isso. Quer dizer, mesmo que você tivesse mentido para proteger o álibi dele, eles poderiam facilmente verificar se o telefonema realmente tinha sido feito, não poderiam? Eu não entendo."

"Claro que poderiam. Eu também não entendo. E nem a polícia, obviamente. Quando o pressionaram para que esclarecesse as coisas, ele veio com uma outra história de que teria ido visitar um amigo depois de sair do Pump Room, mas se recusou a dar maiores detalhes. Ele é tão turrão às vezes. E aí, depois, voltou atrás novamente e agora está dizendo que foi direto para casa e que ficou lá, sozinho, das onze horas em diante. Talvez a gente consiga descobrir mais alguma coisa quando o advogado chegar. Mas eu sinceramente não estou entendendo nada — está tudo muito confuso."

"Será que existe alguma coisa que eu possa fazer?"

Tom olhou para ela desconsolado. "Você é um amor. Mas, não, a não ser que você possa tirar um álibi da cartola, não há nada que se possa fazer. Foi muita gentileza sua vir até aqui, mas olha, é melhor você ir embora agora. Eu telefono mais tarde."

Sara saiu da delegacia, atravessou a rua e foi andando, melancólica, pela Henry Street, sem saber para onde ir. Quando deu por si, estava em frente à Marks and Spencer. Entrou e pegou uma cesta, sem ter muita noção do que estava fazendo ali, mas com a vaga idéia de que, se iria fazer compras desnecessárias, a seção de alimentos talvez fosse um dos melhores lugares para isso. Na verdade, estava mesmo com fome, já que não se preocupara em tomar café, e um bom e confiável sanduíche de ovos com bacon poderia ajudá-la a pensar.

11

A possibilidade só lhe ocorreu um pouco mais tarde, mas é claro que não pode ter sido mérito do sanduíche. De qualquer forma, o fato é que quando estava no carro, saindo da cidade pelo alto de Lansdown para escapar do trânsito de segunda-feira, Sara viu a igreja e lembrou. A missa em memória de Graham Xavier em St. Michael. E, enquanto esperava o sinal abrir, lembrou-se também de que, ao sair do Pump Room no final daquela noite, deixara James bebendo, sozinho e melancólico. Na verdade, não quisera enxergar quanto ele estava triste. Talvez agora, pensou, encostando o carro para estacionar, ela pudesse lhe ser útil de alguma forma.

Olhou para o alto, em direção à igreja. Ela ficava bem no topo de Lansdown Hill, exatamente na bifurcação em que, à esquerda, a Lansdown Road seguia em direção a um pequeno Vaticano não assumido de escolas particulares, clubes de tênis e casas deprimentes em sua ostentação de prosperidade, e em que, à direita, a Richmond Road subia em direção a Charlcombe, uma área quase tão abastada quanto a outra, mas que, em virtude de suas vielas enlameadas e grandes vistas abertas, tinha um ar de distinção um pouco menos sufocante. A parte de baixo da fachada da igreja encardira-se de um profundo preto vitoriano por causa dos carros e ônibus que subiam a ladeira tossindo antes de diminuir a marcha, quase ao pé dos degraus da igreja, e queimar os pneus para a esquerda ou para a direita. Acima da porta, no entanto, a fachada de pedra empalidecia, e a agulha lá no alto parecia luminosa contra o fundo azul do céu.

Do lado de dentro, quase um terço da nave fora separado do resto por divisórias e revestido com um carpete azul-vivo, fazendo lembrar, à primeira vista, um jardim-de-infância de poucos recursos. Colchonetes, provavelmente úteis para quem desejasse rezar ou meditar bem como nas aulas de ioga do grupo de mães, estavam empilhados num canto. Três mesas sustentadas por cavaletes e repletas de moldes de papel machê e pinturas de crianças, nas quais homens barbados e arco-íris eram as figuras de maior destaque, estavam enfileiradas num dos lados. Do outro lado, pôsteres em que se viam os sorridentes beneficiários de diversos "projetos" desenvolvidos no Terceiro Mundo falavam de solidariedade e comunidade global. Por toda parte, quadros murais apregoavam a relevância e o dinamismo da Igreja de hoje e convidavam a todos, mas a todos mesmo, a conhecer o vigário e a equipe pastoral, cujos retratos escrupulosamente informais sorriam largamente da parede, num ríctus coletivo de boas-vindas cristãs bastante assustador.

Sara fugiu rápido dali pelas portas envidraçadas da divisória e entrou na igreja propriamente dita e devidamente sombria, onde pelo menos podia se sentir imprestável em paz. Mas a igreja não estava vazia; Sara distinguiu um vulto escuro e um tanto volumoso de mulher perto do altar, retirando as flores mortas do arranjo que ficava ao lado dos degraus do púlpito. A mulher grisalha virou-se para trás, fez um leve aceno com a cabeça, lançou um breve sorriso na direção de Sara e depois se virou de novo. Sara esperava que a mulher continuasse a ignorá-la, pois, embora não tivesse muita idéia do que estava procurando ali, tinha certeza de que não era um dos membros da equipe encarregada de cuidar das flores da paróquia.

"Eu estou... estou só olhando", disse Sara, andando na direção de uma das janelas de vitral.

A mulher estava concentrada nas flores. "O quê? Ah, sim. Fique à vontade."

Depois de alguns instantes ela perguntou, sem se virar: "Você está procurando alguma coisa em particular?".

"Bom, eu estava pensando se... quer dizer, não é nada em particular. É que eu acho que houve uma missa fúnebre aqui uns dez dias atrás, para Graham Xavier."

"Ah, sim, eu me lembro", disse a mulher. Ela deu alguns passos para trás e ficou olhando para o arranjo de flores. "O que você está achando? Será que eu deixei o arranjo capenga do lado esquerdo?"

"Não, não, está ótimo. As flores são lindas. Você... é você que faz todos os arranjos?"

A mulher deu uma gargalhada e foi andando na direção de Sara, estendendo-lhe a mão. "Não, eu só faço levar bronca por me meter a mexer neles. Sou a vigária. Maggie. Muito prazer. Eu celebrei a missa do Graham. Você estava presente?"

"Não, eu não o conhecia, mas ele era amigo de um amigo meu. E, bom, esse meu amigo não pôde vir à missa e, não tenho certeza, mas acho que talvez ele tenha vindo aqui mais tarde, naquela mesma noite. E preciso saber se ele veio mesmo. Na verdade", Sara olhou bem para Maggie, incapaz de prever o efeito que suas próximas palavras surtiriam, "ele se meteu numa certa enrascada. É a polícia que precisa saber."

Maggie levantou as sobrancelhas e balançou a cabeça. "É mesmo? Bom, se você não está com pressa, venha comigo até o presbitério e vou ver se posso ajudar."

Tanto o café instantâneo quanto o gabinete de Maggie eram horríveis, mas dez minutos depois Sara ficou tão atordoada de gratidão que não pôde mais reparar em nenhum dos dois.

"Não, eu não cheguei realmente a *ver* ninguém na igreja naquela noite."

Elas estavam sentadas em cadeiras surradas, numa sala levemente úmida e tão abarrotada de papéis e livros que mal tinham onde pôr os pés.

"Mas ouvi alguém. Era a minha vez de trancar as portas. Eu estava um pouco atrasada, já era quase meia-noite e quinze. Eu sempre entro pela sacristia, atravesso a igreja e depois tranco a porta da frente pelo lado de dentro. Assim consigo ver se tem alguém dormindo lá na frente."

"Mas você saberia dizer quem era? Quer dizer, foi a voz de alguém que você ouviu? O que você ouviu?"

Maggie balançou a cabeça e riu. "Algumas pessoas no meu lugar teriam tido um treco. Eu tinha acabado de entrar pela porta externa que dá para a sacristia quando ouvi o piano. O que fica na parte de trás da igreja. É um piano de cauda, mas está terrivelmente desafinado."

"E o que foi que você fez?"

"Bom, o meu primeiro impulso foi entrar fazendo um escarcéu, pensando que deveriam ser crianças ou algum enxerido martelando no piano. Mas depois me dei conta de que a pessoa estava tocando direitinho. Então, entrei na sacristia sem fazer nenhum barulho, porque pensei, sabe, que devia ser o nosso organista praticando alguma coisa para domingo, e eu não queria atrapalhar. Mas aí me dei conta de que não podia ser o nosso organista de jeito nenhum."

"Por que não?", perguntou Sara, tomando mais um gole de café amargo da grossa caneca de cerâmica com o nome IONA gravado em letras salientes.

"Bom, eu não entendo muito de música, mas a pessoa estava tocando bem *demais*. O nosso Rodger, que Deus o abençoe, jamais conseguiria tocar daquele jeito. E, além do mais, ele nunca tocaria aquele tipo de música. O Rodger é um tradicionalista, sabe; a trilha sonora de *Lord of the Dance* já faz a pressão dele disparar. E aquilo que eu estava ouvindo... bom, eram praticamente todas as músicas de *Cabaré*."

"Tem certeza? E o que foi que você fez?"

"Certeza absoluta; já vi o filme quatro vezes. Enfim, abri a porta da sacristia que dá para a igreja, ainda sem fazer barulho. Algumas luzes estavam acesas, mas não dá para ver o piano de lá. E aí, felizmente, uma coisa me fez desistir de aprontar um escarcéu. Parei para prestar atenção na música por um momento e me lembrei de um comentário que alguém tinha feito naquela missa. Um dos amigos do Graham tinha dito que ele sempre fora louco pela Liza Minnelli."

Sara mal ousava respirar.

Maggie continuou, numa voz bem suave. "E aí, nessa hora, a pessoa começou a tocar aquela música bem triste, sabe, e era quase como se a Liza Minnelli estivesse bem ali, na igreja. E me lembrei da letra: *'All the odds are right in my favour, something's bound to begin, Maybe this time, maybe this time, maybe this time I'll win'*. Você se lembra?"*

Sara fez que sim com a cabeça, e Maggie ergueu o olhar.

"Eu não entendo muito de música, mas tive a impressão de estar ouvindo a letra; era quase como se o piano estivesse cantando. E aí pensei, bom, essa pessoa que está tocando, seja ela quem for, está querendo dizer alguma coisa, está querendo mandar alguma mensagem para o Graham. Havia tanta emoção naquela música. Eu não queria interromper, então fiquei esperando. E aí, quando a música acabou, houve um momento de silêncio e depois ouvi passos atravessando a igreja em direção à porta da frente. Fui andando, então, mais para dentro da igreja e vi um homem de costas. Tinha cabelos escuros, orelhas salientes. Não era alto e estava usando um paletó branco e calças pretas. Ele não me viu."

"Maggie, *muito* obrigada. Nem sei como agradecer; você é a nossa salvação. Você pode vir comigo e contar tudo isso para a polícia?"

"Bom, posso, claro", disse Maggie, levantando-se com um suspiro. Depois, olhou para Sara com um largo sorriso. "Mas, na verdade, eu não sou a salvação de ninguém. E espero sinceramente que você volte aqui outro dia. Nós abrimos aos domingos."

(*) "Todos os ventos estão a meu favor, alguma coisa está para acontecer, Talvez desta vez, talvez desta vez, talvez desta vez eu consiga ganhar." (N. T.)

12

Sara não tinha planejado ir ao Pump Room, mas a mulher da lavanderia estava dizendo que seu vestido só seria trazido de volta depois das cinco horas. Mas quarta-feira é quarta-feira, não importa a hora, protestou Sara, e eles tinham dito para ela apanhar o vestido na quarta-feira. Ah, mas na verdade queriam dizer quarta depois das cinco. E ainda não eram nem três e meia.

"Será que a senhora não tem algumas comprinhas para fazer, não?", perguntou a mulher num tom condescendente, como se Sara mal tivesse condições de andar à solta nas ruas e fosse incapaz de preencher uma hora e meia de seu tempo sem a ajuda de alguém.

Não estava com muita vontade de fazer compras. Assim, quando chegou ao Pump Room uma hora depois precisando muito tomar um chá, só o que havia comprado fora uma túnica branca de caxemira dois números maior do que o dela (pela metade do preço normal), alguns imensos lagostins frescos (ótimos para emagrecer), um batom cor-de-rosa (para combinar com a túnica) e três números da *Big Issue*, a revista dos sem-teto (por culpa). Logo que entrou, ouviu por cima do tlintlim das colheres de chá o suingue do trio que ocupava o palco, atarefado com um pot-pourri de canções de Gilbert e Sullivan. George estava a postos em seu banco alto, perto da porta.

"Olá, meu amor", disse ele, com a lascívia habitual. "Parece que hoje você vai ter que esperar um bocado, infelizmente."

Sara viu com desânimo um grupo de cerca de duas dúzias de turistas japoneses sendo conduzido salão adentro, sem entrar na fila, e tomar as mesas reservadas com antecedência, ocupando quase metade dos lugares do salão. Quatro garçons passavam apressados de um lado para o outro em torno da coreografia de cabecinhas escuras e balançantes, enquanto casacos e câmeras eram pendurados nos encostos das cadeiras, toalhas de mesa eram apalpadas e flores indicadas com surpresa por serem verdadeiras. Os pratos chegaram. Xícaras, pires, colheres, facas e guardanapos vieram em seguida, bem como chá, leite, geléia, bolos, açúcar e creme. Depois de várias viagens a cada uma das mesas, os garçons conseguiram enfim abastecer os turistas de todas as misteriosas trapizongas necessárias à cerimônia inglesa do chá com creme. Só não levaram as instruções. Algumas mordidinhas hesitantes tiveram início, em meio a várias fungadas no pote de creme e espiadelas nos bules de chá. Por fim, uma senhora idosa reconheceu a óbvia ligação com o cappuccino e, demonstrando liderança, salpicou uma generosa colherada do creme espesso em sua xícara, onde ele ficou flutuando gordurosamente na superfície do chá. Sem se intimidar, a senhora levou a xícara aos lábios. Os outros a imitaram, e logo todos bebericavam deliciados suas xícaras espumosas, deixando bigodes de creme coalhado em seus lábios superiores e balançando felizes suas cabecinhas no ritmo da "Lord High Executioner's Song" do *Mikado*.

"Olha só para eles, benza Deus", disse George, e olhou para Sara com afeição. "Está atrás de uma xícara de chá? Olha, vou tirar o meu horário de descanso daqui a pouco, assim que o Jackie chegar. Você gostaria de tomar um chá comigo lá em cima, nos fundos? Não é nada muito elegante, mas também não vou lhe cobrar muito."

Quando Jackie chegou para substituí-lo um minuto depois, Sara seguiu atrás de George com suas sacolas, enquanto ele abria caminho entre a multidão de visitantes que entravam e saíam pela porta giratória do Pump Room. Entre aquele salão e a entrada que dava para as piscinas romanas mais adiante, havia um largo corredor com paredes revestidas de madeira e um chão escorregadio de ladrilhos pretos e brancos formando um arrojado padrão geométrico. De um dos lados, amplas janelas davam para o pátio da abadia. À direita hàvia uma parede fechada, atrás da qual ficava o banheiro feminino e, mais além, a Sala de Concertos, onde os visitantes faziam fila para comprar ingressos para as Termas Romanas. O que George quisera dizer com "lá em cima, nos fundos" era um mistério.

De repente, George saiu correndo. Ainda atrás dele, Sara procurou ver o que estava se passando mais adiante e avistou Colin, que, de guarda na porta das Termas Romanas, segurava uma moça pelo ombro. A moça vestia uma saia que mais parecia um pano de prato velho, um legging preto, pelo menos duas camisetas e um casaco tricotado com restos de lã. Seu nariz tinha quatro piercings e seu cabelo rastafári estava tingido de laranja. Um cachorro magro tremia na outra ponta de uma corda amarrada ao pulso da moça e um bebê com cara de exausto babava na tipóia que o prendia ao corpo da mãe. A moça berrava uma patética mistura de apelos e invectivas, um "Ah, não vem com essa, cara!", seguido de um "Seus caga-regras filhos-da-mãe! Eu só quero trocar a droga do meu filho, poxa, seus cagões filhos-da-puta!". O jovem Colin, nervoso e infeliz, tentava sem sucesso acalmar a moça.

George, no entanto, era macaco velho. Em seus trinta anos de casa, tinha assistido a absolutamente todos os cursos de Interação com o Público que o conselho promovera e, numa questão de segundos, trouxe à lembrança tudo o que já aprendera sobre o tema Gerenciamento de Conflitos e ignorou solenemente cada palavra. Meteu-se entre a moça e Colin e enfiou o queixo na cara dela.

"*Pois bem!* Colin, você poderia ir até ali fora e segurar a porta aberta, por favor ", disse ele, sem tirar os olhos da moça. Colin obedeceu. George agarrou o cachorro pela mandíbula, forçando-o a parar de latir, e girou-o de maneira que ficasse com o focinho virado na direção da porta.

"Agora, mocinha, que tal você levar seu amigo canino e seu rebento para fora daqui?" George saiu andando e arrastando o cachorro na direção da porta. O cachorro gania enquanto George o arremessava porta afora, com a moça seguindo atrás, aos tropeções, protestando e quase caindo, ainda presa à corda. George saiu calmamente atrás deles. O artista de rua com sua gaita-de-foles perto da grade parou de tocar quando o grupo de espectadores à sua volta virou-se para assistir ao espetáculo inesperado. Na calçada, a moça se voltou com a boca retorcida, pronta para soltar outra série de impropérios, mas George foi mais rápido.

"Ponha-se daqui para fora, sua vagabunda sebenta. Nós não admitimos gente da sua laia aqui dentro. Leve esse seu bebê fedido e esse seu cachorro nojento para longe daqui. Agora! Está me ouvindo? E não volte, ou eu chamo a polícia." A moça chorava baixinho quando se afastou dali, acariciando com os lábios o topo da cabeça aveludada e impassível do neném. O gaitista atacou de "Show Me the Way to Go Home", arrancando risadas da multidão. Choviam moedas no chapéu do gaitista quando George marchou porta adentro, esfregando as mãos.

"Eu não suporto essas drogadas nojentas", disse, afável. Virando-se para Sara, acrescentou: "Vamos lá, então. Estou louco para tomar um chá".

George, aquele senhor tão bonzinho, era um feio retrato da felicidade depois de sua vitória mesquinha; sentia-se nitidamente refeito e revigorado por ter posto aquela triste criatura no olho da rua. Considerando o caso satisfatoriamente encerrado, foi andando na frente em direção a uma escada terrivelmente estreita, cuja porta era um recorte no revestimento de madeira da parede do corredor, entre as portas das Termas Romanas e do Pump Room. Sara seguiu atrás dele em silêncio. Nunca notara aquela portinha antes. George subiu primeiro, explicando que a escada dava para a tribuna da Sala de Concertos, onde os músicos costumavam tocar. Mais ou menos na metade do caminho, a escada se ramificava para a esquerda e, depois de subir outros quatro degraus, chegava-se a uma sala da mesma largura e comprimento do corredor embaixo. Sara nunca soubera da existência daquela sala. Tanto a sala em si quanto a mobília tinham um ar de esquecimento; era provável que um dia tivesse sido um escritório por demais estreito, comprido e inconveniente, sendo então abandonado e, aos poucos, silenciosa e extra-oficialmente requisitado como um refúgio para os funcionários do museu. Não havia janelas; a sala era iluminada por uma fileira de lâmpadas fluorescentes presas ao teto e por uma velha luminária de leitura. Num dos cantos, havia uma pia funda, com uma torneira e sem escorredor, e o chão era revestido por um carpete vermelho do qual se recortaram alguns retângulos aqui e ali, obviamente para acomodar os pés de uma mesa de escritório redonda e ausente fazia tempos. Um forro de aparência pubiana encaracolava-se indecentemente por sobre as bordas dos retângulos. Havia também um quadro de avisos crivado de cartões de Natal desbotados, caricaturas recortadas de jornais, algumas listas datilografadas e um cartaz empoeirado com instruções de primeiros socorros. A sala estava levemente gelada, apesar da presença de um velho aquecedor elétrico, ligado à tomada por um cabo marrom de aparência suspeita, e ao redor do qual estavam dispostas algumas mesinhas, com cinzeiros, jornais dispersos e um rádio Bush, e também um sortimento de cadeiras que mais pareciam fugitivos de cócoras, salvos do repolimento que o conselho mandara dar nos escritórios no ano anterior. Depois de um momento de hesitação, George ofereceu a Sara o que ele aparentemente considerava a melhor cadeira da coleção. Tinha uma armação modernista de tubos cromados e envergados numa série de formas sinuosas, resultando numa base oval à qual o assento circular e os braços curvos estavam ligados por uma única haste de aço. Ao sentar-se, Sara descobriu que a cadeira fazia a pessoa balançar feito uma idiota toda vez que mudava de posição. O assento era estofado com um tecido em espinha de peixe num tom de verde-limão acinzentado, provavelmente de interesse para um pesquisador de designs têxteis da década de 60, mas que o resto das pessoas faria bem em ignorar.

Sara ainda se corroía de indignação pela humilhação da moça com o bebê.

"Que mal ela estava fazendo, George? Bebês têm que ser trocados, afinal", arriscou, sacolejando em sua cadeira. "Uma aparência repulsiva não faz dela necessariamente uma péssima mãe, faz? Nem todos podem ser uma Jane Asher."

George virou-se, desviando sua atenção da bandeja em que estavam a chaleira e o bule, bem como várias canecas, colheres e biscoitos, em cima de uma mesinha cujo tampo estava todo marcado de manchas em forma de círculo.

"Drogada desgraçada. Ela queria se enfiar no banheiro para se picar. Odeio essa gente. Mas essas que têm filho é que realmente me deixam fulo da vida. O que é que ela está fazendo com um neném? Você acha por acaso que ela cuida dele direito?"

George trouxe o chá, ofereceu biscoitos a Sara de dentro da embalagem e misturou dois cubinhos de açúcar em sua própria caneca, antes de se sentar numa imunda cadeira Ercol forrada com capas de um tecido de lã marrom.

"Minha própria filha virou uma delas. Primeiro ela resolve se mandar para Glastonbury; e a gente diz tudo bem, só não se meta com drogas. Foi o que bastou. Ela entrou na porcaria toda. Cisma de fazer a tal da viagem, some por mais de quatro meses, depois liga lá para casa. Dura, ferrada, chutada pelo namorado, e quer voltar para casa."

"Quantos anos ela tinha?"

"Dezenove, na época. Trabalhava numa loja de departamentos antes disso. Dançava muito, balé e sapateado. Está com vinte e quatro anos agora. Bom, eu é que não ia aceitá-la de volta em casa. A mãe dela é coração mole, perdoou tudo. Deu dinheiro para ela e tudo o mais."

"Ela está bem agora?"

"Não, ela acabou com a vida dela. Não consegue arranjar emprego, é claro. Está com esclerose múltipla; tudo por causa da porcaria das drogas. Ah, não tem ligação nenhuma, é o que ela fala, nenhuma mesmo. Agora você me diz, uma moça saudável, que tinha ganhado até medalhas como dançarina, vai lá e se mete com tudo quanto é droga e pumba, dois anos depois está completamente caída pelos cantos e descobre que está com esclerose múltipla. Ninguém me convence que não tem ligação. Na minha casa é que ela não fica. Está colhendo o que plantou."

George deu uma golada barulhenta no seu chá e suspirou. "Eu estava precisando disso. E o seu, está bom?"

"George, isso é horrível. Cinco anos depois, sua filha está doente, e você ainda não a perdoou pelo que ela fez em quatro míseros meses?"

"É o que a minha mulher diz. Vocês são todas muito moles", disse, em tom ameno. "A sua xícara já está vazia?"

Em silêncio, George tornou a encher as canecas de ambos com o bule de metal embaciado. Do pátio da abadia, subiam os sons dos artistas de rua. Sara sentia-se desconfortável, não por ter se dado conta de como estavam longe do movimento das pessoas lá embaixo, nem mesmo por causa da feiúra levemente sinistra da sala, mas porque percebeu de repente que estava sozinha naquela sala com um estranho. E um estranho, além do mais, que era um dos principais suspeitos de um assassinato. Tomada de um leve pânico, Sara procurou puxar conversa, em busca do George que conhecia.

"Obrigada. Então, as coisas já estão voltando ao normal para você agora? Tem tido muito movimento, depois que vocês reabriram?"

"Parece que sim." George pegou outro biscoito. "Está mais tranqüilo à noite. Tivemos cancelamentos aos montes de eventos noturnos. Mas eu acho até bom. A gente não costumava ter tantos eventos assim, há alguns anos. Tinha muita festa à fantasia, com gente de toga, é claro. Mas agora é diferente."

De repente, George lhe pareceu cansado. Ele já deve ter para lá de sessenta anos, pensou Sara.

"Como era o Matthew Sawyer como chefe?", perguntou. "De qualquer maneira, para você deve ter sido difícil vê-lo morto daquele jeito", acrescentou.

"Ele não era dos piores. Já perdi a conta de quantos chefes já entraram e saíram desde que comecei a trabalhar aqui." George olhou bem no fundo dos olhos de Sara. "Os que eu realmente não suporto são aqueles que chegam e já querem me dizer como é que as coisas têm que ser, antes mesmo de passar dez minutos aqui dentro. Eu tenho mais anos de casa do que eles têm de vida, às vezes. O senhor Sawyer era um desses."

George mergulhou um biscoito no chá e deixou-o desmoronar dentro da boca como uma avalanche de açúcar. "Queria se impor, sabe? Acabava irritando algumas pessoas."

Engoliu o biscoito e continuou. "Para dizer a verdade, ele pegava no meu pé. Volta e meia vinha reclamar de alguma coisa. Mas, veja bem, não pense que eu não tenho a consciência tranqüila. Na verdade, sou o único que tem testemunhas. Saí daqui às dez para as onze na noite em que ele foi assassinado, e várias pessoas me viram sair. O senhor Sawyer disse que ia trancar o Pump Room e que era para eu ir trancar os Assembly Rooms. Então, lá fui eu; terminei de trancar pouco antes das onze e quinze, levei as chaves para o cofre no Circus e fui para casa. Cheguei lá vinte para a meia-noite."

"Mas que tipo de reclamação ele fazia?", perguntou Sara. George ignorou a pergunta e inclinou-se um pouco para a frente.

"Não que alguém possa confirmar isso que estou dizendo, a rigor. Minha patroa já estava na cama quando cheguei em casa, já estava dormindo. Então resolvi tirar proveito da situação, sabe como é? Fiquei acordado vendo um vídeo. Entende?"

George olhou para Sara com olhos lúbricos. "Não era o tipo de vídeo que minha patroa gostaria de ver, sabe? Ela não é muito liberal. Ela acordou quando entrei no quarto mais tarde, por volta de quinze para a uma, e me perguntou que horas eram. E eu disse para ela: 'A hora de sempre; hora de eu ir para a cama; volte a dormir'. Então, quando a polícia veio e perguntou para ela a que horas eu tinha chegado, ela disse a hora de sempre, onze e meia, ou pouco depois."

Sara não queria discutir o assunto.

"Deixei as coisas como estavam, entende? Porque eu *cheguei* em casa na hora de sempre, percebe? Poupa problema." George deu um risinho culpado.

"Mas que tipo de reclamação você estava recebendo do Matthew Sawyer? Não fazia tanto tempo assim que ele estava trabalhando aqui, fazia?"

George inspirou bem devagar e soltou o ar com um suspiro. Nos poucos segundos que isso levou, suas feições se descontraíram um pouco e Sara percebeu que, em repouso, George tinha exatamente a cara de um cágado preocupado.

"Imagino que não tenha problema contar para você. Você não trabalha aqui de verdade, não é? Não vai fazer diferença se eu lhe contar. Está vendo aquele quadro de avisos ali? Está vendo que tem um pedaço mais claro? Bom, um tempo atrás havia um papel muito importante naquele lugar, pendurado ali fazia anos. Por mim."

Sara olhou para onde ele estava apontando e viu o pedaço onde algo com certeza estivera preso ao quadro por tanto tempo que a cortiça ao redor escurecera uniformemente.

"O que é que tinha nesse papel?"

"Calma, vou chegar lá. Mais ou menos um mês atrás, esse papel sumiu. Ninguém do meu pessoal pegou o papel; eles não fariam isso. Eu fiquei muito, muito zangado. Ninguém tinha o direito de entrar aqui e ir pegando as coisas daquele jeito."

George se inclinou para a frente em sua cadeira, levantou a palma da mão esquerda e cravou nela o indicador da mão direita várias vezes, enfatizando suas próximas palavras.

"Aquele papel era importante. Aquele papel tinha todos os nomes de todas as pessoas que se alternam na tarefa de trancar as portas ou que têm permissão para usar as chaves, isso desde o diretor até meus rapazes da segurança, e ao lado dos nomes estavam também todos os códigos de cada um, para o alarme. Números de seis dígitos."

"No quadro de avisos?"

"É. Instalaram esse sistema novo deve ter sido, o quê, faz uns seis anos. E então cada um de nós tem um código diferente, para que o número não ficasse passando de mão em mão e acabasse indo parar na mão da pessoa errada."

"E isso não é bom? Quer dizer, está me parecendo um sistema sensato."

"Sensato uma ova! Para começar, neguinho sai esquecendo o código a torto e a direito, e aí, cada vez que isso acontece, eles têm que ir até o escritório do Circus e pedir que abram o cofre para poderem pegar o papel com os códigos e decorar novamente, porque eles não têm permissão para anotar os códigos em lugar nenhum. As pessoas que trabalham aqui, bom, elas são boas no que fazem, mas estão longe de ser intelectuais, entende? Então o negócio todo é uma pentelhação."

"É, é mesmo. Mas seria a mesma coisa que decorar um número de telefone, não? Elas não conseguiam fazer isso?"

George bufou. "Com um código diferente para cada prédio? Não estou dizendo que era impossível, só o que estou dizendo é que era uma pentelhação. E nunca ninguém se deu ao trabalho de consultar a gente, sabe? Só o que disseram foi toma aqui os teus números, decora e toca o barco. A gente nem pôde escolher nossos próprios números, sabe, para a gente poder pôr nosso aniversário ou algo assim, para ficar mais fácil de decorar. Aquilo me irritou muito. Era injusto com o meu pessoal."

"E aí você anotou todos os números?"

"É, anotei. Anotei para mim mesmo, sabe, porque depois de algum tempo todo mundo começou a vir atrás de mim para eu ajudar, porque o pessoal lá do Circus não gostava que eles aparecessem lá, um atrás do outro, feito uma manada. Então reuni a rapaziada toda e disse escuta, os números vão ficar aqui, agora vocês se virem. Depois de um tempo, é claro, todo mundo se acostumou com o sistema; ninguém consultava aquele papel fazia anos. Então, estava tudo ali, os números do meu pessoal, os números do diretor, do adjunto, tudo; e o papel some."

"Minha nossa, que dor de cabeça. E o que foi que você fez?"

"Eu não fiz nada. De que adiantava? E, de qualquer forma, não boto a menor fé nesses sistemas de alarme. Conheço um bando de fulanos que têm alarme e são roubados do mesmo jeito. Além do mais, desde que comecei a trabalhar aqui nunca teve um arrombamento, com ou sem alarme. É uma perda de tempo."

George fez uma pausa, enquanto Sara esvaziava o bule nas xícaras de ambos e trazia o pacote de açúcar para ele.

"Mas, George, se os números ficaram ali esse tempo todo, dezenas de pessoas podem ter decorado um código, não podem? Quer dizer, eu estou aqui. Você deve ter tido outras visitas."

"Bom, não muitas. Ninguém vem muito aqui, a não ser o meu pessoal. Quer dizer, olhe só para esta sala. Mas não ia fazer a menor diferença. Entenda, nós e alguns dos caras da Coldstreams, a gente de vez em quando faz um favor um para o outro. Quando o serviço acaba tarde, às vezes um deles se encarrega de trancar as portas para nós, se um de nós quer ir embora. Para isso, você precisa dar seu código para eles e depois apanhar as chaves com eles no dia seguinte. Só de vez em quando, sabe? E aí depois a gente deixa os filhos deles entrarem no museu de graça, entende? É isso. Então, semanas depois de o papel ter sumido, o senhor Sawyer diz que quer falar comigo. E adivinha o que aconteceu?"

"Ele tinha pegado o papel?"

"Exatamente. Ele entra aqui, vê o papel, arranca o papel do quadro e depois fica esperando para ver se eu vou até lá me confessar para ele. Isso é que me irrita. 'Estou muito decepcionado com você, George', ele me diz, 'primeiro, porque isso estava no quadro de avisos e, segundo, porque você não fez absolutamente nada quando desapareceu. E você é uma peça-chave da nossa equipe, George.' Tudo muito formal."

"Deve ter sido horrível para você, George. Depois de tantos anos trabalhando aqui."

"E, ainda por cima, ele tem a metade da minha idade e chegou aqui há dez minutos. Fica sacudindo aquele papel na minha cara. E aí ele diz que vai pensar no assunto com cuidado. Diz que vai consultar alguns colegas e decidir se vai tomar as medidas disciplinares de praxe. Isso quer dizer que ele vai falar com a senhorita Passmore. Ele pergunta tudo para ela, sabendo que ela estava na chefia antes dele; ela sabe muito mais do que ele. E aí ele diz que vai me informar depois sobre as mudanças que terão que ser feitas no novo código. E é isso."

"E o que foi que você fez?"

"Eu não disse nada. Achei que o melhor que eu tinha a fazer era manter um bom comportamento, continuar sorrindo, mostrar boa vontade, até ele voltar a falar comigo. Achei que a tempestade ia acabar passando; já estou aqui há tanto tempo. E isso tudo aconteceu na quarta-feira."

"Na quarta, dia onze? Antes de ele ser assassinado? Que horror."

"É. E aí, dois dias depois, pumba, ele morre."

"Alguém mais chamou você para conversar depois disso?"

"Não. Mas não sei se isso é porque ele acabou não tendo a oportunidade de tomar alguma providência a esse respeito ou se a senhorita Passmore vai tomar uma providência, mas só não teve tempo ainda porque está ocupada demais desde o assassinato. Fico achando que a qualquer momento ela vai soltar a bomba em cima de mim, aquela bruaca."

"Mas eu acho, George, que, se ele tivesse contado alguma coisa para ela, a esta altura ela no mínimo já teria tomado alguma providência a respeito dos códigos, você não acha?"

"Talvez. Mas não posso perguntar, posso?" George deu um sorriso desbotado, mas otimista. "Ah, tudo vai acabar se resolvendo. Esqueça o que eu contei. Quer mais um biscoito?"

Sara saiu das Termas Romanas sem que a hospitalidade de George a tivesse revigorado. Abrindo caminho mecanicamente por entre os pombos, os artistas de rua e os turistas aglomerados no pátio da abadia, entrou na igreja sem se permitir pensar. Precisava sentar-se primeiro. O ar fresco da abadia fez com que parasse para inspirar profunda e conscientemente e fosse diminuindo o ritmo de seus passos à medida que avançava pela longa nave central. Entrou numa das primeiras fileiras de bancos, foi andando de lado até onde o banco encontrava um pilar de pedra e sentou-se, sentindo a superfície dura e gelada do pilar encostada contra a lateral de seu corpo.

Bom, muito obrigada, Deus, pensou, olhando para o alto, muito obrigada por isso. Obrigada por me mostrar que alguém que eu pensava que fosse um homem bom e afetuoso, sempre com uma palavra amiga para todo mundo, sempre pronto a estender a mão para quem quer que fosse, é na verdade um imbecil rancoroso, pouco confiável e sem coração, que assiste a vídeos pornôs às escondidas. Nossa, isso faz com que eu me sinta muito melhor. Será que não havia limite para a capacidade dela de se enganar a respeito das pessoas? Aquilo devia ter estado lá desde sempre, a crueldade exultante com que George trata as pessoas, como aquela moça patética e seu bebê, ou como sua própria filha doente. Sara continuava a olhar para o alto. No topo do tronco de pedra contra o qual estava encostada, os galhos da abóbada de concha irradiavam para o alto e depois pelo teto, onde se uniam, prolongavam-se em direções opostas e depois convergiam novamente no topo das pilastras do lado oposto, mantendo em resolução a batalha entre sustentação e gravidade pela sua simetria exuberante e virtuosística. Lembrou-se de uma frase de efeito que ouvira certa vez: a arquitetura é a música em estado sólido. Seus olhos acompanharam o padrão formado pelos arcos, que se repetia com glorioso desembaraço por toda a extensão da nave. Sentiu-se ainda mais melancólica. Nas diversas vezes em que trocaram amenidades, Sara tivera algumas amostras das opiniões de George sobre os mais variados temas, desde o críquete paquistanês até a união monetária européia, e agora notava o mesmo estilo sorridente de intolerância em todas elas. Suas faculdades de raciocínio eram um molho de chaves com as quais trancava do lado de fora todos os pontos de vista que divergiam do seu, e não havia dúvida de que dava muito valor ao fato de nunca mudar de opinião. E talvez fosse um assassino.

A abadia ficara silenciosa. Sara olhou ao redor e viu que só restavam alguns poucos visitantes e duas mulheres que rezavam ajoelhadas. Um sacristão zanzava por uma das naves laterais, trocando os livros de orações de lugar. Sara ouviu passos em algum ponto à frente e acima dela; alguém estava subindo a escada da galeria elevada onde ficava o órgão. Depois veio um ruído de papéis sendo remexidos. Em seguida, ouviram-se alguns acordes imperfeitos, seguidos de um silêncio em que as notas foram perdendo a intensidade até sumir. Alguém tossiu. Depois de uma pausa de instantes, o alegro que abre a *Sonata em trio em dó maior* de Bach jorrou do alto da galeria como uma chuveirada de gotas levíssimas, caindo no colo aberto da nave da abadia. Sara sentiu um súbito frêmito de entusiasmo que a fez ter vontade de rir, ou aplaudir. Só Bach era capaz disso, de nos dar a impressão de que estávamos apenas semivivos até aquele momento, de nos puxar para a dança, de nos levantar e nos levar até o alto do teto, na altura exata para bebermos da fonte da música e nos embriagarmos com as bolhas de sua alegria louca. Aquela sonata, no entanto, exigindo uma total independência entre as mãos e os pés e revelando instantaneamente qualquer falha no ritmo ou no dedilhado, era uma dentre quatro sonatas compostas por Bach com a intenção seriíssima de ajudar o filho a desenvolver sua técnica no órgão. Era um acinte, tamanho brilhantismo. E aquele organista estava tocando bem o bastante para dar vida à musica, ocultando portanto a real dificuldade da composição. A sonata continuava a fluir, seus pequenos sons dançando pelo transepto como pingos de luz, dardejando através da teia melódica que o organista ia tecendo com seus pés e dedos diligentes para pegá-los. Sara teve a sensação de que estivera sofrendo, sem saber, de alguma espécie de surdez e que, com aquele barulho glorioso, acordara de repente para descobrir que seus ouvidos estavam funcionando perfeitamente. Sabia que tinha uma gravação daquela sonata em algum lugar; precisava desencavá-la. Andrew iria adorar.

Então, sem qualquer aviso, o organista começou a perder a mão. Uma nota escorregou, a que veio atrás tropeçou e aí todas as gotinhas vaporosas foram encontrando a lentidão da solidez, adquiriram peso e forma, sendo por fim pegas na teia, onde ficaram balançando, dependuradas, como um colar de insetos raros. A música parou. Por um momento, toda aquela construção tremeluzente ficou suspensa no ar diante da frágil teia, até que as gotinhas pendentes e toda a sua luminosidade foram caindo no nada e evaporando na escuridão do coro vazio. Do alto da galeria, o organista assoou o nariz com um estrépito de trombone, transmitindo a mensagem de que estava apenas praticando e que ninguém devia ficar esperando que tocasse o resto; o trecho que viria a seguir era *muito* difícil. O desânimo de Sara cresceu quando se deu conta de que não poderia mais compartilhar pequenos prazeres com Andrew, fosse ouvindo sonatas de Bach ou de qualquer outra forma, a menos que conseguisse remediar os efeitos da briga que tivera com ele. Não falava com ele desde aquela noite de domingo, na delegacia, e quanto mais aquela situação se prolongasse, mais difícil seria remediá-la. Seus pensamentos voltaram a se concentrar em George.

Que asneira sem tamanho fizera com os códigos de segurança! Tentou imaginar a cena: Matthew Sawyer encontrando a lista de George e deparando com todos os números bem ali no quadro de avisos. O novo diretor, ainda em fase de ajuste ao novo emprego, descobrindo que o sistema inteiro fora comprometido e que na verdade já estava vulnerável fazia anos e anos, isso porque o chefe da segurança, tão antigo na casa e em quem todos depositavam tanta confiança, não levava fé em alarmes. Alarmes cuja instalação devia ter custado uma fortuna e que ele, com sua estupidez e praticamente sozinho, tornara risivelmente inúteis. Pondo tudo na balança, até que admirava o comedimento de Sawyer. Fora muito decente de sua parte não ter despedido George na mesma hora. Será que era mesmo um chefe tão ruim assim? George parecia não ter remorso algum do que tinha feito, nem mesmo agora. Sua única reação fora ficar meramente irritado com o que, a seu ver, constituía uma intromissão. Sara se perguntava se ainda existia a possibilidade de George vir a ser demitido. Será que Matthew Sawyer tivera tempo de discutir o assunto com Olivia antes de morrer e que Olivia estava planejando, quando o tempo permitisse, tomar as devidas medidas disciplinares? Parecia improvável. A preocupação de Olivia com o comportamento de George desde o assassinato lhe parecera verdadeira; parecia estar realmente intrigada e apreensiva com isso. Não era possível que tivesse sido informada do que acontecera. Sara encostou o rosto no pilar e inspirou o ar resinoso e úmido, tão pesado quanto todas as suas preces que, ao invés de ascender aos céus, não saíam do chão. Pensou no álibi de George. Antes daquela tarde, teria descartado sem titubear a idéia de que George, aquele senhor tão bonzinho, pudesse matar alguém. Agora, no entanto, tendo conhecido um outro lado de George, será que poderia ter tanta certeza de que ele realmente era incapaz de tal coisa? Ele poderia ser capaz não só de matar, mas também de mentir de forma hábil e convincente.

Por outro lado, se a história dele fosse verdadeira, isso explicaria seu comportamento arredio para com Olivia. George acabara de contar a Sara exatamente aquilo que Olivia queria saber e que Sara se recusara a tentar descobrir para ela. Será que isso significava que agora tinha de contar a Olivia o que George lhe confidenciara? George não a fizera jurar segredo. Mas com certeza ficaria numa situação difícil se ela contasse, podendo mesmo ser demitido, e talvez só lhe restassem mais alguns anos de trabalho até se aposentar. Não conseguiria arranjar outro emprego; e o que seria de sua aposentadoria, da gratificação trabalhista e tudo o mais? Por outro lado, essa questão dos códigos de segurança sem dúvida ajudaria Andrew na investigação. Ele ainda não conseguira explicar de forma conclusiva como Matthew Sawyer fora acabar morto dentro de um prédio trancado, com o alarme ligado e com as chaves lá dentro, ou, o que era mais importante, Andrew não conseguira tirar daí nenhuma conclusão que o deixasse mais perto de encontrar o assassino. A caixa do alarme estava sendo analisada pelo "pessoal da eletrônica", mas Andrew duvidava um pouco que eles conseguissem descobrir algo de útil com essa análise — se é que descobririam alguma coisa. Pela primeira vez, Sara viu claramente que o aparente excesso de zelo demonstrado por Andrew ao prender James era provavelmente um sinal de desespero, de angústia para chegar a algum lugar com aquele caso, e não o indício de estupidez e cegueira que ela pensou que fosse. E, de qualquer modo, James fora liberado sem fiança e hoje mesmo estava partindo com Tom numas férias de algumas semanas para se recuperar. Ou seja, aquele episódio estava morto e enterrado. Não era justo, de fato, que continuasse culpando Andrew por aquilo. Ele estava, afinal, tentando encontrar um assassino. E era pouco provável que ficasse contente em receber a notícia de que quase todo mundo ligado à equipe de George ou à Coldstreams nos últimos seis anos poderia ter tomado conhecimento por acaso de um código de segurança ou, com um mínimo de esforço, ter dado um jeitinho de descobrir um código sem ser notado.

Quando Sara estava juntando suas sacolas e se levantando para sair, a música começou outra vez, mas ela não parou para ouvir. Do lado de fora, sob o sol do final da tarde, os pombos haviam praticamente se apossado do pátio da abadia e andavam emproados de um lado para o outro, projetando longas sombras por entre a imundice de detritos de plástico e papel. As lojas fechavam suas portas. Os funcionários da sorveteria, com seus chapéus empertigados, lavavam com uma mangueira as pedras pegajosas da calçada ao redor das mesas e empilhavam as cadeiras e mesas de plástico verde. Mulheres recém-saídas dos escritórios atravessavam a praça aberta de Kingston Parade carregando sacos de comida da Marks and Spencer. Passavam às pressas pelos turistas exaustos que se refestelavam aliviados nos bancos da praça, cercados por suas bolsas de compras cheias de *fudge*, latinhas de chá, canecas engraçadas e velas perfumadas, sentindo sua febre consumista arrefecer. Lá no alto, na agulha, os sinos da abadia batiam seis horas, exatamente a hora em que, Sara se deu conta, do outro lado da cidade, as malditas lavanderias fechavam suas portas.

13

Da cama, Paul observava Sue se vestir. Ela sabia que ele a observava. E ele sabia que ela sabia, porque, sem lhe dirigir o olhar uma única vez, Sue se movimentava como se estivesse sendo filmada por ele. De costas para Paul, Sue deixou a toalha de banho cair e foi andando com um lento gingado até a bolsa esportiva em que guardava suas roupas, virou-se de lado para ele e inclinou-se bem suavemente sobre a bolsa, empinando o bumbum e exibindo a curva da espinha. Um de seus melhores contornos. Sentou numa cadeira com os joelhos juntos e as pernas dobradas num ângulo sedutor para vestir a calcinha. Dobrando os dois braços atrás das costas para abotoar o sutiã, em vez de colocá-lo ao redor da cintura e fechar o gancho na frente primeiro como faria se estivesse sozinha, arqueou as costas só um pouco, o bastante para mostrar como a peça era redundante nos seus seios pequenos e firmes. Ainda sentada e vestindo apenas a roupa íntima imaculadamente branca, começou a escovar os cabelos, sabendo que parecia uma atriz num comercial de lingerie e na esperança de conseguir transmitir, ao olhar pela janela, um ar comovente de vulnerabilidade. Paul sentiu vontade de bater nela. Não era só o olhar vazio que o irritava, mas o modo como ela estava sempre tentando produzir algum efeito sobre ele, sempre tentando montar pequenos e patéticos *tableaux vivants* e conseguindo apenas enfurecê-lo com sua obviedade. Por que não podia agir com naturalidade? Ultimamente (ou será que fora assim desde o início?), cada olhar, cada gesto, cada declaração sua parecia fazer parte de uma estratégia para provocar nele determinada reação, a demonstração de afeto que tanto desejava dele. Paul tinha plena consciência de que demonstrava, no máximo, aquele tipo de afeição sem envolvimento que poderia demonstrar por um gatinho engraçadinho. Como era triste vê-la continuar ali sentada, em sua lingerie de renda, na esperança de que seu exibicionismo pudesse fazer com que ele a amasse, sem se dar conta de que, com cada giro premeditado de sua cabeça loura e cada passada da escova pelos cabelos, estava na verdade fazendo com que ele chegasse cada vez mais perto de desprezá-la.

Se tudo fosse apenas uma questão de aparência, é claro que não haveria discussão. Mas ele jamais conseguiria explicar isso a ela; Sue ficaria completamente atônita diante da idéia de que a atração de uma pessoa por outra pudesse ser influenciada por fatores que nada tinham a ver com a beleza física. Acharia inacreditável que ele pudesse estar apaixonado por uma mulher mais velha, e uma mulher, ainda por cima, que nem sequer fazia ginástica. Para ela, seria uma traição incompreensível da parte dele se apaixonar por uma pessoa cujos bicos dos seios não apontassem rijamente para a frente, em vez de se apaixonar por ela que, em suas próprias palavras, sabia tirar o melhor proveito de sua forma. Veria aquilo como uma espécie de cegueira, o que talvez fosse de fato, ou como uma espécie de engano, o que não era de maneira alguma. Aquele sentimento era a única coisa real e preciosa que já acontecera com ele.

Agora Sue estava botando suas jóias microscópicas. Nunca gastava muito dinheiro com esse tipo de coisa. Paul sabia que ela estava esperando que ele lhe comprasse a jóia de respeito, o grande anel. Ele ainda estava olhando na direção de Sue, mas pensava na mulher por quem estava apaixonado, tentava imaginar como seria seu corpo. Como será que ela era nua? Mais pesada e mais velha do que Sue, com seios mais fartos e sem nada que se assemelhasse à plasticidade musculosa e oleosa de Sue. Seria natural, adamascada, francesa. Lembrava-se de tê-la visto usando um vestido de verão de alças bem fininhas e de um tom vibrante de verde-azul. Lembrou-se de seus ombros macios e do furinho logo acima da clavícula que ele ficou louco de vontade de tocar. Imaginava com facilidade a pele morna, o contorno pesado dos seios pálidos, a barriga arredondada. Seu corpo teria cheiro de cedro. Era perigoso deixar seus pensamentos enveredarem por aquele caminho, com Sue ali no quarto. Debaixo do edredom, seu pênis deu uma guinada subversiva, e Paul virou-se de bruços voluptuosamente, enquanto sua barriga soltava um ronco extravagante. Agora Sue estava sendo atenciosa: de pé, vestida e com as mãos nos quadris, perguntava num tom absolutamente enervante se ele queria que ela fosse fazer o café ou se preferia que voltasse para a cama para eles fazerem outra coisa. Café, por favor, disse ele, fingindo estar mais sonolento do que realmente estava e dando-se conta de que ninguém jamais reconheceria sua decência ao recusar a outra oferta de Sue.

Enquanto Sue estava ocupada na minúscula cozinha ao lado, Paul se levantou, vestiu a calça jeans que deixara no chão e saiu do quarto pela janela francesa. As espetadelas do cascalho em seus pés descalços, depois a coceira provocada pela grama e a brisa que soprava em seus ombros nus lhe deram vontade de urinar. Foi andando cuidadosamente até o varal de roupas que ficava debaixo dos castanheiros, sentindo o ar da manhã pinicar seu nariz de um jeito que ele gostava. Ouvia sons de passarinhos. Estava começando a acordar de fato e, pensando nela agora com a mente mais desperta, a percepção plena do impasse em que estava misturou-se à ânsia física que sentia por ela. Sempre pensava em sexo logo que acordava pela manhã e, já havia um bom tempo, vinha experimentando a agradável tortura de pensar em sexo com ela. Tinha-a conhecido justo quando seu interesse por Sue começava a minguar. Sue fora muito carinhosa e ele estava se sentindo solitário, mas passados alguns meses já tinha esgotado todas as possibilidades de relacionamento com Sue. Agora, no entanto, havia *ela*; e ela mexera com ele de um jeito que nenhuma outra mulher — certamente nenhuma mulher mais jovem — fora capaz de mexer. Pouco tempo depois, percebeu que a amava e, achando, erradamente, que isso simplificava tudo, contou a ela o que sentia num rompante ardente e espavorido que realmente a surpreendeu. Tinha certeza de que ela sentira prazer com a revelação, muito embora houvesse se recusado a se tornar sua amante. Ela tentara, sem muito empenho, fazê-lo mudar de idéia daquele jeito lisonjeiro tipicamente inglês, mas que não o enganou nem por um instante. Dissera que ele devia pensar na sua namorada; se rompesse o namoro impelido por aquela "paixonite boba", a namorada não o aceitaria de volta depois. Ou seja, estava bancando a digna por enquanto. Ele a admirava por isso.

Ela não tinha filhos nem teria, àquela altura da vida. Paul estava com trinta e um anos. Começou a pensar novamente no corpo dela, em sua madureza de fruto prestes a cair do galho, seu potencial de dar vida intocado, seu instinto maternal reduzido a um sussurro. Ansiava por enroscar-se nela, por embalá-la no colo até que desistisse de seu suave hábito de recitar uma ladainha de justificativas serenas para tudo o que se passava em sua vida movida a obrigações. Ela sabia que sua frieza estava deixando-o louco, mas recusava-se a conceder a si mesma, e a ele, o prazer do degelo. Insistia em dizer que os sentimentos dele por ela estavam baseados em pena e iriam passar, e que ele devia construir sua vida com Sue. Os dois sabiam que ela não acreditava realmente em nada daquilo, que sabia muito bem que nenhuma dose de sensatez inglesa, por maior que fosse, seria capaz de estancar a turbulência dos sentimentos de ambos; só o que ele queria era conseguir tocar aquele nervo entranhado havia tanto tempo dentro dela que lhe permitiria berrar bem alto quanto se sentia frustrada com sua vida. Queria ouvi-la dizer que precisava dele, como os dois bem sabiam que precisava. Ele derreteria aquele gelo. Faria com que o amasse como ele a amava. Pela primeira vez na vida, estava disposto a esperar. Relações sexuais, é claro, continuaria a ter com outras enquanto esperava — o que só fazia aumentar o frisson com que fantasiava como seria transar com ela. Um dia. Por ora, saber que um dia isso aconteceria já era o bastante.

Os raios do sol atravessavam obliquamente os galhos dos castanheiros. Paul puxou sua camiseta quentinha do varal e sentiu que uma parte da malha estava pegajosa, da seiva que pingara dos galhos. O leve cheiro de sabão em pó que sentiu ao enfiar a camiseta pela cabeça fez com que se lembrasse de Sue. Era ela quem merecia pena, na verdade, saindo agora da cozinha com as duas xícaras de café, de short e sandália, sorrindo para o sol. Era o retrato do verão, jovem e bronzeada, mas, ao se aproximar pela passarela imaginária do caminho de grama, era como se a frigidez do inverno estivesse chegando.

Paul pegou sua xícara de café, sorrindo, e tentou se preparar psicologicamente para conversar. Era o dia de folga dele. O turno de Sue começaria dali a uma hora, e ela fatalmente abriria a conversa com alguma radiante sugestão de que se encontrassem para dar uma corrida rápida ou comer um sanduíche durante seu horário de trabalho, qualquer coisa para interromper seu dia interminável, quando ela não podia saber ao certo o que ele estava fazendo. Ele precisava se antecipar a ela.

"Você pode me fazer um favor agora de manhã? Pode me dar uma carona até a estação? Eu tenho que ir a Londres", disse ele, com a maior naturalidade que a sua cara-de-pau permitia.

"Ah, é? Você não me disse nada. Para quê? Claro que te dou uma carona", acrescentou, antes que ele ficasse impaciente. "Só estou surpresa. Eu não sabia que você precisava ir lá. É alguma coisa... interessante? Por que você tem de ir lá?"

"É, é uma coisa interessante, mas não posso dizer mais nada além disso. Pelo menos não agora. Está bem?" Ele sabia que a resposta era insatisfatória, mas com o sorriso certo, que ele agora lançava na direção dela, a coisa funcionaria. Ela era tão boazinha, na verdade.

"Huuum, pode bancar o misterioso, então", disse Sue, em tom brincalhão. "Não estou nem aí. Quer uma torrada?"

Sue já tinha aprendido que só o que conseguia quando insistia demais era deixá-lo zangado. No carro velho de Sue, os dois fizeram a viagem mais ou menos em silêncio. Paul tirou proveito da dificuldade inerente à tarefa de se despedir dentro de um carro e beijou o rosto de Sue de raspão com o canto da boca. Sue voltou para o clube se sentindo apenas um pouco mais só do que se sentira na companhia de Paul. Enfrente os fatos, disse a si mesma, acabou. Não, não acabou, não, ela mesma retrucou. Ele está passando por alguma espécie de crise e precisa de você ao lado dele. Só não consegue dizer. É claro que ele tem medo de assumir um compromisso, ele é homem. Mas ainda está com você, não está? Lembre-se de como era no início do namoro. Um dia ele vai se dar conta da coisa maravilhosa que existe entre nós e vai me fazer uma surpresa.

Sue sempre adorou as histórias que terminam com "e ele a fez ir às nuvens". Pelo resto do dia, manteve-se leal ao seu homem, acalentando a esperança de que Paul estivesse em Londres para tratar de algum assunto relacionado ao futuro dos dois: fazendo uma entrevista para um emprego decente como chef, procurando um apartamento para morarem juntos, quem sabe até comprando um anel. Se pelo menos voltasse trazendo uma surpresinha que fosse, uma singela e maravilhosa surpresa que pudesse mostrar a ela quanto estivera errada em deixar que suas esperanças com relação a ele fossem morrendo aos poucos... "É um solitário. Você se importa de ter um diamante só, meu amor?" Até flores serviriam, qualquer coisa, um único gesto carinhoso, tocante e bobo que pudesse provar para ela que ele a amava, talvez até tanto quanto ela o amava. "São gardênias, meu amor. E agora você precisa de um vestido de noiva para usar com elas." Tudo o que era preciso para dissipar instantaneamente o grande fantasma que a assombrava, a triste desconfiança de que ele nunca cuidaria dela direito, era apenas um glorioso final hollywoodiano. Mas, até agora, ele nunca nem sequer a chamara de meu amor.

Mais tarde, quando Sue começava a se perguntar em que trem Paul voltaria, Sara apareceu no clube.

"Quer correr comigo?", perguntou Sue. "Nada muito puxado, está quente demais. Só uma corrida curta, a gente desce a trilha e depois dá uma volta ao redor do clube, topa?"

"Claro", disse Sara, sabendo que correr com Sue significava ter uma companhia não competitiva e um incentivo para reencontrar o ritmo quando precisasse. Não era nenhum martírio ouvir as últimas novidades da vida amorosa de Sue; na verdade, tinha de admitir que agora que conhecera Paul aquilo tudo ficara até interessante. Para Sue, era um descanso ter uma companheira de corrida cujo ritmo era mais lento do que o seu e que com freqüência reparava em detalhes do caminho. Além de ser também uma maneira de escapar da tarefa de servir café para aqueles sócios do clube que em princípio acreditavam na idéia do exercício, mas que muitas vezes chegavam à conclusão de que, pesados os prós e os contras, lhes era muito mais vantajoso ficar deitados de roupão ao lado da piscina.

"Foi bom ter conhecido o Paul direito", começou Sara, quando começavam a correr pela trilha. "Na casa da Olivia", acrescentou. "Há quanto tempo vocês se conhecem?"

"Há quase dois anos. Desde que veio para cá, praticamente. Trabalhou em Bristol primeiro. Por alguns meses."

Conversar enquanto se corre exige frases curtas. Sue tinha a vaga noção de estar escolhendo apenas as palavras realmente necessárias, dando respostas eficientes e talvez dizendo mais do que pretendia. Sara já notara várias vezes que o ato de correr, ao nos separar do mundo normal, tornava nossa linguagem mais simples e nossas opiniões mais claras.

"Mas vocês não moram juntos, moram?"

"Não exatamente. Ele só tem um quarto." Estavam chegando perto do final da trilha. "Mas, sabe, nem sempre é fácil."

"Bom, fácil nunca foi, não é? Você disse que ele andava mal-humorado. Como é que você está? Eu hoje não estou tão mal."

"Estou bem. Estou usando tênis novos. Eles têm que ser bons, custaram sessenta paus. Perdi os velhos. Não, sabe, é que ele tem saído muito."

"Como assim? Ele sai sem dar satisfação?"

"Não, não. Ele só sai. Nos fins de semana. Só às vezes."

No final da trilha, viraram à direita para fazer a volta mais curta e continuaram ao longo da estrada, onde a calçada estreita acompanhava o muro do Fortune Park. Sue foi para trás de Sara e, em fila única, a conversa foi interrompida. Após dois ou três minutos, chegaram ao final do muro, que fazia uma curva de noventa graus na direção oposta à da estrada e seguia recuando até o hotel. Depois da curva, o muro era acompanhado por uma trilha de terra batida e por uma fileira de árvores. Sara saiu da estrada e pegou essa trilha, correndo durante algum tempo sem sair do lugar para esperar por Sue.

"Ele tem amigos em Bristol. Parceiros, como ele diz. É só às vezes. Acho que eu não devia me importar." Continuaram correndo, agora lado a lado.

"Nossa, estou cansada", disse Sara. "Ainda bem que a gente já está na metade do caminho."

"É. Mas você está indo superbem. Você devia experimentar *zero-balancing*, para liberar as energias."

"Hum. Talvez. Eu podia aproveitar e fazer também um planejamento astrológico."

Seguiram em frente, procurando a sombra das árvores para se refrescarem.

"Não, sério. Mas, enfim, voltando ao Paul. O problema é que ele sempre vai para lá, mas os amigos dele nunca vêm para cá. Então eu nunca os conheci." Sue hesitou. "Às vezes penso que ele tem algum caso por lá. Fico superchateada."

Aposto que fica, Sara pensou, e teve pena dela. Conseguia perfeitamente imaginar Sue à beira da histeria, sua amabilidade abandonada numa tempestade de medo, raiva e perplexidade.

"Mas no fundo não acredito que ele tenha um caso. Ele foi para Londres hoje, não sei por quê. Talvez seja para ver um emprego."

"Isso seria interessante. Você se importaria de se mudar para lá?"

"Não, de jeito nenhum. Acho que seria bom. Quero mesmo que a gente arranje um apartamento, um lugar decente para morar junto. Mesmo que a gente fique aqui, é provável que consiga, até o Natal. É o que eu vivo dizendo para ele."

Continuaram correndo em silêncio por algum tempo.

"Olha, já estamos chegando. O portão fica logo ali."

Entraram no terreno do Fortune Park pelo portão dos fundos e continuaram correndo pela trilha de lascas de casca de árvore que serpenteava bosque adentro. Havia várias dessas trilhas, abertas com engenhosidade para ziguezaguear por entre as árvores. Havia também bancos aqui e ali, e através dos espaços entre as árvores elas já conseguiam ver de relance o hotel à direita. Encobertas pelas árvores, continuaram correndo até saírem do bosque, atrás dos edifícios, e chegarem ao chão de cascalho do estacionamento minúsculo e superlotado que ficava nos fundos do prédio do clube. Ali pararam. Tinham corrido por vinte minutos, o que não era muito para nenhuma das duas, mas sempre experimentavam uma sensação momentânea de vitória ao final.

"Foi uma boa corrida", disse Sara. "Obrigada. Nossa, que calor. Você vai nadar?"

"Não, vou tomar uma chuveirada no quarto do Paul daqui a pouco", disse Sue, indicando a casa de pedra sob a copa das árvores, do outro lado do estacionamento. Um caminho coberto de cerca de cinqüenta metros de extensão atravessava o jardim que ficava em frente à casa, conduzindo à porta de duas folhas acima da qual havia uma placa em que se lia "Fortune Park Spa Hair and Beauty". Sue tirou uma chave de dentro do bolso do short.

"É ali que ele mora? Pensei que aquilo fosse um salão de beleza."

"E é. O salão ocupa as duas salas principais no térreo e mais uma sala no andar de cima, mas converteram os aposentos dos fundos em alojamentos. O quarto do Paul é no térreo e os dois outros quartos de funcionários têm uma escada externa independente. Ele tem um banheirinho só para ele. É bonitinho. Não tem uma cozinha decente, mas não chega a ser ruim. Entre comigo para ver. Quer tomar um café?"

Sara, cujo rosto tinha um tom resplandecente de rosa, aceitou, sabendo que suas pernas estavam precisando de uma boa depilação e dizendo a si mesma que não havia possibilidade de deparar com Paul. Sue foi andando na frente, passando por uma fileira de rododendros e contornando a casa até chegar aos fundos, onde janelas francesas e uma sólida porta de fundos davam frente para um quadrado de grama sob a sombra dos castanheiros. No canto da casa, uma escada de madeira subia em direção a uma pequena porta no nível do primeiro andar. Abrindo a porta dos fundos, elas entraram num pequeno hall quadrado, quase todo tomado pela bicicleta de Paul e por uma fileira de ganchos sobrecarregados de casacos e, abaixo deles, um sortimento de tênis e botas. A porta à esquerda era a do quarto de Paul e, ao lado dela, uma porta aberta dava para uma pequena cozinha básica. Sue apontou para uma das duas portas do lado oposto.

"Essa porta dá para o salão. As meninas faziam café nessa cozinha, antes da reforma, mas agora elas têm uma cozinha própria. Essa porta fica trancada agora. Aquela outra porta ali é o banheiro."

As duas levaram suas xícaras de café para o quarto amplo, ao mesmo tempo quarto de dormir e sala de estar, e sentaram-se nas duas cadeiras de braços com assentos de palhinha.

Sue fez um gesto com o braço, mostrando a mobília. "Eu acabei de rearrumar tudo. Li um artigo sobre feng shui e entendi na mesma hora por que o Paul e eu vivíamos brigando. As energias aqui dentro estavam *completamente* bloqueadas." Franzindo as sobrancelhas, acrescentou: "É claro que leva um tempo até as novas energias começarem a fluir. Mas já está um pouco melhor. Embora ele não devesse pôr flores aqui dentro. E toda hora eu falo com ele sobre o azul, mas não adianta".

Sara olhou em volta. Embora algumas roupas de Sue (e nenhuma de Paul) estivessem penduradas numa cadeira ao lado da cama, o quarto era definitivamente de Paul, e não de Paul e Sue. Era essencialmente simples e ordenado. Num canto, havia uma televisão portátil sobre uma mesa preta, redonda e baixa. No outro canto, uma cama de casal, coberta por uma pesada colcha azul-marinho de algodão. Nas prateleiras dispostas ao longo de uma das paredes, acima de uma longa cômoda embutida, havia principalmente livros: clássicos da culinária — Larousse, Escoffier, Michel Guèrard, Elizabeth David —, mas também vários outros, um com desenhos de Degas, um sobre os incas, outro sobre as pinturas encontradas na caverna de Lascaux. Os apoios de livros eram simples cubos de mármore preto. Havia também um relógio moderno, sem números, e duas ou três esculturas étnicas. Em lugar de cortinas propriamente ditas, vários metros de uma lona listrada tinham sido engenhosamente drapeados e grampeados num suporte, que acompanhava quase toda a extensão da parede, e estavam agora presos atrás de dois pesados ganchos de ferro que haviam sido fixados na parede, um de cada lado das janelas francesas. Em frente à janela, uma pequena mesa quadrada coberta por uma toalha feita da mesma lona e, no centro dela, um jarro alto de vidro azul ultramarino, contendo alguns ramos de filadelfo. Era um quarto adulto, masculino e totalmente coerente com a impressão que Sara tivera de Paul, muito embora houvesse ainda algo mais, algo que, embora familiar, Sara não conseguia identificar muito bem.

"Ih, olha só que horas são!", Sue guinchou de repente, levantando-se em seguida. "E eu disse que estaria de volta às quatro. Olha, vou só tomar uma chuveirada rápida. Não precisa sair, não." Ela já pegara uma toalha e estava a caminho da porta. "Fica aí e termina o café. Eu volto já."

Alguns segundos depois, Sara ouviu o barulho do chuveiro. Levantou-se, foi até as prateleiras e, pegando um livro ao acaso, abriu-o, não por estar interessada em seu conteúdo, mas para ver se havia alguma anotação ou qualquer outro sinal revelador do caráter do dono. Mas não havia nada, nem mesmo o nome dele. Enquanto punha o livro de volta na prateleira, perguntava-se como seria a letra de Paul. No exato instante em que tentava alcançar o livro com os desenhos de Degas na prateleira mais alta, ouviu uma voz dizer, quase num sussurro, "Como está o dedo?".

Virando-se de supetão, Sara deparou com Paul rindo no vão das janelas francesas. Antes que ela pudesse dizer qualquer coisa, Paul já havia entrado pela janela, atirado sua jaqueta preta de brim em cima da cama e parado diante de Sara, com os polegares enganchados nos bolsos da frente da calça jeans.

"Que *bonneur, madame*", disse ele, com uma pequena mesura, sem despregar seus olhos verdes dos olhos de Sara.

"A Sue está no chuveiro", Sara apressou-se em dizer. "Nós demos uma corrida juntas. Ela me convidou para tomar café, mas teve de ir correndo tomar banho."

Paul ouviu o chiado da água do chuveiro ao fundo e, em seu rosto, brotou um sorriso sarcástico de decepção. "Aaah. E eu que pensei que você tivesse vindo aqui para me ver. Para uma nova consulta e quem sabe até para um... tratamento mais extenso." Ele estava rindo do constrangimento de Sara e olhando fixamente para o corpo dela, avaliando-o, sem a menor preocupação de disfarçar.

Sara estava se xingando por ter se deixado surpreender em suas roupas de corrida suadas e grudentas e com o rosto todo gordurento. De que tamanho exatamente estavam os pêlos de suas pernas? E ela sabia, sem ter de olhar para baixo para verificar, que o ar fresco do quarto tinha feito os bicos de seus seios ficarem salientes debaixo da camiseta fina. Ai, meu Deus, por favor, que pelo menos eles estejam apontando para a frente, rezou.

"Então o jeito vai ser a gente arranjar um outro horário mais conveniente, não é?", disse ele, ainda se divertindo.

Ela não era boba de responder à provocação. Encarou o olhar de Paul e, com uma das mãos, afastou lentamente a franja úmida da testa com um gesto cheio de brio e desdém. Naquele momento, o barulho do chuveiro cessou e Paul foi andando até a porta.

"Já cheguei!", ele gritou, o que fez vir do banheiro um "Aaaah" abafado e, alguns segundos depois, uma Sue ensopada e radiante, enrolada numa toalha curtíssima. Sara deu uma desculpa qualquer e voltou para o vestiário do clube, espumando.

14

No dia seguinte, não podendo mais adiar, Sara telefonou para Andrew para pedir desculpas. Ele se desculpou também e admitiu que fora muito difícil prender o amigo de "uma pessoa de quem ele se sentia tão próximo". Mas agora, se ela tivesse um minuto para conversar, ele gostaria de lhe contar sobre uma outra coisa que havia acontecido.

"Como é que é? O que foi que aconteceu com o seu violoncelo?", perguntou Sara algum tempo depois.

"A Natalie", respondeu Andrew, desanimado, do outro lado da linha. "A Natalie aconteceu com ele."

Era a voz exaurida de um homem cuja raiva já se consumira.

"A mais nova, de cinco anos. Ela resolveu enfiar todas as suas Polly Pockets dentro do meu violoncelo. O quê? Ah, são umas bonequinhas de plástico, em miniatura. E aí, como não estava conseguindo tirar as bonequinhas lá de dentro, ela resolveu que o violoncelo seria a casinha delas, uma casinha com uma portinha engraçada, cheia de curvas. Então resolveu enfeitar a casa, fez umas decorações com canetinha hidrocor e escreveu POLI POQE MORA AQI na frente da casa. Depois deu chá para as bonecas. E metade de um pacote de batatas fritas, uma barra de chocolate e uma caixa de suco. E um iogurte. De groselha. Tudo lá dentro."

"*Não!* Você está me dizendo que ela literalmente despejou toda essa... meleca lá dentro?"

"Hã-hã." Andrew suspirou. "E, depois do chá, o que é que a gente faz? A gente toma banho, é claro. Então lá se foram duas garrafas de leite cheias de água e quase um frasco inteiro da espuma de banho do Meu Pequeno Pônei. E três bolinhas de banho de amora silvestre da Body Shop."

A voz de Andrew parecia quase estrangulada. "E aí tudo isso ficou lá, de molho, até eu chegar em casa e encontrar o violoncelo. A Valerie estava vendo um vídeo de culinária com fones nos ouvidos. Diz que a culpa foi minha, por ter deixado a caixa do violoncelo aberta."

Sara concluiu que seria não só cruel, mas também inútil dizer que poderia haver um fundo de verdade naquilo e, de qualquer forma, estava fora de cogitação tomar o partido da indescritível Valerie em qualquer que fosse a circunstância.

"Não se preocupe. Leve o violoncelo para a Avon Strings, em Bristol, eles estão nas Páginas Amarelas. Vão fazer um bom trabalho. Você pode usar o meu Peresson enquanto o seu não fica pronto", disse Sara, ainda ansiosa por se retratar pela briga. "Vai adorar o som dele. Vai ficar alucinado, você vai ver. Andrew?"

Sara hesitou um instante. "Você poderia vir aqui em casa hoje à noite? Eu tenho que falar com você novamente sobre o caso. Não, não tem nada a ver com o James, é outra coisa. E sei que devia fazer você parar de falar sobre o caso e que nada disso é da minha conta na verdade, mas é que me *sinto* envolvida agora, de certa forma. E gostaria de ajudar. Ajudar você, quero dizer."

No início daquela mesma noite, sem violoncelo para carregar, Andrew foi de bicicleta para Medlar Cottage. Em circunstâncias normais, o tempo que tinha para fazer exercício já era escasso e precioso e, ultimamente, com toda a dificuldade que estava tendo para desvendar o caso Sawyer, andava trabalhando até tarde quase todas as noites. Repassou mentalmente os acontecimentos dos últimos dias. Tinham tomado o depoimento de todos que estiveram no Pump Room e nos Assembly Rooms, somando quase quinhentas pessoas àquela altura, e examinado mais de trinta horas de filme do circuito fechado de televisão gerado nas duas únicas lojas da Stall Street que possuíam câmeras de segurança. As câmaras focalizavam apenas as entradas das lojas e alguns poucos metros de calçada, e as trinta horas de filme não tinham revelado nada de significativo até aquele momento. Havia também a informação nova a respeito do alarme, que também não estava ajudando em nada. James Ballantyne acabara por ter um álibi do qual nem ele mesmo tinha conhecimento. Bridger vinha bancando o impertinente, tentando de qualquer jeito tirar conclusões na contramão dos fatos e dizendo que eles deveriam ter pressionado James Ballantyne com mais insistência. A inexperiência de Bridger era algo de lamentável. Só muito gradualmente ele começava a se convencer de que aquela investigação era, na verdade, um retrato do que quase sempre se podia esperar de uma investigação policial: desinteressante, cheia de tarefas enfadonhas, repetitivas e que não levavam a lugar algum, ou pelo menos não tinham levado até aquele momento. Eles não teriam outro jeito senão tomar todos os depoimentos novamente, tornar a verificar os álibis, assistir outra vez ao filme das câmeras de segurança e repetir tudo de novo até que algo aparecesse. Alguma coisa acabaria aparecendo. E, enquanto o tempo continuasse bom, Andrew continuaria a ir de bicicleta para a casa de Sara. Depois do que Natalie tinha feito (e com algo que, para seu horror, chegava muito perto da sonsa aprovação de Valerie), Andrew não se arriscaria a levar o Peresson para casa. Era bem do feitio de Sara lhe oferecer o violoncelo emprestado, e só poder tocar aquele instrumento já seria maravilhoso. Era aquele Peresson que Sara estava tocando na gravação do concerto de Dvorák que ele tinha, o grande e moderno instrumento de cordas de aço que ela usava no repertório romântico. Andrew não conseguia entender por que ela parecia não estar mais interessada em tocar em público. Isso o preocupava; mas também o preocupava a idéia de que a qualquer momento ela pudesse retomar sua carreira de concertista e parar de lhe dar aulas. Esperava que ela não se importasse de ele continuar a ir à casa dela para tocar, mesmo sem poder praticar entre uma aula e outra. As aulas o ajudariam a melhorar assim mesmo. E agora ela estava até se oferecendo para ajudá-lo com o caso. É claro que não devia falar sobre esse assunto com ela, mas todo mundo sabia que uma pessoa na profissão dele precisava ter alguém com quem discutir suas teorias. E, se não podia ser a mulher dele, que mal havia em ser uma outra pessoa em quem confiava, como Sara? Ela era uma mulher admirável.

Ainda mais admirável do que ele pensava, como se deu conta depois que ela lhe contou sobre a conversa que tivera com George. Estavam sentados à sombra, na frente da cabana, prontos para começar a tocar, mas ainda não tinham tocado nem uma nota sequer. Enquanto ouvia, Andrew olhava para a paisagem, notando que as tílias e a cerca viva no vale em frente tinham adquirido um tom mais profundo de verde e que a buddléia roxa, cuja copa pairava sobre a trilha que levava até o lago do outro lado do jardim, estava agora em plena floração e cercada por uma nuvem bruxuleante de borboletas. O arco de Andrew estava pousado sobre um de seus joelhos.

"Então, você entende, é uma situação horrível", dizia Sara, com veemência. "Primeiro, a Olivia me pede que eu veja se consigo arrancar alguma informação do George, e aí, depois, ele chega e me conta isso tudo, provavelmente porque estava precisando contar para alguém que não fosse do seu trabalho. Se a Olivia descobre, isso pode acabar com a vida do George, mas, por outro lado, é muito importante para o caso que *você* fique sabendo. Então, aqui estou eu, dedurando o George. O Matthew Sawyer pretendia puni-lo, talvez até demiti-lo por causa da brecha que ele abriu no sistema de segurança, e deveria ter contado para a Olivia o que aconteceu. Qualquer pessoa que tenha entrado naquela sala pode ter decorado um código do alarme, entende? E tem também aquela história a respeito do álibi do George."

"Isso talvez ajude", disse Andrew. "Um pouco. Porque eu também tenho novidades para você. Tive o retorno do pessoal da eletrônica. O código que foi usado para ligar o alarme naquela noite foi o do próprio Matthew Sawyer, e o alarme foi ligado às duas e quarenta e cinco da manhã. Duas e quarenta e cinco se encaixa no período que o legista estabeleceu para a hora da morte: entre meia-noite e cinco da manhã. Devemos supor que ele tenha sido morto por volta de, digamos, duas e meia ou pouco depois. Eu vinha quebrando a cabeça tentando descobrir como o assassino teria conseguido fazer com que o Sawyer lhe revelasse o código. Coerção seria a resposta óbvia, mas não existe o menor sinal de luta, nenhum indício que sugira que o Sawyer não tenha sido pego inteiramente de surpresa. E, se o Sawyer não tivesse sido forçado a revelar o código ao assassino, só nos restaria concluir que o alarme foi ligado ou por um cadáver ou por um fantasma. Mas, se agora sabemos que o código não era tão confidencial quanto se supunha, é mais plausível que outra pessoa tenha conseguido ligar o alarme. Mas é claro que a tarefa de determinar quem foi se torna ainda mais difícil."

"E você ainda tem um outro problema, não? Você disse que ele pode ter sido morto entre meia-noite e cinco da manhã. Digamos que ele tenha sido morto pouco antes de o alarme ter sido ligado, ou seja, por volta de duas e meia. O que o Matthew Sawyer teria feito esse tempo todo, de vinte para a meia-noite, quando a última pessoa saiu do Pump Room, até a hora em que foi assassinado? Batendo um papo com o assassino? Ninguém leva três horas para trancar um prédio. Digamos, então, que ele tenha sido morto mais perto da meia-noite. Por que então o assassino teria ficado lá dentro até quinze para as três da manhã? Por que, aliás, o assassino teria se dado ao trabalho de trancar o prédio? Por que é que ele simplesmente não saiu rapidinho pela porta, ou não trepou na balaustrada da sacada e pulou para a Kingston Parade?

Não precisava ter pegado as chaves, nem trancado o prédio. Se você pára para pensar, vê que ele não conseguiu nada trancando o prédio e ligando o alarme."

"É, eu sei. Ninguém ia descobrir nada antes de o dia amanhecer, de qualquer maneira. Não havia a possibilidade de que alguém fosse verificar no meio da noite se as portas estavam trancadas, pelo menos não alguém bem-intencionado. Mas a história do George é interessante. Vou ter que conversar com ele sobre isso, você sabe, e vou ter também que descobrir um pouco mais a respeito do tal vídeo. Imagino que fosse um daqueles vídeos que ficam nas prateleiras mais altas das videolocadoras, sabe? Se fosse alguma coisa realmente barra-pesada, ele não tocaria no assunto com você. E vou precisar falar também com a Olivia Passmore. É muito pouco provável que o Sawyer tenha falado com ela a respeito do George. Ela teria contado ao Bridger logo no início das investigações, não? Ele pediu que ela lhe desse todos os detalhes do edifício — portas, trancas, alarmes e tudo o mais — logo no início das investigações. E duvido que ela faça alguma coisa a esse respeito a esta altura dos acontecimentos. Vou recomendar a ela que procure o pessoal do departamento de prevenção ao crime. Ela pode reavaliar com eles toda a questão do sistema de segurança, sem precisar transformar George num bode expiatório. Muito embora ele provavelmente merecesse", Andrew acrescentou com um sorriso.

Em seguida, continuou. "Me parece razoável supor que o crime tenha acontecido mais perto das três horas do que da meia-noite, muito embora a questão das horas intermediárias continue sendo um problema. O que nós temos feito, é claro, desde que descobrimos que o alarme foi ligado perto das três da manhã, é examinar novamente os depoimentos de todos, mas desta vez nos concentrando não no que as pessoas estavam fazendo por volta de meia-noite, mas três horas mais tarde. Apesar de todas elas terem dito, é claro, que estavam deitadinhas na cama a essa hora."

Andrew de repente pareceu terrivelmente cansado, como se quisesse estar ele próprio deitadinho em sua cama.

"Andrew, a que horas do dia você comeu pela última vez?"

"Ah, tomei café-da-manhã. Depois comi uma banana no carro. E alguém me trouxe um sanduíche por volta das duas horas", disse ele, distraído, "mas, pensando bem, acho que não cheguei a comê-lo. Mas estou legal."

Encostando novamente o violoncelo contra o ombro, Andrew verificou a afinação, sem muito ânimo.

"Vem comigo", disse Sara. "Primeiro a comida, depois a arte. A arte pode esperar."

Deixaram os instrumentos dentro das caixas, no ar fresco da cabana, e desceram a trilha até a casa. Sara dourou um pouco de manteiga numa frigideira de ferro e pôs os lagostins lá dentro, mexendo-os de um lado para o outro. Espremeu um limão e derramou o suco na frigideira, produzindo um chiado. Seguindo as instruções de Sara, Andrew pegou pão na despensa e salada na geladeira, pondo-os em cima da mesa; depois preparou um molho com alho, azeite e vinagre. Sentaram-se de frente um para o outro e comeram com os dedos. O efeito da comida sobre Andrew foi visível e imediato. Enquanto retirava as cascas e sugava a carne dos lagostins, continuava falando. O gato circulava por entre as pernas dos bancos em que eles estavam sentados e avançava avidamente nos rabos de lagostins que Sara atirava para ele.

"Tenho tentado mapear os movimentos do Matthew Sawyer antes de ele ser assassinado. Ele era um sujeito bem ocupado. A gente nunca pensa que uma pessoa com um emprego desse tipo possa ter uma rotina puxada demais, não é verdade? Para quem olha de fora, um museu parece um lugar sempre tão calmo e sossegado."

"Você está me dizendo que acha difícil acreditar que ele tivesse 'um emprego decente em tempo integral'?", perguntou Sara, arrancando um pedaço de casca e chupando os dedos languidamente.

Andrew ficou olhando para ela, pensativo. "É, pois é. Enfim, estive com a mulher dele. E passei um longo tempo com a secretária dele também. Ele teve um dia cheio, naquela sexta. A gente tem que admirar o indivíduo, trabalhando daquele jeito quando provavelmente nem precisava."

"Como assim?"

"A família da mulher é cheia da grana. Ela é uma Bowman. O velho Bowman trabalhava com imóveis. Ganhou uma fortuna nos anos 80, passou o negócio, aposentou-se e mudou para Dorset. A família Sawyer vive muito bem, graças a esse dinheiro: as crianças estudam em escolas particulares e eles têm uma senhora casa em Sion Hill, que foi comprada à vista. A mulher não trabalha, só sai para almoçar com as amigas e passear por aí. Eles não poderiam viver desse jeito só com o salário de um diretor de museu — 'a mixaria do Matthew', como ela chamou."

"E a secretária?"

"Ah, uma jóia de pessoa. A morte do chefe foi um choque tremendo para ela, aparentemente. Não conseguiu ir trabalhar por três dias depois que soube da notícia. Tinha uma grande admiração por ele."

"Opa! Será que estou ouvindo o sussurro da intriga? Uma amante ciumenta?", exclamou Sara. "Será que estamos diante de um crime passional?"

"Vai nessa. Depois de conhecer a senhora Trowels em carne e osso, você me diz se ainda acha isso possível." Andrew fez uma pausa para terminar seu lagostim, pegando outro em seguida. "Ela tem pra lá de cinqüenta anos e pesa no mínimo uns noventa quilos. Tudo bem, tudo bem, não estou dizendo que só pessoas jovens e magras têm casos, mas a mesa dela é cheia de fotos de gatos. Ela tricota suéteres para o marido. E se recusou a sair com as outras funcionárias para comemorar o aniversário de uma das moças que trabalham na loja do museu porque elas iam a um show 'indecente' em Bristol. Como foi mesmo que ela disse que era o nome do show — será que foi Chesterfields?"

"Chippendales?"

"Isso. E, para ela, a lealdade ao chefe é sagrada. Mas parece que às vezes ele podia ser uma pessoa um pouco difícil de lidar. Ela disse que ele era um cavalheiro, mas que tinha certa tendência a se exaltar."

"Mas e naquela sexta, o que foi que ele fez?"

"Passou a manhã inteira numa reunião, numa instituição de caridade local. Ele era um dos membros do conselho diretor. Já investigamos isso. Nada a ver com o museu. A instituição se chama The Terry Trust e se dedica aos inválidos — concede auxílios financeiros para a compra de aparelhos que ajudam as pessoas a se locomover e coisas assim. De acordo com a secretária da instituição, foi uma reunião de rotina, sem nada de extraordinário, mas pedi as minutas. Ele chegou ao seu escritório no Circus por volta da uma hora, comeu um sanduíche em sua mesa e tomou um café, preparado pela senhora Trowels. Examinou a correspondência, respondeu a duas ou três cartas, depois saiu para ir até o arquivo, que fica na Victoria Art Gallery, para cuidar de uma tarefa em que vinha trabalhando. Todos os documentos do museu, registros de aquisições, históricos da proveniência dos artefatos, instruções de como armazená-los, detalhes sobre como expô-los e tudo o mais estão guardados lá. Tudo em papel. Com o passar dos anos, a papelada cresceu tanto que já não há mais espaço para um alfinete ali dentro. Fui lá ver. O Sawyer estava tentando desvendar aquilo tudo, tentando saber o que exatamente havia nas coleções. Descobri, sabe, que existem toneladas de caixas de artefatos pertencentes ao museu armazenadas em tudo quanto é canto. Esse arquivo é a única maneira que uma pessoa que trabalha lá há pouco tempo tem de descobrir que artefatos são esses e onde eles estão. Uma das incumbências que o Sawyer recebeu ao ser nomeado foi desencavar algumas dessas coisas do esconderijo em que estão armazenadas e pô-las em exposição, coisas que as pessoas não vêem há anos, ou talvez nunca tenham visto."

"Eu já sabia disso", disse Sara, "a Olivia me contou. Os membros do conselho tentaram fazer a caveira dela por causa disso faz alguns anos, quando ela estava na chefia. Acusaram o departamento de museus de estar negando aos contribuintes locais o direito de contemplar todos esses supostos tesouros. O *Chronicle* tomou o partido deles, você não lembra?" Sara desceu do banco em que estava, foi até a despensa e voltou trazendo mais cervejas e um prato de tomates miúdos.

"Bom, e eles não têm uma certa razão?", perguntou Andrew, abrindo duas das garrafas de cerveja e enchendo os copos dos dois.

"Poderiam até ter, não fosse o fato de o conselho em momento algum ter mencionado que eles diminuíram tanto as verbas dos museus que simplesmente não havia dinheiro para contratar curadores extras para planejar novas exibições e construir novas vitrines. A Olivia rebateu na mesma hora as acusações deles, esclarecendo isso. E ela me disse também que esse material que está armazenado é na verdade um grande saco de gatos. Trouxas de roupas velhas, literalmente, e uma coleção de abotoaduras. Aquarelas lamentáveis pintadas por senhoras de Bath. Leques em número suficiente para provocar um vendaval. Ou seja, coisas que dificilmente alguém chamaria de 'os tesouros ocultos da nação'."

"Sei. Enfim, o Sawyer estava examinando o arquivo aos poucos, tentando se inteirar do que havia ali e racionalizar o espaço, como ele dizia. Ele dava muito valor à organização, segundo a senhora Trowels. Ela gostava disso."

"E ele conseguiu 'racionalizar' bastante naquela tarde?"

"Parece que sim. Ele enviou um memorando escrito à mão da galeria de arte para o escritório da Olivia Passmore no museu do vestuário, por meio do sistema interno de correspondência. Ele era muito metódico; fez uma fotocópia do memorando e enviou-a para a senhora Trowels, no Circus, para que fosse arquivada. Tirei uma cópia da cópia para mostrar para você — está aqui."

Andrew se levantou, enfiou a mão no bolso de trás da calça e puxou uma folha de papel, entregando-a a Sara.

Memorando
Para: OP (Ass Rooms)
De: MS
Sexta, 13 de junho

Ref: Legado Hackett
Localizei item acima (ufa)!
Que história! Só questão tempo
até outros localizados/perdidos.
MS precisa res. urgente.
O que você sabe s/ isso?
Podemos falar imediata//?

"Ele é sucinto", disse Sara. "Que letra horrorosa. Não fica nem claro o que ele quer dizer. Escreveu com pressa, imagino. Afinal, o que é que ele quer dizer?"

"A senhora Trowels me explicou. Existe no arquivo parte de um catálogo de uma coleção chamada 'Legado Hackett'. Caixas de costura e não sei mais o quê. Apetrechos de costura, tesouras de prata, dedais e coisas assim. Só parte do catálogo sobreviveu. A coleção em si foi destruída em 1941, quando uma bomba atingiu os fundos dos escritórios do museu, no Circus. Tudo o que estava guardado no porão foi destruído, ou pela bomba ou pela água, incluindo o Legado Hackett. O catálogo original, que foi manuscrito, sobreviveu. Acho que ficava guardado em outro lugar. Obviamente Matthew Sawyer conseguiu localizá-lo no arquivo e encontrou-o em mau estado. Ele queria que algum trabalho de restauração fosse feito no manuscrito, só isso."

"E a Olivia viu o memorando na sexta à tarde?"

"Viu. Ela confirmou as informações sobre o Legado Hackett — parece que todo mundo tinha conhecimento disso. Não era nenhuma novidade para ela, essa história do legado perdido, mas ela não sabia ao certo se o Sawyer já tinha ouvido a história antes. Aparentemente tinha, pelo menos em parte. Ele obviamente estava muito empolgado por ter encontrado o fragmento de catálogo. E o catálogo estava de fato precisando de uma encadernação nova, segundo ela. Isso teria sido feito de qualquer forma dentro de uns seis meses — eles têm um sistema para verificar o estado das coisas que estão guardadas no arquivo. Parece que o memorando não teve muita importância, pelo menos do ponto de vista da Olivia. Ela nem guardou o original. Enfim, depois de dar por terminado seu trabalho no arquivo e enviar o memorando, Sawyer foi dar uma volta nas Termas Romanas e no Pump Room — ele fazia isso com freqüência, uma visitinha aos funcionários, 'circulava pelo ambiente de trabalho', como ele dizia — e depois voltou para o Circus."

"E aposto que a santa da senhora Trowels fez um chá para ele, não fez?"

"Fez. Ele chegou ao escritório no Circus por volta das quatro e meia. Pediu à senhora Trowels que ligasse para a senhorita Passmore e perguntasse se ela estava livre às quinze para as seis para uma breve conversa com ele, e a Olivia disse que sim. E quando a senhora Trowels foi embora para casa, às cinco e quinze, Sawyer estava sentado à sua mesa. Ela entrou na sala dele rapidamente para apanhar a xícara de chá e dar boa-noite. Ela disse que o smoking dele estava pendurado atrás da porta. Ele deve ter trocado de roupa logo depois e ido para os Assembly Rooms se encontrar com a Olivia Passmore. Ela disse que ele chegou lá um pouco depois das quinze para as seis, e o pessoal da cabine dos ingressos também o viu entrar."

"E eu o vi pouco depois disso. Ele saiu de um dos escritórios — imagino que fosse o da Olivia — e ficou conversando com umas pessoas no saguão. Um homem e uma mulher. Fui apresentada a essa mulher mais tarde; o homem foi embora."

"Sei, mas tenho certeza de que temos os nomes de todo mundo que conversou com ele a partir daí, até a hora em que os últimos funcionários saíram do Pump Room, às vinte para a meia-noite. Ele os acompanhou até a porta da Stall Street. Durante todo esse tempo, ele não ficou sozinho em nenhum momento, a não ser quando voltou ao seu escritório e depois quando foi andando de lá até o Pump Room."

"A que horas foi isso?"

"Não sei dizer com precisão de minutos, mas ele saiu dos Assembly Rooms mais ou menos meia hora depois de ter terminado seu discurso de boas-vindas. Ele ficou esse tempo todo no Salão de Chá, conversando com alguns dos organizadores. Sabemos que conversou com um grupo de três ou quatro deles e que comentou alguma coisa sobre querer voltar ao escritório. Era uma hora ótima para tentar ficar em dia com o trabalho, já que o prédio estava completamente vazio."

"Você acha que pode ter sido alguém que estivesse participando da convenção e que tenha, sei lá, tido um ímpeto de matá-lo por causa do que ele disse sobre curas naturais? Mas, se tivesse sido alguém da convenção, teria sido muito mais simples segui-lo até o escritório e matá-lo ali mesmo, não é?"

"Sim, se o assassino soubesse que era para lá que ele estava indo. Mas você não acha que essa teoria é um pouquinho forçada, não?"

"Provavelmente, mas algumas pessoas levam esse assunto bastante a sério. E você sabe muito bem que existem pessoas capazes de qualquer coisa quando provocadas na dose certa."

"É, mas você não pode se esquecer da arma. Era uma faca de cozinha. Ninguém anda por aí com uma faca de cozinha, caso venha a sentir necessidade de matar alguém."

"Vocês já descobriram de onde veio a faca?"

"Já descobrimos o que era possível descobrir. É uma faca fabricada na Alemanha e que é vendida em tudo quanto é canto, seja em lojas de departamentos, seja em lojas especializadas em artigos de cozinha. É vendida tanto individualmente quanto em jogos. Sim, é vendida aqui. E em Bristol também, é claro. A loja de artigos de cozinha da Quiet Street calcula seus totais de vendas semanalmente e ficamos sabendo que quatro facas daquele tipo e tamanho foram vendidas na semana anterior à do assassinato e três outras na semana seguinte. O assassino pode ter comprado uma faca com antecedência, já sabendo que cometeria o crime, ou, o que acho mais provável, ter comprado uma faca depois para substituir a que usou no crime, para que ninguém desse falta dela. A maior parte das transações foi com cartão de crédito e já sondamos todas elas. Como seria de esperar, não encontramos nada que nos interessasse, porque o assassino com quase toda a certeza faria a compra pagando em dinheiro. Quatro facas foram compradas em dinheiro, duas em cada uma das duas semanas, mas não há como rastrear os compradores. Os funcionários não lembram quem comprou as facas. É uma loja de muito movimento. Nenhum dos funcionários da Coldstreams, quer da equipe do Pump Room, quer da equipe dos Assembly Rooms, deu pela falta de uma faca, nem substituiu faca alguma. Nenhum deles reconheceu especificamente a faca que foi usada — é um tipo de faca muito comum. Ou seja, não encontramos nada que nos ajudasse por aí. Então, sabemos que o Matthew Sawyer telefonou do escritório para a esposa às sete e quinze, disse a ela onde estava e que ficaria lá por mais ou menos uma hora. Ela diz que ele vivia dizendo 'mais ou menos uma hora' e que isso podia significar desde uma hora mesmo até quase duas. Mas o Sawyer chegou ao Pump Room às nove, depois que o jantar já tinha começado."

"Nada disso nos leva a algum lugar, não é? E hoje faz exatamente duas semanas."

Não levava, de fato. Mas quando os dois voltaram a subir a trilha sob um resto de luz do dia e tocaram o segundo movimento do segundo concerto para violoncelo de Haydn dentro da cabana, sob as sombras oblíquas produzidas pelas lamparinas, Andrew estava se sentindo inexplicavelmente otimista, deliciando-se com o canto gutural e profundo do violoncelo Peresson. Estava quase escuro quando apagaram as lamparinas, fecharam a cabana e levaram os instrumentos de volta para a casa. Sara acompanhou Andrew até o lugar onde estava a bicicleta e ficou roçando a mão pelas pontas em flor dos imensos arbustos de alecrim, enquanto ele soltava a bicicleta do cadeado que a prendia à grade perto do portão.

"Vê se tranca o portão agora", Andrew disse a ela quase com ternura, relutando em deixá-la ali sozinha. Chegou em casa muito mais tarde do que dissera que chegaria e falou para Valerie que precisara dar uma passada rápida na delegacia depois da aula. Era a primeira vez que mentia para ela sem lhe ter sido infiel de fato.

15

Pelo baque flácido da porta se fechando e pelo suspiro da bolsa esportiva caindo no chão do hall, Cecily deduziu que Sue estava deprimida. Ou talvez fosse apenas porque, estando ela própria deprimida, fosse mais fácil captar os sinais da infelicidade alheia.

"Eu estou aqui", chamou, e foi pôr a chaleira no fogo. Sue apareceu e se encostou no vão da porta da cozinha, exalando carência. Cecily olhou para ela, pôs a jarra de café de volta no lugar e apanhou o pote de chocolate instantâneo, deixando a lata de Charbonnel et Walker — o "cacau decente" de Derek do qual por acaso ela não gostava — intocada dentro do armário. Preparou duas canecas grandes de chocolate quente com doses generosas de chocolate em pó e, suspirando, misturou um pouco de leite integral e dois torrões de açúcar em cada caneca.

"Traz aquilo ali", disse, apontando com o nariz para um pacote de biscoitos de chocolate, e foi andando até a sala, levando as duas canecas. Sue obedeceu e foi andando atrás dela, enquanto seus pés encenavam um pequeno colapso a cada passo, e desabou em seguida numa poltrona. Bebericaram seus chocolates em goles sincronizados, ambas com os olhos fixos na lareira fria.

"Ai, Deus", murmurou Sue, esfregando os olhos com tanta força que parecia estar esmagando-os. Eram as primeiras palavras que pronunciava desde que chegara. "Eu não queria estar aqui. Não devia estar."

"O que é isso, Sue?", protestou Cecily. "Não diga uma coisa horrível dessas. Você é jovem e bonita. Coma um biscoito. Isso que você está sentindo vai passar, sabe? Vai, sim", disse ela, torcendo em seu íntimo para que o que ela própria estava sentindo também passasse, muito embora não fosse mais jovem nem nunca tivesse sido exatamente bonita. Atraente, talvez. Em anos passados. Sue olhou para ela.

"Não, estou dizendo *aqui*, nesta casa. É fim de semana. Lembra do nosso acordo? Por causa do seu namorado?"

"Aaah, tá. Bom, que alívio, então. Não vou precisar esconder o frasco de aspirina." Cecily arriscou um sorriso, depois deu um gole no chocolate, desolada. Pegou outro biscoito.

"Não tem problema, não neste fim de semana. Ele está com a *esposa* dele." Cecily disse "esposa" com uma voz que fazia lembrar a vergastada de um chicote.

"Ai, Deus", disse Sue. "E o Paul está em Bristol, sabe-se lá com quem".

Eram três e vinte da tarde, sábado. Era uma hora deprimente por si só, três e vinte da tarde. Era exatamente aquela hora, refletiu Cecily, em que você começa a se tocar de que todas aquelas coisas úteis que você jurou que ia fazer quando acordou de manhã decidida a enfrentar com coragem o fato de ter sido chutada para escanteio no fim de semana não serão feitas, simplesmente porque você passou o dia inteiro empurrando as tarefas com a barriga, num desleixo de dar gosto. O fogão ainda está negro e pegajoso, a chaleira ainda está coberta por uma crosta de gordura, a cama ainda continua desfeita, você ainda não passou fio dental nos dentes e suas sobrancelhas — como você ainda não procurou direito a pinça pela casa — ainda continuam parecendo duas taturanas marrons prestes a copular na sua testa. É, é por volta das três e vinte da tarde que você dá de cara com a realidade de que é tão relaxada, que não é de espantar que tenha sido chutada em favor de uma *esposa* sorridente, competente e bem-arrumada.

Acordara de manhã cheia de disposição e disciplina. O seu dia hoje seria como um dia num spa, só que em casa, e ainda teria o atrativo adicional de algumas heróicas vitórias domésticas, como a limpeza do fogão. E ela também removeria, com bravura, todos os restos mortais das pequenas lobélias e gerânios que plantara com tanto capricho em seu vaso algumas semanas antes e que, triste e inexplicavelmente, haviam morrido. Ela deve tê-las regado em excesso, mas, só para se garantir contra a possibilidade de haver algo de errado com o adubo, estava determinada a substituí-lo e começar tudo do zero novamente. No entanto, a coisa mais importante para hoje, dizia o tal livro que comprara, era aprender a cuidar de si mesma como se fosse uma celebridade. *Celebre a celebridade que existe dentro de você.* Assim, você aumentará sua auto-estima e logo, logo as pessoas começarão a notá-la e a tratá-la melhor também. Celebre seu eu interior e conheça a celebridade que existe dentro de você. Ela sabia como fazer isso, tinha lido o livro inteiro duas vezes desde que o comprara na convenção de artes curativas, juntamente com todos os preparados orgânicos, à base de frutas e legumes, para os cabelos, as unhas e o corpo, de que precisava para entregar-se a uma orgia de relaxamento, tonificação, hidratação, energização e revitalização de quarenta e oito horas de duração. O primeiro passo, segundo o livro, era vestir roupas largas e confortáveis. Cecily pôs então uma das imensas camisetas de Derek, que a princípio teve o efeito de fazê-la sentir-se pequena lá dentro, sapecou um creme de limpeza no rosto e foi até a cozinha preparar um saudável café-da-manhã. Bateu no liquidificador uma maçã cortada em pedaços, uma banana, uma laranja e uma lata de pêssegos e obteve uma papa de um tom de laranja esmaecido que ficou bem mais gostosa do que sua aparência prometia quando Cecily acrescentou uma boa quantidade de iogurte e duas generosas colheradas de mel.

Sentindo-se empanturrada demais para atacar o fogão, arrastou-se até o banheiro para remover o creme de limpeza e embarcar nos tratamentos de beleza do dia, começando pelos cabelos. Apesar de ter de enrolar a cabeça com uma toalha velha que, àquela altura, já tinha mais manchas laranja e marrons do que um leopardo, e de ter de usar umas luvas horríveis de borracha, iguais às que os ginecologistas põem quando estão prestes a enfiar os dedos onde não deviam, Cecily até que conseguiu manter o bom astral de sua celebridade interior bastante bem. Conseguiu mantê-lo até mesmo quando despejou o molho lustroso da tintura orgânica nos cabelos e espalhou-o cuidadosamente com um pente, esperando — como sempre esperara a cada nova tintura de cabelo que experimentara ao longo dos últimos trinta anos — que aquela fosse "*a* tinta". A tinta que faria com que os homens de menos de trinta se virassem para vê-la passar, a tinta que faria com que Derek parasse e dissesse *Nossa, como você está bonita*, a tinta que daria ao seu cabelo a cor, o brilho, a saúde e o volume que ele *devia* ter. O cabelo que lhe teria feito obter um diploma universitário, em vez do diploma de secretária que tinha, o cabelo que não teria deixado que fosse abandonada por seu jovem marido depois de seu segundo aborto natural em 1970, o cabelo que teria providenciado para que o corpo ao qual estava preso fosse um modelo de elegância, com cinqüenta quilos de peso e um metro e setenta e cinco de altura, em vez do espécime mais redondo e atarracado que ela na realidade habitava. A última batalha travada por Cecily com uma tintura (louro-claro dourado) deixara seu cabelo com estranhos rajados esbranquiçados, fazendo lembrar, curiosamente, a superfície de um armário de cozinha tratado com pátina branca. Mas ela estava confiante de que a tinta de hoje devolveria a seus cabelos um pouco de intensidade e alma.

Não se atrevendo a correr o risco de respingar tinta pela casa, Cecily sentou-se ereta no banco do banheiro e ali ficou pelos vinte minutos recomendados, xingando-se por ter se esquecido de levar uma *Cosmopolitan* para ler. Depois, passou mais quinze minutos com a cabeça virada para baixo dentro da pia e com as maçãs do rosto inchando desconfortavelmente em volta dos olhos, enquanto tateava às cegas para encontrar as torneiras em seu esforço de remover o excesso de tinta do cabelo. Por fim, depois de encher e esvaziar a pia sete vezes, resolveu que a água cor de palha que lhe saía dos cabelos era a coisa mais clara que conseguiria. No quarto, com o secador na mão, Cecily se imaginou emergindo por trás daquela espécie de cortina lustrosa de cabelo que sempre aparece acompanhada por dentes ridiculamente perfeitos em comerciais de xampu, aquele tipo de comercial que faz a gente temer que os cabeleireiros estejam mancomunados com os dentistas e trabalhando juntos em segredo para criar uma raça superior. Mas o resultado final obtido poderia ser descrito como se vândalos tivessem lambuzado de caramelo o armário de cozinha patinado.

O livro não dizia nada sobre retirar tufos generosos e alarmantes de seu próprio cabelo de dentro do ralo, nem sobre esfregar a pia para remover a linha marrom deixada pela água suja de tinta, mas, depois de cuidar desses pequenos detalhes, Cecily concluiu que aquele era o momento certo para se sentar e respirar fundo. Era a hora de fazer uma pausa proveitosa para reflexão, para pensar positivamente sobre algum aspecto de sua vida que você queira mudar, dizia o livro. Como talvez, por exemplo, parar de esquentar tanto com tinturas de cabelo, ou tirar diretores de escola gordos e grisalhos da sua vida, Cecily pensou consigo. Mas foi impossível evitar que seus pensamentos se demorassem na figura alinhada, nos cabelos naturalmente escuros e brilhosos e na sólida carreira profissional da respeitável — e casada — sra. Payne. Cecily apanhou a única fotografia que tinha de Derek, a que ele tirara para o folheto da escola metido num terno e com uma caneta-tinteiro na mão, e ficou olhando para ela, melancólica. Não tinha nenhuma foto deles dois juntos.

Daquele momento em diante, não tornou realmente a se levantar do sofá, a não ser para preparar o almoço, que deveria ter sido uma salada leve (sem maionese), uma torrada de pão integral e um ovo (de galinha criada em liberdade) poché. Em vez disso, Cecily fritou o ovo e comeu-o com rodelas de batata assadas no forno. Derramou ketchup na camiseta — que àquela altura já a estava fazendo sentir-se imensa — e, pouco depois, Sue chegou. Cecily estava achando estranhamente reconfortante estar em companhia de outra mulher chutada para escanteio. A fotografia ligeiramente enroscada de Derek estava pousada sobre a mesa, ao lado dos biscoitos, de números antigos da *Cosmopolitan* e daquele livro idiota.

Sue estava dizendo: "O Paul se mandou para Bristol outra vez. Disse que era para tratar de um negócio com antigüidades que ele está vendo com um sujeito de Paris. A gente teve uma briga, e eu resolvi então ir para a casa da minha tia Livy. Ela tinha saído e a casa estava cheia de homens por tudo quanto era lado, que estavam instalando uma geringonça na escada. E a enfermeira diurna vinha encher meu saco a cada cinco minutos, perguntando se eu não podia preparar o chá para os homens e ficar de olho neles para que não estragassem a pintura das paredes, porque o meu avô não estava passando muito bem e ela tinha que tratar da diarréia dele. Eu não estava agüentando mais. Estava precisando de um pouco de paz e sossego, sabe? Aquilo estava me dando nos nervos, então vim para cá".

"Foi muito feia, a briga?", perguntou Cecily, carinhosa.

Sue deu outro longo suspiro. "Ele foi para Londres outro dia, mas não quis me dizer para quê. Eu estava com esperança de que tivesse sido para tratar de alguma coisa que tivesse a ver com nós dois, sabe? Ele e eu: um emprego, ou um curso, ou *alguma coisa* para a gente poder morar junto de verdade."

Sue olhou para sua caneca e agitou o restinho de chocolate que havia no fundo. "A culpa foi minha. Eu estava esperando demais. Mas é que ele não disse uma palavra quando voltou. Isso foi na quinta. E aí, hoje, ele me entrega um pacotinho. Era uma bolsinha da Harrods, e eu senti que tinha uma caixa dentro. Esqueci de te dar isso, ele me diz. É só uma lembrancinha. Pô, eu fui às nuvens. Pensei, puxa, que coisa mais doce, ele esperou o fim de semana para me dar o presente."

"E o que era, afinal?", perguntou Cecily, ansiosa.

Sue continuava olhando fixamente para o fundo da caneca. "Imagino que tenha sido até engraçado, de certa forma. Fiquei tão empolgada, ele não estava entendendo por quê. Pensei que fosse um anel." Seus olhos se encheram de lágrimas. "Era um par de cadarços de tênis da Donna Karan." Fez uma pausa, depois continuou. "São bonitinhos. Como cadarços. Mas essa não é a questão, certo? E aí eu simplesmente caí em prantos, e ele ficou furioso comigo. E ele se recusa a discutir o assunto: não diz de uma vez que a gente não vai se casar nunca, mas também não diz que vai. E aí ele pega e fala para eu não esquecer que ele está indo para Bristol hoje e que só volta amanhã. Diz que tinha me falado. Mas não falou nada."

Fez-se o silêncio. As duas sentiram o peso esmagador das três e vinte e três da tarde. Sue pegou um biscoito. Cecily inclinou-se para a frente, empurrando a foto de Derek até o outro lado da mesa. Depois, curvou-se para apanhar uma pinha no alto da cesta cheia de lenha com que alimentavam a lareira e começou a despedaçá-la, pensativa.

"Esse é ele, é o Derek. Ele vai dar uma festa hoje à noite. Ou melhor, a mulher dele vai. Ele vai preparar a comida", disse Cecily secamente.

Sue, de boca cheia, tentou fazer uma cara solidária.

"Você sabe que ela estava dando uns cursos, não sabe? Não, acho que eu nunca cheguei realmente a te contar nada, não é? Bom, não vai fazer mal nenhum se eu te contar. Ele é o meu chefe. Ela é orientadora educacional e estava dando uns cursos para professoras. Era por isso que o Derek e eu estávamos conseguindo passar tanto tempo juntos."

Sue balançou a cabeça.

Cecily continuou. "Os tais cursos estão terminando agora, só falta a avaliação. Então, ela resolveu dar esse jantarzinho de despedida para as alunas, e o Derek vai cozinhar. É o que ela espera que ele faça."

"Bom, então ele não tem escolha, não é? Se tivesse, provavelmente preferiria passar o fim de semana com você."

"Não sei, não. Ele adora essa palhaçada de bancar o anfitrião, e eu desconfio que muitas vezes ele finge que ela o obriga a fazer coisas. E o penúltimo fim de semana também não foi muito bom. Tivemos uma briga na sexta à noite, nos Assembly Rooms, e ele foi embora de lá irado. Disse que ia me buscar depois, mas não apareceu. Tive que voltar para casa de táxi e quando cheguei ele não estava aqui. Fiquei furiosa. Eu estava completamente encharcada por causa da chuva, então tomei um banho e fui para a cama. Deixei um lençol para ele na escada. Só Deus sabe aonde ele tinha ido — ele nunca chegou a me dizer. Fizemos as pazes de manhã. Saímos para fazer compras. Só para ele, como sempre. Mas ficou tudo bem entre nós depois disso, ou eu achei que tinha ficado."

"Então não há por que se preocupar", disse Sue, sem convicção.

"Mas, sabe, acho que estou mesmo é de saco cheio disso tudo. Ainda estou zangada com ele por ter desperdiçado nosso tempo daquele jeito, quando a gente já não tem muito tempo para ficar junto. Para ele, a nossa relação não passa de uma brincadeira. Ele costumava dizer que detestava passar os fins de semana com a mulher, mas estava obviamente ansioso para este fim de semana chegar. O desgraçado vai ter que fazer um jantar para quarenta professoras de escola maternal obesas, em vez de passar a noite comigo, e fica *ansioso* para isso."

Cecily estava esfacelando os últimos pedaços da pinha. "Imagina só a cena, todas aquelas mulheres bebericando seus Frascati e dando os parabéns para ela porque é o marido dela quem está de avental: 'Puxa, como você é sortuda, acho que o meu marido nem sabe onde fica a cozinha!'. Que nojo."

Apanhou outra pinha e partiu-a ao meio. "Você acredita que na semana passada ele teve o desplante de pedir a minha opinião sobre o cardápio? Queria saber se eu achava que ele também precisaria servir pão, se já estava servindo uma salada de macarrão."

"Inacreditável", disse Sue, balançando a cabeça. A seguir, apanhou uma pinha para si própria e começou a despedaçá-la metodicamente.

"Pois é. Depois me ofereci para fazer uma sobremesa e, por um instante, ele não só pensou que eu estava falando sério, como quase aceitou. 'Ah, será que você arranjaria mesmo tempo para isso? Quem sabe um pavê?', disse ele. E eu digo, claro, não vou levar nem um minuto para moer um pouco de vidro."

Sue soltou uma risadinha amarga.

Cecily continuou. "E aí ele ficou de cara amarrada comigo pelo resto da semana. *Ele* ficou de cara amarrada. Então, ontem, quando eu estava de saída, disse para ele que ele mesmo tratasse de fazer a porra do pavê", acrescentando em voz baixa, "na frente do coordenador-chefe."

No silêncio que se seguiu, Cecily ficou olhando desconsolada para o montinho farinhento de lascas marrons que se acumulara em seu colo.

"Eu não quero muito, sabe? Não quero nada que as outras pessoas não tenham. Eu só queria", Cecily virou dois olhos imensos e cheios de lágrimas na direção de Sue, "eu só queria me sentir *segura*. Ele disse que cuidaria de mim. Eu entendi que isso queria dizer que ele largaria a mulher. Ele *sabia* que eu tinha entendido isso. Só um pouquinho de segurança, seria tão bom. Não ter que me preocupar tanto. Será que isso é pedir demais?"

Fez um gesto triste na direção do vaso de plantas lá fora, em frente à janela da sala. "Coisas desse tipo, sabe", disse, fungando, "pequenas coisas. Ir à loja de plantas de vez em quando. Poder gastar um pouquinho, sem entrar em pânico depois. Fazer coisas juntos. Não é muito, é?" Fungou com raiva. "Mas não vai acontecer. E depois de tudo que eu fiz por ele! Quando penso em todas as vezes que o ajudei, em todas as vezes que ele disse que nós ficaríamos juntos... Deus do céu, as coisas que eu já fiz por esse homem!"

Sue estava estraçalhando o resto da pinha até virar pó. Começava a experimentar a sensação acolhedora e reconfortante que nascia da constatação de que havia outra pessoa no mundo capaz de se humilhar e rastejar por causa de um homem de forma tão vergonhosa quanto ela própria.

"Olha só para nós duas", disse ela. "Olha o estado patético a que chegamos. Tudo por causa de dois malditos homens. Eu seria capaz de matar esses dois. O que é que a gente vai fazer?"

Cecily olhou para ela, enquanto decidia. "Só há uma coisa a fazer", disse, cheia de valentia. "Pegue outra pinha, que eu trago os copos."

16

No último dia do mês de junho, Andrew chegou ao escritório de Olivia Passmore com uma idéia razoavelmente clara de como iria manobrá-la. Por natureza ou talvez por criação, tendia a se sentir intimidado por mulheres genuinamente charmosas como Olivia, como ele próprio admitiria se fosse sincero. Sua mãe não era assim, e a coisa mais próxima de charme que Valerie conseguia demonstrar era quando, para conseguir alguma coisa dele, desfazia-se em amabilidades tão fingidas e enjoativas que ele acabava concluindo que preferia sua rabugice cotidiana. Assim, às vezes se percebia um pouco atordoado pelo ar de bom trato das mulheres elegantes, pelo modo como sorriam, pelo autocontrole que demonstravam, pelo modo fácil e magnânimo como conversavam com quem quer que fosse. Notara alguma dessas qualidades em Sara nas primeiras vezes em que a vira, mas agora que já a conhecia melhor e já tinha visto como era comum ela cair na gargalhada, como podia ser vibrante e surpreendente, já não se sentia mais tão intimidado por ela. Seu talento extraordinário para a música e sua genialidade faziam, é claro, parte dela, mas não eram *ela*. Ela também era uma mulher. Tinha aquele encanto que as mulheres de verdade têm — bem, beleza, no seu caso. Não se importava de admitir que estava começando a gostar muito dela, embora não devesse estar pensando em Sara naquele momento. Enquanto esperava no vestíbulo dos Assembly Rooms, com um mal-humorado sargento Bridger a tiracolo, Andrew procurava concentrar seus pensamentos nas minutas, que recebera na véspera, da última reunião de que Matthew Sawyer participara na instituição beneficente e na pequena mas interessante informação que elas continham — e que talvez fosse exatamente aquele pequeno detalhe que estavam procurando havia tanto tempo. Olivia Passmore exigiria dele um pulso firme e toda a concentração.

"Muito bem, Bridger, você hoje será meu secretário", disse Andrew. "O que eu quero de você são anotações, não interrupções. Use os olhos, não a boca. Entendido?"

O escritório de Olivia Passmore nos Assembly Rooms conseguia ser extremamente cheio, sem chegar a ser exatamente bagunçado. Havia coisas demais lá dentro: uma mesa ampla, de frente para a janela alta; duas pesadas estantes, uma cheia de livros e pastas, a outra cheia de pequenas caixas cinza, e um arquivo também cinza. Era uma sala escura. Naquela manhã de junho, uma luminária de leitura com uma cúpula verde estava acesa sobre a mesa, lançando um retângulo amarelo e atento de luz sobre vários papéis espalhados sobre o tampo abarrotado da mesa. Numa tentativa de criar um ambiente mais tranqüilo e informal para conversar, duas cadeiras acolchoadas extremamente baixas e uma mesinha de centro tinham sido colocadas num dos cantos da sala. Olivia fez um gesto para que Andrew se sentasse numa delas, enquanto Bridger se posicionava numa cadeira dura encostada à parede.

Afundado numa das cadeiras baixas, Andrew tinha a sensação de estar sentado num carro esporte pequeno demais para suas pernas compridas. Olhando ao redor, comentou: "Vê-se que é o escritório de uma pessoa ocupada. Eu não vou tomar muito do seu tempo".

Olivia lhe dirigiu um leve sorriso benevolente. A cadeira se adequava muito melhor ao corpo dela; o ângulo em que estava sentada chegava mesmo a favorecer suas pernas e seus joelhos esguios. "Bom, eu *ando* mais ocupada", disse ela. "Tendo novamente que assumir as funções de diretora interina e nestas circunstâncias... está muito pior agora do que antes, já que foi tudo tão súbito. Esta sala ficou apinhada, mas decidi ficar aqui mesmo. Não consegui ânimo para me mudar de novo para a sala do Matthew."

"Por que não?", perguntou Andrew, erguendo a voz e falando diretamente. "Deve ser bastante incômodo, já que a senhora Trowels continua lá no Circus. Você não precisa dela aqui?"

"Seria mais fácil, mas a gente tem dado um jeito. Ela vem aqui todo dia de manhã e à tarde. E nós temos o telefone. Ainda não temos e-mail, infelizmente." Olivia deu um sorrisinho de decepção. "Pois bem", acrescentou, num tom gentil, "em que posso ajudá-lo?"

"Eu gostaria de repassar alguns detalhes novamente. Vamos começar com o Terry Trust. Fui informado de que você solicitou uma ajuda financeira. Você poderia me falar a respeito?"

"Ah, sim, claro", disse Olivia. "Ah, que indelicadeza a minha, você aceitaria um café?"

Sem esperar pela resposta, Olivia se levantou e pegou o telefone em cima de sua mesa. Por alguns minutos, ficou absorta na tarefa de providenciar para que preparassem café e trouxessem para eles. Andrew olhou para a mão com que ela segurava o telefone, notando a delicadeza do pulso que ficou de fora quando a manga de sua blusa de seda creme escorregou elegantemente para baixo. A mão era longa e macia, mas seria impressão dele ou estava de fato um pouco trêmula?

"O Terry Trust", disse ela, depois de recolocar o telefone no gancho e se sentar. "Bom, meu pai tem mais de oitenta anos e sérias dificuldades de locomoção. Ele tem enfisema, em conseqüência da tuberculose que teve na infância. E outros problemas também, o aparelho digestivo dele não funciona muito bem. Há alguns anos, fizemos uma reforma no último andar da casa para acomodá-lo, mas de lá para cá ele piorou muito e só com muita dificuldade consegue subir e descer as escadas. Pedi ajuda ao Terry Trust para comprar um ascensor e instalá-lo na escada. O nosso pedido foi recusado."

"Isso aconteceu recentemente, não foi?", disse Andrew com suavidade, enquanto se perguntava se não era meio estranho que o semi-sorriso de Olivia continuasse imóvel.

"Foi, bem recentemente. Você já deve saber que o Matthew era um dos membros do conselho da instituição. Na sexta-feira de manhã, no mesmo dia em que foi morto, ele participou da reunião em que o meu pedido foi analisado pelos membros do conselho, então perguntei a ele qual tinha sido a decisão. Ele a princípio não queria me contar, disse que eu devia esperar pela carta que o conselho enviaria. E aí é claro que concluí que o pedido tinha sido recusado, e ele teve que confirmar. Eles não iam me dar nem um tostão."

"Ele explicou por quê?", perguntou Andrew, ainda observando atentamente o rosto de Olivia.

"Consegui arrancar uma explicação dele, muito embora ele preferisse que eu ficasse sabendo pela carta. Na opinião deles", Olivia respirou fundo, "a condição do meu pai fazia com que ele fosse um 'candidato inadequado' a receber a ajuda da instituição. Quando perguntei o que isso queria dizer, o Matthew respondeu que, de acordo com relatórios médicos, o prognóstico do meu pai era tão ruim que o gasto com a compra de um ascensor não se justificava. Argumentou também que o meu pai precisava de uma enfermeira em tempo integral durante o dia e agora também uma enfermeira para a noite e que, portanto, seria muito melhor para ele ir para uma clínica geriátrica. Disse que era 'irrealista' continuar insistindo em mantê-lo em casa. Nós temos que pagar todas as despesas de enfermagem com o nosso próprio dinheiro, entende? Ele não tem direito a receber nenhuma ajuda do governo, a menos que vá para um daqueles asilos horrorosos e venda a casa. O Matthew insinuou também que mantê-lo em casa já estava sendo um fardo grande demais."

Ficou em silêncio por um instante, antes de acrescentar: "Ele não estava sendo muito solidário, sabe? E não estava se referindo ao fardo financeiro. Na verdade, estava me dando um aviso". Olivia hesitou, virando-se de frente para Andrew; seu olhar era calmo e franco.

"Por favor, continue", disse Andrew. A expressão de Olivia continuava inalterada. Ainda mantinha o mesmo semi-sorriso sereno e estudado com que o recebera.

"Na véspera daquele dia, quinta-feira, precisei faltar ao trabalho porque a enfermeira diurna estava doente e a agência demorou até a hora do almoço para encontrar uma substituta. Então o Matthew teve que cancelar uma reunião que ele tinha marcado comigo e com diretor do departamento de pessoal do conselho para aquela manhã. Ele ficou muito contrariado."

Uma leve batida na porta foi seguida pela chegada do café, trazido numa bandeja por uma mulher de óculos. Quando pousou a bandeja sobre a mesa, a mulher derramou um pouco do café do bule em cima da bandeja e sufocou um grito, apavorada.

"Ah! Ah, eu peço *mil* desculpas, senhorita Passmore."

Olivia dispensou a mulher com um olhar fuzilante e um irritado "Pode ir, obrigada". A própria Olivia serviu o café. Enquanto Bridger se arrastava até a mesinha e se servia de três biscoitos, Olivia recompôs sua expressão.

"O que o Matthew não entendia" — mesmo tendo refeito o semi-sorriso, Olivia continuava parecendo extremamente brava — "é que o meu pai *jamais* vai pôr os pés numa clínica geriátrica. Você já entrou numa dessas clínicas? E você acha que o Matthew Sawyer chegaria a cogitar a hipótese de colocar um parente dele num lugar desses? Não, é claro, que dinheiro pudesse ser um obstáculo no caso *dele*."

Fez uma pausa e continuou, em voz baixa. "Prometi ao meu pai que ele vai ficar em casa até quando quiser e que daremos um jeito de pagar as despesas. E nós temos dado. Sirva-se de açúcar, por favor."

Andrew deu um gole no café. "Deve ter sido um golpe e tanto para você, não ter conseguido o subsídio para o ascensor."

Olivia encarou o olhar de Andrew. "Na verdade, não. O subsídio teria sido uma grande ajuda, obviamente. E, para nós, qualquer ajuda é bem-vinda. O Fundo Beneficente dos Músicos já nos socorreu muitas vezes, e existem outros tipos de auxílio também. Mas, na verdade, levaríamos adiante a idéia do ascensor de qualquer forma. Aliás, os homens já estiveram trabalhando lá em casa no fim de semana. Receber o subsídio não era uma condição indispensável para comprarmos o ascensor; só tornaria as coisas mais fáceis."

"Mas imagino que você tenha ficado com muita raiva do Matthew Sawyer naquela tarde, não ficou?", perguntou Andrew, num tom neutro.

"Ah, fiquei", disse Olivia, com leve animação. "Claro que fiquei. Não vou negar. Mas eu não tinha motivo algum para querer que ele morresse. Não tinha nada a ganhar com a morte dele. A decisão do Terry Trust já tinha sido tomada e, como eu disse, o subsídio não era essencial para nós. O Matthew teve uma atitude mesquinha com relação ao fato de eu ter que faltar ao trabalho, mas não fiquei particularmente preocupada com isso. Sou funcionária da prefeitura há mais de vinte anos e eles não podem sair demitindo as pessoas porque elas têm parentes doentes, sabe?"

Olivia franziu levemente o cenho. "Eu gostava do Matthew. E já estou um pouco madura demais, entende, para sair apunhalando uma pessoa pelas costas por ressentimento, só porque fiquei com raiva."

"E a reunião que vocês deveriam ter tido na quinta-feira — a que foi cancelada porque você não pôde vir trabalhar — era para discutir o quê? O assunto foi mencionado quando vocês se encontraram aqui na sexta-feira à tarde, antes de ele morrer?"

"Não, a reunião era para discutir alguma questão relacionada aos funcionários e foi remarcada para outro dia. Mas na sexta ele veio conversar comigo sobre outras coisas. Sobre o Legado Hackett, do qual você já tomou conhecimento por meio da senhora Trowels, e para que eu lhe desse algumas orientações para o discurso de abertura que ele faria naquela noite."

"Ah, sim, o Legado Hackett. Você poderia refrescar a minha memória?"

"O Legado Hackett", disse Olivia pacientemente, "era uma coleção de apetrechos de costura. Caixas, estojos de agulha, almofadas de alfinete, carretéis, fitas métricas, tesouras, esse tipo de coisa. Havia também três ou quatro *châtelaines*. No total, cerca de quinhentos objetos, alguns deles extremamente raros. Como você sabe, a coleção foi perdida em 1941."

Olivia fez uma pausa, como se esperasse que o que havia dito fosse suficiente, mas o silêncio de Andrew indicou que não era.

"Várias das coleções do museu foram retiradas de Bath durante a guerra por medida de segurança, mas algumas tiveram que ficar aqui. A bomba que atingiu o Circus em 1941 destruiu o porão e todos os registros e objetos que estavam guardados lá, incluindo o Legado Hackett. Mas uma cópia do catálogo estava guardada no arquivo da prefeitura e sobreviveu quase completa; estão faltando apenas as cinco últimas páginas. Então sabemos exatamente quais eram os objetos da coleção. Essas coisas acontecem às vezes. Não havia nada que se pudesse fazer. Então, depois da guerra, a coleção teve seu número de acesso cancelado."

"O que exatamente isso quer dizer?", perguntou Andrew.

"Tem a ver com a maneira como um museu administra suas coleções. A coleção foi legada ao museu em 1910 e o museu a aceitou como uma doação, e não como um empréstimo permanente, como é mais comum hoje em dia. Em 1910, ninguém obviamente se preocupava com a possibilidade de não ter dinheiro para continuar zelando pelas coleções indefinidamente, para todo o sempre. Então o legado recebeu um número de acesso, o que significa que o museu teria sempre como localizá-lo, identificá-lo e assim por diante. E existe a obrigação de manter esses itens — os itens que possuem número de acesso — devidamente descritos, registrados e conservados segundo padrões profissionais; esses itens não podem ser vendidos nem descartados de qualquer outra forma. Um museu pode cancelar o número de acesso de um item, e portanto se livrar dessa obrigação, se por exemplo o item é destruído. Cancelar um número de acesso significa retirar esse número do livro de registros. É um procedimento legal, mas tem sempre que ser documentado; um museu não pode simplesmente se livrar das coisas que não quer mais — não com facilidade pelo menos. No caso do Legado Hackett, essa era a única coisa que se podia fazer. A coleção tinha sido destruída por um ataque inimigo, então não fazia sentido manter o número de acesso do Legado aberto, quando a coleção já não existia mais. A lógica mandava que se cancelasse o número. O catálogo da coleção foi conservado, é claro, para fins de pesquisa."

Olivia interpretou o silêncio absorto com que Andrew processava essas informações como um sinal de reprovação, e mais uma vez o semi-sorriso afável se delineou em seu rosto.

"Não foi uma manobra ilícita para acobertar nada. Está tudo documentado. Não havia membros da família vivos que pudessem se interessar pelo caso e não houve nenhuma espécie de objeção pública. Pelo que me consta, o Legado Hackett nunca foi exposto; portanto, ninguém sentiu sua falta."

"E, se me lembro bem, você disse que essa história era do conhecimento de praticamente todos que trabalham no museu, certo? Então por que Matthew Sawyer ficou tão empolgado por ter encontrado o catálogo no arquivo? Empolgado a ponto de lhe enviar um memorando de lá mesmo, em vez de esperar para enviá-lo quando voltasse ao escritório dele?"

O leve sorriso de Olivia não se abalou. "Bom, eu sempre pressupus que a história fosse do conhecimento de todos. A maior parte das pessoas que trabalham aqui há algum tempo sabe da história. O Matthew de fato 'encontrou' o catálogo no arquivo, mas não era como se o catálogo estivesse perdido nem nada. O Matthew simplesmente deparou com ele no decorrer de uma de suas tardes no arquivo. Ele ia para lá regularmente desde que começou a trabalhar aqui, tentando se familiarizar com as coleções. O plano dele era informatizar tudo algum dia. É possível que não soubesse da história, mas isso seria uma surpresa para mim. Ele tinha um talento especial para descobrir coisas. Era muito meticuloso. Mas não ficou exatamente *empolgado* por ter encontrado o catálogo, só queria que o especialista em conservação de papéis começasse a trabalhar no catálogo o mais rápido possível, imagino. Sou eu que administro os departamentos de conservação, por isso ele escreveu o memorando para mim."

"E vocês discutiram sobre o trabalho de conservação que precisava ser feito quando ele veio falar com você no final daquela tarde?"

"Discutimos. Muito embora o assassinato tenha feito com que eu esquecesse completamente o assunto. Só vim a falar com o conservador de papéis esta semana, infelizmente." Como era de bom-tom, o sorriso de Olivia adquiriu um leve ar de culpa.

"Bom, antes tarde do que nunca, não é?", disse Andrew. "Você discutiu algum outro assunto com Matthew Sawyer naquela tarde?"

"Não. Eu só lhe passei informações sobre o grupo ao qual ele iria se dirigir no discurso que faria às seis e meia. O pessoal da cura natural. Este foi o terceiro ano seguido que eles realizaram a convenção deles aqui."

"E você acha possível que eles queiram repetir a dose no ano que vem?", perguntou Andrew, impassível. "Ouvi dizer que o discurso de Sawyer não agradou muito. E você o orientou a respeito do grupo?"

Olivia soltou um gemido condescendente. "Coitado do Matthew. Não sei o que deu nele. Você deve ter ouvido queixas horríveis de todos os organizadores da convenção, imagino. Ele de fato disse algumas bobagens. Sim, eu o orientei, mas ele parece não ter absorvido nada do que eu disse. Talvez tenha sido acometido por um pânico súbito do palco.

Agora nós nunca vamos saber." Mais uma vez, o sorriso bem-educado de decepção se desenhou em seu rosto.

"Não por ele, certamente", murmurou Andrew, olhando para ela sem qualquer expressão no rosto. "Só mais uma coisa. Vocês por acaso discutiram alguma questão de segurança? Uma questão de segurança relacionada a um funcionário e a uma grave violação do procedimento?"

Olivia perscrutou o rosto de Andrew em busca de alguma pista que pudesse esclarecer sobre o que ele estava falando. "Não. Você poderia ser um pouco mais claro?"

"George Townsend?"

"O George? Não, não discutimos nada sobre o George. Por quê?"

"Então o nome dele nem sequer foi mencionado?"

"Não. Escuta, existe alguma coisa contra o George? Ele foi um dos últimos a ir embora naquela noite. Ele estava encarregado de trancar este prédio. Ele não... é claro...? Ele disse alguma coisa?"

"Nada, até agora, que nos conduza ao assassino. Tivemos de verificar novamente o álibi dele. Havia um pequeno problema com o álibi que ele tinha nos fornecido, relacionado a um certo vídeo clandestino que ele resolveu ver naquela noite; não vou entrar em detalhes. Não nos levou a lugar algum com relação ao caso. E é isso que todos nós queremos, não é?, algo que nos leve a quem quer que seja o responsável pelo que aconteceu."

"Claro. Foi uma coisa horrível." O silêncio que se seguiu sinalizou para os dois que a reunião tinha acabado.

"Bom, muito obrigado." Andrew se levantou, imaginando se o leve brilho que surgira nos olhos de Olivia Passmore era um sinal de alívio. "Você foi muito útil", disse, e já estava quase chegando ao final do corredor sombrio que conduzia à entrada da frente quando se perguntou se o que acabara de dizer era mesmo verdade e quem exatamente, no final das contas, estivera manobrando quem.

SEGUNDA PARTE

17

Na cidade, o frescor de junho perdeu seu charme, adensando-se num verão em toda a sua plenitude. Nos parques e nos jardins, chipres e cotoneásteres adquiriam o verde-opaco ameaçador das urtigas velhas e, debaixo dos pés, a grama sussurrava feito areia. Ervas altas e anônimas, que vicejavam graças às urinadas copiosas de cães e gatos, brotavam nas rachaduras dos muros e ao redor dos pés dos postes de luz, oferecendo espigas repletas de montinhos de suculentos pulgões pretos. No meio da manhã, as latas de lixo já transbordavam e, no início da tarde, fediam e se tornavam focos de vespas zumbidoras. Cidadãos na terceira idade que vinham de Wales para passar o dia em Bath caminhavam pelas calçadas em grupos de três, desfilando seus cardigãs leves e sapatos largos num ritmo frações de segundo mais rápido do que o de um bicho-preguiça. Mochileiros plácidos como camelos arriavam suas cargas a cada esquina e cruzamento, parando para ler mapas, verificar o conteúdo de suas bolsas de mendigo e dizer "uau" para os edifícios. Habitantes normalmente pacíficos da cidade amontoavam-se às dezenas atrás deles nas calçadas e cravavam olhares fulminantes em suas costas, ordenando-lhes telepática e inutilmente que saíssem da frente. Julgando estar quente demais para pedir passagem quer em galês, quer em holandês, acabavam lhes dirigindo um sorriso falso enquanto, para contorná-los, pisavam nas poças de sorvete derretido que dividiam as sarjetas e as entradas dos prédios com casquinhas pegajosas, garfos de plástico, bandejas de poliestireno e pessoas sem-teto. Os estacionamentos ficavam entupidos logo de manhã cedo. Caminhões, caminhonetes de entregas, carros, microônibus de turismo, trailers com bagageiros e ônibus sem capota bufavam, guinchavam, arrancavam e freavam pela cidade inteira, em meio a uma tremeluzente névoa cinza de óleo diesel queimado, avançando trepidantes segundo os caprichos dos sinais de trânsito, que mudavam de cor quase imperceptivelmente sob o clarão ofuscante do sol que batia nas lâmpadas imundas.

Em meados de julho, já ninguém fingia mais estar gostando do tempo. Todo mundo estava cheio de calor, enjoado de morango e farto de churrasco; as pessoas se imaginavam asmáticas e ficavam atentas à contagem de pólen no ar e à camada de ozônio. Trocavam comentários como "Está quente de novo hoje", em tom de piedade mútua. Em Victoria Park, uma criança de dois anos desapareceu e foi encontrada a mais de vinte quilômetros de distância de sua casa, vagando, muda e coberta de queimaduras de cigarro. Dois meninos de onze anos que tinham saído para pescar no canal desapareceram e, oito dias depois, seus corpos foram desenterrados de uma cova rasa por uma cadela chamada Rhona. O *Bath Chronicle* discorria bombasticamente sobre a dissolução das comunidades e lançava apelos na esperança de obter informações. Publicava relatos atualizados dos casos diariamente, além de boletins sobre a qualidade do ar e matérias sobre coquetéis de verão pouco dispendiosos, restaurantes onde se podia jantar ao ar livre e câncer de pele. Numa das páginas internas, noticiava de forma breve que o inquérito para apurar a morte de Matthew Sawyer fora aberto e temporariamente suspenso. Andrew não avançara um milímetro na investigação do caso e considerava uma pequena e irônica bênção que a maior parte das pessoas parecesse ter esquecido o assunto, graças a uma combinação de distrações de verão, mistérios mais terríveis e mortes de crianças, que tomou o lugar do caso Sawyer em suas cabeças quentes.

Annabel Sawyer tirou os filhos da escola uma semana antes do início das férias e telefonou para o detetive Bridger. "Estamos indo para a Úmbria no final da semana. Eu aluguei uma *villa*. Não posso ficar presa aqui o verão inteiro, esperando que vocês determinem uma data para reabrir o inquérito. Podem dar um jeito de me informar, imagino. E também imagino que queiram ficar com o endereço, para me contactar caso consigam fazer algum progresso. Se bem que até agora vocês não foram muito longe, não é?"

Do outro lado da linha, Bridger estava acabando de comer sua barra de chocolate quando ela continuou: "Lá não tem telefone. Os meus pais vão com a gente, e a babá também. Todos nós estamos precisando de um bom descanso; vamos ficar fora pelo menos seis semanas".

Era o primeiro dia de trabalho de Bridger, depois de duas semanas em Malta com seus amigos, e ele ainda estava se sentindo relaxado. "Está me parecendo um plano perfeito, madame", disse ele, "mas eu só gostaria de dar uma passada rápida aí para pôr as coisas em dia antes de vocês irem."

Fez-se um silêncio exasperado do outro lado da linha.

"Eu também passei um tempo fora. Estou precisando me livrar da pilha de coisas que se acumularam em cima da minha mesa. No final das contas, não vale a pena tirar férias, não é verdade? O serviço fica todo à nossa espera quando a gente volta. Mas, enfim, quinta-feira de manhã está bom para a senhora? Dia dezessete? Eu só quero lhe passar o que descobrimos até agora, ver se conseguimos enxergar um caminho à nossa frente e o que precisamos fazer para chegar lá. Vejo a senhora por volta das onze e meia, então?", acrescentou jovialmente, convencido de que tinha muito jeito para lidar com viúvas.

Estava dando graças a Deus, de qualquer forma, por ter um motivo para sair pelo menos uma vez daquele escritório que mais parecia um forno e ter uma folga daquelas inúteis fitas de vídeo das câmeras de segurança de Littlewoods. Como se fosse adiantar alguma coisa ficar vendo e revendo sem parar as imagens de dois adolescentes namorando debaixo de uma marquise, de dois bêbados cambaleantes — ambos fregueses regulares do bar — tentando apoiar um ao outro, e de um maníaco fazendo cooper no meio da noite e passando um milhão de vezes em frente à câmera. Andrew Poole tinha cismado que queria que aquelas pessoas fossem encontradas e trazidas à delegacia, dizia que elas tinham que ter visto *alguma coisa*. Bom, fora fácil interrogar os dois bêbados e, é claro, completamente inútil. Ele poderia ter dito a Poole que aquilo seria inútil antes mesmo de interrogar os dois. E, se algum dia conseguisse identificar as outras três pessoas, tinha certeza de que elas também não teriam nada de proveitoso a dizer, e lá se teriam ido mais não sei quantas horas de trabalho desperdiçado. E ainda tinha havido aquela farsa toda com Olivia Passmore, repassando todas as informações mais uma vez. *Use os olhos, não a boca.* Pois não, senhor, pode deixar comigo, senhor. E toda aquela baboseira de que havia algo de errado com as pernas dela. Ele dera uma boa olhada nas pernas dela (use os olhos, certo?) e não tinha visto nada de errado com elas; aliás, muito pelo contrário. Bom, foda-se. Ele se encarregaria de fazer uma investigação de verdade. Ela até que era bem bonita, aquela tal de Annabel Sawyer, para uma mulher da idade dela. Quem sabe ela o convidaria para almoçar?

18

Tensa não era bem a palavra, mas foi a que Sue usou para se desculpar.

"Não, eu peço desculpas; é que estou um pouco tensa hoje. Desculpe. É claro que a senhora pode modificar seu pedido. *Bagel* em vez de baguete, queijo Philadelphia e salmão defumado com molho de aneto em vez da carne, mas a senhora ainda quer a maionese, desculpe, a pasta de alho. Sem manteiga. E salada. Com chips de tortilha, mas sem molho. Certo. Nao há problema."

Sue chegava a trincar os dentes, de tão aporrinhada que estava. A senhora que padeceu de tamanha indecisão na escolha de seu almoço tinha saído na direção da piscina e estava agora prendendo os cabelos calmamente com uma touca de natação toda enfeitada com dálias de borracha. Dali a alguns minutos, ela estaria nadando de um lado para o outro na piscina, com os lábios franzidos e tomando cuidado para não molhar os brincos, enquanto Sue discutiria com o pessoal da cozinha do hotel por causa da modificação do pedido, sem conseguir convencê-los de que o erro não fora dela.

O problema era Paul novamente, é claro. Ele tinha ido outra vez para Bristol no domingo. Não dissera uma palavra sobre o que fora fazer lá, mas ela sabia que tinha sido por causa das tais antigüidades. Sinceramente, aquelas velharias estavam tomando conta da vida dele. O hall e o quarto de Paul estavam repletos de coisas horrendas, cadeiras, espelhos, um lavatório, tudo escuro e extremamente *velho*, provocando um verdadeiro estrago nos fluxos de energia. A arrumação feng shui já tinha ido por água abaixo àquela altura. Ainda era terça-feira, e só naquela semana ele já tinha trabalhado um turno extra e feito outro biscate para a Coldstreams, apesar da encrenca em que tinha se metido da última vez em que pegara um bico. E para quê? Para que ele estava trabalhando tanto e o que estava fazendo com todo o dinheiro que estava ganhando? Ele nunca gastava muito com ela e os dois jamais iam a lugares realmente bacanas. Paul sempre concordara com ela, que os dois deviam economizar "para o futuro", só que, pensando bem agora, Sue se deu conta de que ele nunca chegara a dizer como exatamente imaginava esse futuro. Depois da última briga, Sue temia que esse futuro nem sequer a incluísse. Houve uma época, meses antes, em que ele parecia concordar mais ou menos com os planos dela. Deixava que ela acreditasse que eram os planos dele também. Montar um apartamento juntos. Mudar para outra cidade para conseguirem empregos melhores. Uma vez, tinham até discutido a idéia de abrir um restaurante — plano mais tarde reduzido a apenas administrar um restaurante e que, ultimamente, nem sequer era mencionado. Ela chegara a sugerir que ele usasse parte das próprias economias para conseguir um diploma de chef, sugestão que, junto com a promessa de Sue de que o ajudaria a se sustentar enquanto estivesse estudando, fora recebida com educado sarcasmo. Ela estava começando a desconfiar que ele não economizara um único centavo. Se pelo menos ele falasse com ela, mas a verdade era que parecia cada vez mais distante. Será que havia outra mulher?

Sue soltou um suspiro e deu um beliscão na barriga para testá-la. Havia mais de duas semanas que vinha vivendo praticamente só de chá gelado e se exercitando feito uma louca para tentar compensar os estragos daquele sábado com Cecily, e só agora começava a conseguir olhar de relance para a própria barriga sem estremecer de horror. Tudo começara com o chocolate quente. Relembrando agora o que acontecera, tinha a impressão de que o resto se passara mais ou menos sem que ela percebesse, e por isso a vigilância constante era tão importante. Terminada a segunda garrafa de vinho, junto com a qual tinham devorado o estoque inteiro de batatas fritas e castanhas de Cecily, as duas foram até a geladeira e decidiram que um pedaço minúsculo de queijo pecorino, um resto meio mofado de molho pesto e algumas folhas murchas de cerefólio não podiam responder à séria necessidade de consolo que estavam sentindo e, além do mais, aquelas coisas todas tinham feito Cecily se lembrar de Derek. Ligaram então para uma pizzaria e encomendaram uma pizza que não chegava a ser a maior do cardápio, com todos os ingredientes extras que era possível pôr em cima, e comeram-na inteira, com surpreendente rapidez, entornando outra garrafa de vinho tinto espanhol. Em seguida, Sue adormeceu no sofá (ainda não sabia ao certo por quanto tempo) e, quando acordou, teve uma crise: não tinham nada para comer de sobremesa! Lembrava-se claramente de ter vagado trôpega pelas ruas ao lado de Cecily pouco depois disso, entrado numa loja de conveniência e comprado dois potes grandes de sorvete Häagen-Dazs e um cheesecake congelado com cobertura de abacaxi. As duas acharam aquilo muito engraçado na hora. No caminho de volta para casa, decidiram comemorar de maneira decente e, além do mais, o ar fresco tinha lhes aberto o apetite, e a pizza, em retrospecto, parecia meio pequena e fora consumida já fazia muito tempo. Assim, foi hilário entrar aos trambolhões na casa de Cecily carregando três sacolas quentinhas de papel marrom com os fundos lambuzados de gordura, além dos potes de sorvete, do cheesecake, de uma fita de vídeo da Goldie Hawn e de mais duas garrafas de vinho.

Não conseguiam parar de rir enquanto tiravam as embalagens de dentro das sacolas, descartavam as tampas amarelas gotejantes e arrumavam sobre a mesinha de centro uma fileira de pratinhos de alumínio precariamente equilibrados e cheios de *tikka masala* de cordeiro, *pasanda* de galinha, *korma* de carne, *vindaloo* de camarão, pão *naan*, arroz de açafrão e *poppadums*. Um pedaço de comida caiu na fotografia de Derek, dando-lhe um tapa-olho amarelo e uma faixa na cabeça. Aquilo foi engraçado. Depois, foi uma grande diversão se sentarem esparramadas uma de cada lado da mesa, avançando na comida com garfos e dedos e tomando o vinho às goladas em copos de água. Acharam graça até do filme. Foi um pouco depois disso, depois do cheesecake e do vinho, mas antes de começarem a atacar o sorvete, que Cecily se levantou do chão a duras penas e se arrastou até a cozinha, murmurando que o Häagen-Dazs com *fudge* de chocolate e pecã precisava de algo para acompanhá-lo. Voltou balançando no ar uma garrafa de licor marrom.

"Amaretto", disse com um risinho, "jjibaixo da pia. Eu ssabia que tinha." Tirou a rolha desajeitadamente e emborcou a garrafa trêmula sobre o copo de Sue. A princípio, nada saiu de dentro da garrafa, e Cecily então espiou pelo gargalo como quem brinca de pirata. Depois, uma bolota gordurosa de caramelo apareceu na boca do gargalo e caiu com um chape macio no fundo do copo, onde ficou tal qual uma bala toffee bem mastigada.

"Minha nossa", disse Sue, olhando para aquilo de perto e respirando o cheiro avinagrado de amêndoa velha, "há quanto tempo você está guardando isso?"

Engolindo um arroto, Cecily respondeu: "Ah, um tempinho. Isssso é feito para durar. É caro jjimaiss para beber tudo jji uma vezz zó". Examinando o rótulo, acrescentou: "Quer dizzer, alguém pagou trêss librass e dezzenove centavoss por esssse troçço. A gente ssó precisa diluir. Cadê a limonada?".

Sue sorriu ao se lembrar disso. A Cecily era tão fantástica. Ela não ia deixar que o tal de Derek pisasse *nela*. Sue ia se mirar no exemplo de Cecily e enfrentar Paul. Faria com que ele falasse com ela, pusesse tudo às claras. Fosse o que fosse que estivesse acontecendo com Paul, era melhor saber. Abrir o jogo e pôr tudo para fora logo de uma vez.

Por alguma razão, isso fez com que voltasse a pensar em Cecily e no fim daquela noite, cujas trêmulas cenas finais ela via como que através de um projetor defeituoso. Lembrou-se de ter se perguntado vagamente por que Cecily estaria berrando para dentro da privada — quem poderia estar lá embaixo àquela hora da noite? — e de se dar conta de que a aconchegante parede ladrilhada em que só por um instantinho estava encostando a bochecha era na verdade o chão do banheiro. Aquela era a parte que Sue mais detestava relembrar e foi, portanto, com sentimentos ambíguos que deixou que seus pensamentos fossem interrompidos pela volta gotejante da Cabeça de Dália, pois ainda não havia — deu-se conta de repente — ligado para a cozinha.

19

Descobrira que os melhores restaurantes da cidade eram o Bofinger e o Chez Paul na Bastille, o La Méditerranée e o Le Bistrot de Paris em St-Germain e, às vezes, no meio do dia, o Juveniles ou o Aux Bons Crus. Era inconcebível que algum dia pudesse vir realmente a comer em algum deles e, embora já estivesse acostumado e quase satisfeito com sua dieta à base de baguete, acontecia por vezes de se sentir, ao perambular do lado de fora, faminta e rancorosamente excluído. Os dois últimos lugares podiam ser perigosos, porque os banqueiros e corretores de valores que freqüentavam os restaurantes perto da Bourse não tinham muito o hábito de se demorarem nas calçadas depois das refeições e, sendo parisienses, nunca deixavam a vigilância inteiramente de lado. Além disso, eram capazes de andar por aí com uma mixaria decepcionante dentro do bolso, muito embora fossem alvos ótimos no que dizia respeito a relógios, isqueiros e aqueles cartões de plástico que ele já aprendera como vender. Naquela época do ano, os melhores pontos de colheita ainda eram as brasseries onde os turistas se reuniam, e a melhor hora para efetuar a colheita era depois do anoitecer, quando os turistas emergiam dos restaurantes de barriga cheia e cabeça tonta para o ar da noite, embriagados do jantar e da atmosfera. Via com desdém a alegria que sentiam por estarem em Paris e às vezes se dava conta, enquanto seus dedos deslizavam para dentro de bolsas e içavam as carteiras deles, de que estava roubando-lhes isso também.

Le Marais, onde estava agora, não servia a seus propósitos. De seu banco no jardim, no meio da praça escura, observava através das árvores os garçons do Ma Bourgogne, com seus aventais compridos, passando por entre as mesas que ficavam do lado de fora, sob a colunata, iluminadas pela luz que vinha do interior. Havia muitos turistas ali também, é claro, mas a maior parte da freguesia do restaurante era formada pelos moradores jovens e avançadinhos dos apartamentos das redondezas, que sacavam muito bem a jogada de tipos como ele e conheciam as manhas da cidade infinitamente melhor do que ele. Sentiu uma ânsia súbita de estar em outro lugar, qualquer lugar em que sua presença chamasse menos atenção e em que se sentisse menos estrangeiro.

Estava nervoso, apesar de terem lhe dito que o homem com quem iria se encontrar era digno de confiança. Não que uma informação dessa natureza fosse realmente garantia de alguma coisa. Mas ficara sabendo que havia maneiras de sair da França, se você tivesse o dinheiro e conhecesse as pessoas certas, e agora, depois de dois meses atuando nas ruas e nos pontos turísticos, conseguira juntar o bastante para ir para a Inglaterra e até para sobreviver em Londres por algum tempo. Na Inglaterra, tinham lhe dito, havia muito biscate à disposição e pouca patrulha das autoridades; ali tinha sido impossível arranjar qualquer espécie de emprego. Em todos os lugares em que foi procurar emprego, mesmo de garçom ou de ajudante de cozinha, sempre pediam que assinasse papéis, papéis que tinham a ver com as leis trabalhistas, e como ele poderia fazer isso sem documentos de imigração? E ainda tinha cometido a besteira de se alojar junto com outros uólofes do Oeste da África num albergue barato e lotado de Montmartre, onde descobriu, tarde demais, que as batidas da polícia eram comuns. Então, seu nome e sua situação ilegal eram conhecidos, e só por sorte escapara de ser preso e deportado.

A instrução que recebera era para estar lá à meia-noite. Ninguém deveria mencionar nomes; o homem com que se encontraria era simplesmente Le Fournisseur, o fornecedor, enquanto ele, por sua vez, seria chamado de Le Client. Era uma simples transação comercial: discutir o preço, combinar as condições, fechar o negócio. Que aparência teria o homem? Por qual dos quatro portões do jardim — iluminados apenas pelos globos brancos pendurados em postes pretos de ferro batido — ele entraria? Le Fournisseur era obviamente experiente e cuidadoso. Verificou novamente se estava no banco certo. Tinham lhe dito para ficar de frente para a estátua eqüestre no meio do jardim da Place des Vosges, encontrar o banco para onde o cavalo parecia estar olhando e esperar ali. Fora fácil identificar o tal banco no canto sudoeste do jardim, porque a cabeça do cavalo estava virada num ângulo agudo, mas ele detectara nas instruções um método traquejado de evitar possíveis confusões na hora de interpretar o que ficava à direita ou à esquerda.

Olhando mais uma vez através do jardim na direção dos restaurantes sob as colunatas que cercavam a praça, seus olhos distinguiram um movimento entre as cabeças das pessoas que jantavam no Ma Bourgogne. Um homem corpulento tinha se levantado e estava tirando o guardanapo do pescoço. Com um aceno para o garçom, ele passou por entre as mesas e continuou andando, sozinho, para a escuridão da beira da calçada, onde parou, esperando um carro passar. Enquanto Le Fournisseur atravessava a rua na direção do portão e entrava no jardim, seus olhos vieram a pousar, firme e inequivocamente, no banco e nele próprio, Le Client, que esperava sob o olhar atento do frio cavalo de bronze.

20

"Ah, Sara, Sara, me desculpe por não levantar." A voz frágil e amável vinha de trás das roseiras. Seguindo as instruções de Olivia, Sara entrara direto pelo portão do jardim. Acompanhou as linhas paralelas irregulares desenhadas na grama até o ponto em que desapareciam dando lugar a um retângulo de gramado, atrás de uma massa densa de roseiras em flor, e o que avistou a princípio foi pouco mais do que um generoso traseiro embalado numa calça justa de algodão cinza. Serena estacionara a cadeira de rodas de Edwin e estava agora debruçada sobre ele, cobrindo-lhe as pernas cuidadosamente com um cobertor de lã. Edwin esticou o pescoço, e sua cabeça branca apontou por detrás dos amplos quadris de Serena. Fez um aceno encorajador na direção de Sara, agitando a mão morena, magra e larga como um remo.

Serena se levantou e virou a cabeça quando Sara chegou perto deles. "Ora, ora, se não é a nossa visita tão importante!", exclamou, dirigindo-se a Edwin. "A gente estava numa excitação tremenda, não é verdade? Numa ansiedade danada para exibir o nosso ascensor novo e sair para o jardim! Muito bem", disse em tom complacente, "sem aborrecimentos, está bom? Vou dar um pulo lá dentro e trazer um chá para vocês. Que tal?"

Ela dava a impressão de estar prestes a apertar as bochechas dos dois. Sara respondeu, no tom de surpresa que a situação parecia exigir, apesar de serem quatro horas da tarde e de ter sido convidada exatamente para tomar chá, que aceitaria com muito prazer. Os dois ficaram observando Serena atravessar o gramado em direção à casa.

"Essa mulher é um porre", disse Edwin, tirando o cobertor das pernas. "Ela é australiana, sabe! Não consegue evitar!", acrescentou em voz alta, muito embora o esforço acabasse provocando um acesso ofegante de tosse.

Fez sinal para que Sara se sentasse numa cadeira de jardim ao seu lado e disse: "Desculpe, eu não devia dizer uma coisa dessas, mas é que realmente ela faz por onde. Aliás, nem nos apresentamos direito, mas já ouvi falar muito de você, é claro. Tenho o seu concerto de Elgar. Acho que você toca de uma maneira...".

Edwin franziu ligeiramente as sobrancelhas enquanto pensava no que iria dizer, ficando em silêncio por um tempo longo o bastante para que Sara começasse a temer que ele não tivesse gostado.

"Extraordinariamente apaixonada e sensível. Sem exageros, mas romântica", disse ele, sorrindo para ela com seus olhos azuis e inteligentes. "Exatamente no espírito que a composição pede. É o único jeito que eu gosto de ouvir essa composição ser interpretada."

"Puxa, isso me deixa tão feliz", disse Sara, radiante. "Tenho todas as suas gravações barrocas. Aquela composição de Haendel, *Eternal Source of Light Divine*, é simplesmente maravilhosa. Aquela longa melodia do contratenor e depois a trompa respondendo. É sublime."

"Que bom, que bom", disse Edwin, balançando a cabeça. "Fico muito feliz de saber. Sempre adorei Haendel. Ah, mas contratenores... Eles não são burros? Não, não, isso é injusto. *Todos* os cantores são burros."

"Você acha mesmo? E os violoncelistas?"

"Ah, uns parvos de mau ouvido, na sua grande maioria", disse Edwin, rindo. "Excetuando você, é claro. Não, na verdade, minha querida, espero que não tenha se importado de ter sido chamada aqui. Quando eu soube que você tinha vindo aqui para jantar, fiquei furioso com a pobre da Olivia por não ter levado você lá em cima para eu poder conhecê-la. Então fiz com que ela a convidasse para tomar chá."

Sara detectou o tom imperioso de quem já é inválido há muito tempo.

"Foi muita gentileza sua ter vindo."

"É um prazer. E eu soube que você acabou de ganhar seu ascensor, para poder aproveitar o jardim. Deve estar sendo delicioso para você. Eu adoro o meu jardim."

"Uma maravilha, você nem imagina. A Olivia sabe como eu gosto do jardim. Ela é maravilhosa, a minha Olivia. Passa uns maus bocados; pensa que eu não sei."

Edwin sorriu extasiado e, depois, pareceu murchar. Respirou fundo com dificuldade e suas pálpebras se fecharam, pesadas. Deu um leve sorriso para Sara e disse: "Espere só um instante".

Esticou o braço para trás e, com uma das mãos, puxou um tubo de plástico transparente e espiralado de um gancho preso ao cabo da sua cadeira de rodas. Sara notou que as mãos dele não eram tão grandes assim, só pareciam grandes porque seus pulsos estavam extremamente magros. Por baixo das roupas, percebia-se que seu corpo estava terrivelmente emaciado; suas pernas longas e protuberantes, unidas na altura dos joelhos, pareciam duas varas envoltas frouxamente em gabardine. O tubo de plástico estava ligado a um cilindro de metal preto apoiado num suporte atrás de sua cadeira. Com destreza, Edwin enfiou as duas pontas da outra extremidade do tubo em suas narinas, prendendo as curvas dos dois tubinhos atrás das orelhas. O troço fazia lembrar um estetoscópio de brinquedo e ficava um pouco ridículo em seu rosto longo e digno. Edwin inspirou o ar que vinha dos tubos e reanimou-se imediatamente.

"Geringonça idiota", resmungou. "É oxigênio. Não consigo passar muito tempo sem isso. Mas odeio conversar com uma pessoa pela primeira vez com meio quilômetro de tubo enrolado na minha cara. É vaidade, sem dúvida."

Foram interrompidos pela chegada de Serena com a bandeja do chá. Sara notou com alívio que havia apenas duas xícaras e que, portanto, Serena não tomaria chá com eles. Queria aquele homem charmoso e engraçado só para ela por mais um tempinho. Disse "Posso servir?", dando a Serena tempo suficiente para lançar um olhar benevolente e encorajar Edwin a "ver se conseguia dar conta" de um ou dois de seus biscoitos favoritos. Quando Serena se foi, os dois ficaram em silêncio por alguns instantes, tomando seus chás. Edwin passou os olhos demoradamente pelo seu jardim e, com gestos, mostrou a Sara algumas de suas plantas prediletas.

"Aquela ali é uma esteva", disse ele, "tem um cheiro que parece de bala. Você gosta? A Serena gosta mais da alfazema. Diz que tem um ar dos velhos tempos; é disso que ela gosta. Ela é de Sydney, sabe? Está viajando pela Europa. Bath é uma revelação para ela, é claro." Dando uma risadinha, continuou: "Ela foi ver aquele filme, *Emma*. Ficou toda empolgada. Aí eu disse, pega o livro emprestado. Está na estante".

Edwin começou a rir e se engasgou com o chá. Quando se recuperou, pôs a mão no braço de Sara e continuou, com a voz alterada de quem mal consegue conter o riso: "E você sabe o que ela disse? Ela disse 'Ah, o livro já saiu?'".

O prazer maldoso e genuíno de Edwin com o equívoco de Serena era contagioso; os dois caíram na gargalhada. Continuaram conversando. De vez em quando, Edwin parava e fechava os olhos por alguns segundos. Depois os abria e dizia: "Continue, continue", impaciente com seu próprio cansaço. Ele contou histórias fidedignamente escabrosas do tempo em que era um trompista barroco: turnês internacionais, maestros impopulares, concertos inesquecíveis de tão bons, ou de tão ruins.

"Ah, meu Deus, Munique. Antes da guerra, é claro. Nós arrastamos o guarda-roupa inteiro para o corredor. Foi engraçado na época."

Depois de um tempo, Sara disse: "Eu trouxe o meu violoncelo. Será que você está com disposição para ouvir alguma coisa?".

Edwin lhe deu outro lindo sorriso com seus olhos azuis, cheio de gratidão. Tinha dado nós nas pontas de seu lenço e estava usando-o na cabeça, em desafio a Serena, que trouxera um sombreiro ridículo para ele.

"Ah, você tocaria para mim?", perguntou, como uma criança. "Tocaria mesmo?" Fez uma pausa, olhando para ela com cuidado. "Será que eu poderia pedir para você tocar então uma das suítes para violoncelo de Bach? Eu adoraria ouvir uma delas."

Sara gelou. "Eu não toco mais isso. Eu não tenho... não consigo... quer dizer, não tem nenhuma outra coisa que você gostaria de ouvir? É que realmente tem muito tempo que eu não toco essas composições."

"Eu sei", disse Edwin, baixinho. "Eu sei disso e acho que entendo. Mas só acho" — parou de falar por um instante — "só acho que chega uma hora em que a gente tem que seguir em frente, sabe, de alguma forma. Pensei que talvez aqui fosse possível; não é uma apresentação de verdade. Sou só eu. Mas deixa para lá, qualquer coisa que você queira tocar está ótimo. Você escolhe."

Enquanto Sara hesitava, Edwin continuou: "Eu realmente adoro essas suítes. De certa forma, elas não pedem exatamente que você as *toque*, não é? Mas que você as *viva*. Numa apresentação, você tem que vivê-las. Sempre achei que elas são como... como um pequeno vislumbre da eternidade. Estou dizendo bobagem?".

Sara balançou a cabeça. "Não, acho que você tem razão. E é aí que está a dificuldade, é claro." Desviando o olhar, Sara continuou: "Eu gostaria de tocar uma delas para você. Posso tentar, se você perdoar os meus lapsos. Faz realmente muito tempo. Nunca mais toquei nenhuma delas desde Paris. Você ouviu falar do que aconteceu, não ouviu? Acho que a notícia se espalhou".

Edwin sorriu e, balançando a cabeça devagar, olhou para Sara com tanta ternura que ela quase sentiu vontade de chorar. "Mas deixa isso para lá. Não liga, não", disse ele. "Vai ficar tudo bem."

E, então, Sara trouxe o violoncelo para o jardim ensolarado e se posicionou a certa distância, sob a sombra de um lilás avantajado, perto do muro do jardim. Edwin permaneceu onde estava, com o cobertor sobre as pernas novamente e cercado pelas estevas de que tanto gostava, e virou o rosto para o sol. A princípio, Sara tocou tão suavemente que sua música nem sequer abafou o ruído das freadas distantes de um ônibus que descia pela Bathwick Hill, mas Edwin não ligou. O ruído fazia com que se lembrasse de onde estava e, portanto, só aumentava o assombro daquele milagre: que ele, aos oitenta e quatro anos de idade, com os pulmões arruinados e o resto do corpo apodrecendo aos poucos em cima de uma cadeira de rodas, num jardim poeirento no meio de uma cidade, pudesse mesmo assim estar no paraíso. Sempre achou que o tempo devia parar em momentos como aquele, mas estava descobrindo que não era bem assim. O tempo continuava passando, e cada segundo era doce, finito e precioso. No decorrer daquele breve espaço de tempo, sentiu que o tum-tum-tum cada vez mais lento de sua existência estava sendo marcado não pelas dores cotidianas, mas pelo suave bater do sol em suas têmporas cansadas, pela passagem fácil do ar carregado do perfume das flores por seus pulmões e pela sabedoria sem palavras das cadências de Bach, tocadas por aquela moça bonita de cabelo brilhoso.

Edwin estava sorrindo quando seus olhos se fecharam. "É, a gente tem mesmo que seguir em frente, sabe, mesmo quando parece impossível", disse, quando a música chegou ao fim.

Abriu os olhos e, virando-se para o gramado, chamou Sara com delicadeza. Sara se aproximou e sentou-se ao lado dele. "O dom! Tudo, no fundo, está relacionado com o dom que você tem. Se você tem um dom mas não consegue transmiti-lo, então tudo" — com suas mãos extraordinárias, Edwin desenhou um vago círculo no ar — "tudo fica bloqueado. É como se tivesse uma pedra obstruindo o fluxo de um riacho. Até que você tire essa pedra de lá, você não poderá dar, nem receber. Você entende? Mas chega uma hora em que você descobre que é possível mover essa pedra. É óbvio que você ainda sente falta do Matteo. É óbvio. Mas você vai conseguir tirar essa pedra de lá, um dia."

Sara olhou para ele. "Não sei o que dizer. A não ser que queria ter te conhecido há muito mais tempo. Já conheço a Olivia faz algum tempo e, no entanto, só agora a gente se encontrou. E foi tão... tão... bom. Posso voltar outro dia?"

Mas eles não tiveram oportunidade de dizer mais nada. Serena já estava voltando, toda afobada, para perto deles. Era hora do nebulizador novamente, e Edwin, ainda mais cansado do que o normal, concordou que já estava na hora de entrar. De repente, tudo passou a girar em torno da tarefa física de levar Edwin, cadeira de rodas, tapete, tubo e cilindro de volta para dentro da casa. Sara ajudou, meio desajeitada, seguindo atrás de Serena, que estava empurrando a cadeira trambolhuda, puxando o cilindro de oxigênio em seu pequeno suporte com rodinhas e segurando o tubo no alto para não deixar que ficasse preso debaixo das rodas. A entourage foi subindo pela rampa que levava aos fundos da casa, entrou pela janela francesa e atravessou o escritório de Olivia. Dessa vez, as cortinas estavam abertas e, sobre a mesa, havia apenas dois ou três livros grandes e pesados e um telefone. Serena continuou empurrando a cadeira de Edwin, saindo do escritório para a cozinha e de lá para o hall, até chegar ao pé da escada.

"Não é bem bolado?", comentou Serena, dirigindo-se a Sara, enquanto pisava no freio da cadeira de rodas, em frente ao ascensor. "Sem aborrecimentos. Três homens ficaram trabalhando aqui um fim de semana inteiro para instalar esse troço, e adivinha quem teve que limpar a sujeira toda? Não que eu me importe; faz tanta diferença para ele, poder ir lá para fora. Agora vamos tratar de colocar você no assento."

Serena levantou Edwin da cadeira de rodas e transferiu-o para o pequeno assento dobrável instalado num trilho preso à parede.

"É ou não é uma engenhoca porreta?", disse Edwin, triunfante, olhando para Sara. Serena desdobrou uma barra de segurança que fazia lembrar uma mesinha de avião, abaixando-a na frente de Edwin e prendendo-a no lugar com um estalo. Edwin apertou o botão que ficava no canto da barra de segurança.

"Agora olha só para isso!" Edwin foi deslizando lentamente para cima por alguns segundos e, apertando de novo o botão, parou, com as pernas balançando.

"Ha! Uma maravilha de invenção!"

"Você é um sujeito de sorte, não é, não?", disse Serena, enquanto dobrava o cobertor de lã. "Mas o preço dessas coisas, você nem acredita!", continuou, virando-se para Sara. "São três lances de escada, sabe. Neste andar fica a sala de estar e o quarto da senhorita Passmore, no andar de cima fica o antigo quarto da Sue e o quarto de hóspedes e, no outro, o quarto do Edwin e o meu. A gente pensou que tinha ido tudo por água abaixo quando o Terry Trust recusou o nosso pedido, não foi? Mas a senhorita Passmore deu um jeito de arranjar outra solução. Sem aborrecimentos."

Serena deu um sorriso radiante para Edwin, que esperava pacientemente em seu pequeno assento. "Você é um sujeito de muita sorte."

"Ah, mas a gente não se aborrece por causa de dinheiro, não é verdade?", disse Edwin num tom afetado, piscando para Sara. "O dom. Um dom de amor, um presente de amor. Não que eu saiba de nada, é claro. Coisa estranha, se você quer saber a minha opinião, mas não vou ser eu que vou reclamar."

Depois, dando um aceno majestoso enquanto subia, Edwin bradou, um pouco ofegante: "O Churchill! Lembra do Churchill?".

21

Depois do chá com Edwin, Sara deu um jeito de se manter longe da cidade e na sombra. Em seu lago no alto do jardim, as ninféias estavam floridas e a família de tritões nadava junto com os peixinhos dourados ao redor dos caules das íris aquáticas amarelas. Protegida de um lado por bambus altos, Sara montou um imenso guarda-sol de calicô sobre a mesa, espalhou algumas cadeiras ao lado do lago e armou uma rede, um pouco mais adiante, entre uma pereira e um salgueiro de galhos retorcidos. Quando James chegou, encontrou-a quase acampada. Livros e jornais velhos tinham se acumulado debaixo da mesa, junto com dois suéteres e um par de botas de jardinagem. Sobre a mesa havia uma bandeja com duas ou três garrafas plásticas de água mineral, vários copos, uma banana marrom e uma vela de citronela dentro de um vasinho de planta.

James veio subindo pelo jardim cantarolando uma música de Mozart e interrompeu a cantoria para bradar: "Arg, onde diabos você se enfiou, sua maluca?". Sara bradou de volta, de dentro da rede. James subiu a trilha que levava até o lago e atravessou a cortina de bambus, parando em seguida para recuperar o fôlego e avaliar o estado de Sara. Ela parecia bem, sem dúvida, com os braços relaxados e a pele bronzeada, vestindo roupas amarfanhadas de algodão branco e espadrilles lilases. O cabelo estava preso no alto, debaixo de um chapéu nada glamoroso, e o rosto reluzia por causa do filtro solar. James ficou feliz de notar que ela estava se importando bastante com a própria aparência a ponto de se dar ao trabalho de pôr brincos.

"É uma delícia ficar dias sem sair de casa", disse ela, satisfeita. "Como você está? Como está o Tom? Como está o mundo lá fora? Como estava Bruxelas? E a praia?"

"Todos bem", disse James, desabando languidamente em cima de uma cadeira. Soltou um longo suspiro. "É gostoso aqui em cima, não? Realmente dá vontade de não sair para lugar nenhum."

Sara sorriu. "Eu estava pensando, antes de você chegar, que foi você o responsável por eu ter vindo para cá. Lembra?"

James sorriu.

Velhos amigos não precisam contar suas recordações um para o outro, pensou Sara, basta verificar de vez em quando se ainda continuam compartilhando das mesmas lembranças.

Enquanto esperava por James, Sara deixou seus pensamentos divagarem, relembrando a época em que ela e Matteo se conheceram. As carreiras de ambos estavam decolando e eles souberam construir uma relação maravilhosa, fundamentada no apoio mútuo e na compreensão das ausências, sem ciúmes. Matteo, que tinha nascido para o glamour, estava adorando a vida itinerante de maestro de renome internacional, passando seus dias entre aeroportos, quartos de hotel e salas de concerto. Na verdade, a vida em si nada tinha de glamorosa, mas ele conseguia fazer com que parecesse repleta de glamour. Achava engraçado que, num período de dois meses, os dois só tivessem conseguido passar dois dias juntos em casa, muito embora houvessem passado algumas horas juntos em duas outras ocasiões, uma vez em Heathrow e outra quando, em desespero, Sara decidiu pegar um avião, assim que acabou de dar um concerto em Nova York, para vêlo reger em Chicago. O vôo atrasou e Sara chegou a Chicago tarde demais para assistir ao concerto. Chegou ao hotel em que Matteo estava hospedado, exausta, às duas da manhã. Às sete, ele pegou um avião para São Francisco.

Isso acontecera dois anos antes, no mesmo verão em que Sara, incentivada por James, convencera Matteo de que deviam se desfazer do apartamento em que moravam em Londres e comprar o Medlar Cottage. Sara descobrira a casa junto com James, num fim de semana em que fora a Bath para discutir uma série de concertos que James estava organizando, que seriam realizados na região da margem sul do Tâmisa. Os dois tinham resolvido sair para dar uma caminhada em St. Catherine's Valley e fora maravilhoso deixar para trás o equilíbrio feito de pedras creme e magnólias do apartamento de James e Tom em Camden Crescent e, depois de andar de carro por pouco mais de três quilômetros, deparar com St. Catherine, toda sebes e pastos antigos. No alto da colina, logo depois de uma vasta campina inclinada em que se avistavam seis belas tílias, ficava a casa ampla, construída com pedras de Bath. A casa era cercada de todos os lados por mais de um acre de jardim silvestre, e a alameda estreita que atravessava o vale em direção a St. Catherine's Court passava logo abaixo do muro do jardim da frente, exatamente como — dissera Sara — o debrum de uma saia. Estivera falando com James de como andava preocupada com o ritmo da vida que ela e Matteo vinham levando, e a placa de "À venda" fincada na entrada da casa a convencera de que o problema era Londres. James concordou na mesma hora.

Depois de deixar clara sua necessidade de dispor de uma sala ampla em que pudesse estudar partituras e fazer todo o barulho que quisesse, Matteo topou a idéia sem problema. Definia um lar como o lugar em que você guarda seus CDS favoritos, de forma que o apartamento de Londres já lhe servia perfeitamente. Não tinha notado que, para Sara, havia algo mais em jogo. O desejo de "ir embora de Londres", sendo a única razão que podiam dar um ao outro para a mudança, tornou-se o único terreno comum entre os dois.

Mudaram-se para o Medlar Cottage num fim de semana de setembro. A casa fora embelezada de maneira apressada e econômica por seus antigos donos, com certeza daltônicos.

Examinando os tufos de pêlos de gato e de cachorro acumulados debaixo das bancadas e dos radiadores, ficava fácil concluir que, durante os nove anos em que ocuparam a casa, os antigos donos nunca tinham tido um aspirador de pó. Cupins amontoavam-se aos milhares debaixo da fórmica da cozinha, e fezes de ratos adornavam os tampos dos armários e as prateleiras da despensa. Enquanto Matteo tinha crises histéricas e se mandava de volta para a Europa continental e para os Estados Unidos numa série de compromissos que o "impossibilitavam" de voltar para casa antes do Natal, Sara corria atrás de legiões de telhadores, bombeiros, carpinteiros, pedreiros e decoradores. Comprou um telefone celular para poder acompanhar o progresso das obras enquanto estava viajando. Carregava amostras de tecido e mostruários de tinta para tudo quanto era lado, como avós de primeira viagem carregam fotos dos netos. Relembrando esse tempo, ficava horrorizada de pensar em como devia estar chata. Na época, sentia como se estivesse lutando pela sobrevivência de tudo. Não teria suportado o baque se Matteo tivesse continuado a preferir o estilo de vida suíte-de-cobertura-ginásio-jacuzzi-serviço-de-quarto, em vez de se deixar seduzir pelo aconchego de um lar de verdade. Comprou galões e mais galões de tinta em tons de terra e quilômetros de fazendas tecidas ou pintadas à mão. Adquiriu móveis duvidosos em leilões e mandou que fossem descascados, patinados, encerados ou decorados com estênceis. Instalou fogões à lenha, restaurou as lareiras dos quartos e recobriu os pisos com sisal pálido e áspero. Foi até a Jermyn Street para comprar as torneiras e os porta-toalhas dos banheiros, peregrinou pelos bricabraques de Bath em busca de luminárias de parede e de uma pia Belfast. Comprou cestos de lenha, tapetes rústicos da Turquia, cachepôs vitrificados e contratou um designer de verdade para fazer a cozinha em estilo quáquer. Tornou-se uma figurinha conhecida na Mulberry. Em três meses, gastou quase o que ganhava em dois anos. Olhando para trás, admitia que fora meio exagerada.

James procurava não perscrutá-la de maneira muito óbvia. "Você parece inacreditavelmente relaxada", comentou, "mas vim aqui para arrancá-la do seu idílio árcade. Vou levar você para almoçar fora. Vá lá trocar de roupa. Ponha um sutiã decente."

"Você não vai me arrastar para a cidade. Eu me recuso a ir lá", disse, espreguiçando-se. "As ruas estavam apinhadas na terça-feira. Não ponho os pés em Bath antes do final de agosto, nem debaixo de chicote. Vamos para o Fortune Park. A gente pode nadar um pouco também; lá te emprestam um calção de banho."

No carro, James perguntou: "Você está bem mesmo, Sara?".

Ela ficou olhando pela janela por alguns instantes antes de responder. "Claro que estou. Mas e você? Que diabo de confusão foi aquela com o seu álibi, James?"

James desviou o olhar. "Ah, não foi nada, não. Nada de importante. Outra hora eu conto. Já está tudo bem agora. Obrigado pelo que você fez." Mudando de assunto, perguntou: "Você teve alguma notícia do Robin?".

Sara franziu o nariz. "Não. Acho que vou ter que ligar para ele, mas é que é um pouco... humilhante. Na verdade, acho que preciso pedir desculpas."

"Se eu fosse você", disse James, baixinho, "eu pediria."

"Talvez eu peça", disse, com aparente tranqüilidade, enquanto se perguntava que espécie de comentários James teria ouvido, mas jurando a si mesma que nem morta perguntaria a ele.

Depois de alguns instantes de silêncio, Sara deu um tapinha de leve na testa. "Sabe o que é, não consigo tirar aquele assassinato da cabeça. O caso não pode ficar assim, sem solução. Foi uma morte tão estúpida, tão desnecessária!"

James murmurou algum comentário compreensivo.

"Quer dizer, pensa só no coitado do homem, no... no espírito inquieto do coitado. E alguém é responsável. Alguém continua andando por aí com as mãos sujas do sangue do

Matthew Sawyer. Eu não queria, mas não consigo parar de tentar... *resolver* o caso, de certa forma. Eu preciso que esse caso seja encerrado — de um modo ou de outro. É difícil achar qualquer outra coisa muito importante, nessas circunstâncias. Você entende?"

Ah, então esse era o pé em que as coisas estavam, pensou James. Era sobre isso então que estavam falando. Seria besteira tentar fazer com que ela tirasse aquilo da cabeça ou falasse de outra coisa. E, pelo menos, ela parecia relaxada de verdade. Era melhor deixá-la falar. Mas Sara mudou de assunto por conta própria.

"Não consigo parar de torcer para que a Sue esteja de folga hoje. Você sabe quem é a Sue, não sabe? A sobrinha da Olivia Passmore. Ela trabalha no clube. É uma loura. Ela tem um namorado que trabalha de garçom e que toda hora apronta alguma — e eu toda hora acabo tendo que ouvir a história *inteira*, não sei por quê. Pelo menos ela não vai tentar me levar para correr com ela. Está quente demais para correr."

As portas de vidro que cercavam dois dos lados da piscina coberta estavam escancaradas para o jardim, e a maior parte dos freqüentadores do clube encontrava-se do lado de fora, assando lentamente debaixo do sol e mudando de posição regularmente para garantir um cozimento uniforme. Espreguiçadeiras, mesinhas e guarda-sóis pontilhavam o gramado. Do lado de dentro, a piscina estava deserta, e Sue, com ar de enterro, tomava conta do bar. James foi direto para a água, enquanto Sara entrava numa cilada, obediente ao código empático especial que existe entre as mulheres e que mandava interpretar as sobrancelhas corajosamente erguidas de Sue e seu meigo "Chá gelado, Sara? Por conta da casa?" como uma esperança genuína de que Sara lhe fizesse companhia por um momento. Sue estava precisando de um par de ouvidos compreensivos, coisa que Sara lhe daria, e provavelmente de alguns conselhos firmes, coisa que Sara não lhe daria. Seria uma perda de tempo, de qualquer forma, sugerir que ela rompesse com Paul. Uma mulher como Sue jamais faria isso. Uma vez condenada, uma mulher como Sue simplesmente ficaria à espera da demolição e depois, emocionalmente destruída, ruminaria o que deveria ter feito para evitar que fosse reduzida a tal ruína. Era difícil para Sara admitir para si mesma que, na verdade, gostava de ouvir as histórias das brigas tempestuosas e gratuitas de Paul e Sue, imaginando, enquanto ouvia, os acessos de raiva e os silêncios de Paul, durante os quais ele com certeza ficaria carrancuda e acintosamente lindo.

Sue contou a história toda abertamente, intercalando-a com repetidas lamúrias cheias de remorso sobre como tudo provavelmente fora culpa sua — outra especialidade de mulheres como Sue.

"Estou tendo uma semana péssima. Levei uma bronca merecida na terça-feira. Uma das sócias reclamou que precisou esperar quase uma hora pela comida que tinha pedido e foi culpa minha. Eu respondi que, se ela parasse de modificar o pedido dela toda hora, talvez a comida viesse mais rápido. E tive uma briga hoje de manhã com o Paul e ele ficou furioso comigo. Perguntei quando é que íamos arranjar um apartamento, e ele disse que não sabia, que não tinha a menor idéia do que ia acontecer e que era melhor eu não ficar de braços cruzados esperando por ele. Disse que eu devia tratar de arranjar outro cara que me desse o que eu queria. Você não acreditaria no que ele me disse, Sara. Disse que não sabia como me fazer feliz! A culpa foi minha. Então eu disse, olha, desculpa. Porque ele realmente me ama, entende, sei que ele me ama. Que outro motivo ele teria para estar comigo? É só que a nossa relação é muito turbulenta. Então a gente meio que deixou o assunto morrer por aí. E aí eu disse, olha, vamos ver se a gente consegue ter um fim de semana bem gostoso, fazer alguma coisa bem gostosa. Eu disse para ele que amanhã o meu turno termina às onze da noite e que podíamos ir ao Cadillacs. Mas não adiantou. Ele só me olhou daquele jeito de novo e deu aquele sorriso que me dá quando está planejando fazer outra coisa e não quer que eu pergunte nada nem reclame. Mas o Bernard está vindo para cá, ele disse, todo cheio de razão. Eu falei que ele vinha este fim de semana. Bom, e a verdade é que ele tinha falado mesmo. Então não pude dizer mais nada, porque eu é que tinha esquecido."

Sue pôs-se a esfregar furiosamente o tampo de mármore do bar.

"Quem é esse Bernard?"

"Ah, é Bern*árr*, na verdade, ele é francês. Aí eu disse, imagino então que você vai passar a noite inteira com ele, num daqueles pubs de que ele gosta tanto. Ele diz 'perbs', o Bernard. Ele gosta dos nossos *perbs anglêses*." Sue fez uma pequena pausa para permitir que a argúcia profunda mas sutil do seu gracejo fosse devidamente captada.

"Está gostoso, isso", disse Sara, olhando para seu copo de chá gelado. "Você tem limão? Desculpe, quem é mesmo esse Bernard?"

"Ah, é um negociante de antigüidades. Ele mora em Paris, mas vem para cá a cada dois ou três meses. Tem alguma coisa muito sinistra nesse cara. Ele fica hospedado no hotel quando está aqui. O Paul faz uns bicos para ele, então é claro que é conveniente para o Paul; ele ganha uma boa grana com essas transações, então é lógico que *ele* não se importa que o Bernard venha para cá. Eu é que acho um transtorno, porque o Paul sempre fica amarrado quando o Bernard está aqui, indo para *perbs*, encontrando com antiquários e coisas assim. A culpa é minha provavelmente — eu incentivei esses bicos no início. Mas isso foi quando eu pensava que o Paul estava juntando dinheiro para nós dois."

Sara deu um suspiro solidário e, levantando-se, foi até o lado do balcão em que Sue estava, pegou um pires com fatias de limão e voltou para seu banco. Em seguida pôs duas fatias de limão em seu copo.

"Quer dizer então que eles são parceiros? Negociam antigüidades inglesas e francesas? Você tem certeza de que o Bernard não faz contrabando de cigarros ou algo assim?"

"Ah, desculpe, eu pretendia pegar o limão para você. Não, ele negocia antigüidades mesmo. Já faz algum tempo que ele vem para cá. O Paul o conheceu na primeira ou segunda vez que ele esteve aqui. O Bernard foi ao restaurante e o Paul o serviu. Foi simpático com ele, até traduziu o cardápio para ele. O Paul é fantástico nessas coisas, quando está de bom humor. Principalmente quando alguém está comendo sozinho. Diz que as pessoas que comem sozinhas dão melhores gorjetas. Mas, enfim, esse senhor Rameau era o último freguês que ainda estava no bar quando o Paul estava terminando o serviço, e aí ele chamou o Paul, só para agradecer, e pagou um drinque para ele. Queria apenas bater um papo em francês com alguém. Ele contou ao Paul o que tinha vindo fazer aqui e acabou dizendo que seria bom ter uma mãozinha, sabe, ter alguém trabalhando com ele para ajudá-lo com o idioma e sei lá mais o quê. Ai, Deus, eu queria tanto ter percebido logo onde isso ia dar. O Paul ficou todo empolgado na época. Eu também."

Sue começou a chicotear o tampo do bar com um pano de prato úmido, num ritmo regular e agressivo.

"O Bernard vinha para cá com uma van Renault imensa cheia de objetos franceses, coisas pequenas na maioria — tapetes, espelhos, quadros. Depois percorria um monte de antiquários na região de Cotswolds e vendia coisas para eles. Outras coisas ele leiloava em Bath. Na volta, ele então enchia a van novamente, só que de objetos ingleses, e levava para vender na França. Ele tem uma loja numa praça chique. Como é mesmo o nome... Place des Vosges. O Paul ficou impressionado com isso. É como ter uma loja em Knightsbridge, parece."

As chicotadas com o pano de prato continuavam.

"O Paul deve entender bastante de antigüidades, então."

"Agora ele entende, mas não quando começou. O Bernard só o levava junto para ajudar a fazer os lances nos leilões. O inglês dele não é ruim, mas num leilão ele tinha dificuldade para acompanhar os preços. Enfim, a coisa toda funcionou às mil maravilhas. O Bernard conseguiu ganhar mais ou menos o dobro do que conseguiria se vendesse as tralhas francesas na França e as tralhas inglesas aqui. Isso foi o que ele disse para o Paul, então é provável que tenha ganhado mais ainda do que o dobro. Dá de sobra para pagar as despesas da viagem; de qualquer forma, então agora virou uma coisa regular. Quando ele está na França, o Paul sonda o terreno aqui, conversa com os antiquários e coisas assim, de forma que o Bernard nunca perde uma viagem. Ele agora divide com o Paul os lucros das transações."

Sue suspirou novamente e as chicotadas com o pano de prato tornaram-se letárgicas.

"Eu às vezes me pergunto se isso poderia acabar se tornando um trabalho decente. Uma sociedade ou algo assim. Se o Paul iria gostar de fazer isso em vez de cozinhar. Eu não ia me importar." Depois acrescentou, com desânimo: "Eu adoraria ir a Paris. Você já foi?".

"O quê? Ah, já. Eu adorava Paris. Mas faz muito tempo que não vou lá." Houve uma pausa. "Olha, eu torço muito para que tudo dê certo. Tenho certeza de que vai acabar dando tudo certo."

"É. Bom, obrigada. Desculpe. Mas, sabe, o problema não é realmente o Bernard, não é? Eu não devia continuar desse jeito."

Sara pediu licença e foi se juntar a James. Nadou de um lado para o outro, enquanto refletia que, de fato, o problema não era o Bernard, mas a total falta de instinto de sobrevivência de Sue.

Atiraram-se sobre um par de espreguiçadeiras assim que seus ocupantes tostados e pestanejantes se levantaram e foram andando, meio tontos, de volta para seus quartos. Sue fez de tudo para que os dois fossem atendidos prontamente e trouxe seus pedidos, orgulhosa, pouco menos de meia hora depois de eles os terem feito. Os dois se mostraram devidamente agradecidos e Sue foi embora sorridente. Com ou sem Bernard, Sue decidira que, quando seu turno terminasse, às onze da noite do dia seguinte, ela iria para o quarto de Paul e ficaria lá esperando até que ele voltasse de sua peregrinação pelos pubs. Paul não voltaria exatamente bêbado, mas só alegrinho de cerveja, de forma que seria fácil para ela conseguir passar a noite com ele e depois ficar por ali mesmo um pouquinho de manhã para ver se eles iam poder passar algum tempo juntos no sábado. Era isso que ela ia fazer. Mas não de um jeito grudento, é claro.

"Então, quais são as novidades?", perguntou James. "O Andrew tem mantido você informada?"

"De forma alguma", disse Sara, de boca cheia. Já fazia não só um ou dois dias desde que saíra de casa pela última vez, mas mais do que isso desde que ficara na cozinha por mais tempo do que o estritamente necessário para juntar algumas coisas que pudesse carregar até seu refúgio à margem do lago e comer com os dedos. Estava devorando seu requintado sanduíche de frango e maionese no pão sem casca, acompanhado de uma salada, com um molho decente, de pimentões amarelos, verdes e vermelhos cortados em fatias muito finas e compridas, e deliciando-se com a maneira como aquilo tudo fora cuidadosamente selecionado por cor, textura e gosto e como a combinação fora habilidosamente executada e lindamente arrumada em seu prato — por outra pessoa.

"Ele vai à minha casa para tocar violoncelo. E, além do mais, anda muito ocupado com outros casos: o caso daquele bebê de Victoria Park e o dos meninos que desapareceram no canal. Esses casos mexeram muito com ele, sabe? Na verdade, mexeram com todo mundo, não só com quem tem filhos."

Sara ficou se lembrando da noite, cerca de dez dias antes, em que Andrew ligou para ela para dizer que não poderia chegar a tempo de sua aula às sete e meia, mas que queria muito vê-la mesmo assim, perguntando em seguida se ela se importaria que ele fosse mais tarde. Andrew chegou bem depois das nove horas, branco, abatido e com os ombros incrivelmente retesados. Lembrando a si mesma que era sua professora de música e que ele só fora até ali para tocar violoncelo, Sara resistiu à tentação de abraçá-lo. Andrew recusou o drinque que ela lhe ofereceu. Estava também evitando olhar para ela, o que a deixou exageradamente magoada. Só depois de tocar por cerca de meia hora, trocando breves comentários relacionados à música, foi que ele parou. Então, contou mecanicamente sobre a descoberta dos corpos dos meninos naquela tarde, enquanto Sara ouvia, num silêncio horrorizado. Que tolice a dela pensar que um abraço, ou uma taça de vinho, ou mesmo a música ou qualquer outra forma de consolo já inventada pela mente humana poderia trazer qualquer espécie de conforto diante da realidade que Andrew fora forçado a encarar naquela tarde; que existiam pessoas — ou pelo menos uma pessoa — no mundo capazes de extrair prazer do ato de arrancar as roupas de dois meninos, amarrá-los, estuprá-los, enfiar pedaços de pau em seus ânus lacerados, espancá-los na cabeça de tal forma que mal conseguissem respirar e não pudessem mais enxergar por detrás da carne inchada e dos fragmentos de ossos do que um dia foram seus rostos, antes de finalmente amarrar um cadarço em volta de seus pescoços e puxá-lo com toda a força, até que as veias de seus olhos estourassem e suas línguas escurecidas inchassem de forma a não caberem mais dentro de suas gargantas, saltando para fora por entre seus lábios roxos e repuxados antes de os meninos morrerem. Porque fora isso que alguém tinha feito.

Quando Andrew acabou de falar, sua voz estava rouca. Sara, não conseguindo mais suportar a intangibilidade de Andrew, pôs sua mão sobre a dele, ainda sem dizer nada. E quando a notícia saísse no *Chronicle* do dia seguinte, Andrew dissera ainda, a matéria diria apenas a única coisa que poderia dizer, que os corpos dos meninos tinham sido encontrados, que os meninos haviam sido violentados e estrangulados e que as famílias estavam sendo consoladas por seus parentes. Não diria que, na verdade, não havia nenhuma espécie de consolo possível para aquelas pessoas, nem agora e nem pelo resto de suas vidas. Quando Andrew se levantou para ir embora, Sara disse: "Eu gostaria que tivesse alguma coisa que eu pudesse fazer".

E Andrew respondeu simplesmente: "É, pois é. Mas não tem. Não se esquece de trancar a porta, está bom?".

James estava dizendo: "Mas e o caso Sawyer? É um caso tão importante quanto os outros, na verdade. Um homem assassinado, um menino assassinado. Dois meninos assassinados". Por alguns instantes, os dois ficaram refletindo sobre isso, arrasados.

"Mas de uma coisa você pode ter certeza", continuou James, com tristeza. "Basta um psicopata como esse que matou os meninos do canal para que os homófobos saiam por aí gritando, revoltados. Ponham os veados todos no xadrez! Castrem os boiolas! Eu costumava ficar furioso com isso. Agora só fico deprimido."

"Mas existe mesmo muito disso?", perguntou Sara. "Eu digo, aqui na cidade? Bath não é um lugar razoavelmente esclarecido?"

"Ah, meu amor", disse James, com sua voz de *Lady* Bracknell, "ah, nós somos *tão* esclarecidos em Bath. Somos *tão* liberais. Entendemos perfeitamente que 'ser assim' não é uma perversão, é uma infelicidade. É o preço que se paga por ter um pendor artístico. Até toleramos um ou dois deles nas nossas festas, desde é claro que fiquem bem diluídos entre os nossos outros amigos, que são as pessoas com quem a gente conta para preservar os valores da família."

Sara foi obrigada a rir.

"Mas a atitude é bem diferente quando parece que mais de meia dúzia de pessoas como nós vão se reunir num mesmo ambiente." James fez uma pausa. "Não sei se eu devia contar isso a você, mas, enfim, se o Andrew não está lhe falando muito sobre o caso, não vai fazer diferença. A questão é que eu sei que o Matthew Sawyer era um homófobo. Você se lembra do Graham?"

"Claro que eu me lembro do Graham. Como o Austin está enfrentando a situação?"

"Ah, bem, mais ou menos. O caso é que, uns dois meses antes de o Graham morrer, o Austin tentou organizar um evento beneficente para a Buddies. Toneladas de pessoas, praticamente *todo mundo* vinha ao evento. Eles reservaram o Salão de Chá dos Assembly Rooms; ia ter um concerto e depois uma festa. A data do evento coincidiria mais ou menos com o aniversário do Graham, que todos sabiam que seria o último. E o Graham estava determinado a ir ao evento, se pudesse."

"E o que foi que aconteceu?"

"Bom, o Austin telefonou para os Assembly Rooms umas duas semanas antes para perguntar se o salão tinha murais que eles pudessem usar. E quando estavam acertando todos os detalhes, como quantas cadeiras de rodas e coisas assim, eles perguntaram ao Austin que tipo de trabalho a organização beneficente desenvolvia e ele respondeu: nós ajudamos pessoas aidéticas, sabe, damos apoio, oferecemos um ombro amigo, essas coisas. E aí, quatro dias depois, o Austin recebe uma carta do Matthew Sawyer dizendo que sente muito, mas que tem que cancelar a reserva. Dizia que tinha havido um erro administrativo e que o Salão de Chá não estava mais disponível."

"E ele não poderia, talvez, estar dizendo a verdade?"

James olhou para Sara com um ar debochado de pena. "Ah, Sara, *pelo amor de Deus*. Não, tudo bem, ele até poderia estar dizendo a verdade, mas acontece que ele se recusou a falar com o Austin sobre o assunto. Não atendia às ligações dele. Então, você tira daí as conclusões que quiser."

"Sei, a coisa ficou meio óbvia, não é? Deplorável. Mas o Austin não reclamou? Quer dizer, existem leis contra esse tipo de coisa."

"Existem mesmo? Olha, Sara, você está sendo meio ingênua. O Austin tinha um parceiro cego e inválido, mas extremamente eloqüente e enfurecido. Os dois sabiam que ele estava morrendo e tinham a loja para administrar. E com quem ele ia reclamar? Com alguma senhora aposentada do conselho, de permanente no cabelo e bolsinha na mão? Seria uma ótima maneira de desperdiçar o tempo."

Sara sentia como se a luta de Austin e Graham, porque uma vez se dera sem o seu conhecimento, fosse em parte culpa dela.

"Então agora você sabe por que eu dei um álibi falso", disse James com amargura. "Eu estava apavorado, simplesmente."

"Mas por quê, James?"

"Porque alguém apontou o Matthew Sawyer para mim no Pump Room naquela noite, e toda aquela história do Graham me veio de novo à cabeça, só por isso. Fiquei pensando na capacidade que certas pessoas têm de odiar os homossexuais, às vezes as pessoas que você menos espera. E aí o cara é assassinado. E acho que todo mundo conhece a reputação da polícia em se tratando de homofobia, não é? Quer dizer, podia ter sido eu, não podia? Eu podia ter ficado lá até depois que todos tivessem ido embora, ou ter me escondido em algum lugar. Podia até ter ido para casa, trocado de roupa, voltado lá, entrado escondido e matado o cara."

Sara olhava fixamente para James.

"E também porque, como você descobriu, eu não fui direto para casa. Eu estava me sentindo tão triste, como se tivesse traído o Graham de alguma forma, como se tivesse passado a noite com uma pessoa tão cheia de preconceito contra ele. Eu só queria tocar alguma coisa para ele. Então, fui andando até a igreja e toquei as músicas favoritas do Graham. Quis fazer uma espécie de homenagem, simples e particular, só que acabou sendo menos particular do que pensei. Fiquei muito grato por você ter descoberto aquela vigária e me tirado daquela enrascada. Você foi muito esperta pensando naquilo."

"Eu ainda não consegui entender por que você não contou à polícia aonde tinha ido."

"Olha, naquela noite em que eu trouxe o jantar para nós, no dia em que você encontrou o corpo, ficamos conversando sobre isso praticamente a noite inteira. Ficou claro para mim que não havia nenhuma razão óbvia para que alguém pudesse querer matar o Sawyer. Então eu sabia que a polícia ia pegar no pé de qualquer pessoa que pudesse ter *algum* motivo para matá-lo. Como, por exemplo, uma bichona rabugenta que tinha um amigo que fora cruelmente insultado pelo morto não fazia muito tempo. Melhor ainda, uma bichona rabugenta que não tinha álibi e que ainda por cima trabalha no rádio e na televisão. Eles ainda iam marcar pontos extras por prender uma figura semifamosa."

"Está bom, mas você não podia contar nem para o Tom aonde tinha ido?"

James pareceu ficar meio envergonhado. "Eu não queria que o Tom soubesse quanto a morte do Graham tinha me afetado, porque eu sempre disse que o Graham era só um amigo qualquer. E o fato é que nós tivemos um caso há uns cinco anos. Já tinha terminado, era uma coisa do passado. O Austin nunca soube, nem o Tom, e os dois ficariam muito magoados se descobrissem. O Tom teria desconfiado na hora se soubesse que eu tinha ido à igreja. Acabei tendo que contar tudo para ele depois, é claro. Mas ele não ficou chateado, graças a Deus."

Sara balançou a cabeça, compreensiva.

"Então, quando a polícia veio me procurar no domingo, eu tinha passado a maior parte da noite em claro, preocupado com isso, e quando dei por mim já estava contando um monte de asneiras para eles, inventando que tinha falado no telefone com o Tom na sexta à noite. Nem preciso dizer que não tinha pensado na coisa do ponto de vista do Tom. E sou um péssimo mentiroso. Os policiais não acreditaram numa palavra do que eu disse."

"Ai, James, estou morrendo de pena de você. Você deve ter ficado desesperado. Queria ter estado lá para ajudar. Você teve que falar com aquele sujeito asqueroso, o Bridger?"

"Ah, sim, levei vários apertos do Bridger." James olhou para ela com malícia. "Por assim dizer. Ele come chocolate feito um louco, não? Daqui a pouco vai ficar sem dente nenhum, se continuar nesse ritmo."

22

Desde o fim de semana da festa, Cecily vinha se comportando com um azedume que beirava a insubordinação. Não que ele não soubesse que não pegava bem, em pleno ano de 1997, sair por aí bradando palavras como insubordinação. E, de qualquer forma, tinha plena consciência de que seria absurdo querer bancar o chefe durão àquela altura, passados quase dois anos, principalmente considerando que havia estreitado os laços de intimidade entre os dois apenas dois meses depois de ela ter começado a trabalhar como sua secretária. Por outro lado, verdade seja dita, ele sempre deixara bem claro que era casado, de modo que havia, sim, certa injustiça naquela súbita intolerância de Cecily para com esse fato. Tinha mimado Cecily, ele agora se dava conta, tinha se dado demais para ela. Fora excessivamente bonzinho, esse sempre foi seu problema. E ela vinha se comportando mal já fazia algum tempo, mas ele fizera vista grossa pelo bem da paz — e também pelo sexo gostoso que esperava continuar a fazer com ela. Tá, tá bom, principalmente pelo sexo. Mas isso fora até agora. Azedume era uma coisa, uma coisa que ele podia até ignorar, até certo ponto.

Mas aquilo era demais. Aquilo mudava as coisas de figura. Com aquela última peça que pregara contra ele, Cecily estava se revelando uma mulher não só azeda, mas também perigosa. Ficava triste de precisar fazer isso, mas teria de romper com Cecily. Não deixaria que ela o prejudicasse, não depois de tudo o que ele já havia sido obrigado a fazer para chegar aonde chegara. Ela poderia continuar a ser sua secretária, é claro, pelo menos durante o curto espaço de tempo que ainda precisaria dela. Mas a outra coisa teria de parar. Pois graças apenas ao fato de ele ser um revisor atento o texto não fora impresso do jeito que estava. Por isso e também porque tivera a sorte de encontrar o papel largado em cima da mesa. Sua escola era a única do sul de Bristol que ainda tinha uma cerimônia de premiação aos melhores alunos, embora o nome não fosse mais esse, é claro. Era uma Celebração do Bom Desempenho e aconteceria naquela tarde. O diretor do conselho de educação, dois vereadores, o gerente de relações públicas do supermercado Asda, o novo órgão eletrônico — cuja compra o supermercado havia patrocinado —, bem como o piano, o coordenador da cadeira de música, sr. Quinnel, e toda a banda de *steel drums* da escola dividiriam o palco com ele, e o salão estaria cheio até o teto de alunos, funcionários e uma verdadeira multidão de pais. Assim, não dava nem para imaginar o que teria acontecido se os programas a serem postos em cima de cada cadeira trouxessem o texto:

Interlúdio musical:	A banda de *steel drums*	o órgão
	e o sr. Quinnel (n	**do**
		Diretor: "É
Discurso	e no piano) tocarão um	pequeno
	pot-pourri de canções	e
	da Inglaterra	mole
	de outros países do	
	mundo, com todo o	
	jo do calipso.	
	hora de pensar no	
	futuro"	

Cecily fizera aquilo de propósito, disso ele tinha certeza, muito embora, quando lhe pediu explicações, ela tivesse tido a cara-de-pau de ficar tão furiosa quanto ele. Alegou que estava tendo problemas para ajustar as colunas.

"Elas toda hora se desalinham. O problema é esse computador imprestável. E, além do mais, é claro que eu teria notado o erro antes de mandar o texto para impressão, só que você tirou o papel da minha mesa antes que eu tivesse tido a oportunidade de conferir a digitação direito", respondera entre os dentes, martelando a barra de espaço e mal tirando os olhos da tela.

Na hora, Derek deixara o assunto morrer por aí mesmo. Pensando melhor depois e, principalmente, se lembrando das transas com Cecily, decidira fingir que tinha achado o incidente engraçado e, numa demonstração pública de magnanimidade diante de sua equipe administrativa, chegara até a mostrar o papel para o vice-diretor, zombando de Cecily e dando todas as indicações possíveis de que era um sujeito boa-praça. Que diabo, ele tinha senso de humor, caramba. Depois de três dias levando a coisa no bom humor, a estratégia surtira o efeito desejado, fazendo com que Cecily se lembrasse de quanto os dois tinham se divertido no início da relação. Cecily se lembrou também de como os ataques de mau humor de Derek naquela época eram momentos raros e especiais: momentos para ele desabafar, para ela compreender e para os dois guardarem com carinho na memória ao comemorarem o fim dos ataques com uma boa trepada, cheia de alívio e gratidão, seguida de um belo jantar. No final, é claro, Cecily acabara entregando os pontos. Quando não havia ninguém por perto, ele já podia agarrá-la por trás de brincadeira e apertar-lhe os peitos novamente, tomando cuidado para usar as palavras que ela preferia, como "tocar" e "seios", se resolvesse sussurrar alguma coisa no ouvido dela enquanto lhe dava o amasso.

Era um alívio saber que aquele canhão cheio de bala, que andara solto, estava agora novamente acorrentado com firmeza ao convés. O dia da entrevista estava chegando, e Cecily poderia queimar completamente o filme dele se decidisse bancar a ressentida e pôr as manguinhas de fora. Derek só tinha de agüentar as pontas por mais aquela tarde — a tarde da última sexta-feira do ano letivo —, e isso seria moleza. Já tinha agüentado tantas tardes iguais àquela. Deixara Cecily ir embora de fininho para casa mais cedo, a fim de garantir seu bom humor, e, assim que conseguisse se ver livre dos compromissos da escola, encheria uma sacola com petiscos para o jantar e se mandaria para a casa dela, onde pretendia deixar bem claro, mais uma vez, quanto era boa-praça e certificar-se plenamente da sua reintegração no posto de objeto da afeição de Cecily. Ela não sabia, mas aquela seria a última noite que passariam juntos. E ele não queria que a relação terminasse com nenhuma espécie de dúvida pairando sobre a questão de sua virilidade (afinal, ela *tinha* feito aquilo de propósito); ia mostrar para aquela piranha o que era pequeno e mole: ela ia ter de encarar um cacetão bem duro, isso sim. Ia levar uma bimbada para nunca mais esquecer. Uma, não; tantas quantas ele conseguisse dar e mais do que ela conseguisse levar sem ficar dolorida. Três, no mínimo. Depois disso, só restariam mais dois dias de trabalho na semana seguinte, durante os quais ele poderia facilmente evitar ficar sozinho com ela, já que tinha de participar de todas aquelas reuniões e de outras baboseiras de fim de semestre, até finalmente terminar tudo com ela no dia 22, ficando ainda com tempo suficiente para se preparar para a entrevista no dia 23. E aí seria só oba, férias! Mesmo que ela fosse louca o bastante para ligar para a casa dele, com o uso judicioso da secretária eletrônica ele poderia evitar falar com ela o verão inteiro. E quando setembro chegasse ele ficaria livre, de qualquer forma, e já estaria começando no novo emprego. Acabaria sendo um jeito mais bondoso de terminar a relação, no final das contas.

Quando o detetive Bridger telefonou para a escola, quem atendeu foi a secretária eletrônica, o que ele achou estranho considerando que eram duas e meia da tarde de uma sexta-feira. Não era possível que todos já tivessem ido embora. Resolveu dar um pulo até lá assim mesmo.

Enquanto o plim-plim-plim dos *steel drums* passava quase imperceptivelmente do ritmo de "Tulips from Amsterdam" para o ritmo de "Yellow Bird", Derek sorria de cima do palco, sentado em sua cadeira, aproveitando sua horinha particular de pensar no futuro. Mas o pot-pourri da banda de *steel drums* estava chegando ao fim, e Derek então fechou cuidadosamente sua imagem mental de Cecily tirando a calcinha, guardando-a no arquivo de sua memória para futuras consultas. Era hora de se concentrar no Discurso do Diretor. Quando os aplausos estavam chegando ao fim, Derek apanhou suas anotações no bolso interno do casaco. Não que de fato precisasse delas, já que o texto de "É hora de pensar no futuro" era essencialmente igual ao de "O caminho à nossa frente" (1993), "Novos horizontes" (1994), "Aprendendo a planejar o amanhã" (1995) e "Perspectivas renovadas" (1996).

Depois de mais de vinte e cinco anos trabalhando na área da educação, Derek tornara-se um orador para lá de hábil e já nem lembrava mais o que era sentir-se igual ou inferior a seu público. Já fazia pelo menos duas décadas que não ficava nervoso a ponto de se preocupar se o que tinha para dizer era ou não do interesse de quem quer que fosse. Adquirira também a habilidade de deixar seus pensamentos voarem enquanto falava e era capaz de memorizar detalhes insignificantes da sala em que estava — como quantos interruptores de luz e quantas janelas havia nas paredes, a cor do teto e assim por diante —, ao mesmo tempo que esquecia por completo tudo o que dissera poucos segundos depois de ter acabado de falar. Por alguma espécie de processo osmótico invisível, a maior parte das pessoas obrigadas a ouvi-lo via-se igualmente dominada por um estranho fascínio por lustres, janelas e acessórios de parede, além de experimentar o mesmo tipo de amnésia imediata e permanente ao final do discurso. Quando se levantou para falar, Derek estava ciente apenas da primeira dessas séries de fatos.

Ao dizer sua primeira frase, Derek observou consigo mesmo como era difícil hoje em dia ver os olhos ou até mesmo as sobrancelhas da garotada. Só o que se vê são franjas, o que faz com que seja ainda mais difícil do que era antigamente perceber se você está de fato sendo ouvido (como se você de fato ligasse para isso) mesmo quando, como agora, a maior parte de sua platéia está de frente para você e não está envolvida com nenhuma outra atividade perceptível além de ouvir — a não ser, é claro, mascar chiclete, empurrar o cotovelo do colega ao lado, coçar o sovaco fedorento por cima da camisa de poliéster e lançar de vez em quando, por detrás da franja, um olhar amigável e vesgo na direção do orador. Derek pensou com carinho na cerca de meia dúzia de cartões de despedida que tinha se acumulado em cima de sua mesa, com suas mensagens sinceras e penosamente redigidas de gratidão a "Um diretor brilhante", e nas caixas de bombons com dedicatórias suadas e sentimentais que foram pingando em sua sala ao longo da semana, deixadas pela leva de adolescentes encabulados e broncos que estavam saindo da escola naquele ano. Adolescentes. Adolescentes ranhetas, sonsos, distraídos e inarticulados, mas que ainda conseguiam, por mais que ele tentasse resistir, despertar essas súbitas pontadas de ternura. Derek tinha a sensação de estar prestes a discursar para uma manada essencialmente afável de ruminantes.

"Muito bem, que bom ver a escola inteira reunida nesta ocasião tão especial."

Uma das paredes do auditório era quase toda feita de janelas, e olhando para o lado de fora por cima das cabeças dos alunos Derek viu um carro se aproximando e estacionando numa das vagas dos professores do outro lado do pátio. Um carro de polícia. Que hora perfeita para chegar.

"Obrigado. Olhem para a frente, por favor. Todos nós, nesta época do ano, esperamos com ansiedade a chegada das férias, não é verdade?"

Sorrindo para o ecoante "Éééé!" resmungado por todos os que estavam no salão e com especial veemência pelos professores alinhados na parede do fundo, Derek se perguntava quantos e quais dos alunos da oitava série teriam sido apanhados pela polícia e quais dos delitos rotineiros teriam cometido desta vez.

"Seis semanas de liberdade nos aguardam!"

Seus olhos acompanharam o avanço do policial magricela à paisana e de seu colega do carro até a porta aberta no fundo do auditório, onde foram interceptados por Alan, seu eficiente vice-diretor. *Bom trabalho, Alan.*

"Mas antes de nós todos sermos liberados para aproveitar esse período de liberdade que parece tão longo, eu gostaria de parar um pouco para pensar sobre isso junto com vocês por mais alguns minutinhos."

Os policiais cruzaram os braços, mal-encarados. O Alan está parecendo meio desconcertado. O que será que está acontecendo?

"Bom, a maior parte de vocês vai voltar para a escola em setembro." Grunhidos. "Para um novo ano, talvez novas matérias, novos professores, novas exigências, novos *desafios*."

O Alan e o tira à paisana não param de se virar e olhar para mim. O Alan está balançando a cabeça, pôs a mão no braço do tira. Isso mesmo. Se é a mim que ele quer, vai ter de esperar.

"E, para aqueles de vocês que estão se despedindo de nós este ano, os verdadeiros desafios estão apenas *começando*."

Que merda é essa agora? O Alan está de fato tendo que segurar o cara. E como é que eu posso continuar a falar, com as crianças todas se virando para trás para ver o que está acontecendo?

"Bom, já chega agora. Olhem para a frente, tá bom? Olhem para a frente, por favor. Obrigado. Muito bem. *Agora*, assim, obrigado. *Agora*. O que será que o futuro nos reserva? Às vezes pode ser assustador pensar nisso, não é verdade?"

Esse cara é inacreditável. Não é que ele está atravessando o auditório mesmo! Vamos lá, Alan, segura o cara, segura o cara. Será que ele pensa que vai subir no palco? O Alan está acenando para mim. O que é, porra?

"Porque a gente nunca pode saber com certeza o que exatamente vai acontecer com a gente no futuro, não é?"

O cara está pedindo.

"Por exemplo, eu não faço a menor idéia de quem é esse senhor que está chegando aqui e nem por que ele está aqui, mas tenho certeza de que ele não vai se importar de vir até aqui para explicar para nós por que teve de interromper a nossa comemoração nesta tarde."

Nossa, como ele é magro. E deve ter metade da minha altura. É um ratinho. As crianças estão achando tudo muito divertido. E eu também, porra!

"Suba aqui, por favor. Me faça essa gentileza. E o que nós podemos fazer pelo senhor, senhor...?"

Isso, faça o cara pagar mico.

Mais tarde, sentado dentro do carro da polícia, que deixava o estacionamento da escola, Derek refletia que talvez aquilo tivesse sido um erro. Perguntava-se, um tanto anestesiado, o que diabos tinha feito para merecer aquilo e como deveria reagir. Que espécie de atitude uma pessoa deve ter quando um policial à paisana invade o auditório, interrompe o evento mais concorrido do calendário escolar e pergunta, de cima do palco, se você se importaria de responder a algumas perguntas relacionadas à investigação que eles estão conduzindo? Pensando bem agora, a decisão de não desligar o microfone não fora a mais acertada.

"Deus do céu, pelo visto eu sou um homem procurado", dissera, mas os risos que arrancou da platéia, principalmente das pessoas que estavam atrás dele no palco, denunciaram um nítido nervosismo. Quando Derek começava a se dar conta de que teria de fato de sair do palco, aliás do edifício, acompanhado da polícia, Alan apareceu ao seu lado e assumiu o microfone. Aquele cretino ambicioso. Pelo tom da voz de Alan, Derek pôde perceber que ele estava vibrando de satisfação íntima quando disse: "Nós pedimos desculpas por essa pequena interrupção, senhoras e senhores. Eu tenho certeza de que o senhor Payne não ficará... não ficará detido, se é que é essa palavra, por muito tempo. Bom, meninos e meninas, tenho certeza de que depois dessa partida inesperada do senhor Payne todos nós poderemos pensar em questões realmente *novas* e *originais* sobre o futuro...".

Andrew telefonou para Sara.

"Sara?" A voz dele parecia a de um menino. "Estou superocupado. Estou esperando uma ligação na outra linha. Talvez o Bridger tenha descoberto alguma coisa. Ele conversou com a Annabel Sawyer novamente. Parece que ela encontrou uma carta que o Sawyer recebeu no dia em que foi morto. Ele tinha se candidatado a um emprego e a carta dizia que ele tinha sido um dos candidatos selecionados. Ela não achou que isso fosse importante, mas o Bridger conversou com os membros da banca de seleção e acha que descobriu um dado que pode ser interessante. Um dos outros candidatos selecionados está na nossa lista — era alguém que estava nos Assembly Rooms. Estou deixando o Bridger agir por conta própria. Acho que não vai dar para eu ir à aula hoje, mas você está livre na terça da semana que vem? A gente combina uma hora depois? Não, não precisa, eu ligo para você. Foi bom falar com você. Tchau."

Sara mal teve oportunidade de dizer "oi".

23

"Vamos repassar as etapas novamente, tudo bem? O senhor poderia relatar de novo o que me contou na escola, começando com o motivo que o levou aos Assembly Rooms em Bath na noite de sexta-feira, dia 13 de junho?", pediu Bridger, num tom de voz seguro e macio. "Ou seja, isso faz exatamente cinco semanas, hoje."

Derek afundou o corpo na poltrona e suspirou, tentando engolir aquela espécie de raiva ácida que estava acostumado, já fazia algum tempo, a deixar vir à tona com força total. Depois de interrogarem-no por quase uma hora em sua sala na escola, ao som de fundo da cacofonia ecumênica que vinha do auditório no andar de baixo e que consistia em setecentas vozes acompanhadas pela banda de *steel drums* e elevadas em uníssono para celebrar seus bons desempenhos, os policiais tinham decidido levá-lo para lá. Os três estavam sentados no ambiente claro da sala de estar de Derek, meticulosamente decorada nos tons de bege favoritos de Pauline, com almofadas, porta-retratos e lombadas de livro verde-escuras (que Pauline gostava de chamar de "pequenos focos de interesse"). Já passava das cinco. O carro de polícia estava estacionado em frente à casa, e logo, logo os vizinhos começariam a passar por ali, em seu caminho do trabalho para casa. Iam pensar que a Pauline e o Derek, coitados, um casal tão simpático e *profissional*, tinham sido roubados, e não havia dúvida de que cairiam em peso em cima deles com uma enxurrada de perguntas de classe média aflita, de forma que

Derek teria de inventar uma história convincente não só para eles, mas principalmente para Pauline. Seria fácil inventar alguma coisa envolvendo algum garoto delinqüente da escola, mas Derek precisaria dar tratos à bola para conseguir explicar por que a polícia resolvera conversar com ele em casa, em vez de na escola. E depois teria de lembrar exatamente o que dissera. Derek refletiu que o adultério era de fato uma atividade desgastante, uma atividade que provavelmente gerava mais preocupações do que compensações. Estava numa situação extremamente delicada, não podia esquecer, mas, se tomasse cuidado para não contrariar o detetive Morrinha sentado ali na sua frente, conseguiria se safar daquela enrascada sem que Pauline precisasse ficar sabendo de nada. Pensar em Pauline provocou outro acesso de ansiedade e mais uma onda de azia, mas Derek lembrou a si mesmo que, pelo menos por ora, poderia ficar tranqüilo que Pauline não apareceria, pois estava na última sessão de seu curso de fim de semana, aplicando as avaliações nos alunos. Podia dar graças a Deus pelo menos por isso. Aquela provação por que estava passando logo chegaria ao fim e aí nada no mundo o impediria de se mandar para a casa de Cecily, como tinham planejado. Ela estava esperando que ele chegasse dali a uma hora. Derek engoliu mais um arroto ácido e silencioso e suspirou novamente.

"Fui até lá para dar uma olhada no museu do vestuário, por causa daquele assunto profissional que já mencionei."

"E que assunto era esse mesmo?"

"Que eu fui um dos candidatos selecionados para ocupar um cargo que tem como uma de suas responsabilidades a administração geral dos museus", respondeu, monocórdio. "Eu queria refrescar a minha memória e ter uma noção de como andam as coisas para poder me referir a isso na entrevista. Quando cheguei lá, me disseram que o museu estava fechado para o público geral e eu fiquei chateado, porque o local estava abarrotado de gente e poderiam tranqüilamente ter me deixado entrar."

"E aí o senhor reclamou?"

"É, eu me queixei, sim. E aí o Matthew Sawyer apareceu de algum lugar lá de dentro e eu conversei com ele sobre a situação."

Derek afastou de seus pensamentos a lembrança do vexame. "Eu só falei com ele um minutinho, num canto do saguão de entrada. Sim, eu estava sozinho quando falei com ele e não, ninguém ouviu a nossa conversa, que eu saiba. Não, como eu já disse, eu não estava sozinho quando cheguei aos Assembly Rooms, mas a minha acompanhante ficou muito interessada na convenção de curas naturais e estava distante nessa hora, dando uma olhada nos panfletos."

Bridger olhou para o detetive Heaton do outro lado da sala e levantou as sobrancelhas, o que queria dizer que a história de Derek, até aquele momento, não conseguira impressioná-lo. Sentado numa poltrona de estofado sintético cor de marfim, Heaton lhe devolveu o olhar com um rosto sem expressão, constrangido não pelo sr. Payne (a história dele era muito, muito antiga), mas pelo tom de Bridger. Fez-se um silêncio desconfortável.

"Eu já disse isso, mas imagino que o senhor queira que eu repita", continuou Derek, sentindo os lábios secos. "Quem estava comigo era a minha secretária. Nós somos... muito chegados, quer dizer, fora da escola. A minha esposa às vezes trabalha nos fins de semana, então eu e a senhora Smith fomos juntos aos Assembly Rooms naquele dia."

"Não há necessidade de enfatizar o fato, senhor Payne. Nós já temos a declaração da senhora Smith, que ela prestou ao oficial de polícia que tomou o depoimento dela em casa, na noite de..." — Bridger folheou lentamente suas anotações — "segunda-feira, dia 16 de junho. Ela disse ao policial que o senhor fez algumas perguntas rápidas sobre o horário de funcionamento do museu e foi embora. Ela não contou exatamente a história toda, não é verdade?"

"Ela com certeza achou que a questão da minha entrevista era um assunto que só dizia respeito a mim", disse

Derek. "Ela é uma mulher muito discreta. Estava querendo me proteger."

"Proteger o senhor? Mas proteger o senhor de quê, exatamente? De ser identificado como suspeito?"

Derek soltou um suspiro exasperado. "Não, é claro que não. Escuta, eu já expliquei. Nós somos... chegados. Eu e ela íamos jantar juntos. Tá, tá bom, nós íamos passar a noite juntos. Escuta, isso é mesmo relevante? Eu já contei o que, afinal, acabei fazendo naquela noite."

Mais uma vez, Derek teve de lutar para se controlar. Não fazia bem para ele, aquela raiva toda. Mais uma vez, uma sensação nauseante de queimação subiu-lhe ao peito e ele se remexeu na poltrona, desgostoso.

"Vamos só repetir mais uma vez, está bom, senhor?", tornou Bridger, sem se abalar.

Estava claro que não haveria atalho para escapar daquela situação. Derek sabia que não devia grunhir enquanto falava, mas a lembrança daquela parte da noite ainda lhe trazia bile à garganta.

"A senhora Smith decidiu que gostaria de ficar para conferir a convenção. Eu, por minha vez, não estava com vontade de ficar lá. Então combinamos que eu iria para a casa dela — sim, como eu já disse, o endereço é Bladud Vale, número 5, Larkhall — e que eu voltaria para apanhá-la às dez e meia. Não, nós não brigamos, mas eu fiquei, bom, decepcionado. Não quis perder tempo discutindo a decisão dela. Mas não foi exatamente o que se poderia chamar de uma briga. Foi só uma situação um pouco... chata."

Derek engoliu mais uma golfada dispéptica, passando a palma da mão no peito para cima e para baixo, bem devagar. Tinha de se concentrar. Era essencial que convencesse os policiais da veracidade da próxima parte do seu relato.

"Cheguei à casa dela por volta das quinze para as sete. Trouxe a minha pasta e as compras, mas me esqueci de pegar a sacola com o resto das minhas coisas no banco de trás. Tinha estacionado o carro bem distante da casa, então não quis voltar para buscar a sacola assim que cheguei. Pretendia fazer isso mais tarde. Resolvi sentar um minutinho para descansar e tomar um copo de vinho. Depois eu ia sair e buscar a sacola, para poder trocar de roupa. Minha intenção era começar a preparar o jantar só depois das oito, então eu tinha um tempinho para relaxar. E aí, bom, tomei vários copos de vinho e, como tinha tido uma semana muito cansativa, acabei pegando no sono. Acho que eu estava simplesmente exausto. Não tinha comido nada desde a hora do almoço e acho que bebi demais, para quem estava de estômago vazio. Quando acordei, já passava das dez e meia."

"E o senhor tinha prometido apanhar a moça, sua 'amiga', às dez e meia, não é isso?"

Derek fez que sim com a cabeça, perguntando-se de passagem se Cecily poderia de fato ser descrita quer como uma coisa, quer como outra.

"Bom, então, quando acordei e vi que horas eram, simplesmente peguei as chaves do carro e saí correndo. Já era bem tarde, e a gente ainda nem tinha comido nem nada. Enfim, eu já tinha atravessado mais ou menos a metade de Camden Crescent quando me dei conta de que não deveria estar dirigindo. Quer dizer, eu estava me sentindo bastante sóbrio e tudo, mas provavelmente ainda havia bastante álcool na minha corrente sangüínea. Na minha profissão, não se pode correr riscos desse tipo, não que eu quisesse correr riscos desse tipo, de qualquer forma."

Derek não chegou a mencionar que também se deu conta na mesma hora de que, se perdesse sua carteira de motorista por estar dirigindo bêbado em Bath numa sexta-feira à noite, teria com certeza de se explicar com Pauline.

"Então precisei estacionar em Camden Crescent e deixar o carro por lá mesmo. Fiz a pé o resto do caminho até os Assembly Rooms."

Bridger bocejou. "Debaixo de chuva, não foi mesmo, senhor?"

"Foi. Cheguei lá por volta das onze e quinze. Encontrei um sujeito trancando os portões e ele me disse que uma mulher tinha acabado de sair e seguido na direção do ponto de táxi que fica em frente à abadia. A descrição que ele me deu correspondia perfeitamente à da Cecily. Então fui até o ponto para ver se conseguia encontrá-la, mas ela deve ter pegado um táxi assim que chegou lá, porque não vi nem sinal dela. E aí me lembrei da minha sacola, que ainda estava no banco de trás do carro. Eu ia precisar das coisas que estavam dentro dela e então decidi ir andando de volta até o carro para apanhá-la."

Derek também não mencionou que, àquela altura, já estava simplesmente fulo de raiva com Cecily e que, depois de percorrer metade da cidade à procura dela, nem morto ele gastaria dinheiro com outro táxi só para poder chegar lá, cantando os pneus, alguns segundos depois que o táxi em que ela estava parasse em frente ao número 5. De qualquer forma, ele já estava completamente encharcado, não havia como ficar mais encharcado ainda. Ele iria a pé e seria tudo culpa dela. Ele não estava nem aí se ela ficasse preocupada. Ele não estava nem aí se caísse morta.

"Quando cheguei até o carro, a sacola que eu tinha deixado no banco de trás já não estava mais lá, tinha desaparecido." Derek suspirou. De fato, a história parecia implausível.

"E, no entanto, segundo o senhor disse, o carro não tinha sido arrombado, não é isso?", perguntou Bridger, dissimulado. "Que coisa!"

Derek tossiu. "Já expliquei. Eu tinha deixado o carro destrancado. Sem querer, na pressa. E na chuva. Eu simplesmente me esqueci de trancar a porta."

Pacientemente, Derek listou mais uma vez os itens que estavam na sacola verde da Marks and Spencer desaparecida e, mais uma vez, Bridger interrompeu-o quando chegaram à faca.

"E o senhor na hora não pensou em comunicar nada disso à polícia, nem o 'roubo' de itens de valor e nem mesmo o 'roubo' de uma faca de cozinha, de aço, de quase trinta centímetros de comprimento e perigosa?"

Derek deu outro suspiro. Era óbvio que ele não comunicara nada à polícia, e Bridger sabia muito bem por quê.

"O senhor simplesmente saiu no dia seguinte, acho que foi isso que o senhor me disse, e comprou uma outra faca igual, para substituir a que havia desaparecido, na loja Kitchens da Quiet Street. Pagando em dinheiro. E também já anotamos que o senhor comprou também, naquela mesma manhã, uma calça de veludo, uma camisa xadrez, um suéter de algodão, uma escova de dentes e um aparelho de barbear, tudo pago também em dinheiro. Tudo isso para a senhora Pauline não desconfiar de nada, não é isso? Realmente, o senhor foi muito meticuloso, senhor Payne."

Bridger deu um sorrisinho idiota na direção de Heaton. "E, voltando à noite anterior, o senhor chegou de volta ao número 5 da Bladud Vale a que horas mesmo?"

"Eu já disse, por volta da uma hora."

"E a senhora Smith não tem como confirmar isso, não foi o que o senhor disse?"

"A senhora Smith, como já falei, estava tomando banho. E estava ouvindo uma música muito alta dentro do banheiro quando eu cheguei. Ela faz muito isso quando está se sentindo... tensa. Ela tinha deixado um cobertor na escada, o que interpretei como um sinal de que ela não queria ser incomodada. Então dormi no sofá."

Derek não mencionou o pequeno detalhe, a minúscula satisfação que coroou aquela sua noite tão cheia de imprevistos e reveses. Quando voltou, morto de vontade de mijar, e encontrou Cecily trancada no banheiro com um disco do Marvin Gaye tocando no volume máximo, Derek marchou porta afora, foi até o jardim da frente da casa e mijou furiosamente no vaso de plantas de Cecily.

"Então, no final das contas, o senhor acabou não tendo exatamente aquela noite que havia planejado, pelo que tudo indica", comentou Bridger. O detetive Heaton soltou uma risadinha, da qual se envergonhou imediatamente. "O senhor tem alguma coisa a acrescentar até aqui?"

Um pouco desnorteado, Derek balançou a cabeça, que começava a doer. "A minha esposa...", começou, virando-se de frente para Bridger, num apelo de um homem do mundo para outro e, nesse caso, inútil.

"Soube do assassinato mais tarde, pela senhora Smith. Fiquei chocado. Mas eu não o conhecia. Só conversei com ele um minuto, sobre o horário de funcionamento do museu."

"Então o senhor confirma que não sabia que ele também tinha sido selecionado para aquele mesmo emprego para o qual o senhor tinha se candidatado?"

"Não, eu não sabia", respondeu Derek, quase latindo. Passou as mãos com força no rosto, como que para limpar a mentira. "Olha, mesmo que eu soubesse, alguém pode realmente querer tanto assim um emprego, a ponto de matar um concorrente? O senhor, com a sua experiência, acha possível uma coisa dessas?"

"Obrigado, senhor. Agora, aquela faca que o senhor comprou, ela está na cozinha? Se o senhor puder mostrar ao detetive Heaton onde ela está, ele irá buscá-la e aí nós vamos só dar um pulinho na delegacia para ver se conseguimos esclarecer um pouco mais alguns detalhes."

O desespero de Derek era tanto que ele não conseguia dizer mais nada. Quando Derek saiu da sala, o detetive Heaton aproveitou a oportunidade.

"Senhor, nós não vamos prendê-lo? Nenhum desses indícios vai ser aceito se o senhor não o prender. O senhor não está pensando em deixá-lo ficar aqui, está? Ele pode alegar detenção ilegal. O senhor precisa prendê-lo."

"Deixe que eu cuido disso, detetive. Não há nada de errado em cortar caminho de vez em quando, se você sabe onde abrir a picada. Vai lá pegar a faca."

Quando Derek e o detetive Heaton reapareceram alguns instantes depois, Bridger disse, num tom de tranqüilidade: "Muito bem, senhor. Agora só falta responder mais a algumas perguntinhas lá na delegacia, se o senhor não se importa, só para ver se a gente consegue tirar o senhor do nosso inquérito".

24

O homem mantinha os olhos fechados. Abri-los parecia aumentar seu desconforto e, de qualquer forma, não havia nada para ver, além do teto da van. Mesmo assim, não conseguia parar de tremer. A situação era ruim, muito ruim. Ele não fazia a menor idéia de onde estavam, nem de quanto tempo fazia que estavam viajando, já que o sujeito o apanhara no lugar especificado, recebera o dinheiro, contara nota por nota e depois mandara rispidamente que ele se deitasse e tratasse de ficar escondido. No escuro, Le Fournisseur não notara que ele estava doente e, além do mais, não era do tipo de pessoa que se preocuparia com uma coisa dessas, a menos que isso o impedisse de receber o dinheiro. O carro tinha parado devia fazer uma meia hora, mais ou menos, e o homem dissera apenas "Não se mexa" e em seguida descera da van, batendo a porta com tanta violência que sua cabeça passara a latejar com mais força ainda. Depois veio o silêncio, interrompido apenas por pios de passarinhos. Era óbvio que não estavam numa cidade. Não havia como aquilo ser uma cidade. Mesmo que estivesse perto de um parque ou de uma praça, ele por certo ouviria barulho de gente e de trânsito. Sabia, mesmo sem nunca ter ido a Londres, que não era lá que estava agora e que o homem mentira para ele.

O homem voltou. Devia estar parado ao lado da van, logo atrás daquela fina parede de metal. Havia alguém com ele, outro homem, também francês. Estavam conversando em francês. Ele devia estar em Londres, fora para isso que pagara aquele dinheiro todo. Talvez não estivesse nem na Inglaterra. O pânico atingiu-o em cheio na boca do estômago, provocando uma onda quente e sufocante de dor. Queria gritar, mas só saiu um grunhido. Passou a língua nos lábios. Estava com tanta sede. Do lado de fora, os dois homens conversavam sobre ele.

"Ele está doente. Não pode viajar hoje, ou vai acabar tendo um treco na estrada e sendo pego. Como é que eu podia saber que ele estava doente antes de a gente sair de lá? E o que é que eu tenho com isso?"

"Ele não pode ficar aqui. Se não pode viajar hoje, vai ter que ficar na van, não tem outro jeito. Olha, você sabe muito bem que eu não gosto disso. Esse negócio vai ter que parar; essa parte do negócio."

"Não começa com essa história, pelo amor de Deus. Olha, ele não pode ficar na van. E se ele vomitar ou sei lá o quê? Eu estou com coisas valiosas lá dentro. Escuta, a gente podia levar o cara para seu quarto, não podia? É só por uma noite. Amanhã eu largo o sujeito lá em Bristol e pronto, fim de papo. Por favor, Paul."

"Pro *meu* quarto? Ah, não. De jeito nenhum. Nem pensar. Você só pode estar maluco. É arriscado demais. E se a minha namorada resolve aparecer? Ela vai lá toda hora, mesmo quando não estou. O que é que eu ia dizer para ela?"

"Paul, é só por uma noite. Você pode inventar alguma coisa para dizer a ela, pode dizer que está doente, que está passando mal. Sei lá. Olha, se a gente fizer o sujeito passar a noite na van e ele piorar, alguém pode acabar ouvindo o cara lá dentro. Ou ele pode resolver começar a bater na porta para alguém tirá-lo de lá. O cara é a maior carne de pescoço, além do mais. Foi para Bordeaux num navio de carga, como clandestino. Ficou em Paris uns dois meses. A imigração descobriu a situação dele. Tá, tá bom, o cara está doente, mas é só uma virose. Ele ainda é durão, e eu não quero encrenca."

"Olha, Bernard, é a última vez, está ouvindo? Se você tentar uma dessas de novo, juro que saio da jogada. Esquece o dinheiro, esquece essa merda toda, é arriscado demais. Eu não estou interessado, o.k.? Você está me ouvindo?"

"Estou, estou ouvindo. Você tem razão. É a última vez. A gente continua só com as antigüidades. Escuta, eu já concordei, está bem? Mas agora a gente está com essa batata quente na mão e precisa esconder o cara em algum lugar até amanhã de manhã. E vai ter que ser no seu quarto. A gente não tem nenhum outro lugar, tem?"

Houve um breve silêncio.

"Puta merda, Bernard, você é foda. Está bom, mas só porque ele está doente. Fique sabendo que eu não estou fazendo isso para ajudar você. Ele pode ficar no meu quarto, mas a gente vai ter que deixar para pegá-lo mais tarde, daqui a umas duas horas, depois que o salão já tiver fechado. E é bom que você esteja preparado para me pagar uma boa grana extra por isso, seu veado."

As vozes diminuíram; os dois estavam se afastando. Então ele se chamava Bernard, Le Fournisseur, o homem dos dedos gordos e amarelos. A voz do outro parecia ser de um homem mais jovem. Então ele ia ter de esperar pelo menos mais duas horas, com aquela sede, o rosto dolorido, a cabeça latejante, os braços e pernas dormentes. Estava no lugar errado, combalido demais para se locomover, e eles o odiavam. Logo se dariam conta — se já não tinham percebido — de que seria mais fácil matá-lo. Era isso que Bernard iria querer, e Bernard tinha uma arma. Talvez o mais jovem também quisesse vê-lo morto. Remexeu-se e sentiu a lona áspera de sua bolsa roçar em sua coxa. Os dois iam lhe tirar aquilo também. Tinha sido muito burro de deixar Bernard ver sua bolsa. Deviam estar falando sobre ele agora, decidindo onde iriam dar cabo dele, o que fariam com o corpo, como repartiriam o dinheiro. Gemeu baixinho com o rosto entre as mãos e lágrimas escorreram-lhe pelo canto dos olhos fechados, molhando seu cabelo.

Quando ouviu o guincho enervante da porta da van sendo aberta, percebeu que, embora não tivesse mais forças para se defender, ainda tinha energia bastante para se encher de terror. Abriu os olhos e levantou a cabeça, soluçando. Mas não era Bernard, era o outro, Paul. Paul debruçou-se para dentro da van e olhou para ele por trás das pilhas de cadeiras, dos engradados e das caixas, depois girou o corpo e puxou para o interior do carro uma trouxa de aparência macia. Então ele seria sufocado. Depois, enfiariam seu corpo num saco e o jogariam em algum lugar para apodrecer ou ser comido por cães vadios. Encolheu-se de novo no cantinho onde o chão encontrava a fria parede de metal da van e ficou olhando, impotente; sua respiração era curta e ruidosa. Estava fraco demais para se sentar ou berrar.

"Toma aqui. Isto vai ajudar."

Eram cobertores. Três cobertores macios de lã e um travesseiro para recostar a cabeça. Paul devia tê-los tirado de sua própria cama. Arriscara-se só para trazer cobertores e um travesseiro para *ele*. O sujeito estava agachado ao seu lado, ajeitando os cobertores em cima dele como se fosse sua mãe. Ele agora estava com vergonha de suas lágrimas e das palavras incoerentes de agradecimento que saíam dolorosamente de sua garganta seca e inflamada.

"Eu trouxe um pouco de água para você", disse Paul, pondo uma garrafa de plástico cheia ao lado dele. "Venho buscar você mais tarde. Aí você vai poder comer, se quiser. E vai poder descansar direito também. Vai ficar tudo bem. Eu sinto muito."

E aí o tal de Paul foi embora. Sozinho no escuro da van, ele primeiro bebeu um pouco da água. Depois, embrulhado nos cobertores, sentiu seu corpo parar de tremer por tempo suficiente para permitir que pegasse no sono.

25

Quando o táxi foi embora, Derek abriu a porta da frente da casa de Cecily com sua própria chave e entrou. Ela veio recebê-lo no hall estreito, mas não de braços abertos. Estava escuro demais para que pudesse ver direito o rosto exausto e encovado de Derek.

"Você está exatamente" — olhou para o relógio de pulso — "sete horas e dezoito minutos atrasado."

"Não começa", disse Derek, quase sem forças, encostando-se na parede com sua pasta numa das mãos, enquanto levantava a outra num gesto de submissão. "Por favor, Cecê. Eu vou explicar. Estou acabando de vir da delegacia. Eu fui detido. Por causa do assassinato do Sawyer. Eles me interrogaram sem parar, depois me fizeram ficar esperando até terminarem de averiguar tudo o que eu tinha dito. Levou horas. O inspetor-chefe Poole disse que eu dei muita sorte de existir um morador de Camden Crescent que sofre de insônia e que viu meu carro ser saqueado. Não foi culpa minha. Não começa. Por favor."

Para a surpresa dele, Cecily não começou, não imediatamente pelo menos. Só lhe deu as costas e foi andando.

"Pedi comida por telefone, comi e agora estou indo deitar", disse, sem olhar para ele. No primeiro degrau da escada, Cecily se virou e falou: "Não sei se você está com fome. Não tem nada para comer na geladeira. Você disse que ia fazer o jantar. Não sei onde você estava, não sei por que se atrasou, não sei por que não me ligou. E não sei por que não te ponho porta afora. Amanhã de manhã vou querer uma explicação. E algumas decisões também. Sobre nós dois. Não me acorde quando entrar no quarto". Deu as costas e subiu.

A azia de Derek tinha passado, mas uma enxaqueca tomara seu lugar. Embora estivesse faminto, sair de novo para comprar alguma coisa para comer estava fora de cogitação; sentia-se exausto demais até para continuar de pé por muito mais tempo. Atirando a pasta em cima do sofá, foi até a cozinha, apanhou um copo, um saca-rolhas e uma garrafa de chianti e voltou com eles para a sala. Abriu a garrafa e deu uma boa golada pelo gargalo antes de encher seu copo. Arrancou os sapatos dos pés, voltou para a cozinha e abriu a geladeira. Cecily não fora precisa na sua declaração. Não chegava a não ter nada para comer na geladeira. Tinha uma pasta light, um molho de salada sem óleo, dois tomates, metade de um pé de alface e um pedaço mole de pepino. A opinião pessoal de Derek sobre saladas era que, cerca de cinco vezes por ano, e apenas quando de férias na Itália ou na França, algumas folhinhas selecionadas de verdura funcionavam bem como barquinhos para transportar um bom molho de alho e óleo para dentro da boca. Em qualquer outra circunstância, seu desprezo por saladas estendia-se às pessoas que as comiam. Na porta da geladeira, encontrou um potinho de plástico contendo restos aguados de queijo cottage de baixo teor de gordura com (o que só fez aumentar seu nojo) pedaços de abacaxi. Queijo cottage era o tipo da coisa que ele nem sequer considerava comida. Bem no fundo do seu íntimo, a sua frustração, imensa, cabeluda e malcheirosa, levantou-se, bocejou, espreguiçou-se, deu uma voltinha e deitou de novo, enroscadinha, como um cachorro na frente de uma lareira crepitante. Derek fechou a geladeira e voltou para a sala para apagar as brasas com chianti.

Estendido no sofá, bebericou seu vinho e pôs-se a pensar, cheio de fome e anseio, na geladeira da sua casa. Pauline mantinha a geladeira deles sempre bem abastecida. Nunca faltava um bom queijo, às vezes patê ou um presunto decente, azeitonas, manteiga. Ovos. Bacon. Pão. Latas de anchova no armário. Biscoitos de chocolate nas latas. *Chocolate.* De repente, ele se lembrou. Ah, louvados sejam por todo o sempre Sharlene Hanrahan e Darren Harper, que o tinham presenteado com as duas caixas de bombons que estavam agora dentro da sua pasta. Com as mãos trêmulas, Derek girou os números do segredo da tranca da pasta e os fechos se abriram. Pegando uma caixa em cada mão, despejou os bombons no tapete à sua frente e passou um ou dois minutos relaxantes debruçado sobre seu tesouro, separando aqueles de que não gostava muito e depois, com os bombons de recheio de caramelo, coco e café já devidamente postos em isolamento, atacou os outros.

Mais tarde, levou a garrafa vazia, o copo de vinho e cerca de três dúzias de papéis de bombom para a cozinha. Sua enxaqueca não melhorara nem um pouco, mas sua taxa de açúcar no sangue e, conseqüentemente, seu astral estavam bem mais altos. Sentia-se sociável o bastante para contar a Cecily sobre a tarde terrível e a noite ainda pior que passara na condição de suspeito de um assassinato — com pelo menos a riqueza de detalhes mínima necessária para inspirar nela uma compaixão intensa o bastante para permitir o avanço dos seus dedos ligeiramente melados de chocolate no meio das coxas dela. Quem sabe até ela aceitaria um bombom, delirou Derek, apanhando os bombons que tinham sobrado e guardando-os dentro de uma das caixas enquanto subia as escadas. Despiu-se da maneira mais ruidosa possível. Não tinha como ela não ter acordado.

"Quer um bombom de caramelo, Cecê?", ofereceu, sacudindo a caixa. Não houve resposta. Estava claro que ela também não gostava de bombom com recheio de caramelo. "E um bombom de café?" Derek esperou. Cecily não moveu um músculo. "Que tal de coco?", sugeriu. Ah, ela era tão fresca com comida. Derek subiu na cama atabalhoadamente ao lado daquele corpo imóvel, que continuou parado mesmo quando ele se esfregou mecanicamente contra o traseiro amarrotado de Cecily. Estava claro que ela pretendia continuar com aquela palhaçada de fingir que estava dormindo e tinha posto aquele seu pijama listrado e crespo feito um saco de batatas, ainda por cima. Filha-da-mãe, pensou, tacando os últimos quatro bombons de caramelo dentro da boca e mastigando lascivamente, antes de jogar os papéis no chão e apagar a luz.

Ainda estava escuro quando despertou e se deu conta de imediato de que o que o acordara fora uma dor. Uma dor no peito, ou perto do peito, onde sentia seu coração martelar violentamente. Virando ligeiro o corpo, sentiu de novo; a sensação aguda e dilacerante do lado esquerdo, perto da axila. Ai, meu Deus, estou tendo um infarto. Ai, não, por favor, infarto, não! Remexeu-se na cama e sentiu novamente. *Dor*. Sentia o sangue latejar com força nas têmporas e no pescoço. Tentou mexer o braço esquerdo e a dor voltou, deixando-o ofegante. Seu braço estava como que colado do lado do corpo, e agora ele já não tinha mais certeza se estava de fato escuro ou se simplesmente era ele que não estava mais enxergando. Sabia que, mesmo que a dor lhe permitisse levantar, logo sentiria a cabeça começar a girar num redemoinho vertiginoso e nauseante. Gritou com toda a força do que parecia ser seu último fôlego, passando a respirar em arquejos cheios de pânico. Estranhamente, mesmo enquanto Cecily olhava para ele, com o rosto lívido e cheio de pregas, falava agitadamente ao telefone e lutava para enfiar uma roupa no corpo, uma parte dele assistia a tudo com distanciamento e sem espanto, sabendo que estava caminhando para aquilo já fazia algum tempo. E ele que passara o dia inteiro pensando que fosse indigestão. Tentou se virar e levantar a cabeça, mas a dor voltou com força total. Não havia mais dúvida. Quanto tempo aquilo iria durar? Não conseguia mexer o braço. Quando encostou de novo a cabeça no travesseiro, a sensação de tontura passou a vir em ondas e seu coração cinqüentão pulsava ruidosamente debaixo daquela carcaça que tinha, no mínimo, uns quarenta quilos a mais do que devia. Ai, Deus, é isto que é morrer? Continue respirando. Não fale nada. Não é de espantar, na verdade; bem no final do ano letivo e depois de um dia como aquele. Não ia conseguir continuar respirando. Ajeitou-se na cama e viu-se novamente dominado pela dor em seu lado esquerdo, até que, por fim, desmaiou.

26

Servir de ouvido amigo para os desabafos de Sue estava começando a se tornar uma responsabilidade pesada. Com toda a franqueza, as únicas razões admissíveis para se ligar para alguém perto da meia-noite, a menos que se trate de um telefonema entre pessoas apaixonadas, eram internações hospitalares, algum viajante precisando ser resgatado no aeroporto e panes. Automobilísticas, bem entendido, não emocionais, a não ser que a pessoa estivesse absolutamente *in extremis*. Telefonar às dez para a meia-noite para convidar alguém para tomar café na cidade na manhã seguinte não se encaixava nem mesmo na última dessas categorias, por mais forte que fosse o sentimento que motivara o convite e por mais frágil que a voz soasse do outro lado da linha.

"Eu conto tudo quando a gente se encontrar amanhã", dissera Sue na noite anterior, e então pusera-se a contar praticamente tudo para Sara ali mesmo, pelo telefone, e às dez para a meia-noite. "Você não estava deitada, estava? Olha, eu espero *sinceramente* não ter acordado você. É que eu estava precisando muito falar com alguém. Estou na casa da tia Livy, mas ela não está aqui, quer dizer, não está aqui comigo. Acho que já deve estar na cama. Bom, olha, eu vou contar rapidamente. Eu fui até o quarto do Paul quando terminei meu turno hoje à noite. Eu pretendia ficar lá esperando por ele, mas ele já estava lá. Tinha uma luz acesa no quarto e as cortinas estavam fechadas. Só que ele *nunca* fecha as cortinas. Tentei entrar pela janela francesa, mas estava trancada. E ele *nunca* tranca aquela janela. Aí resolvi bater na porta e ele apareceu e disse que estava doente. Bom, ele estava *tentando* parecer doente, mas não estava. Não estava doente quando eu o vi de manhã. Não estava doente coisa nenhuma. E você não vai acreditar, mas ele não me deixou entrar. Ele teve a coragem de não me deixar entrar. Só podia estar com alguém lá dentro."

Sue fez uma pausa para dar tempo a Sara de absorver aquela informação e reagir com a devida indignação.

"*Não.* Ai, Sue, que coisa horrível. Eu sinto muito." Por dentro, estava pensando *filho-da-mãe.*

"Tinha alguém lá dentro, tenho certeza. Então agora acabou, Sara. Sério. *Acabou.* E você sabe do que mais? Eu não estou nem zangada. Estou calma. Estou absolutamente calma. E acabou. Ele perdeu a chance dele." Sue respirou fundo. "E aí eu vim para cá e fiquei pensando, e o que decidi foi o seguinte: amanhã, vou sair para fazer compras na cidade e fazer alguma coisa para mim. Vou comprar um agasalho de corrida novo e vai ser amanhã. E aí vou ficar bem em forma e cuidar direito de mim mesma, e o Paul que se dane. Estou lendo um livro que a minha senhoria me emprestou e que ensina a cuidar da sua celebridade interior. Você só tem que decidir que tipo de celebridade você é e depois fazer tudo o que o livro manda. Faz todo o sentido do mundo quando você lê. Então resolvi que amanhã vai ser o dia em que vou beber oito copos d'água, para tirar as toxinas do meu corpo. E pensei também que seria maravilhoso poder me encontrar com você e tomar um café — bom, água provavelmente — e ter um dia gostoso e não pensar em Paul nem por um instante. Quer saber, eu praticamente já superei essa história. Estou *decidida*, Sara, completamente decidida. E estou *absolutamente* calma. Dane-se o Paul."

A voz de Sue assumira um leve tom esganiçado e Sara ouviu-a começar a respirar bem devagar, inspirando pelo nariz e soltando o ar pela boca, da maneira como os terapeutas costumam mandar seus pacientes fazerem.

"Isso mesmo, Sue. Agora vê se trata de ter uma boa noite de sono e a gente se encontra amanhã. Às onze no Pump Room."

Então, lá estava Sara, à espera de Sue e contente por ter conseguido garantir uma mesa no Pump Room, ainda que fosse uma mesa próxima demais do trio que estava martelando o quinteto *A truta* numa versão reduzida para piano, violino e violoncelo. Tinha saído de casa a pé, descido por Northend antes que esquentasse demais, tomado um ônibus para a cidade, examinado as prateleiras de uma loja de discos e comprado um CD recém-relançado de uma das primeiras gravações de Edwin, em cuja capa havia uma foto hilária dele quando jovem, com um olhar lúgubre e o cabelo cheio de brilhantina, que a deixara com uma vontade louca de mexer com ele. Tinha também dado uma espiada numa exposição de aquarelas na Victoria Art Gallery. Era uma delícia se sentir livre do parquímetro — era um pouco como estar de férias numa cidade estrangeira. Afastou de seus pensamentos a súbita lembrança de Paris quando viu Sue andando em sua direção, carregada de sacolas contendo o espólio de uma manhã destemidamente dedicada às compras. Ela estava bonita, resplandecente com o triunfo de sua investida consumista. Sara pensou, generosa, que Sue estava tão linda atravessando o Pump Room com seus óculos escuros caríssimos que dava até para perdoá-la por não tê-los tirado antes de chegar à mesa.

"Olá! Mmuá! Mmuá!", exclamou, inclinando-se e estalando extravagantes beijinhos no ar dos dois lados do rosto de Sara, antes de desmoronar teatralmente na cadeira em frente.

"Ufa! Desculpa o atraso. Olha só para *isto*." Enfiou o braço dentro de uma de suas sacolas e puxou um bolo de malha felpuda cinza-claro. "Comprei um agasalho de corrida novo. Olha o detalhe do debrum vinho", mostrou. "Não estava agüentando mais ficar sem um agasalho. Eu tinha um outro cinza, mas perdi em algum lugar. Pensei que estava na casa da tia Livy, mas não estava. Perco a noção de onde as coisas estão, tenho roupas espalhadas por tudo quanto é canto. Eu devia organizar melhor minhas roupas. Talvez eu faça isso, agora. É possível que eu tenha deixado no clube, mas se deixei não está mais lá. Alguém pode ter afanado, mas a gente não gosta de pensar que coisas desse tipo possam acontecer num lugar daqueles, não é verdade? Aquele é um clube supostamente de classe, não é mesmo?"

Sue continuou falando, enquanto Sara pedia um café. "Sabe, a história do Paul e o agasalho — são coisas que estão meio relacionadas, sabe? Quer dizer, eu estava andando e pensando se algum dia essas coisas vão se esclarecer. Eu fazia tudo o que o Paul queria. Não importava o que ele quisesse, eu fazia. Qualquer coisa. Eu simplesmente acreditava em tudo o que ele me dizia."

Parou um pouco para refletir. "Agora vejo quanto estava errada. Ele estava me embromando o tempo todo, sabe? E aí, de repente, me enchi, entende? Me enchi tanto que disse a mim mesma, não, já chega. Se ele quer arranjar outra pessoa para fazer tudo que ele quer, pensei, bom, então, Paul, vai às favas, sabe, que vou tratar de sair e comprar um agasalho novo para mim. Eu só queria ter feito isso muito antes. Queria ter me tocado antes. Tudo tem a ver com auto-estima, sabe? Com a força que a gente tem dentro da gente. A gente tem que celebrar quem a gente é. Você está me entendendo?"

A força recém-encontrada dentro de Sue a estava fazendo tagarelar sem parar. O café chegou.

"Posso servir você? Você vai comer alguma coisa? Estou morrendo de fome. Que se dane o Paul, eu vou engordar."

Esticou o pescoço e olhou em volta à procura de um garçom, mas sua atenção foi captada por algum outro foco de interesse perto da porta. Virou-se para Sara como quem vai contar um segredo.

"Tem um cara ali na fila", disse baixinho, parecendo intrigada, com o queixo quase encostando na toalha de mesa. "Não, não olhe agora, não. Eu aviso quando você puder olhar. Acho que ele é o mesmo cara que vi numa fotografia. Só pode ser ele. Lembra da Cecily, a minha senhoria? É o namorado dela, só que ele é casado. Ele ia passar este fim de semana com ela, foi por isso que fui para a casa da tiaLivy. Só que ele está aqui com outra mulher. É aquele ali com camisa e calça sociais e um tênis novinho em folha. Ele está com uma aparência meio esquisita."

"Que coisa", disse Sara, quando Sue deixou que ela olhasse. "É ele, sim. Eu o vi naquele dia em que fomos à Convenção de Artes Curativas. Antes de me encontrar com você e a Cecily no Salão de Chá. Ele não está parecendo muito bem, está?"

Derek e a mulher de cabelos pretos tinham chegado ao início da fila e estavam sendo conduzidos a uma mesa que ficava logo atrás e ao lado de Sue, proporcionando a Sara uma visão perfeita das costas de Pauline e do rosto de Derek, que estava cansado e com a barba por fazer. Ele parecia imensamente infeliz.

"Deve ser a esposa", Sara sussurrou para Sue, enquanto a mulher, sem nem ter olhado o cardápio, fazia seu pedido para o garçom, que havia puxado uma cadeira para ela e agora a ajudava a se sentar. O *mezzoforte* invariável do trio de músicos acabava com qualquer possibilidade de entreouvir a conversa, mas a julgar pelo modo brusco como a mulher balançava a cabeça toda hora e pelo olhar perdido e mudo que Derek lançava para o meio do salão, era óbvio que ela estava encontrando muito que dizer e que estava discutindo um assunto que o feria profundamente. A expressão de Derek tornou-se ainda mais soturna quando o garçom trouxe seus pedidos: chá com limão para ele; chocolate quente com chantili e um brioche para ela. Com frases apressadas e sintéticas, Sara relatava tudo o que conseguia ver para Sue, que não tinha a menor idéia de que conclusão tirar daquilo, mas sabia qual era seu dever de amiga.

"Olha, acho que eu devia ir até Larkhall. Você se importa? Ele devia estar com a Cecily neste fim de semana, eu tenho certeza disso porque ela me pediu para não aparecer por lá. E, se ele está aqui, isso quer dizer que a Cecily deve estar sozinha. Você não fica chateada, fica? A gente pode correr juntas na segunda-feira de manhã; você topa nadar um pouco depois? Ótimo, vejo você na segunda então. Desculpe, mas é que devo isso a ela; sei como ela deve estar se sentindo. Acho que eu devia dar uma verificada."

Sue se levantou e, com um sorrisinho esmaecido, juntou suas sacolas. "E também, bom... o Paul pode ter ligado."

Generosa, Sara lhe disse que podia ir embora sem problemas e só depois reparou que o maravilhoso ray-ban de Sue ficara esquecido em cima da mesa. Decidiu deixar para lhe devolver os óculos na segunda-feira, quando era possível que Sue ainda nem sequer tivesse dado pela falta deles, já que seu apego a seus pertences parecia de fato um tanto precário. Sara continuou ali sentada, ligeiramente anestesiada pela sensação de ter sido apanhada no turbilhão emocional de Sue e atirada para fora logo depois. Tentou se sentir indignada. Afinal, nunca chegara exatamente a se candidatar ao papel de confidente de Sue, mas deu-se conta de que por certo enviara sinais de que estava preparada para desempenhá-lo. E, o que era pior, não o fizera por generosidade, mas por pura carência. Quisera saciar alguma necessidade sua de observar — já que não podia mais sentir — aquela tensão levada ao máximo entre duas pessoas tão incompatíveis, a intensidade emocional de seus embates inarticulados e de seus desentendimentos bizantinos. Era como assistir a duas pessoas, uma cega e a outra surda, tentando tricotar, cada qual segurando uma das agulhas. E havia outra coisa também, algo ainda mais óbvio e lamentável em tudo isso que Sara agora percebia: nenhum interesse, por maior que fosse, pelas fúrias e paixões de outras pessoas seria capaz de devolver a centelha vital da emoção à sua própria vida, onde os sentimentos pareciam estar mortos e enterrados. Não faria a menor diferença para ninguém, de fato, se ela continuasse ali sentada e afogasse as mágoas em mais meio bule de café, abandonado por alguém que tinha lugares para ir e pessoas para encontrar.

Os últimos acordes do trio foram aos poucos cedendo lugar a um bem-vindo silêncio, e os três músicos desceram do palco sob uma salva de palmas. Derek aproveitou aquele pequeno ensejo para deixar de prestar atenção ao que sua esposa estava dizendo, encostando-se na cadeira e aplaudindo desnecessariamente. A mulher olhou em volta um pouco surpresa, obviamente sem ter ouvido uma única nota. Estava determinada a retomar seu monólogo que, com a retirada do trio, Sara agora podia escutar. *E daí* que tivesse se transformado numa parasita emocional, regalando-se com as agonias alheias que conseguia entreouvir? Cravou os olhos fixamente nas pregas da cortina verde e rosa e aguçou os ouvidos.

"... a culpa é toda sua, porque ninguém ficaria surpreso se você *de fato* tivesse um infarto... nojento... com ela o caminho inteiro, na verdade... pena dela, ali sentada, completamente arrasada... delineador preto, lágrimas... pelo rosto... ligar para *mim* às cinco da manhã... *humilhante*... nós duas... metade da noite... naquele lugar... ah, na *maior paz*... cubículo confortável."

A esposa de Derek fez uma pausa para tomar uma colherada do creme do seu chocolate quente e Derek aproveitou a oportunidade.

"Não tinha nada de confortável. E foi assustador. Eu estava sozinho lá dentro e quando acordei não tinha ninguém para me explicar o que estava acontecendo. Pensei que estava morrendo. Não tinha coragem de me mexer e, quando chamei, ninguém apareceu. O que é que você queria que eu pensasse?"

"Nem tente me fazer ficar com pena de você. E o que *eu* passei? Quando dou por mim, estão me chamando para entrar no cubículo... médico jovem... metido a besta... e o que aconteceu depois poderia até me fazer rir se eu não estivesse me sentindo tão *humilhada*."

Derek se recostou na cadeira, olhou por cima do ombro e depois de volta para a esposa, e disse entre os dentes, furioso e suplicante ao mesmo tempo: "Cala a *boca*".

Ela não tinha a menor intenção de calar a boca. Não só continuou falando como ainda elevou a voz, fazendo uma imitação cruel de Derek. Uma ou duas pessoas chegaram a se virar para olhar para ela.

"Ah, você foi genial. 'Por favor, doutor, seja franco comigo. É muito grave? Sem eufemismos. Eu quero saber a verdade.' Você se lembra de ter dito isso? Lembra de ver a mim e a tal da fulana e o médico em volta da cama? E lembra do sorrisinho debochado que o médico deu quando disse que o que você tinha era tão raro que eles nunca tinham visto um caso igual no hospital inteiro? Mas que, se você 'seguisse os conselhos médicos', *não precisaria temer uma recorrência*? Lembra disso? Bom, *eu* não vou conseguir esquecer nunca."

Derek segurava a cabeça entre as mãos.

"Ah, e a cena seguinte foi melhor ainda. Você todo assustadinho, passando a mão no sovaco e dizendo, 'Ai, meu Deus, o que foi que aconteceu? Vocês me operaram? Por que o meu sovaco está raspado?'"

A mulher ria sem dó nem piedade. Pessoas de várias mesas agora estavam mais ou menos abertamente prestando atenção à conversa.

"E aí chega a enfermeira com aquela bandeja cirúrgica e diz: 'Infelizmente, tivemos que remover um caroço, senhor Payne. Um caroço bem grande'. A cara que você fez! E aí vira-se o residente e diz: 'Ah, sim, era grande mesmo, mas felizmente não era maligno. Era um caroço benigno. Um imenso caroço benigno de caramelo, para ser mais exato', com um sorriso que ia daqui até aqui! Meu Deus! *Caramelo!* Um caroço de caramelo mastigado, numa bandeja cirúrgica! Tive vontade de te *estrangular*!"

Parou para tomar fôlego e olhou ao redor. Sua platéia logo se encheu de vergonha e, tentando parecer indiferente, voltou a conversar. Sara estudava o lustre atentamente, e uma paz nervosa voltou a reinar no salão. Derek olhava para o resto do brioche da esposa com tanta concentração que chegava a franzir o cenho, enquanto ela apanhava um lenço dentro da bolsa e enxugava o nariz, impaciente.

"Sabe, Derek, eu pensei muito, sentada naquele lugar horrível metade da noite, e tomei algumas decisões. Decidi que *não* vou me separar de você, mas sob as seguintes condições. Em primeiro lugar e a partir de já, você vai entrar numa boa dieta. Em segundo lugar, depois da maneira como você andou se comportando, ficou claro para mim que você está me devendo algumas coisas, a começar por um fim de semana decente. Então, você vai até a casa daquela piranhazinha imbecil *agora* e vai terminar tudo com ela de uma vez por todas, enquanto reservo um quarto para nós no Royal Crescent e descanso um pouco. Depois você vai me apanhar lá e me levar para almoçar no Olive Tree. Só salada para você."

Fez uma pausa, enquanto tentava encontrar a melhor maneira de infligir o máximo de tormento possível. "Aí, depois, você vai me levar para fazer compras, a começar" — pela primeira vez, sua voz traiu uma sensação de prazer íntimo — "pela Droopy and Brown. É, isso mesmo. E depois? Bom, talvez um chá. Sem acompanhamentos, para você. Mais tarde, vamos jantar no... hummm... acho que provavelmente no Hole in the Wall. E aí depois a gente vê o que vai fazer."

Derek olhava fixamente para um ponto atrás dela, tentando demonstrar um alheamento altivo do ambiente à sua volta. Seu rosto tinha a expressão distante e absorta de um labrador ocupado em fazer suas necessidades.

Mas ela ainda não tinha terminado. Elevou a voz novamente. "Porque, Derek, eu simplesmente tive que dirigir por três horas no meio da noite, passar mais duas horas sentada no setor de emergência de um hospital, para *depois* ainda ser ridicularizada na frente da equipe médica inteira, tudo isso porque o meu marido é *tão* idiota que tem um ataque de pânico, *hiperventila*, *desmaia* e tem que ser *sedado* só porque, quando estava dormindo na cama de uma vadia, um maldito caramelo cai da sua boca e fica grudado no seu *sovaco*!"

A esposa de Derek inclinou um pouco a cabeça e tomou o restinho de seu chocolate quente. "Assim sendo, Derek, nenhuma das condições que acabei de estabelecer é negociável. Está entendido?"

Pelo que Sara podia ver, Derek parecia ter entendido direitinho.

27

Quando conseguiu levantar o tronco, olhou ao redor do quarto e viu que a maior parte das coisas estava quebrada. Tinha a impressão de lembrar que os dois tinham caído com violência contra as prateleiras, derrubando todos os livros, papéis, caixas e vasos que agora estavam esparramados pelo chão. Uma mesa tinha sido virada e duas de suas pernas estavam quebradas; a televisão encontrava-se caída no chão com a tela para baixo e havia uma rachadura enorme na parte de trás, que estava soltando. A água de um vaso quebrado se espalhara pelo carpete. As cortinas tinham sido arrancadas da parede e estavam amontoadas no chão, com seus suportes, também arrancados dos ganchos, tombados por cima. Notou a parede salpicada de gotinhas escuras, que tinham saído de seu próprio nariz, no qual o homem acertara um de seus primeiros socos. Apalpou o nariz com cuidado e descobriu, aliviado, que não estava quebrado. Olhando para baixo, na direção do peito, viu que havia muito sangue, *seu* sangue, em suas roupas. Mas sua jaqueta era escura, e ninguém, mesmo que notasse as manchas, perceberia que aquilo era sangue.

Olhando em volta mais uma vez naquele estranho silêncio, seus olhos avistaram o homem estendido de costas na cama amarfanhada. Fique estendido aí mesmo, seu porco, a culpa é toda sua. Tivera de lutar com todas as suas forças. Não sabia a força que tinha até ter de enfrentar o sujeito, até que salvar sua própria vida passou a significar acabar com a vida do outro. Mas tivera toda razão de defender o que era seu.

Tivera toda razão de se enfurecer com o cara por fingir que queria ajudá-lo e depois tentar tirar dele tudo o que tinha. Mas ele tinha matado o cara. E agora todas as outras coisas iriam estourar em cima dele também. Todas as outras coisas. Precisava encobrir tudo, ou pelo menos camuflar tudo de forma a ter tempo suficiente para fugir. A única saída era fugir. Precisava fugir dali imediatamente, mesmo sendo dia claro lá fora. Sentiu um asco tremendo só de pensar em ficar esperando ali naquele quarto até escurecer. Estava surpreso com a clareza com que conseguia pensar e com quanto se sentia distante e desligado dos acontecimentos dos últimos dias, desligado até da dor que sentia naquele momento, principalmente nas costelas, nas mãos esfoladas e no rosto inchado. Esticou o corpo com cuidado ao apanhar as cortinas do chão. Os suportes não estavam quebrados e ele os recolocou com facilidade nos ganchos da parede. Em seguida, pendurou as cortinas nos suportes e fechou-as para esconder a destruição do quarto caso alguém olhasse pelo lado de fora. Depois foi até a cozinha para lavar o sangue que lhe cobria o rosto. Foi só quando ouviu o esguicho de água saindo da torneira que se deu conta de como estava sedento. Pôs a boca debaixo da torneira e bebeu avidamente. A água batendo em sua garganta seca ajudou-o a controlar o tremor de suas mãos. De volta ao quarto, procurou suas coisas no meio dos destroços. Só levaria sua bolsa. Só levaria o que lhe pertencia e deixaria o resto; não levaria a arma. Tranque a porta. Deixe as cortinas fechadas. Ande. Pense. Seria burrice fugir na van. Esqueça a van e siga em frente. Pare de tremer. Continue andando. Veja se consegue chegar até as árvores. Mantenha a cabeça baixa, mantenha a calma e pense.

28

Em resposta à pergunta de Sara, o assistente júnior do clube declarou que Sue não fora trabalhar.

"Lamento muito, senhorita Selkirk. Acho que ela deve estar doente."

"Ah. É que a gente tinha combinado correr juntas hoje de manhã. Ela deixou algum recado?"

Mas Sue não deixara recado algum; na verdade, nem sequer telefonara.

"Olha, *eu* no lugar dela certamente teria ligado", disse ele, empertigado. "Com toda a certeza. Não custa nada, não é? Só para avisar para a pessoa."

"Ela deve ter esquecido que tinha combinado de correr comigo. O Paul sabe como ela está?", perguntou Sara.

"Infelizmente, eu não tenho como perguntar ao Paul. É o fim de semana da folga prolongada dele. Acho que ele só vem trabalhar amanhã, na hora do café-da-manhã. Lamento muito. Eu certamente teria ligado, no lugar dela."

Lembrando que Sue suspeitava de que pudessem estar roubando coisas no Fortune Park, Sara achou melhor não deixar os óculos no balcão da recepção. Qualquer um poderia tirá-los de trás do balcão com facilidade quando os funcionários estivessem ocupados.

No final da tarde, Sara telefonou para Olivia. "Não é nada urgente, mas é que estou com os óculos escuros da Sue. Ela os esqueceu no Pump Room no sábado, e eu pretendia devolvê-los para ela hoje. Mas, enfim, você poderia só avisar para ela que eles estão comigo? Ela melhorou? E como está o Edwin?"

Olivia não via Sue desde sábado. "Pensei que ela fosse ficar aqui um pouco mais no fim de semana, mas a verdade é que nunca sei ao certo quando ela vai ficar ou não. Ela está sempre zanzando de um lado para o outro. Pensei que estava tudo terminado entre ela e o Paul, pelo menos era o que parecia no sábado de manhã. Mas com certeza entendi errado. Se ela não está com ele, é provável que esteja em Larkhall. E o Edwin está bem."

"Está bom, então. Vou ligar para lá, para ver se a encontro. Ah, e aliás, quem é Churchill? Naquele dia em que nós tomamos chá juntos, o Edwin comentou alguma coisa sobre um Churchill e eu não consegui entender o que ele quis dizer. Acho que não estava se referindo ao Winston Churchill. Você tem alguma idéia do que ele queria dizer?"

"Churchill?" Olivia ficou pensando por alguns instantes. "Ah, sim, *Churchill*. É o nome da firma que instalou o ascensor na escada. Churchill's Stairlifts, se não me falha a memória. É aquela firma que a *Dame* Thora Hird recomenda no anúncio, sabe? Só isso. Aliás, ele adorou sua visita. Será que você poderia voltar aqui outro dia? Poderia almoçar com ele na quarta-feira? Ele em geral come um sanduíche por volta da uma hora."

"Eu adoraria. Na verdade, nossa última conversa foi interrompida naquele dia e eu gostaria muito de poder conversar com ele de novo sobre algumas coisas. Quarta-feira está ótimo. Diga a ele que eu mandei um beijo."

Sara ligou para o número de Larkhall, mas ninguém atendeu. Era provável então que Sue estivesse com Paul, tirando o máximo de proveito de mais um de seus recomeços condenados ao fracasso. Talvez os dois tivessem até resolvido, no entusiasmo da reconciliação, passar um ou dois dias fora, em algum lugar, e Sue tivesse simplesmente decidido matar um dia de trabalho, pois estava vivendo, excepcionalmente, um momento de felicidade.

29

No dia seguinte, Andrew saiu de casa de bicicleta e, subindo por Northend, sentia a irritação causada pela briga que tivera com Valerie arrefecer à medida que avançava. A discussão começara de forma totalmente inesperada, e ele ainda estava um pouco surpreso, não só pelo modo como começara, mas pela maneira inédita como terminara. Na verdade, antes da briga as coisas até pareciam estar ligeiramente melhores, provavelmente porque o trabalho o vinha mantendo longe de casa. E no fim de semana Valerie chegara a encorajá-lo a fazer amor com ela, tomando mesmo a iniciativa de lhe dizer que isso seria aceitável, de forma que ele até começou a imaginar que aquilo talvez pudesse ser o início de uma fase nova e mais feliz para os dois. Compreendia — muito embora reconhecesse que, sendo homem, jamais poderia compreender inteiramente — que a maternidade era a função mais difícil, absorvente, exaustiva e desgastante que uma mulher poderia desempenhar. Valerie não só lhe dissera isso como demonstrara amplamente quanto isso era verdade. Mas no sábado à noite ela de fato sugerira que, se ele quisesse "ter relações", por ela, tudo bem. Fazia tanto tempo que Valerie não usava aquela expressão que ele já tinha quase esquecido quanto a detestava.

Na hora, a consciência de que Valerie não era a mulher com quem gostaria de fazer amor tornou a idéia de "ter relações" impensável para Andrew, mas fez também com que ficasse se perguntando se, agora que sua filha mais nova estava com quase seis anos, Valerie estaria finalmente superando a depressão pós-parto que ela dizia que seu médico — um *homem* — fora incapaz de diagnosticar e se ele poderia ter esperanças de que, depois de mais de cinco anos de noites de sono *não* interrompido, ela estivesse começando a se sentir um pouco menos exausta. Acima de tudo, tinha esperança de poder em breve sair de debaixo da nuvem de recriminações que pairava sobre ele desde que começara a satisfazer a vontade de Valerie engravidando-a religiosamente e lhe dando os filhos que ela insistia que queria ter. Ela sempre se referia a eles como filhos "dela", e eles eram mesmo, todos os três. Andrew às vezes não tinha muita certeza se realmente gostava deles, com aquela mania que tinham de suplicar pelas coisas até conseguir o que queriam, embora os amasse profundamente.

Mas o verdadeiro motivo da oferta de submissão de Valerie no sábado ficara claro de manhã, bem cedo, quando um caminhão parou em frente à casa. Andrew saiu para dizer ao motorista que devia haver algum engano, mas o motorista tinha um papel especificando o endereço e o horário da entrega, e não se deixou dissuadir.

"Está tudo escrito aqui, então sou obrigado a fazer a entrega, entende? O senhor vai ter que ligar para eles se quiser cancelar a compra. O escritório abre às dez. Eu não tenho autorização para isso, entende?"

Assim, Andrew não conseguiu impedir que o motorista despejasse setenta lajes de concreto, três sacos de cinqüenta quilos de cimento e meia tonelada de areia no jardim dos fundos. Valerie tinha saído para levar as crianças à escola e, quando voltou, Andrew já tinha telefonado para pedir que o caminhão voltasse para apanhar o material todo e levá-lo de volta para a loja. Com um sorriso dengoso que o deixou imediatamente de pé atrás, Valerie explicou que fora ela quem fizera a encomenda. Era o material para construir o pátio, a tarefa que ela havia lhe designado para o mês de agosto e para cuja realização reservara as férias inteiras de Andrew, todos os seus fins de semana livres e todos os seus fins de tarde. Sem consultá-lo. Porque ela queria um pátio.

Andrew continuava pedalando. "Mas eu não quero um pátio", ele protestara. "Não quero um pátio suburbano de cimento, nem jardineiras de plástico branco com rosas de pátio, nem móveis florais de pátio nem toda essa farsa patética de que nós somos uma família nuclear simpática, espontânea e feliz que passa os fins de semana reunida no pátio!"

Valerie não entendeu, ou fingiu não entender. Deu aquele sorriso condescendente de quem diz os-homens-não-sabem-de-nada e declarou "Vai ser ótimo para fazer churrasco", com aquela sua voz de então-fica-resolvido-assim.

"Puta merda! Por que você não me ouve?", Andrew vociferou. "Você acha realmente que a porra de um pátio vai resolver o que há de errado entre nós? Você acha que os nossos problemas vão desaparecer de uma hora para outra com um churrasquinho e meia dúzia de hambúrgueres?"

"Você é tão *esnobe* que chega a dar nojo!", ela berrou.

E foi então que a coisa realmente ficou feia. Mas mais ou menos no meio da torrente de impropérios que saíram da boca de Valerie — abrangendo desde a frieza de Andrew, seus gostos esnobes, seu empreguinho de merda e seu violoncelo insuportável, até aquela perua metida a besta de St. Catherine — Andrew se deu conta, com uma sensação que quase o fez acreditar que estava flutuando no ar, de que Valerie provavelmente tinha razão e de que ele não estava nem aí para o que ela pensava dele. Andrew estava sorrindo quando Valerie finalmente parou de berrar, e então ele simplesmente saiu de casa para ir para sua aula. Subindo Northend em sua bicicleta, Andrew era um homem feliz. Sabia que não devia se sentir assim, que não devia ser capaz de jogar fora catorze anos de casamento com aquela tranqüilidade toda e que, quando realmente chegasse a esse ponto, não sairia incólume. Mas a culpa e a dor podiam ficar para depois. Elas viriam, sem dúvida, com a logística e as dificuldades operacionais da divisão dos bens, mas a decisão de sair, a decisão em si tinha uma espécie de clareza que o estava deixando feliz. Percebia agora que vinha vivendo fazia tempo com a vaga consciência de que a situação com Valerie não poderia se prolongar indefinidamente. Não haveria mais outras brigas como a de hoje porque ele já tinha deixado Valerie, muito embora, é claro, ainda precisasse se mudar de fato.

Sara arrumara a cabana esperando a chegada de Andrew, mas não estava preparada para vê-lo chegar daquele jeito, nem para o brilho que parecia haver em seu rosto. Os dois trocaram as queixas de praxe sobre o calor, de que ambos no fundo gostavam mais do que deixavam transparecer, e depois Andrew assumiu o comando da aula. Queria tocar uma peça inteira antes de ouvir os comentários de Sara. Não estava com disposição para ser interrompido hoje, disse, rindo. Estava a fim de dar o seu recado até o final.

"Está bom", disse Sara, um pouco surpresa. "Então não vou nem levar o Stradivarius lá para cima. Você vai dar o seu recado sozinho." Com Sara seguindo atrás, Andrew carregou o Peresson até a cabana e sentou-se numa das cadeiras colocadas sobre o chão de cascalho, à sombra. Sara, vendo-o tão desinibido não só musicalmente mas também em todos os outros aspectos, refletiu consigo que, naquele momento, Andrew provavelmente conseguiria fazer o que quisesse com ela. Não conseguia tirar os olhos de cima dele. Será que era a patente ousadia da composição — as variações de Beethoven sobre "See the Conqu'ring Hero Comes" de Haendel — que estava fazendo com que ele parecesse mais alto e mais forte? Enquanto ele tocava, Sara cantarolava a parte do piano nos trechos necessários, observando o rosto dele e admitindo para si mesma pela primeira vez que, quando entusiasmado e bem-disposto, Andrew tinha um brilho que ofuscava sua beleza convencional, um brilho ao qual estava ficando cada vez mais difícil resistir. Andrew estava tão irrefreável quanto a própria música, executando o maravilhoso alegreto como se fosse a música que tivesse de ser conquistada, o que de certa forma era verdade de fato. Ou talvez fosse a ela que estivesse determinado a conquistar — e, nesse caso, pelo menos hoje, não haveria luta. Sara se pegou imaginando por quanto tempo Andrew poderia ficar.

Do bolso do casaco de Andrew, no chão, o telefone celular tocou de repente, interrompendo a música acintosamente.

"Alô", Andrew atendeu, brusco. Os dois olhavam um para o outro, sem sorrir, enquanto ele ouvia. Sara se levantou e tirou o violoncelo e o arco gentilmente das mãos de Andrew. A pessoa do outro lado da linha tinha muito a dizer. Andrew continuou olhando para Sara, sem trair nada em sua expressão, então levantou e se afastou um pouco, ainda ouvindo.

Depois de algum tempo, disse "Está bem. Estou indo para aí agora" e abaixou a antena do aparelho. Ficou olhando para o vale por um instante, antes de se virar para falar. Seu rosto empalidecera.

"Eu tenho que ir até o Fortune Park, mas estou de bicicleta. Encontraram um corpo. De homem. Você pode me dar uma carona?"

Sara virou à esquerda no cruzamento do início de Colerne para pegar a entrada principal do Fortune Park. Ao se aproximar do hotel, no fim da longa avenida, avistou a faixa laranja tremulante de um cordão de isolamento da polícia e um único policial, que fez sinal para que seguissem em frente, passassem pelo hotel, pelas estufas e pelo jardim murado e entrassem no estacionamento dos fundos que servia ao clube e ao salão de beleza. Havia vários outros policiais ali e, enquanto girava o carro e estacionava-o atabalhoadamente, Sara percebeu que a atenção de todos estava concentrada no gramado em frente à janela francesa do quarto de Paul. Com um grito, saltou rapidamente do carro e saiu correndo pelo cascalho, na direção do gramado. Andrew alcançou-a sem dificuldade e agarrou-a com força pelo braço, levando-a em seguida até a sombra de um dos imensos castanheiros.

"Eu sei quem ele é, eu conheço ele", foi tudo o que Sara conseguiu dizer. "Eu conheço ele, eu *conheço* ele", repetiu. Andrew segurou o outro braço dela e virou-a bem de frente para ele.

"Espere aqui", disse, ríspido. "Não chegue perto. Espere aqui."

Sara ficou vendo Andrew se afastar através das faixas de luz e sombra que as árvores altas desenhavam no gramado e encostou os nós dos dedos com força contra os dentes para tentar fazê-los parar de bater. Andrew parou diante da tela branca que já tinha sido estendida diante da janela francesa. Sua chegada atraiu a atenção de quase todos os presentes, e uma conversa grave teve início entre Andrew, um policial uniformizado, um homem vestido com roupas normais e um outro homem, provavelmente o técnico do laboratório da polícia ou o legista, de jaleco branco e botas. Sara esperou até não agüentar mais. Com um movimento súbito e quase involuntário, saiu andando na direção da outra porta, onde não havia ninguém de vigia — a porta dos fundos que dava para o pequeno hall de entrada do quarto de Paul. Foi andando devagar pelo outro lado das árvores, imaginando que seria barrada a qualquer momento por um imperioso "Ei!", ou que descobriria, ao chegar lá, que a porta estava trancada. Levantou o trinco, entrou rapidamente no hall vazio e, vendo que a porta do quarto de Paul estava fechada, simplesmente girou a maçaneta e abriu, quase torcendo para que um adulto aparecesse e a impedisse de fazer o que estava pretendendo.

Parou no vão da porta como se tivesse deparado com uma parede. O cheiro penetrou em suas narinas, invadiu sua boca, colou na garganta e atingiu-lhe o estômago como um soco. Estava sufocada como um bebê num manto de putrefação. Olhava fixamente para o quarto, engolindo em seco desesperadamente, vendo as caixas espalhadas, os objetos esparramados e quebrados, as roupas de cama no chão e, por fim, a cara zangada de Andrew e de sabe Deus quantas pessoas mais, antes de ter de desviar o rosto e sair trôpega dali para fora, de volta para a luz do dia. Mas, mesmo enquanto vomitava copiosamente no cascalho, deu-se conta, aliviada, de que o corpo volumoso e de cabelos grisalhos estendido na cama, com bochechas que faziam lembrar frutas rebentadas, não era o de Paul.

30

Quando Andrew telefonou, bem mais tarde, a náusea de Sara já tinha passado e ele não estava mais zangado.

"Fiquei muito zangado", disse Andrew, "mas peço desculpas se fui um pouco ríspido com você."

"Você foi *muito* ríspido comigo", disse Sara, lembrando como ele a obrigara a se levantar quando ela ainda mal tinha parado de vomitar e ordenara aos berros que fosse embora, sem se importar se ela estava tremendo ou se sentindo mal. "Você foi horrível."

"Você está bem agora?", perguntou, arrependido.

"Estou, estou bem. Estou muito aliviada que não era o Paul. E acho que tenho de pedir desculpas também. Eu não devia ter entrado lá." Sara hesitou. "Eu *detesto* que me vejam vomitar. Não acredito que você me viu vomitando. Que ódio. Estou morrendo de vergonha." Na hora, ocorreu a Sara que estaria muito menos chateada se Andrew a tivesse flagrado dançando nua. Na verdade, sendo bem franca consigo mesma, tinha de admitir que não ficaria nem um pouco chateada.

"Não seja boba. Eu nem notei", disse Andrew. "E de qualquer forma eu sempre penso em você tocando violoncelo, em geral iluminada pelos raios do sol, lá em cima na cabana. Então, não precisa se preocupar com isso." Uma bolha de nostalgia contendo a imagem de sua esposa jovem e vulnerável, no início de sua primeira gravidez, subiu à consciência de Andrew e ficou ali flutuando por um momento, antes de estourar de repente ao som da voz de Sara.

"E então, quem era ele? E onde está o Paul?"

"Era um homem que estava hospedado no hotel. Ele já estava morto fazia pelo menos uns dois dias. Foi visto pela última vez no domingo, na hora do café-da-manhã; então ao que tudo indica foi assassinado naquele mesmo dia, mais tarde. Estrangulado. Era francês. Ao que parece, ele conhecia o seu amigo Paul; eles faziam uns negócios juntos, com antigüidades."

Sara puxou o ar pela boca abruptamente. "Era o Bernard! É Bernard o nome dele, não é?"

"Você é inacreditável. Sim, o nome dele é Bernard Rameau. Há mais alguma coisa que eu deveria saber?"

"Mas e o Paul? Onde é que ele está?"

"É isso que gostaríamos de saber. Já instauramos uma busca para encontrá-lo. Estamos muito a fim de falar com ele. Ele não apareceu para trabalhar hoje de manhã. Foi por isso que o corpo foi encontrado. Um dos funcionários foi até lá para ver se o Paul estava no quarto, espiou por uma fresta na cortina, já achando estranho que elas estivessem fechadas, e ligou para nós. A situação do Paul não está nada cor-de-rosa. Você tem alguma idéia de onde ele possa estar?"

"Ele tem amigos em Bristol, mas não sei quem são."

"Ah, sim, já sabemos disso. Alguns colegas do Paul no hotel nos deram uns dois nomes. E, no fim das contas, eram nomes que a polícia de Bristol já conhecia bem. Mas o Paul não aparece por lá há mais de uma semana nem vai ser bobo de se arriscar a aparecer agora. Ele andava com uma galera barra-pesada. Arrombadores — gente profissional, sabe, não são garotos. Gente que sabe onde encontrar coisa quente. Boa parte dos objetos que ele passava para o Bernard Rameau com quase toda a certeza era roubada."

"*Não!* Você tem certeza? Quer dizer, você tem certeza de que ele sabia que eram roubados? Eu *jamais* imaginaria que ele fosse capaz de uma coisa dessas. Ele parecia tão... sei lá, não exatamente distinto, mas, sabe, não parecia um bandido. A namorada dele — a Sue — não tem nada de bandida. Você não acha que... Você já falou com ela? Talvez ela possa ajudar.

Apesar de que uma vez ela me disse que o Paul fazia o maior mistério desses amigos. A Sue ficava maluca com isso, na verdade."

"Sim, nós já temos o nome dela. Mas ainda não conseguimos encontrá-la, nem na casa da tia, nem na casa da senhoria. Alguma sugestão?"

"Bom, não acredito muito que eles estejam juntos, mas é possível." Sara contou a Andrew rapidamente sobre Sue e sua decisão triunfal de terminar tudo com Paul. "Eu nunca tinha visto a Sue tão decidida. Mas ele pode ter conseguido fazê-la mudar de idéia, imagino." A habilidade de Paul nesse departamento seria sem dúvida magistral. "É, pensando bem, acho que ele conseguiria tranqüilamente convencê-la a mudar de idéia." Sara ficou em silêncio por um instante. "Tem de haver uma ligação, não tem? Com o caso do Matthew Sawyer? Você sabe que o Paul estava trabalhando nos Assembly Rooms naquela noite, não sabe? Não é possível que não haja uma ligação."

Andrew respirou fundo dramaticamente. "Bom, eu não sei que ligação pode haver e já estive pensando muito nisso, é claro. Mas realmente não consigo ver como os dois crimes possam estar ligados. O Paul foi interrogado e eliminado da investigação do Sawyer. Ele foi visto indo embora do Salão da Fonte antes de o Sawyer ser assassinado. A namorada forneceu o álibi, mas é claro que pode ser falso. De qualquer forma, não há motivo, nem indícios que sugiram uma ligação entre os crimes, mas vamos averiguar tudo outra vez. Sinceramente, estou mais interessado em pegá-lo por este último crime. Parece muito plausível que ele e o amigo francês tenham brigado por alguma razão e que o Paul tenha ido longe demais. Não há registro de que ele tenha praticado alguma violência antes, na verdade não há registro de nada contra ele, mas essas coisas acontecem. Ele pode se safar alegando homicídio involuntário, mas nós precisamos encontrá-lo."

Houve outro momento de silêncio, depois Andrew continuou: "Olha, eu realmente lamento muito que você tenha se envolvido. A culpa foi minha; isso não teria acontecido se eu não tivesse pedido para você me levar até lá. Você deve ter tido um choque horrível. Tem certeza de que está tudo bem? Você não quer que eu vá até aí, para fazer um pouco de companhia? Não seria melhor ter alguém com você?".

"Não, não, está tudo bem. Sério, pode ficar tranqüilo que eu estou bem. Vou tomar um banho bem demorado e depois vou para a cama", Sara apressou-se em dizer; estava tão acostumada a recusar ofertas de conforto que isso já se tornara quase um reflexo.

"Está certo, então. Isso deve ser tudo de que você está precisando mesmo, no momento", disse Andrew num tom animado, escondendo sua decepção. "Se precisar de mim, me ligue. E vê se não esquece de trancar as portas", acrescentou, só para ouvi-la rir.

Apenas mais tarde Sara se deu conta de que não queria mais se proteger do perigo representado pela perspectiva de ser reconfortada por Andrew. Está bem, ele era casado, mas teria sido maravilhoso vê-lo, mesmo assim. E teria sido maravilhoso se ele tivesse ficado para passar a noite. Deitada na banheira, Sara relembrava a conversa dos dois, repassando todos os trechos que tinham provocado aquela sensação familiar de prazer e perigo de quem se sente tanto atraída quanto atraente. Até aquele momento, o prazer e o perigo tinham sido ainda mais intensos porque, como Andrew era casado, Sara imaginara que a coisa toda só existiria na cabeça deles. Na verdade, ultimamente aquilo vinha começando a ocupar um espaço considerável na cabeça dela, a ponto de desalojar qualquer senso crítico com relação ao seu hábito inofensivo mas levemente patético de tecer fantasias com homens comprometidos.

Vomitar fora com certeza um vexame. Relembrando o comentário de Andrew de que sempre a imaginava tocando violoncelo, Sara lembrou também que as portas da cabana continuavam escancaradas e que o Peresson estava lá em cima, provavelmente ainda deitado na grama ao lado da cadeira de Andrew. Tinham simplesmente largado tudo como estava quando Andrew recebeu aquele chamado urgente. Sara desconfiava que o seguro não ia querer cobrir os danos sofridos pelo violoncelo numa noite passada ao relento. Soltando um suspiro, afundou a cabeça na água da banheira para enxaguar o xampu, enquanto seus cabelos flutuavam ao seu redor como algas escuras num riacho.

Já passava da meia-noite quando calçou suas *espadrilles* e foi subindo devagar a trilha sob a luz da lua. O luar intenso fora uma das surpresas deliciosas que tivera ao se mudar para aquela casa. Luares e corujas eram coisas que não existiam nas cidades modernas de céus alaranjados em que vivera a maior parte da vida e que conseqüentemente tinham sido apagadas de sua imaginação ou relegadas ao reino das coisas que lembrava vagamente ter visto em antigos clássicos infantis. Coisas como incursões à meia-noite por trilhas iluminadas pelo luar, ou o pio da coruja como sinal de perigo. Até se mudar para aquela casa, essas coisas estavam arquivadas com carinho na mesma categoria mental que as camisolinhas de algodão, os bolinhos de aveia caseiros da mamãe e os cachos de cabelos pretos e rebeldes. Ainda havia alguma coisa de excitante numa noite clara e estrelada e num luar como aqueles, algo que fazia Sara parar e olhar em volta, sentindo um friozinho gostoso na barriga como se tivesse voltado a ter doze anos. Naquela noite, a lua cheia que inundava o vale estava transformando o jardim num teatro em que todas as coisas banais, empurradas inesperadamente para o palco, adquiriam de repente uma beleza misteriosa. Os objetos de cor clara sugavam a luz e reluziam no ar. Sara conseguia ver o calicô do guarda-sol do jardim brilhando do outro lado do lago. O roupão de banho branco que estava usando transformou-se de repente num vestido cintilante, e a toalha enrolada em sua cabeça, num turbante de seda ao estilo turco. Ela era a mulher de branco. Parou de andar e esticou os braços no ar da noite, observando a luz metamorfosear suas mãos longas e fortes nas mãozinhas delicadas e acetinadas de uma heroína romântica consumida de paixão ou de tuberculose. Arregaçando uma das mangas até a altura do cotovelo, fez um pobre cisne de sombra com o pescoço fraturado contra a luz do luar que iluminava a trilha e, depois, com a outra mão, fez outro cisne, que veio e atacou o primeiro. Depois, os dois se beijaram e saíram voando. Sara deu uma risada levemente desvairada. Girou os pulsos e flexionou os dedos, dando-se conta de que não tocara o dia inteiro. Teria de praticar a sério amanhã; fazer um bom aquecimento para os braços e as mãos e depois tocar um pouco de Beethoven. Quem sabe até treinasse ela própria aquelas variações sobre Haendel; Andrew a fizera lembrar como eram maravilhosas. Talvez James gostasse de tocar a parte do piano.

O homem deitado na chaise longue de veludo abrira os olhos, balançando a cabeça para despertar de um sonho confuso em que via galhos, caixas e folhas caindo, e logo entrando em outro em que via um vulto branco e ameaçador avançando em sua direção. Mas estava acordado. A princípio, ficou paralisado e incrédulo diante da visão daquela figura alta e silenciosa sob o céu estrelado, coberta de branco do alto de sua medonha cabeça abobadada até a beirada de seu longo manto. Depois, o vulto começou a subir, movendo-se suavemente na direção dele. Parando de repente, a figura esticou os braços compridos, e ele ficou observando hipnotizado aqueles braços imensos girarem e vergarem, enquanto os dedos se exercitavam, prontos para agarrá-lo. A figura avançou mais um pouco e parou de novo. E ele viu, nauseado de horror, aquelas mãos pálidas se esticando para a frente, enquanto os dedos se dobravam. Logo a figura começaria a se mover de novo, subindo silenciosamente até onde ele estava; os braços o envolveriam e os dedos brancos apertariam sua garganta, impedindo-o de gritar... Não sabia que nome dar àquele espectro, mas tudo o que ouvira em sua infância sobre os espíritos vingadores das almas inquietas voltou-lhe à memória. Então aquelas histórias não eram só lendas inventadas para assustar as criancinhas. Ele agora sabia que eram verdadeiras. E sabia também que a autoridade de que o espírito estava investido para tirar a vida dele, em troca da vida que ele tirara, era não só incombatível mas também justa. Mais pela consciência de que merecia morrer do que pela certeza de que logo morreria, encolheu o corpo sobre a chaise longue numa abjeta posição fetal e escondeu o rosto. A vergonha o sufocava.

Enquanto Sara subia a trilha sem pressa nenhuma, Edwin lhe veio de repente à cabeça. Tentou cantarolar a primeira frase, longa e soturna, de "Eternal Source of Light Divine", pensando, foi esse o ponto a que cheguei? Lá estava ela, literalmente *"chanting cold hymns to the pale, fruitless moon"*, a sina com que a pobre Helena (ou seria Hérmia?) é ameaçada. Puxou pela memória para lembrar do trecho em que a frase aparecia e teve a impressão de recordar os versos que a antecedem:

Therefore know thy heart, examine well thy desires,
Whether thou couldst endure the ancient livery of a nun
For aye to be in shady cloister 'mured,
*Chanting cold hymns to the pale, fruitless moon...**

Sara chegou a sentir um arrepio diante de um tal sonho de uma noite de verão, até que a lembrança de Andrew invadiu seus pensamentos como uma súbita e irresistível necessidade física, esquentando-a por dentro e derretendo aquela visão gelada e os últimos resquícios de sua capacidade de resistência. Deixaria acontecer. *Se precisar de mim, me ligue.*

(*) "Indaga portanto teu coração, examina bem teus desejos,/ Vê se és capaz de suportar o velho quinhão de uma freira/ Estar para sempre emparedada em sombria clausura,/ A cantar hinos frios para a estéril e pálida lua." (N. T.)

Mudando de tom, Sara atacou um ta-ta-tarum ao ritmo de "Who Were You With Last Night?". Improvisando uma pequena coreografia de sapateado para acompanhar a música, continuou subindo a trilha, "*out in the pale moonlight*", criando pequenos lampejos de luz quando as pregas do roupão branco batiam contra seus joelhos. Lá do alto, os raios de luar desenhavam no caminho de Sara as sombras dos arbustos de groselha, que enchiam o ar com seu cheiro amargo.

Quando arranjou coragem para olhar de novo, o homem viu que o espírito vingador estava de fato se aproximando. Mas, em vez do deslizar macio e silencioso que ele vira antes, a figura parecia avançar agora quase aos pulinhos e estava fazendo ruídos. Mais do que isso, seus ouvidos incrédulos estavam lhe dizendo que os ruídos eram na verdade alguma música idiota, enquanto seus olhos começavam a perceber que o tal espírito vingador era apenas uma mulher de roupão branco e toalha na cabeça. Dois dias de sono agitado e pouca comida, somados a tudo o que acontecera antes, tinham lhe roubado temporariamente a razão. Seu alívio foi logo seguido pelo pânico, quando se deu conta de que a mulher continuava se aproximando e chegaria à cabana em poucos instantes. O ziguezague da trilha a estava levando para longe dele, mas ele sabia que logo adiante a trilha fazia uma curva fechada na direção da cabana e depois seguia em linha reta numa subida íngreme que dava direto na porta. Em poucos segundos a mulher dobraria a curva da trilha e ele ficaria encurralado na cabana, vendo-a se aproximar. Só tinha alguns segundos. Feliz por ter resistido à tentação de tirar os sapatos, levantou-se de mansinho da chaise longue, agarrou sua bolsa e parou perto da porta um instante, só para ter certeza de que ainda dava para ver a mulher se afastando de costas em direção à curva da trilha. Saiu correndo rente à parede lateral e agachou-se atrás da cabana, apavorado com a possibilidade de que a cantoria da mulher doida não tivesse abafado o leve rangido de seus pés no cascalho.

Só podia estar louca de pedra, pensou, parando em frente à cabana e olhando para a lua mais uma vez. Se alguém me visse agora, ia me mandar direto para o hospício. Levou uma das cadeiras para dentro da cabana e voltou para buscar a de Andrew. Sentou e apanhou o violoncelo, consciente de que Andrew fora a última pessoa a abraçar o instrumento. Trouxe o violoncelo para perto de si. Era melhor verificar quanto ele tinha sofrido ficando horas largado no chão. Tirou a toalha da cabeça úmida para poder ouvir direito e encostou o arco contra as cordas. Descobriu que lhe era impossível guardar o instrumento daquele jeito, tão desafinado, muito embora não fosse tocar, é claro, uma vez que já passava da meia-noite e ela estava de roupão no jardim. Seria uma maluquice, é claro, mas precisava afiná-lo.

Atrás da cabana, o homem percebeu que ela tinha parado de andar de um lado para o outro e estava cheio de esperança de que já tivesse ido embora. O zumbido do arco roçando nas cordas fez seu coração palpitar de medo. Fora imprudência sua ficar ali. Naquela tarde, quando deparou com a cabana de portas escancaradas, com cadeiras do lado de fora e aquele instrumento em cima da grama, não teve dúvida de que alguém obviamente iria voltar ali para arrumar tudo. Mas a chaise longue era a coisa mais parecida com uma cama em que punha os olhos fazia dois dias, e ele estava exausto. Podia pelo menos se deitar um pouco, desde que tomasse cuidado para não adormecer. Lá de cima, poderia ver qualquer pessoa se aproximando com antecedência de sobra para conseguir fugir. Adormecera, é claro, mas acordara sozinho um tempo depois, por volta das nove da noite. Concluíra então que seria seguro ficar ali até de manhã; ninguém apareceria mais àquela hora. Não lhe passara pela cabeça que uma maluca pudesse resolver subir até lá, sorrateira, no meio da noite.

Mesmo assim, Sara se perguntava se conseguiria tocar de novo. Conseguira tocar Bach para Edwin, ou pelo menos chegara até o fim da composição sem empacar, muito embora aquilo não tivesse sido nem de longe uma apresentação. E, pensando bem, ouvir Andrew tocar daquele jeito tinha lhe dado a sensação de que um pedacinho de lenha dentro dela tinha finalmente secado e estava pronto para ser aceso. Andrew, que nunca se apresentara em público em toda a sua vida, vinha tocando para ela e atraindo-a tanto para ele quanto para a música, e estava lhe ensinando como começar de novo e como ser, mais uma vez, destemida. Só eu estou aqui agora, eu e a lua, pensou. Vou tocar de novo, para a lua, e para as corujas e as raposas. E para o Edwin, porque ele merecia ouvir uma interpretação melhor. Vou tocar a suíte em ré menor de novo. Começou a tocar a segunda das seis suítes para violoncelo de Bach, as composições que são o derradeiro teste para um violoncelista, as composições que Casals praticou durante doze anos antes de se considerar pronto para interpretá-las em público. Não se esqueça de tentar conter o ímpeto, pensou, isso não é Rachmaninov. Na verdade, este é o instrumento errado para tocar a peça; o Stradivarius seria bem melhor. Mas deixa pra lá, releve o tom; é só para ter um gostinho. Vou tentar. Vou tocar para o jardim e para o vale. Sem medo. E Sara tocou.

Aquela mulher estava deixando-o nervoso. Considerou a hipótese de empurrá-la para dentro da cabana e deixá-la trancada lá. Seria fácil chegar de supetão por trás dela; quando ela o ouvisse, ele já estaria em cima dela. Ela não era muito grande nem estava vestida decentemente, de forma que, mesmo que reagisse — coisa que ele não acreditava que fosse acontecer —, a luta terminaria rapidamente. Era uma casa bacana, e com certeza haveria bastante comida na despensa. E tinha também o carro. Ela só conseguiria dar queixa do roubo do carro quando alguém aparecesse para soltá-la, o que provavelmente só aconteceria pela manhã. Ele poderia dirigir a noite inteira sem perigo e abandonar o carro em algum lugar bem cedo. Talvez conseguisse chegar até o Canal.

Estava conseguindo se lembrar das notas sem muita dificuldade; nunca chegara a esquecer inteiramente, é claro. Memória nunca fora seu problema. Tudo estava voltando à lembrança à medida que os sons brotavam da conjunção urgente e tocante do arco com as cordas. Estava totalmente entregue agora àquele ritmo indestrutível e monumental. As notas pairavam em meio aos arbustos de alfazema e às pequenas árvores frutíferas, avançavam por entre as roseiras, as nespereiras e as macieiras, e então subiam flutuando, por sobre o jardim e acima do telhado de sua casa lá embaixo. E depois, para onde iria aquele som tão reverberante e inquieto? Sara iria com ele até o fim, com toda a sua força e coragem. Conseguia sentir, ouvir, quase ver a música subindo, enquanto seu corpo obedecia às vontades do arco. Sabia que podia fazê-la chegar ainda mais alto. Edwin, você está ouvindo? Estou tocando para você. E, apesar de estar tocando suavemente, sei que você vai ouvir, porque ela está subindo para o céu aberto e vai sobrevoar os telhados, os campos, os rios e as pontes, até chegar à sua janela no alto de Bathwick Hill, e Edwin, sei que você vai ouvir. Está ouvindo, Edwin? Está sentindo a chama arder nesta música, como eu acho que estou sentindo?

Mas por alguma razão, enquanto ela tocava, ele não conseguia encontrar o momento para correr até lá, pegá-la de surpresa e silenciá-la. Tinha de escolher o momento certo, mas a música parecia estar preenchendo cada instante de um jeito que ele não conseguia explicar, mas sabia que tinha de respeitar. E, enquanto esperava, começou não a ouvir, mas a escutar. Descobriu que queria que a música continuasse. Não desistira da idéia de trancar a mulher, mas não seria mais violento do que o necessário. E teria de esperar que ela parasse de tocar.

Agora a música quase a conduzia. Era como se o conhecimento necessário para tocar a peça estivesse passando de sua cabeça, seus ouvidos, dedos e braços — que conheciam cada nota, cada acidente, cada movimento do arco, cada troca de posição dos dedos — para uma outra parte dela, a parte que sabia o código secreto capaz de transformar as notas em música. Estava voltando. Fazia muito tempo, mas a sensação estava voltando. Estava sentindo agora aquela sensação de só se lembrar realmente da música depois de ouvi-la, como se não fosse exatamente ela quem estivesse tocando, mas sim alguém frações infinitesimais de segundos à sua frente, uma outra pessoa que no entanto era parte dela. Alguém a quem estava ouvindo e dizendo, sim, é isso, é isso mesmo. Sara riu e olhou para o céu. Edwin, era isso que eu queria dizer. A gente tem de deixar as notas de lado e aí, sim, tocar música. É assim que tem de ser. É música, não são só notas, da mesma forma que o céu não é só espaço. É música, estou tocando música novamente. Sara continuou tocando, até que a peça chegou ao fim em toda a sua arrebatadora completude, seguida de um grito vitorioso que era a própria voz de Sara. Pousou o arco suavemente na grama e, ainda abraçada ao instrumento, esticou as pernas, exausta, como quem acaba de fazer amor. O silêncio encheu o jardim. Abaixou a cabeça e as lágrimas que escorriam de seus olhos pingaram na madeira e deslizaram pela superfície polida do instrumento. Matteo, eu toquei para você também, disse baixinho. Foi para você também. Sara chorou por um longo tempo.

Quando a ouviu chorando, ele simplesmente perdeu as forças e soube que não seria capaz de lhe fazer mal. Muito mal já fora causado. Lágrimas brotaram de seus olhos, e ele chorou por ela, por si mesmo, pela catástrofe em que transformara sua vida e pela vida que tirara, e, enquanto suas lágrimas escorriam, lembrou-se novamente de todas as lendas de sua infância sobre os espíritos inquietos e chorou também por todas as pobres almas perdidas que vagavam pelas noites, no limiar entre este mundo e o outro.

Agora, enfim, ela começava a sentir o frio subindo pelas solas de seus sapatos molhados e uma rajada de vento a fez tremer. A dor que a dominara começava a arrefecer, deixando em seu lugar uma sensação suave e clara de tranqüilidade e uma espécie de gratidão embevecida. Por que agora? Por que agora, depois de mais de um ano, teria conseguido chorar por ele e, pela primeira vez nesse tempo todo, tocar, realmente tocar de novo? Talvez não fosse o momento que realmente importasse, mas a passagem do tempo em si. Estava em paz. Levou a cadeira para dentro, trancou a cabana e começou a descer a trilha, carregando o violoncelo. Acima dela, as árvores balançavam ao vento quente. Logo o tempo mudaria.

O homem ficou aliviado de vê-la ir embora. Acompanhou-a com os olhos até que desaparecesse de vista e viu uma luz se acender num dos quartos do andar de cima. Resolveu esperar mais um pouco, por precaução. Não tinha idéia do que estava se passando. Estava perplexo e irritado consigo mesmo. Fora uma estupidez imaginar que poderia se dar bem ali. Tinha de voltar para a França, esfriar a cabeça, pensar. A polícia devia estar atrás dele, mas ele tinha dinheiro, conseguiria se safar. Esperou até que a luz do quarto se apagasse e depois desceu a trilha, sorrateiro. As chaves não estavam no carro e, além do mais, a mulher provavelmente ouviria o barulho do carro saindo. Logo depois, porém, viu a bicicleta sem cadeado e não perdeu tempo; saiu pedalando pela escuridão adentro, rumo ao alto da encosta do vale.

31

Sara acordou ao raiar do dia com a convicção de que a noite anterior fora absurda. Deitada na cama, sentia um receio tremendo de que o que acontecera pudesse acabar se revelando, à luz do dia, muito menos significativo do que imaginara — ou até mesmo insignificante — e de que aquilo que pensara ser a vitoriosa escalada de uma barreira acabasse se revelando apenas uma ilusão criada pela lua. Se pegasse o violoncelo agora, talvez descobrisse que a opressiva mestria da técnica estava novamente no comando, novamente a postos para camuflar o fato de que, desde que perdera Matteo, vinha tocando não como uma artista, mas como uma autômata, produzindo, no máximo, alguns clichês expressivos e emoções teatrais. Tomou uma chuveirada e se vestiu devagar. Era o dia em que almoçaria com Edwin, e não havia nada que desejasse mais do que poder se sentar ao lado dele novamente e lhe dizer que estava bem *de verdade*, que tinha conseguido tirar a pedra que estava obstruindo seu riacho, exatamente como ele dissera que conseguiria. Talvez pudesse tocar para ele de novo. Mas não podia confiar numa impressão formada sob a lua cheia.

Na sala de música, Sara se sentou e começou. Fez um aquecimento e pôs-se a tocar a segunda suíte para violoncelo, nervosa. Mas seu coração batia forte porque, apesar das imperfeições, estava ouvindo a música da maneira antiga novamente. Tinha a impressão de que sabia o que a música estava dizendo e descobriu, com um acesso louco de felicidade, que queria tocá-la de novo e de novo e de novo, até esgotar todas as formas que pudesse encontrar de dizer aquilo. Lembrou-se de como, naquela mesma sala, Matteo costumava trabalhar obsessivamente ao piano, estudando partituras, ouvindo gravações e muitas vezes passando a noite em claro só porque estava empolgado com uma música e com todas as possibilidades que imaginava para ela. Ele ficava tão absorto e feliz naqueles momentos que agora, olhando ao redor da sala que ainda era dele, Sara ficou surpresa de descobrir que estava feliz também, recordando. Percebeu-se chorando, lembrando a frase de Edwin sobre o dom e pensando no dom de Matteo.

Mais tarde, levou sua xícara de café para a mesa perto do lago, que agora lhe parecia extremamente sem graça à luz do dia. As libélulas já tinham desaparecido. As nuvens embaçavam o brilho do sol e uma umidade quente deixava o ar pesado. Edwin dissera ainda outra coisa quando estava falando sobre o dom. Dissera "um presente de amor". E aos poucos, enquanto bebericava seu café e torcia pela volta das libélulas, Sara começou a entender.

Quando achou que tinha conseguido entender tudo, tentou ligar para Andrew, sem sucesso. *Se precisar de mim, me ligue.* Isso disse ele, pensou irritada, e agora ela liga para ele e descobre que ele desligou o celular.

Na hora do almoço, as nuvens tinham se tornado espessas e pairavam sobre a cidade como uma tampa quente. Edwin não estava no jardim, provavelmente por causa do tempo instável, mas a janela francesa do escritório de Olivia estava aberta. Serena devia estar na cozinha. Pensando que, se não fosse por Edwin, preferiria mil vezes estar em outro lugar, Sara atravessou o gramado e entrou na casa. Imaginando que o escritório estivesse vazio, levou um susto quando percebeu um leve movimento numa cadeira no canto da sala.

"Ah, eu não tinha visto você", exclamou. "Não pensei que você fosse estar em casa num dia de semana."

Olivia ergueu os olhos do copo que estava segurando. "Desculpe se assustei você. Desculpe, esqueci que você vinha aqui hoje. Vamos até a cozinha. Estou tomando um drinque. Você me acompanha?"

Sara foi andando atrás dela e parou no meio da cozinha, enquanto Olivia tirava da geladeira uma garrafa aberta de vinho branco e apanhava outro copo. Sara viu outra garrafa em cima da pia. E lá está a outra que ela esvaziou antes, pensou. Olivia sem dúvida começou cedo hoje.

"Você ainda não deve saber, mas ontem..." Olivia começou a dizer quando as duas se sentaram à mesa, perto da janela.

Sara sabia, porém, que não suportaria ouvir o relato chocado de Olivia sobre o corpo encontrado no quarto de Paul. "Eu já sei", interrompeu. "Já estou sabendo do que aconteceu. Eu estava dando aula para o Andrew quando ele recebeu o telefonema, então dei uma carona para ele até o Fortune Park."

"Ah", disse Olivia, aparentemente sem curiosidade, e tomou um gole do seu vinho.

Sara não tinha outra escolha senão continuar. "Eu estive pensando, e sei também que não foi o Paul. Que matou aquele francês, quero dizer."

"Ah."

"Não pode ter sido ele. Ele não faria aquilo. Por um único motivo, ele não usaria as mãos. Quer dizer, não daquele jeito." Sara respirou fundo, sentindo-se despreparada para continuar. Será que deveria mesmo tentar dizer algo de que tinha certeza, mas que só conseguia explicar de forma vaga e imperfeita?

"As mãos", disse de repente. "As mãos do Paul. Ele tem mãos muito... finas. Não estou querendo dizer que não são fortes o bastante, mas não sei de que outro modo descrever. Ele não conseguiria estrangular uma pessoa."

"Entendo o que você quer dizer", murmurou Olivia, ainda parecendo apenas vagamente interessada, "mas isso não é o bastante para embasar uma defesa. E de qualquer forma eu não acho que isso ajude o Paul em nada."

"Não, não ajuda mesmo", disse Sara. "Mas a principal razão por que não ajuda é a mesma razão por que nós duas sabemos que não foi ele. Nós sabemos que o Paul não matou o Bernard, porque o Paul não matou o Matthew Sawyer daquela forma."

Olivia olhou pela janela com uma expressão de extremo cansaço. "O que faz você pensar que foi o Paul que matou Matthew Sawyer?", perguntou, sem surpresa.

Sara hesitou. Não dava mais tempo, simplesmente, para ponderar se era sensato ou não dizer mais do que já tinha dito. Tinha de continuar.

"O presente de amor de Edwin, imagino", respondeu. Olivia olhou para ela, aparentemente confusa. "O ascensor do Edwin. Ele disse que tinha sido um 'presente de amor'. A princípio pensei que ele queria dizer apenas que tinha sido um presente seu para ele. Mas depois ele fez aquele outro comentário, 'Lembra do Churchill'. Não entendi a que ele estava se referindo a princípio."

Sara parou de falar. Afinal, o que sabia *de fato*? Só o que fizera fora formular uma hipótese baseada nos comentários de um octogenário que padecia de falta de oxigênio. Seria possível, e muito mais confortável, fugir daquele assunto agora, naquele exato instante, e deixar que as coisas acontecessem sozinhas. Mas isso significaria descartar as palavras de Edwin como se não passassem de tagarelice senil, e Sara não conseguiria fazer isso. Fora Edwin quem a forçara carinhosamente a tocar a suíte de Bach, a peça que ela estava tocando quando teve aquele bloqueio aterrorizante pela primeira vez — e ele sabia perfeitamente o que estava fazendo quando fez aquilo. Sara não poderia negar a lucidez de Edwin. E, além disso, provavelmente já fora longe demais para voltar atrás agora.

"'Lembra do Churchill'. Quando eu perguntei, você me disse que ele estava se referindo à firma que instalou o ascensor." Olivia balançou a cabeça, confirmando. "Mas toda hora essas palavras voltavam à minha cabeça. Lembra do Churchill. Não fazia o menor sentido. Então fiquei me lembrando das outras coisas que ele tinha dito naquele dia e aí de repente me toquei. Ele não estava se referindo ao Churchill da firma que instalou o ascensor. Ele estava falando do Frank Churchill de *Emma*, certo? Estava falando do personagem do livro de Jane Austen. Estava falando do piano de *Emma*, do 'presente de amor' que o Frank Churchill dá para a Jane Fairfax, que era tão fria e impenetrável, lembra? Faz muito tempo que eu li. Mas lembro que o Frank Churchill vai a Londres de repente, fingindo que era para cortar o cabelo, quando na verdade era para providenciar para que o piano fosse enviado anonimamente para a Jane Fairfax. Ela adorava música e tocava muito bem, e os dois tinham uma paixão secreta um pelo outro. Era nisso que o Edwin estava pensando quando me perguntou se eu me lembrava do Churchill."

"Sara...", Olivia interrompeu.

"Foi isso que me fez entender. Lembrei que o Paul tinha ido a Londres por algum motivo misterioso", Sara continuou, e não resistiu à tentação de dizer: "Em lugar de piano, leia-se ascensor. Em lugar de Frank Churchill, Paul. Em lugar de Jane, você. Estou certa, não estou?". Não que o comentário tivesse a menor graça.

"Sara..."

"Ele está apaixonado por você, não está? Eu devia ter percebido quando vim jantar aqui naquele dia, mas é claro que não me toquei de nada. E quando vi o quarto dele, aquela lona que ele pendurou na janela em lugar de cortina — listras azuis e brancas, como aqui. Tudo tão arrumadinho, tão simples. Algumas flores. É muito comum, quando uma pessoa se apaixona por outra, passar a gostar das mesmas coisas de que a outra pessoa gosta. E, se não pode estar junto de quem ama, ela tenta criar uma atmosfera em torno de si que lembre a outra pessoa, cercando-se das mesmas coisas." Sara pensou na sala de música do Medlar Cottage. "Eu sei."

Lançou um olhar interrogador para Olivia, que não respondeu.

"E foi o Paul que pagou o ascensor, não foi? Porque ele adora você, não é? Você teve que fingir que teria dinheiro para comprar o ascensor de qualquer forma, com ou sem o subsídio que o Matthew Sawyer acabou impedindo que vocês ganhassem. E o Paul não podia deixar que ninguém soubesse que era ele que estava pagando. Ele deve ter gastado todas as economias dele, não é? Foi isso que ele foi fazer em Londres naquele dia. Imagino que tenha tido que ir até lá pessoalmente e pagar em dinheiro vivo, para que ficasse parecendo um presente anônimo e para que a firma não fosse obrigada a emitir uma fatura com o nome e o endereço dele, mas só com o endereço daqui. Foi você que pediu que ele fizesse isso, ou foi idéia dele?"

Sara fez uma pausa e tomou um longo gole do vinho. Olivia já desistira de tentar dizer qualquer coisa e olhava fixamente para a mesa.

Sara acrescentou, em voz baixa: "É óbvio que você não tem obrigação de me dizer nada e talvez nem queira mais falar comigo, mas acho que o Matthew Sawyer não foi assassinado só por causa do subsídio".

Como não houve resposta, Sara continuou: "Acho que ele acabou descobrindo de alguma forma. Como foi que isso aconteceu? Ele descobriu, não foi — o negócio da Coleção Hackett?".

Olivia olhou para ela, pasma. "O que faz você pensar isso?"

Sara fez um gesto na direção do escritório. "As caixas. Eu vi os sapatos naquele dia em que vim jantar aqui, lembra? Dentro de uma daquelas caixas cinza especiais para conservação. Vi várias caixas do mesmo tipo no quarto do Paul ontem, espalhadas pelo chão. Só por um segundo. E vi uma tesourinha e outras coisas também; uma almofada de alfinetes de cetim, acho. E um estojo de prata para guardar agulhas."

Antes de continuar, Sara esperou para ver se Olivia tentaria negar aquilo tudo.

"Depois me lembrei da Sue dizendo que o Bernard vendia antigüidades inglesas em Paris. Era ele, por acaso, que também estava vendendo a Coleção Hackett?"

Olivia olhou para Sara, que lhe devolveu o olhar com uma expressão não de condenação, mas de impertinente curiosidade. Num tom de sarcasmo, Olivia comentou: "Bom, tenho de reconhecer que você realmente está em todas. A começar pela cena do crime novamente. Escuta, se você tem tanta certeza de que o Paul é um assassino, então o que você está fazendo aqui? Por que não foi ainda contar tudo para a polícia?". Ergueu o braço na direção da porta. "Suponhamos que o Paul esteja aqui. O que o impediria de fazer o mesmo com você, para calar sua boca?"

Sara se remexeu na cadeira e não conseguiu deixar de dar uma olhada em volta. "Acho que você não permitiria", respondeu simplesmente, voltando a encarar Olivia. Esperou. As duas tomaram um pouco mais de vinho.

"Então, o Paul vendeu os objetos para o Bernard para você?" Estava se sentindo como uma criança irritante que não pára de fazer perguntas inconvenientes.

Olivia fechou os olhos e balançou a cabeça, confirmando. "Eu vou contar, já que você é tão enxerida. Não vai fazer diferença. Além do mais, você já descobriu quase tudo mesmo."

Encheu os copos de ambas novamente.

"A coleção apareceu logo depois que fui nomeada diretora interina, faz mais ou menos três anos. Foi uma coisa realmente extraordinária. Um belo dia recebo o telefonema do gerente de um banco de Warminster. O cara era novo no emprego, e a voz dele parecia a de um garoto de dezoito anos. Eles estavam fazendo uma reforma no subsolo e se livrando da antiga caixa-forte. Tinham encontrado algumas caixas em que estava escrito 'Museus de Bath'. O gerente disse que elas caberiam no porta-malas de um carro normal, então fui até lá para buscá-las. E sabe que, quando cheguei lá, ainda continuei achando que o cara devia ter uns dezoito anos."

Deu um risinho seco. "Era uma coisa realmente horrível. O prédio do banco era uma gracinha, todo no estilo gótico-vitoriano, e eles estavam arrebentando a fachada para instalar uma fileira de caixas eletrônicos. Do lado de dentro, estavam revestindo o lugar inteiro de rosa e cinza e pondo vasos brancos com fícus de plástico em tudo quanto era canto, sabe como é? Devem ter arrancado painéis antigos lindos para fazer aquilo. E o sujeito estava todo cheio de si. Tinha arranjado uma frase horrível para descrever aquilo: ampliação das instalações de atendimento aos clientes, ou algo do gênero. Um horror."

Sara sorriu, um pouco espantada de ver que, mesmo naquelas circunstâncias, Olivia parecia estar tendo prazer em contar a história.

"Ele não tinha nenhum documento que dissesse o que havia nas caixas. Eram três caixas finas, amarradas com barbante e lacradas. Imundas, com uma etiqueta que dizia 'Propriedade dos Museus de Bath'. Ele só queria se livrar delas. Pensou que eu talvez pudesse saber o que havia nelas, mas não estava realmente interessado, só queria mesmo que eu as levasse de lá. Disse que hoje em dia uma filial de banco não precisava mais ter uma caixa-forte, que é tudo feito por computador. Eu só assinei um recibo e levei as caixas comigo."

Soltou um suspiro. "E aí simplesmente uma coisa foi levando à outra de um jeito meio engraçado. Eu estava com as caixas dentro do carro. Não tinha a menor idéia do que havia dentro delas e já era noite àquela altura, então resolvi levá-las para casa. Quando as abri, dei de cara com a Coleção Hackett. Obviamente, a coleção foi levada embora de Bath antes de a bomba atingir o Circus — como aconteceu com várias outras coleções do museu — e depois simplesmente se perdeu. Os documentos do museu, todos os registros que poderiam indicar para onde a coleção tinha sido levada, foram destruídos pela bomba. E aí reparei que o gerente do banco tinha enfiado o recibo debaixo do barbante de uma das caixas. Ele simplesmente me devolveu o recibo em vez de guardá-lo, de forma que o banco não ficou com documento nenhum que pudesse provar que as caixas algum dia estiveram lá. Obviamente, o gerente estava ocupado demais pensando na ampliação dos clientes e suas instalações."

Olivia revirou os olhos e as duas balançaram a cabeça ao mesmo tempo. Francamente, os gerentes de banco de hoje em dia... Mais uma vez, Sara se espantou com o tom de bate-papo que a conversa assumira. Será que Olivia não se dava conta de que estava se incriminando? Ou será que era ela quem deveria começar a temer seriamente que Olivia estivesse tão calma apenas porque ela, Sara, também seria silenciada antes de ter a oportunidade de falar com a polícia? Talvez devesse dar a entender — fingir, na verdade — que Andrew sabia onde ela estava e o que estava fazendo.

"O museu não tinha nenhum local de armazenamento seguro disponível, então as caixas acabaram ficando por aqui mesmo. É contra as regras, mas elas estavam mais seguras aqui. E, de qualquer forma, eu era a chefa."

Olivia sorriu. "A história toda podia ter terminado aí, mas só que outras coisas foram acontecendo. Logo depois disso o papai, o Edwin, piorou. Era eu quem estava cuidando dele, vindo para cá na minha hora de almoço e tudo o mais, mas ele precisava de alguém aqui o tempo todo. Então tivemos que arranjar uma enfermeira para cuidar dele durante o dia. Foi nessa época que prometi a ele que nunca permitiria que ele fosse para um asilo. E a gente estava superapertado de dinheiro, porque eu ainda recebia o mesmo salário de antes e estava esperando que passassem a me pagar o salário de diretora."

Seus lábios se franziram. "Quando aceitei assumir as funções de diretora interina, eu estava fazendo um favor para eles, tapando um buraco. Eu sabia que levaria um tempo até poderem começar a me pagar o novo salário, e eu estava sendo muito paciente. Na minha cabeça, não havia a menor dúvida de que eu devia estar recebendo como diretora e presumi que iriam me pagar retroativamente. Só que, no fim das contas, eles levaram mais de seis meses para resolver o assunto e decidiram que não iam me pagar o salário de diretora. Simplesmente se limitaram a 'complementar' meu antigo salário com um acréscimo que era um verdadeiro *insulto* e se recusaram a me pagar retroativamente. Consideraram os seis primeiros meses um 'período de experiência' remunerável pelo salário antigo."

"Que absurdo! Mas você não tinha um sindicato ou algo assim?"

"Ah, tinha. E devia ter dado queixa contra eles; estava furiosa o bastante para isso. Mas, sinceramente, me sentia tão exausta e tinha tantas outras preocupações na cabeça que acabei não fazendo nada. Tinha uma jornada de trabalho superpuxada e estava achando que não ia conseguir segurar as pontas em casa."

Olivia suspirou novamente e Sara viu com que facilidade uma expressão de cansaço profundo tomou conta de seu rosto.

"Logo depois disso o Paul entrou em cena. Ele e a Sue pareciam muito felizes juntos a princípio. Aí, um dia, ele aparece aqui em casa sozinho. Eu estava no escritório, chorando. Contei a ele quanto estava preocupada com a minha situação financeira e ele nem conseguiu entender direito; meu salário para ele parecia quase uma fortuna. E eu não precisava realmente de tanto dinheiro assim. Estava precisando de mais ou menos umas quinhentas libras a mais por mês, em média. Então expliquei a situação toda e aí o Paul só olhou em volta e disse: 'Por que você não vende algumas dessas coisas?'. Havia objetos da Coleção Hackett espalhados pela minha mesa inteira, entende? E então eu disse: 'Você não está entendendo, essas coisas não são minhas'. E ele apenas respondeu: 'Eu sei'. E aí ele me pegou completamente de surpresa e me beijou."

Olivia deu um sorriso envergonhado. Uma mulher mais jovem talvez tivesse dado um risinho afetado, mas Olivia só franziu a testa e tomou um gole de vinho.

"Não deixei que a coisa passasse disso, muito embora tenha sido difícil. Nunca me senti tão lisonjeada na minha vida. Ele disse que estava apaixonado por mim, se é que você consegue acreditar nisso, e que tinha ficado feliz de descobrir que eu estava precisando de ajuda, porque isso queria dizer que ele poderia fazer alguma coisa por mim. Disse que eu podia confiar nele e que tomaria conta de mim e do Edwin. E tomou mesmo, mas pagou um preço por isso."

Sara estava perplexa com a singeleza estapafúrdia da confissão de Olivia. "E foi só isso? O Paul simplesmente passou a vender os objetos da coleção aos poucos, para aumentar a renda familiar?"

"Foi. É claro que as coisas foram vendidas na França. A coleção estava documentada aqui na Inglaterra, e alguns colecionadores são muito bem informados. Teria sido muito arriscado vender os objetos aqui. O Paul sabia disso."

Sara já quase esvaziara seu copo de vinho, quando percebeu de repente que estava um pouco tonta. Meu Deus, ela me envenenou, pensou em pânico. Aquela garrafa já estava aberta. Frascati; esse vinho é mesmo sempre tão rascante assim? Olivia sabe que a brincadeira acabou e, portanto, resolveu se matar e me levar junto. É por isso que está me contando tudo isso. Saia daqui já, vá embora! Mas estava colada na cadeira. Olhou pela janela, desamparada, sentindo uma onda de suor e náusea invadir seu corpo.

Olivia se defendia com um entusiasmo cada vez maior. "E havia uma certa justiça naquilo, entende, ou eu não teria conseguido levar a idéia adiante. A coleção supostamente nem existia mais, lembra? Já nem tinha mais um número de acesso no museu, então quem era o dono dela na verdade? Você pode me dizer? E eu estava furiosa com a atitude deles com relação ao meu salário. Então por que não ficar com ela, já que estavam se recusando a me pagar o que meu trabalho valia? Não era para mim, não era por ganância. Você entende?"

Sara fez que sim com a cabeça, enquanto Olivia tomava mais um gole de vinho. Espere aí, pensou; Olivia não está parecendo tão mal assim e já bebeu muito mais do que eu. Lembrou-se então de que fora para a cama depois de uma hora da manhã, acordara pouco depois das cinco e tocara violoncelo durante quase quatro horas seguidas. Então tomara um banho, e o momento de descanso que planejara ter no jardim na companhia de uma caneca de café bem forte acabara sendo tudo menos relaxante, depois que sua cabeça começou a trabalhar. Em seguida, passara uma meia hora inteiramente frustrante tentando falar com Andrew pelo telefone, antes de ter de sair para seu almoço com Edwin. De alguma forma, no meio daquilo tudo, o café-da-manhã fora esquecido.

"E tem mais uma coisa. Eu pesquisei a família Hackett. Eles eram riquíssimos. Eram donos de uma usina siderúrgica em Birmingham. Os pais se mudaram para Wiltshire atrás de ar puro, por causa da filha. Ela tinha tuberculose. A colecionadora era ela, Eugenia Hackett. Ela foi uma inválida a vida inteira e parece que seus trabalhos de costura eram maravilhosos. Seu interesse pelos apetrechos de costura veio daí, e ela começou a colecioná-los ainda menina. Depois de algum tempo, tornou-se incapaz até de costurar, e o seu interesse se concentrou todo na coleção. As pessoas iam visitá-la. E ela acabou vivendo até os cinqüenta e três anos, muito mais tempo do que qualquer um imaginava. Quando morreu, sua coleção tinha se tornado imensa e importante, como relíquia histórica."

Mas aonde Olivia estava querendo chegar?

"Você não entende? Se eu tivesse devolvido a coleção para o museu, que bem isso faria? O mais provável era que nunca sequer fosse posta em exposição, que era o que a senhorita Hackett queria. Não consigo deixar de pensar que ela aprovaria o que eu fiz. As peças foram vendidas a outros colecionadores, como ela, e o dinheiro todo estava sendo usado para ajudar outro inválido, alguém que sofria exatamente como ela. Para que ele pudesse ter o tratamento de que precisava. Você não entende?"

Houve um momento de silêncio. Até ali, Sara entendia, mas mesmo assim...

"Eu não *privei* ninguém de nada. Fui vendendo a coleção com cuidado, só duas ou três peças de cada vez. Você consegue vender algumas daquelas coisinhas minúsculas por um bom preço. Lembro que tinha uma caixinha feita de uma noz, uma noz de verdade, com a casca polida, ornada de ouro e com uma dobradiça mínima unindo as duas metades da casca."

Olivia estava fazendo aquilo de novo. Tinha nos olhos o brilho do entusiasmo da expert, aparentemente indiferente à enrascada em que estava metida.

"Por dentro, era forrada de veludo vermelho, com lugares para encaixar a tesoura, as agulhas, o dedal e os carretéis em miniatura, tudo de ouro. Tudo tão minúsculo e tão perfeito... Só por aquela caixinha, a gente conseguiu quase mil libras. Imagine, uma noz."

Onde ela imaginava estar? Naquele programa da televisão, *The Antiques Roadshow*?

"Só vendi o necessário para conseguir o dinheiro extra para pagar as despesas com a enfermeira do Edwin. Um tempo depois, o Edwin passou a precisar também de uma enfermeira durante a noite, então vendi mais algumas peças. Calculei que, apesar disso, ainda haveria o suficiente para pagar as despesas durante mais alguns anos, provavelmente o bastante para cuidar dele até o fim."

Sara se sentiu momentaneamente tentada a render-se ao *páthos* da história, até que o "mesmo assim" da situação toda reafirmou-se em sua cabeça. Matthew Sawyer estava morto. Matthew Sawyer fora privado de alguma coisa. Olivia parecia perfeitamente disposta a passar por cima disso. E, mesmo sem levar em conta o assassinato, a maneira tão econômica com que Olivia administrara seu "patrimônio" não deveria fechar-lhes os olhos para o fato de que aquilo fora um roubo de proporções consideráveis. Se eu tivesse um pingo de juízo, pensou Sara, acabaria com isso agora mesmo e iria atrás de Andrew. Mas tinha de saber se estava certa.

"Olivia, foi um engano, não foi? Você entendeu errado aquele memorando, não foi? O memorando que o Matthew Sawyer mandou para você naquela tarde, a respeito da Coleção Hackett. Ele não estava se referindo à coleção, mas sim ao catálogo, não é? O que era mesmo que estava escrito? 'MS precisa res. urgente.' Você pensou que MS fossem as iniciais dele, que ele tivesse descoberto tudo e estivesse exigindo explicações. Mas eu acho que MS era de manuscrito. Ele estava dizendo que o manuscrito precisava de restauração. Como estava escrevendo com pressa, ele abreviou 'restauração' e escreveu só 'res.'. Você leu aquele 'res.' como 'resposta': Matthew Sawyer precisa de uma resposta urgente. Só que ele estava se referindo ao catálogo; ele não sabia que a coleção tinha aparecido."

Fez-se um silêncio tão longo que Sara começou a imaginar que Olivia talvez não tivesse ouvido o que ela acabara de dizer. Então Olivia falou, olhando lá para fora, para um céu saturado de mormaço e branco e denso como banha. Seu tom de voz endureceu.

"No dia de sua morte, ele me disse que o Terry Trust não daria o subsídio para o ascensor do Edwin. Quase chegou a dizer para eu não esquentar com isso. Mande-o para um asilo para morrer, foi praticamente o que me disse. Você precisava ter ouvido o que ele falou. Ele tinha tanto, mas tanto dinheiro, e eu precisava de uma quantia tão pequena para conseguir uma coisa que faria uma diferença tão grande na vida do Edwin... Tanta coisa dependia daquele subsídio, muito embora o valor fosse de apenas cinco mil libras. Ele era tão podre de rico e tão *besta*."

Tomou uma golada do Frascati e deu uma risada amarga. "Nem preciso dizer que *ele* estava recebendo o salário correto. Começou a ganhar o salário integral de diretor assim que foi nomeado. E continuava ambicioso, estava de olho no cargo de diretor-geral dos museus, acho. E a mulher dele tem dinheiro *de verdade*. Eu tinha passado a maior parte daquela tarde tentando ver se seria possível pagar o ascensor vendendo peças da Coleção Hackett e ainda ficar com alguma coisa para pagar as enfermeiras do Edwin. Passei o dia inteiro à beira das lágrimas. Descobri quanto poderia conseguir vendendo as minhas próprias coisas — você sabe, aquelas coisas que estão na sala de estar —, muito embora obras contemporâneas valham muito menos do que a gente imagina. Eu tinha prometido ao Edwin que compraria o ascensor. Ele estava achando que este poderia ser o seu último verão e estava desesperado para poder passá-lo no jardim. Aí recebi o memorando, justo quando estava com a Coleção Hackett na cabeça, e simplesmente concluí que de alguma forma o Matthew tinha descoberto a respeito do banco de Warminster e logo viria pedir satisfações a mim. Então, além de nos recusar o ascensor, ele estava prestes a me tirar o pouco que eu tinha. Aquele pouquinho que eu estava conseguindo arranjar para cuidar do Edwin. E se eu fosse presa, o que seria do Edwin?"

Sara imaginou o quadro. Olivia escondendo atrás daquela sua postura impassível o verdadeiro pânico que deve ter sentido diante da possibilidade de que seu mundo e o mundo de Edwin simplesmente ruísse. O momento em que se deu conta de que, se Matthew Sawyer saísse do mapa, ela continuaria sendo uma curadora respeitada e Edwin poderia viver o resto de seus dias em segurança. A necessidade de agir rápido, encontrar Paul, contar a ele sobre o perigo que estavam correndo, planejar às pressas como, quando e onde Paul daria cabo de Matthew Sawyer.

"Só uma semana depois, na sexta-feira seguinte, foi que li a cópia do memorando que ele tinha arquivado. Foi quando notei também o comportamento estranho do George. Foi por isso que convidei você para jantar: pensei que você pudesse saber se ele estava sabendo de alguma coisa, ou me ajudar a descobrir se ele sabia."

"Mas eu não ajudei, não é?"

"Não, você foi completamente inútil e, para falar a verdade, muito irritante também."

Olivia estava bastante bêbada agora e claramente hostil.

"Imagino que você esteja muito orgulhosa. Sara, a gênia, soluciona o mistério da Coleção Hackett!" Deu um risinho débil, mas estava mais próxima das lágrimas do que do riso.

"Mas e o assassinato?", Sara perguntou, devagar. "O Paul matou o Matthew Sawyer, não matou? Como foi que aconteceu?"

Olivia lhe dirigiu um olhar firme e agressivo. "Matthew Sawyer. Bernard não-sei-das-quantas. Os dois estão mortos. Todo mundo morre um dia, por que tanto auê? E o que faz você ter tanta certeza de que foi o Paul? Ou de que não foi o Paul? Você não tem nada em que se apoiar. *Eu* não disse que ele matou o Matthew. A polícia não acha que foi ele. Não há nenhum indício de que tenha sido ele."

"É, mas, por alguma razão", disse Sara, baixinho, sabendo que estava deixando Olivia ainda mais irritada, "eu tenho absoluta certeza de que foi ele que matou o Matthew Sawyer. Não sei — ainda — onde o assassinato do outro homem se encaixa. Só sei que foi o Paul que matou o Sawyer, e que você sabe que foi ele. Só não consegui ainda descobrir como."

"Tenha toda a certeza que quiser. Você não pode provar nada contra o Paul. Eu não lhe disse nada. Tudo o que falei só diz respeito a mim. *Eu* roubei a Coleção Hackett. Tudo bem, o Paul vendeu objetos roubados, mas você não pode provar mais nada. E já contei coisa demais."

Sara estava completamente confusa. Primeiro, Olivia abre inteiramente o jogo sobre o que tinha feito. Agora se fecha como uma ostra, deixando claro que não adiantaria insistir.

Tentando não parecer ela própria irritada, Sara disse: "Olivia, eu não entendo. Você já me contou tanta coisa, mas ainda sabe muito mais sobre isso tudo. Por que fazer segredo agora?".

Olivia olhou para ela com um rosto sem expressão, mas depois seu cenho se franziu. "Você realmente não entende, não é? O Paul ainda tem uma vida inteira pela frente, se conseguir sair dessa. Eu com certeza nunca mais vou vê-lo. E estou me lixando para o que vai acontecer comigo agora. Não faz mais diferença. Por que outra razão eu teria lhe contado?"

Sara se deu conta de repente do terrível silêncio no resto da casa.

Soluçando, Olivia disse: "O meu pai, o Edwin, ele morreu ontem à noite".

32

Sara não sabia como tinha conseguido chegar em casa, mas fora um alívio sair de lá. Deixara Olivia aos prantos, debruçada sobre a mesa, insistindo irritada que não queria nada, a não ser que Sara fosse embora. Ligou para Andrew novamente. Seu celular continuava desligado. Telefonou para a delegacia e pediu para falar com Andrew, mas quem atendeu foi Bridger.

"O inspetor-chefe Poole está de licença especial esta tarde, para resolver um assunto familiar. Posso ajudar?"

Mas era com Andrew que Sara precisava falar. "Não, eu falo com ele outra hora. Obrigada."

Licença especial fazia lembrar enterro, mas Andrew estava tão alegre ontem — parecia inacreditável, mas fora ontem *mesmo* — e não mencionara nada sobre alguém ter morrido. Se fosse de fato um enterro, será que Bridger não teria dito simplesmente que Andrew fora a um enterro? Será que alguma das crianças ficara doente? Ou fora atropelada? Por algum motivo, Sara tinha a impressão de que uma licença especial era para algo um pouco mais planejado do que isso. Decidiu se arriscar e ligar para a casa dele. Quem atendeu foi Valerie.

"Alô. Olhe, eu peço mil desculpas por estar incomodando a senhora em casa, mas será que eu poderia falar com Andrew um minutinho? Espero não estar ligando numa hora ruim. É Sara Selkirk quem está falando."

Valerie respirava ruidosamente do outro lado da linha e parecia não só próxima o bastante, mas furiosa o bastante para arrancar a orelha de Sara com os dentes. "Eu não estou acreditando nisso. Você não podia ter esperado um pouco, não?"

"Olhe, peço desculpas se liguei num momento ruim. Desculpe se..."

"Mas é muita cara-de-pau! Você sabe perfeitamente o que está fazendo! Não consegue esperar nem mais um minuto para pôr as mãos nele, não é? Sua piranha!"

Antes que pudesse pensar em alguma espécie de resposta, Sara ouviu a voz alterada de Andrew ao fundo. Ainda segurando o fone perto da boca, Valerie devolveu os gritos de Andrew. "Ah, então quer dizer que não é verdade, não é? Seu canalha mentiroso! Não vem me dizer agora que não está tendo um caso! Vem aqui dizer pra porra da sua amante que ela pode ligar quando quiser — seu mentiroso! Seu calhorda!"

Sara pôs o fone de volta no gancho devagar. Menos de um minuto depois, o telefone tocou. No terceiro toque, levantou o fone não mais que três centímetros e deixou que caísse de volta no gancho. Estava trêmula e à beira das lágrimas, sentia um nó de rancor na garganta e percebeu-se de repente dominada por um imenso cansaço. Meio grogue, desabou no sofá profundo, na sala escura, e reconheceu a enorme sensação de injustiça que estava sentindo, menos pela acusação de Valerie — que, passado um pouco mais de tempo, poderia facilmente vir a ser merecida, ainda que não inteiramente exata — do que por ter podido aproveitar por tão pouco tempo a amizade tão doce e sábia de Edwin.

Ficara na maior animação com a perspectiva de vê-lo naquele dia. Planejara tocar para ele de novo, dessa vez decentemente. Pretendia lhe contar o que de fato acontecera em Paris. Ele só sabia o que saíra nas notícias das publicações sobre música, e elas falavam apenas de um colapso nervoso. Uma reação natural, todo mundo dissera, à morte trágica e prematura de Matteo Becker, dois meses antes. Uma espécie de choque emocional retardado, causado pela dor da perda. Queria contar a Edwin que não fora tão simples assim. Nunca dissera a ninguém que, logo depois do primeiro Natal que os dois passaram no Medlar Cottage, Matteo parecia mais quieto, meio indisposto, e que ela ficou quase contente com isso. Talvez então ele diminuísse um pouco seu ritmo de vida e passasse mais tempo em casa. Na primeira vez em que ele se queixou de uma dor do lado do corpo, Sara tinha acabado de desligar o telefone, depois de tratar dos preparativos para a sua série de três concertos em Londres, Dublin e Cardiff. Cutucou-lhe a barriga com o dedo e zombou dele por estar comendo demais. Aconselhou que tomasse bastante água e evitasse o vinho enquanto estivesse na Austrália, para onde ele iria dali a quatro dias. Se a dor continuar, procure um médico. Se conseguir arranjar tempo para isso. Quando estava de saída para o aeroporto, Matteo inexplicavelmente lhe pediu, com um olhar tristonho e esperançoso, "Vem comigo, Sara?", mas é claro que estava brincando, pois sabia que ela ia tocar em Londres no dia seguinte. Sara ignorou a leve expressão de fragilidade no rosto dele, e os dois já estavam rindo quando se despediram com um beijo. No avião, o apêndice de Matteo se rompeu. Quando o avião pousou, sete horas depois, Matteo foi levado a um hospital, onde os médicos não conseguiram evitar uma septicemia. Cinco horas depois, Matteo morreu.

Após o enterro, Sara continuou cumprindo seus compromissos. As pessoas ficavam espantadas com sua força. Foi assim até Paris, quando simplesmente parou no meio da segunda suíte para violoncelo de Bach, imobilizada no meio de uma frase. No silêncio terrível e chocado que tomou conta da sala de concertos, o único som que por fim se ouviu foi o de seus próprios passos, quando ela deixou o palco. E, desde então, Sara nunca mais voltou a se apresentar em público de verdade, mas isolou-se em sua vida particular, curvando-se sob o peso da culpa que estava sentindo e de toda a solidariedade e compreensão generosa de pessoas que na verdade não compreendiam nada. Edwin, no entanto, compreendera alguma coisa. Sabia que, depois de uma perda como aquela, a recuperação é lenta, mas achou que talvez ela já tivesse passado tempo suficiente esperando. Sara olhou lá para fora, viu acima do vale o céu baixo e carregado de nuvens e de tristeza, e enterrou o rosto na almofada. Mesmo que estivesse naquele avião, Matteo, eu não poderia ter salvado você. Vou lamentar até o fim da minha vida não ter percebido quanto você estava doente e impedido que pegasse aquele avião, mas a culpa não foi minha. Sua morte não foi culpa minha. Quando o telefone tocou novamente, Sara não atendeu.

Acordou com o gato saltando em seu colo. Tinha uma noção de que devia ser fim de tarde, mas a sala estava mais escura do que deveria. No horizonte, nuvens roxas se aglutinavam formando montanhas escarpadas e, sobre a campina de tílias, uma luz rosada e sombria tremeluzia com o brilho ameaçador do trovão iminente. Eram cinco e pouco ainda, mas já estava escuro como num fim de tarde de inverno. Fez um chá e acendeu os abajures, pretendendo dessa vez dar um tratamento mais suave à sua dor. Descansou. O trovão veio e, com ele, uma chuva forte e perpendicular. Pouco antes das sete, o telefone tocou outra vez.

"Estou tentando ligar para você já faz um tempo", disse Andrew. "Eu saí de casa."

"Ah, é?" Sara esperava que ele não mencionasse a conversa por telefone com Valerie, cuja lembrança ainda a deixava quase nauseada de desgosto.

"Eu sinto muito pelo... que aconteceu. Ela entendeu tudo errado."

Sara não ia ajudá-lo. "Põe errado nisso. Talvez você devesse dizer à Valerie que eu liguei para você para falar sobre o caso."

"Certo. Só que ela está insistindo que eu devolva a bicicleta. A bicicleta é dela, na verdade. Vou ter que ir até aí para buscá-la. Deixei-a debaixo daquela árvore grande, na entrada da sua casa, ontem."

"Devolva o quê? Ah, eu tinha esquecido completamente a bicicleta. Ela deve estar encharcada. Ainda está onde você deixou." Sara foi andando com o telefone até a janela lateral da sala de estar e olhou para a entrada da casa, na direção da faia cor de cobre. Enquanto olhava meio embasbacada para o lugar onde a bicicleta deveria estar, ribombou outro trovão.

"Não está mais lá", disse simplesmente. "Sinto muito. Imagino que deveria ter trazido a bicicleta para dentro. Não existe a menor possibilidade de conseguir recuperá-la, existe?"

"Não, nenhuma. Deixa pra lá."

"Olha, eu tenho algumas coisas para contar a respeito do caso. Acho que sei quem matou o Sawyer. Só não consegui ainda descobrir como."

"Sara, eu agradeço sua ajuda, mas este não é um bom momento. A gente não está precisando de mais uma teoria sobre *quem* possa ter sido. O que a gente precisa é do *porquê* e do *como*, e de algo que possa se sustentar num tribunal. Ah, que se dane isso tudo. Que se dane a bicicleta da Valerie. Eu devia ter posto um cadeado. Fiquei tão empolgado de tocar Beethoven para você ontem. Tão empolgado de ter resolvido me separar da minha mulher. Bem feito para mim."

"De qualquer forma não daria para você ir de bicicleta até a sua casa nesta chuva. Aliás, onde é que você vai morar agora?"

"Vou ficar numa pensão até o fim de semana, depois vou para um apartamento em Combe Down. Fica na casa de uma pessoa que está sendo atendida pelo programa de apoio às vítimas, uma viúva que foi assaltada no ano passado. Ela vai alugar o primeiro andar da casa para mim. Ficou toda entusiasmada com a idéia de ter um inspetor de polícia morando na casa, então o aluguel vai ser baixo. É só um arranjo temporário, até vendermos a casa. Escute, Sara, a respeito da Valerie..."

Mas Sara não queria ouvir. "Não fale nada", interrompeu-o. "Não tem importância. Sinto muito pela bicicleta. Mas de qualquer forma você não teria como colocá-la no carro, não é? O carro não tem bagageiro. Escute, tem umas coisas que eu *realmente* preciso contar..."

"Não, eu precisaria tirar a roda da frente. Aquilo é um trambolho, na verdade, mas é claro que ela ia querer a bicicleta de volta", disse Andrew. "Sabe o que eu realmente queria? Uma daquelas bicicletinhas dobráveis superlegais, sabe quais são? Mas acho que tão cedo não vou poder gastar dinheiro com bicicleta. Valerie..."

Sara cortou-o rapidamente. "A gente precisa ir ao Fortune Park. Eles ainda não tiraram nada do lugar, tiraram? Me encontre lá. Eu explico quando chegar. Vai, Andrew, vai! Eu te vejo lá."

O carro de Andrew parou ao lado do dela no estacionamento. Por detrás da chuva torrencial, Sara viu o vulto escuro de Andrew se aproximar da porta do carona do carro dela, abri-la e despencar pesadamente ao seu lado, esfriando o ar dentro do carro com seu corpo grande e molhado. Não tinha se dado ao trabalho de vestir um casaco e seu cabelo pingava.

"O que está acontecendo?"

Os dois atravessaram a chuva debaixo do imenso guarda-chuva de Sara até a entrada do hotel, onde Sara ficou esperando debaixo da marquise enquanto Andrew entrava sozinho. O gerente do hotel já fora avisado de que o inspetor de polícia estava se dirigindo para lá, mas ficou surpreso mesmo assim de ver o inspetor-chefe Poole adentrar o saguão vestindo roupas informais, completamente encharcado, e pedir a chave do apartamento. Tinham lhe dado a entender que a polícia já encerrara seu trabalho na cena do crime. Entregou a chave sem se oferecer para acompanhá-lo e seguiu-o com os olhos, vendo-o voltar para debaixo da chuva.

Assim que Andrew abriu a porta, Sara entrou afobada no hall do apartamento, seguindo em direção à bicicleta apoiada contra a parede. Pensando que Sara ia tocar na bicicleta, Andrew estava a ponto de gritar para que não fizesse isso, quando Sara se virou e disse: "Isso mesmo. Vem comigo". Ela estava na maior excitação e parecia prestes a se atirar nos braços dele.

"Está muito abafado no carro", disse Sara quando os dois saíram. "Vamos andar."

Foram caminhando sob a copa gotejante dos castanheiros em direção à avenida, enquanto Sara relatava sua conversa com Olivia. Andrew ouvia, resistindo ao impulso de apressá-la. A chuva continuava caindo forte, e Andrew, que segurava o guarda-chuva sobre os dois, notou que o tom rosa-claro do tecido dera à pele de Sara, lustrosa por causa da chuva, um brilho de pele de criança.

"Mas aonde exatamente isso nos leva?", ele perguntou por fim. "'Tudo bem, a Coleção Hackett estava sendo vendida. Mas eu ainda não estou vendo em que isso nos ajuda. E o que é que a gente veio fazer aqui? O que a bicicleta tem a ver com isso tudo?"

"Lembra que a Olivia admitiu que ficou zangada com o Matthew Sawyer por causa do subsídio que o Terry Trust negou? E admitiu também que o Paul e ela estavam vendendo a Coleção Hackett. E praticamente admitiu também que chegou à conclusão errada quando leu o memorando do Sawyer. Se ela de fato entendeu errado aquele memorando, é fácil perceber a angústia em que ficaria para calar a boca do Sawyer."

"Mas ela não admitiu isso, admitiu? *Você* disse que ela deve ter entendido errado o memorando. E, ainda que ela tivesse admitido que se enganou com o memorando, isso não é o mesmo que admitir um assassinato."

"Eu sei, mas escuta só. Ela estava furiosa por causa do ascensor. Suponhamos então que ela receba o memorando, leia e entenda errado o que ele quer dizer, conclua que precisa agir rapidamente e convença o Paul a matar o Sawyer naquela noite. Depois ela tem que continuar a agir normalmente, é claro, então aceita assumir o cargo de diretora interina na segunda-feira, abalada por dentro, mas tentando manter a calma porque o show tem que continuar e tudo o mais. Mas, na sexta-feira daquela semana, a senhora Trowels volta a trabalhar, e duas coisas vêm à tona. Primeiro, que o Matthew Sawyer era um administrador mais meticuloso do que ela imaginava. Ele tinha escrito o memorando à mão, num papel em branco, quando estava enfurnado no arquivo da prefeitura, e depois simplesmente o enviara pelo correio interno. A última coisa que a Olivia esperava era que ele tivesse tirado uma *cópia* do memorando na prefeitura e enviado essa cópia para o escritório do Circus para que a senhora Trowels a arquivasse na pasta de 'Assuntos a Resolver' que ele mantinha. Então, primeiro, havia uma cópia e, segundo Olivia lê o memorando de novo e, como estava com a cabeça mais fria, percebe o erro que havia cometido."

A chuva começou a martelar com mais força ainda no tecido do guarda-chuva, e um clarão de relâmpago, ao longe, foi seguido de um trovão. "E foi aí que ela quase entrou em pânico. Em primeiro lugar porque ficou arrasada de verdade com a descoberta. O Sawyer tinha sido assassinado à toa, tudo não tinha passado de um erro bobo, e aí ela começou a se sentir tremendamente culpada por causa da viúva e tudo o mais. Quer dizer, a dor que ela estava sentindo, que era real, também ajudou a evitar que as pessoas suspeitassem dela. E aí depois, como o George estava claramente nervoso por algum motivo que ela não sabia qual era, ela começou a ficar preocupada que ele pudesse ter visto alguma coisa. Começou a imaginar que ele talvez tivesse voltado lá por alguma razão. Mas é claro que ela não podia deixar nada disso transparecer e tinha que falar sobre o memorando como se tivesse entendido perfeitamente o que ele queria dizer desde o início. E o motivo para ela ter me convidado para jantar foi que achou que eu estava numa boa posição para conseguir arrancar informações do George e também porque imaginou que você pudesse estar conversando comigo a respeito do caso. Eu não notei nada na época com relação ao Paul, nada que merecesse ser mencionado. Vi os dois trocarem um olhar, mas pensei que ela estivesse só fazendo um sinal para ele servir mais vinho. Não suspeitei dela em nenhum momento."

"E eu ainda não sei se suspeito dela agora", disse Andrew, tremendo levemente. "Mas continue. Quero ouvir como você acha que tudo aconteceu."

Sara deixou que ele guiasse seus passos para longe dos castanheiros e na direção do jardim murado, onde o cheiro das ervas-gato molhadas subia da terra em torno deles através da chuva fria.

"Certo. A Olivia estava nos Assembly Rooms com o Sawyer, para a abertura daquele evento de artes curativas. Depois ela teria que ir para o Pump Room. O Sawyer vai para lá também, para dar uma circulada e depois trancar o prédio. E o Paul estava trabalhando nos Assembly Rooms, lembra? Então ela explica a situação toda para ele e eles decidem que o melhor é o Paul ir para o Pump Room e dar cabo do Sawyer lá, porque o Sawyer vai ser a última pessoa a sair do prédio. O Paul teria que usar uma das facas dele. Você sabe que os chefs sempre trabalham com suas próprias facas. O Paul tem um jogo de facas, mas é claro que, quando eu vi esse jogo, no jantar na casa da Olivia, a faca que ele tinha usado para matar o Sawyer já tinha sido substituída por uma nova. Então a Olivia vai para o jantar no Pump Room e depois sai de lá cedo. Vai para casa e sobe para falar com o Edwin e com a enfermeira que cuida dele durante a noite. Deixa os dois lá em cima e diz que está indo para a cama. Paul termina seu serviço nos Assembly Rooms e dá um pulo no Pump Room com o pretexto de ver se estão precisando de ajuda. Ele estava tentando impressionar o pessoal da Coldstreams, lembra, tentando dar um empurrão na sua carreira, então é uma coisa bastante natural. Mas aposto que, se você for verificar, vai descobrir que ele nunca tinha feito isso antes."

Sara olhou para Andrew com um leve ar de triunfo. Ele olhou para ela também, pensando em quanto estivera enganado, até aquele momento, em acreditar que mulheres que ficam inacreditavelmente sexy na chuva fosse algo que só existisse nos filmes.

"Ele deixa a bicicleta dele acorrentada à grade do pátio da abadia, em vez de ir com ela até a entrada dos funcionários na Stall Street. Depois fica por ali ajudando um pouco e, logo depois das onze, vai sorrateiramente averiguar se a saleta ainda estava destrancada e se estava vazia. James e eu já tínhamos ido embora àquela altura, então as nossas coisas já não estavam mais lá. Mas imagino que, se ainda não tivéssemos ido, ele poderia ter encontrado outra sala — há várias saletas que só são usadas durante o dia. E aí ele foi verificar se a porta da Stall Street ainda poderia ser aberta pelo lado de fora e em seguida saiu pela porta principal, aquela em que tem sempre alguém de vigia. Assim, pôde dar boa-noite para o Matthew Sawyer, que estava esperando todo mundo sair para poder trancar o prédio, e ainda garantiu que alguém o visse indo embora."

"Não poderia ter sido porque a bicicleta dele estava logo ali do lado de fora, acorrentada à grade?"

"Ah, mas ele só deixou a bicicleta lá para que todos *pensassem* que essa era a razão. Você não vê? E aí ele foi embora de bicicleta, só que, em vez de ir realmente embora, deu a volta até a Stall Street, entrou novamente no prédio sem que ninguém visse e se escondeu na saleta. E a bicicleta dele é *dobrável*, Andrew, então ele poderia tê-la levado lá para dentro com ele. Nós vimos isso, não vimos?"

Sara tinha um ar tão atrevido e parecia tão satisfeita consigo mesma que Andrew pensou que não resistiria à tentação de beijá-la. Em vez disso, perguntou: "E aí ele ficou escondido lá até todos irem embora, foi isso?".

"Todos menos o Matthew Sawyer. Do saguão da Stall Street você pode descer pela escada dos fundos e chegar à Grande Piscina, certo? Então ele desceu, provavelmente depois que os últimos funcionários da equipe de cozinha já tinham ido embora e tudo ficou em silêncio. Pois bem, ele deve ter se dado conta de que seria perigoso matar o Sawyer lá fora, perto da Grande Piscina. É aberto demais. Se houvesse uma luta, eles fariam barulho, e qualquer pessoa que estivesse do lado de fora do prédio do outro lado do muro poderia ouvir. Eles poderiam até acabar lutando dentro da água. Logo em frente à calha de escoamento da fonte era um lugar melhor, porque ficava do lado de dentro e, além disso, era um lugar escuro. E tinha também o barulho da água caindo."

Andrew balançou a cabeça, concordando. Seu cabelo estava quase seco agora, Sara notou, e começava a ficar meio fofo. Sara sentiu vontade de tocá-lo. Pousou os olhos naquele ponto entre a base do pescoço e o início do peito de Andrew, onde pêlos escuros se insinuavam logo abaixo do primeiro botão da camisa. Sentiu vontade de arrancar aquele suéter úmido do corpo de Andrew, arrastando a camisa junto.

"Acho que você não está levando em conta", disse Andrew, "a sujeira que essas coisas fazem. Você disse que eles planejaram tudo naquela noite mesmo. Como é que ele iria resolver o problema de escapar de lá com as roupas todas sujas de sangue? Ele não poderia sair andando pela rua nem se mandar de bicicleta, mesmo tarde da noite, todo encharcado de sangue."

"Ah, concordo, não poderia mesmo. Não conseguiria escapar de lá com as roupas todas sujas de sangue. E estava com suas roupas de chef: calça quadriculada, avental e camiseta. Não teria uma muda de roupa limpa consigo. Só teria levado uma sacola ou alguma bolsa com o avental e as facas."

"Então você admite que sua hipótese vai por água abaixo? Você concorda que ele não poderia ter escapado de lá com as roupas sujas de sangue?"

"Ah, sim. E ele deve ter se dado conta disso também e tirado a roupa. Tirou a roupa toda e colocou-a em algum lugar bem escondido. Ficou nu." Sara passou um instante avaliando aquela imagem mental e depois substituiu Paul por Andrew por um breve e secreto momento.

"Aposto que ele não tirou as meias", disse Andrew, enciumado. "A marca de um pé manchado de sangue poderia ter revelado sua identidade de maneira quase tão conclusiva quanto uma impressão digital. E nós não encontramos nenhuma."

"Existe mais de uma possibilidade aí, eu acho. Ele pode ter continuado de meias, ou" — não conseguiu deixar de sorrir enquanto dizia — "ter rasgado a sacola ao meio e enrolado uma metade em cada pé, prendendo com durex. Teria durex na sala da secretaria. Ou ele pode ter lavado as lajes do chão depois — água é que não ia faltar."

Andrew riu.

"Depois que todo mundo foi embora, ele deve ter gritado ou pedido ajuda ou feito alguma coisa que obrigasse o Sawyer a descer para investigar. Sawyer imaginaria que algum dos convidados do jantar tivesse se embebedado e desmaiado ou algo assim. Se alguma coisa desse tipo de fato passou pela cabeça de Sawyer, ele iria se lembrar de que tinha bastante gente desacompanhada no jantar e que seria perfeitamente possível alguém ter sumido, levando todo mundo a crer que já tivesse ido embora. E aí, quando Sawyer está lá investigando, talvez até se debruçando sobre o parapeito, aparece um selvagem nu, assustador, atrás dele, com uma faca na mão. Um fantasma celta, um soldado de Sulis, determinado a satisfazer os desejos da deusa. 'Que o meu inimigo se liquefaça como água' ou algo assim."

Sara estremeceu. "Na verdade, espero que o coitado nem sequer tenha visto de onde veio o golpe que o atingiu."

"E depois?" Andrew estava bastante concentrado agora.

"Quando teve certeza de que o Sawyer estava morto, ele simplesmente deixou-o lá, pendurado sobre o parapeito, enquanto o sangue pingava na água que desce pelo escoadouro romano e depois vai embora. Mas é claro que o Paul também devia estar coberto de sangue."

Sara curvou-se debaixo do guarda-chuva. "Aí ele foi até a Grande Piscina, entrou na água e se lavou."

O silêncio era total, a não ser pelo barulho da chuva. "Que absurdo", disse Andrew.

Sara balançou a cabeça, concordando. "E jogou a faca na água também, é claro. Depois se secou com a camiseta, vestiu-se e pegou a chave do bolso do cadáver. Em seguida, subiu novamente para apanhar a bicicleta, o avental e o resto das facas. Imagino que tenha trancado a porta que dá para o pátio da abadia pelo lado de dentro e saído pela porta da Stall Street. É muito mais quieto ali. E aí simplesmente foi embora de bicicleta."

"Até o Fortune Park? Mas e o alarme?"

"Não, *não*", disse Sara, quase irritada. "Lembra que a essa altura ainda era meia-noite e pouco. Sawyer foi assassinado no mínimo por volta da meia-noite. Digamos que fosse cerca da meia-noite e vinte; de bicicleta, o Paul só conseguiria chegar ao Fortune Park lá pelas duas da manha. Não, ele foi para a casa da Olivia. Entrou pelo portão do jardim, e a Olivia devia estar esperando por ele no escritório dela. Os dois saíram pelo mesmo portão, com a enfermeira da noite acreditando o tempo todo que a Olivia estivesse na cama. A Olivia levou-o de carro até o Fortune Park. Era isso que estava me intrigando, entende: ela tem um Citroën AX — um carro pequeno demais para transportar uma bicicleta. Não tinha me ocorrido que poderia ser uma bicicleta dobrável. De carro, levaria menos de meia hora para eles chegarem lá. Ele deve ter descido do carro um pouco antes da entrada do clube, desdobrado a bicicleta e pedalado o resto do caminho até a porta do quarto dele, de modo a chegar lá devidamente esbaforido."

"Assim, então, ele chegou lá antes da uma hora da manhã, exatamente na hora em que teria chegado se tivesse saído do Pump Room às onze e quinze e voltado pra casa de bicicleta."

"Exatamente. Ou seja, ele arranjou uma maneira de prestar contas dos movimentos dele na hora do assassinato, já que não podia ter um álibi de verdade."

Andrew ficou refletindo sobre aquilo durante algum tempo. Tinham chegado ao final do caminho das roseiras e estavam perto de um bonito banco de madeira, posicionado bem debaixo de um caramanchão de roseiras trepadeiras amarelas. O banco estava encharcado demais para que pudessem se sentar. Em consenso silencioso, os dois decidiram dar meia-volta e seguiram caminhando, no sentido oposto, por entre os canteiros de roseiras gotejantes.

"Não existe, é claro, o menor indício que possa comprovar isso tudo."

"Bem, não, mas, se não foi assim que aconteceu, fica muito difícil explicar certas coisas."

"Que coisas?"

Sara suspirou, como se Andrew estivesse sendo só um pouquinho tapado. Mais uma vez, ele se viu tentado a lhe dar, no mínimo, um beijo. "A Sue confirmou que ele chegou por volta de quinze para a uma. Ela tinha ficado acordada esperando por ele. Quando ele entrou no quarto, ela disse que o cabelo dele estava molhado."

"E daí? Estava chovendo naquela noite."

"Sim, estava chovendo por volta das dez e meia. Eu me lembro disso porque foi nessa hora que saí de lá e tive que ir andando até a Manvers Street, carregando o violoncelo e todas as minhas coisas debaixo da chuva. Mas parou de chover por volta de dez para a meia-noite, não foi? Se o Paul tivesse saído de lá de bicicleta às onze e quinze, o cabelo dele de fato teria ficado molhado, mas também teria secado completamente muito antes de ele chegar em casa perto da uma hora da manhã. Mesmo um cabelo comprido como o dele secaria inteiramente no caminho, já que ele estava de bicicleta. E o cabelo dele estava molhado. E eu acho que estava molhado porque ele tinha mergulhado na piscina das Termas

Romanas menos de uma hora antes, para se lavar do sangue do Matthew Sawyer."

"Ai, Sara. Não sei. Não sei. E o alarme?", Andrew murmurou.

"Acho que eles se deram conta, quando estavam no carro, de que tinham deixado algumas pistas." Sara respirou fundo e parou de andar. "Imagino que o Matthew Sawyer devia estar com o memorando. Quando eu vi a Olivia e o Sawyer nos Assembly Rooms, eles estavam discutindo. Ela estava segurando uma folha de papel e protestando contra alguma coisa que estava escrita ali. Quando foi embora, ela praticamente jogou o papel em cima dele. Pensei que aquilo tudo fosse por causa do discurso dele, que a Olivia estivesse zangada porque ele tinha ignorado as orientações dela, ou algo assim."

Andrew virou-se de frente para Sara. "E agora você está achando que era o memorando?"

"Estou. Na verdade, acho que a Olivia não deu orientação nenhuma para o Sawyer a respeito do discurso. Ele não tinha a menor idéia do que dizer; não é possível que ela tenha lhe dado alguma orientação. Acho que ela passou a reunião inteira antes da cerimônia de abertura, quando deveria estar orientando o Sawyer, discutindo com ele sobre a decisão do Terry Trust. E talvez o Sawyer quisesse discutir o memorando sobre a Coleção Hackett também, mas imagino que a Olivia não tenha lhe dado chance de falar nada. E foi uma pena, porque, se tivesse deixado o Sawyer falar, ela teria percebido que não tinha nada a temer e o Sawyer ainda estaria vivo. Mas, enfim, depois do assassinato, Olivia teve que voltar ao Pump Room, e acho que foi para apanhar o memorando no bolso do Sawyer. É claro que, àquela altura, ela não sabia que existia uma cópia. Mas ela não poderia simplesmente fingir que estava passeando e entrar no Pump Room à uma e meia da manhã, mesmo com as chaves, poderia?"

"O que você acha que ela fez então?"

"Ela era aquela pessoa que estava correndo em volta do prédio", respondeu Sara, voltando a andar. "Ela retornou para casa, entrou pelo escritório e vestiu o agasalho de corrida e os tênis da Sue, porque ela própria não tinha nenhuma roupa desse tipo. Muita gente sai para correr à noite e, com o capuz cobrindo a cabeça, ninguém a reconheceria. Mas havia pessoas ali, aquelas pessoas que aparecem nos vídeos das câmeras de segurança da loja. Bêbados sentados nos bancos e aquele casal de adolescentes. Ela não tinha outra opção senão dar voltas e mais voltas pela cidade, até que o caminho estivesse livre. A área só ficou inteiramente deserta por volta das vinte para as três da manhã."

"E aí?"

"Ela entrou no prédio e foi até o lugar onde o Paul disse que o corpo estava. Apanhou o memorando, mas encontrou também um outro papel, o papel que o Matthew Sawyer tinha tirado da sala dos funcionários da segurança, com a lista de todos os códigos do alarme. Aí ela deve ter ficado preocupada com mais uma coisa: impressões digitais no corpo. Então, empurrou o corpo lá para baixo, para dentro da água, sabendo que ele ficaria lá por horas e que as impressões digitais se apagariam. Aí ela deve ter se tocado de que estava com todos os códigos do alarme ali na mão. Agora, lembra de uma conversa que tivemos séculos atrás sobre como era estranho que o prédio estivesse trancado e com o alarme ligado? Por que razão o assassino teria se dado ao trabalho de fazer isso?"

Andrew fez que sim.

"Na verdade não teve nenhuma razão especial, fora aquela que leva as pessoas a trancarem o prédio todas as noites: para proteger os objetos."

Andrew franziu a testa.

"Entende? De *todas* aquelas pessoas, a Olivia é a única que seria incapaz de deixar o prédio desprotegido. Você viu a dedicação profissional dela. Ela é uma curadora experiente e realmente se importa com os objetos. Até mesmo com aqueles" — Sara rebateu de antemão a objeção de Andrew — "sim, até mesmo com aqueles que estava vendendo em benefício próprio. Importava para ela, sabe? Enfim, suponhamos por ora que estivesse com a lista dos códigos na mão."

Andrew balançou a cabeça.

"Ela acabaria se dando conta de que poderia proteger o museu e, ao mesmo tempo, atrapalhar um pouco as investigações se ligasse o alarme usando o código do Matthew. Talvez tenha até pensado que poderia criar uma certa confusão com relação à hora do crime. Mas é óbvio que não teve muito tempo para ficar pensando sobre o assunto. Imagino que tenha só resolvido fazer isso e pronto. Depois jogou as chaves por cima do muro na direção da Grande Piscina e foi para casa, correndo. No dia seguinte se livrou do agasalho de corrida e dos tênis e comprou uma faca nova para substituir a que o Paul tinha usado."

"O que faz você ter tanta certeza de que foi a Olivia? Poderia ter sido a Sue, tentando proteger o Paul. Talvez os três estivessem nisso juntos", disse Andrew. A teoria de Sara padecia de uma desanimadora falta de indícios.

"Lembra do que você disse depois que se encontrou com a Olivia no domingo? Lembra que você me perguntou o que havia de errado com ela, porque ela mal estava conseguindo andar? Aquilo era o resultado de ter corrido durante umas três horas, quando estava fora de forma. O corpo dela deve ter ficado todo dolorido dias e dias. Quando fui correr na segunda feira, depois de ter passado duas semanas sem correr por causa do calor, senti uma certa dor nas pernas no dia seguinte, mas nada que se compare ao que a Olivia deve ter sentido. Ela deve ter sofrido de verdade. E a Sue perdeu um par de tênis e um agasalho de corrida há pouco tempo. A Olivia certamente sabe que a Sue é distraída o bastante com coisas desse tipo para passar alguns dias resmungando sobre a perda e depois simplesmente comprar outros novos."

Os dois pararam de andar novamente. Andrew pôs uma das mãos no ombro de Sara e apertou-o suavemente enquanto falava. "Sara, é uma teoria impressionante e inteligentíssima, e é tudo plausível. Mas nenhum júri a levaria em consideração nem por um instante. Lamento muito. Você pode estar certa em todos os detalhes, mas, com base nas evidências, não conseguiríamos condenar ninguém."

Por cima do ombro de Andrew, Sara via os pingos da chuva furarem com força a superfície do lago retangular que ficava do outro lado do jardim.

"Eu sei", disse com um suspiro, inclinando a cabeça para o lado, de modo que seu rosto roçasse de leve, só uma vez, na mão dele. Andrew fez um carinho na pele morna da nuca de Sara. Quando ele deslizou os dedos pelos cabelos dela e puxou sua cabeça gentilmente para perto da dele, Sara disse, olhando para ele: "Vamos voltar".

Andrew sabia o que ela estava pedindo; seu rosto se fechou e ele suspirou, deixando que sua mão caísse.

"Eu quero ir. Você sabe que eu quero, mas não posso. Preciso verificar isso tudo", disse, um tanto brusco. "Não posso deixar para depois. Preciso interrogar a Olivia Passmore. Olha, é melhor você ir para casa. Você entende, não entende? Eu não posso simplesmente deixar as coisas como estão."

Sara quase engasgou diante daquela rejeição. "Pelo contrário. Deixar as coisas como estão é exatamente o que a gente devia fazer", disse, tirando o guarda-chuva da mão de Andrew. "Simplesmente esquece. Esquece tudo", acrescentou com azedume por cima do ombro, andando na direção do estacionamento e deixando Andrew na chuva.

33

No caminho de volta, hipnotizada pelo vaivém ruidoso do limpador de pára-brisa, Sara se sentia quase assoberbada de cansaço. Por toda a extensão do longo trecho elevado de estrada que atravessava Bannerdown, a chuva não parou de chicotear o carro. Mais trovões ribombavam atrás dela e, não muito longe, relâmpagos furavam o céu e riscavam os campos perto da linha do horizonte. Aquilo era demais: chuva demais, mortes demais, coisa demais para um dia só; e Andrew demais. Sentia-se por demais à mercê das intempéries. Pisava firme no acelerador, ansiosa para chegar em casa. Planejava preparar o arsenal contra rejeições que toda boa solteirona conhece: um banho quente, a lareira, um pouco de vinho e, depois, enfiar-se na cama cedo. Pegou-se pensando no que estaria passando na televisão.

Olivia estava na cozinha. Quando Sara entrou meio sonâmbula pela porta dos fundos, encontrou-a parada exatamente no mesmo lugar onde, não muito tempo antes, James se posicionara para picar cebolas, enquanto ela o observava, sentada numa cadeira do outro lado da mesa. Pela quietude em torno de Olivia, Sara concluiu que ela já devia estar ali fazia algum tempo. Ficara ali de pé, com uma capa de chuva encharcada, esperando.

"A porta estava aberta."

Olivia parecia mais sóbria. A tempestade tingira seu rosto de rosa, dando-lhe um atraente ar febril. Era fácil perceber como um rosto daqueles, que sugeria uma alma trágica e sensível, seria capaz de seduzir um homem passional e bem mais jovem do que ela.

"Eu vivo esquecendo de trancar a casa." Sara não conseguia pensar em muito mais o que dizer. "Fui ao Fortune Park de novo."

Olivia soltou um pequeno suspiro de desdém. "Pura perda de tempo. O Paul não matou o Bernard. Mas você jamais vai conseguir encontrá-lo. Ele foi embora."

"Para onde?", Sara perguntou num tom ameno.

Olivia ignorou a pergunta. "Ele tinha que fugir. Ele não matou o Bernard, mas não conseguiria explicar quem foi sem abrir o jogo todo. Não só sobre mim, não só sobre as peças da Coleção Hackett. A polícia vai investigar a vida do Bernard e não vai demorar muito para descobrir as outras transações que ele fazia."

Sara não tinha idéia do que ela estava falando.

"Imigrantes. Ele trazia imigrantes ilegais de Paris para cá. Não muitos, só um de cada vez, e não era em toda viagem. O Paul não gostava disso, mas não tinha muita escolha. Eles iam ser mandados de volta para a África. Os que sabiam falar inglês queriam vir para cá. O Bernard em geral os largava na estrada, antes de chegar a Bath, mas esse cara estava doente. Era do Senegal. Então o Bernard teve que trazê-lo para cá e escondê-lo no quarto do Paul. Quando o Paul não estava, os dois devem ter brigado por dinheiro ou algo assim, e aí o homem matou o Bernard e desapareceu. O Paul voltou no domingo à noite e encontrou o corpo do Bernard no quarto. Ele tinha que fugir. Ligou para mim na segunda-feira, tarde da noite. Estava desesperado; não dormia direito fazia dias. Ligou para mim para se despedir."

"E onde é que ele está agora?"

Olivia bufou. "Não sei. Bem longe daqui, espero. E, mesmo que soubesse, por que você acha que eu iria contar? Não foi para isso que vim aqui."

"Quer que eu pendure o seu casaco?"

Olivia balançou a cabeça.

"Quer sentar?", Sara perguntou.

Olivia não respondeu.

"Bom, posso saber então por que foi que você veio aqui?" Fosse qual fosse o motivo, Sara esperava que ela não demorasse muito.

"Ela não aparece no trabalho desde sexta-feira. Onde é que ela está?"

Sara balançou a cabeça. "Você está se referindo à Sue, imagino? Não faço a menor idéia. Eu mesma estava esperando encontrar com ela na segunda-feira, lembra? Liguei para você."

"Você sabe onde ela está", disse Olivia, brusca. "Ela disse para você não me contar, imagino."

"Por que ela faria isso?"

Mais uma vez, a pergunta de Sara foi ignorada. "Passei o dia inteiro tentando ligar para ela, para contar sobre o Edwin, mas ninguém atende. Acabei de voltar de Larkhall e a casa estava vazia. Toquei a campainha da casa ao lado e me disseram que não aparece ninguém lá desde o fim de semana. Pensei que ela estivesse aqui. Não tenho a menor idéia de onde ela possa estar." Olivia olhou com raiva para Sara. "A tia dela sou eu, não você." Começou a falar entre os dentes. "Estou de saco cheio desse seu jeito sonso de se intrometer na minha vida. A família é *minha*, não sua."

"Claro que a família é sua", Sara começou a dizer, "eu nunca tive a intenção de..."

"Cala a boca! Não pensa que eu não percebi! Primeiro você enfeitiçou a Sue, depois ficou toda cheia de charme para cima do Edwin. Ele era *meu* pai", gritou, enfurecida.

"Eu sei", Sara protestou. "Olha, foi *você* quem me convidou para ir à sua casa para conhecer o Edwin. Eu não estou entendendo o que você quer dizer. Nós tivemos um encontro superagradável, naquele dia."

"Pára! Como se eu já não tivesse ouvido o bastante! Você não entende que eu não ouvi outra coisa do Edwin, durante dias, os *últimos* dias da vida dele, a não ser quanto você é maravilhosa? E que talento fantástico você tem? 'Ah, Livy, não é estranho que a minha própria filha nunca tenha tido talento nenhum?' Quando eu passei *anos* cuidando dele e me preocupando com ele e fazendo de tudo para ele poder continuar em casa? É tão injusto!" Olivia irrompeu em lágrimas e tirou um lenço ensopado do bolso.

Sara teve um impulso de estender a mão e tocá-la, mas limitou-se a dizer: "É muito injusto mesmo. Eu lamento muito. Não queria que nada disso tivesse acontecido. Mas ele sabia, sim, quanto você se desdobrava para cuidar dele. Ele me disse". Foi andando até a prateleira dos vinhos. "Vamos tomar alguma coisa. Sempre ajuda um pouco, você não acha?"

"Não vem com esse tom condescendente pra cima de mim! Você não sabe de nada! Nada! Você tem tudo, não é, Sara? Tudo! E você é tão besta e tão condescendente que chega a me dar nojo!"

"Olivia, você está muito nervosa..."

"Você teve que testar seu charme até com o Paul, não foi? Naquela noite na minha casa, você queria arrancar as roupas dele com os olhos, não queria? Ele *adorou*, é claro — ficou lisonjeado. E aquela encenação toda de cortar o dedo, só para chamar a atenção dele."

Talvez Olivia não estivesse tão sóbria assim, afinal. Uma taça de vinho poderia piorar seu estado. Quanto mais rápido conseguisse dar um jeito de ela ir embora, melhor. A indignação de Sara cresceu.

"Ah, Olivia, pelo amor de Deus. Que idiotice. Você acha que eu cortaria o dedo de propósito? Eu sou violoncelista, pombas. Olha, senta aqui um instante. Você veio pra cá de carro? Quer que eu chame um táxi para você?"

Deu a volta até o outro lado da mesa e pôs a mão esquerda de leve sobre o ombro direito de Olivia, para conduzi-la até uma cadeira.

Olivia girou o braço e encolheu-o bruscamente, como se tivesse se queimado. Em seguida, agarrou o pulso de Sara.

"Não toca em mim!", berrou, enterrando os dedos na pele dela.

Sara quase gritou de susto. "Olivia! Me solta!"

A única reação de Olivia foi bater as costas da mão de Sara com uma força terrível e inesperada contra o tampo da mesa, mantendo-a presa.

Respirava ferozmente, mas sua voz estava calma. "Violoncelista? É mesmo? Não foi o que me disseram. Uma violoncelista que não consegue tocar?" Com a mão direita, Sara tentava inutilmente se desvencilhar dos dedos de Olivia. "Eu não vou soltar. É melhor parar com isso. Você só vai conseguir se machucar mais ainda."

Sara viu Olivia estender a mão esquerda para alcançar a maior faca que havia no porta-facas de madeira que estava em cima da mesa. Com sua mão livre, agarrou o cabelo de Olivia e procurou, ao mesmo tempo, tomar fôlego para gritar. A picada da faca na base carnuda do seu polegar reduziu seu grito a uma lamúria aterrorizada.

"Ah, não, não, não..."

"Você sabia que eu sou canhota?", Olivia perguntou em tom de bate-papo. "Sou completamente canhota. Então nunca consegui, sabe, dominar a técnica de nenhum instrumento musical. Nunca cheguei a lugar algum. Mas não era que eu não tivesse inclinação para a música — eu queria muito conseguir tocar."

Sara tremia e mal conseguia falar. "Por favor, Olivia, por favor..."

"Mesmo assim", disse Olivia com voz macia, "ser canhota é muito útil às vezes, sabe? Eu consigo fazer *muitas* coisas com a minha mão esquerda." Quando disse "muitas", Olivia deu outra estocada com a ponta da faca na base do polegar de Sara, que gemeu quando a faca atravessou-lhe a pele.

"Consigo, sim. *Muitas* coisas. *Muitas* e *muitas* e *muitas* coisas.

O sangue agora escorria-lhe pela mão, manchando a mesa. Ao ver aquilo, Sara fechou os olhos bem apertados e sentiu a cabeça começar a rodar. Pensou que fosse vomitar. Enquanto lutava para não se deixar dominar pela histeria, seus gemidos saíam em grandes espasmos.

"Pára, Olivia, pára... me solta, por favor..."

"Cala a boca", disse Olivia, por entre os dentes. "Eu nem te machuquei ainda." Levantou a faca e pousou-a perpendicularmente ao pulso fino de Sara, onde todas as veias e tendões que alimentam a mão destacavam-se, expostos. O fio da lâmina encostava em sua pele.

"Onde é que ela está?"

"Olivia, eu não sei. Eu não sei. Realmente não sei." Suas pernas não conseguiriam sustentá-la por muito mais tempo. "Por favor, *por favor* me solta, não me corta, não me corta. Eu não sei onde ela está." Não estava conseguindo conter os soluços.

"Pára de choramingar! Você não vai morrer. É quase impossível morrer por causa de um pulso cortado, sabia? É muito difícil conseguir romper as veias. São os tendões que sofrem mais. Aqui. E aqui." Enquanto falava, Olivia apontava didaticamente os locais exatos do pulso com a lâmina da faca. Sara precisou espremer com força uma perna contra a outra para não urinar de pavor. Sabia quanto aquela faca era afiada. Bastaria um leve arrastar do fio da lâmina contra seu pulso para ela nunca mais poder tocar.

"Com todo esse talento e depois de todo aquele drama que você fez para o Edwin dizendo que não podia mais tocar, eu acho que você merece saber *de verdade* o que é não poder tocar. Pois bem" — o fio da lâmina agora pinicava seu pulso — "onde está a minha sobrinha?"

Sara perdeu por completo a compreensão do presente e sua consciência foi sendo aos poucos invadida pela imensa e terrível certeza de que, depois daquele dia, sua vida seguiria em frente, mas sem o menor sentido.

"Ela não sabe." A voz veio da porta. Na fração de segundo em que as duas ficaram imobilizadas pelo som da voz de Andrew, ele entrou na cozinha.

"Ela não sabe." Andrew fez uma pausa. "Mas você está me parecendo muito ansiosa para descobrir."

Embora Olivia estivesse muda com o choque, a força com que segurava o pulso de Sara — e a faca — não se alterou.

"Andrew, Andrew, faz ela parar com isso. Faz ela parar com isso, pelo amor de Deus..." A voz de Sara se esvaiu em soluços de pavor.

"Eu quero saber onde está a minha sobrinha. Estou preocupada com ela. Não dá nem mais um passo, ou eu corto o pulso dela. Corto *mesmo*", disse Olivia.

"Ela vai cortar, Andrew, ela *vai*! Por favor, me ajuda, pelo amor de Deus." Sara estava quase deitada sobre a mesa, com as pernas já sem força.

Andrew ficou em silêncio, refletindo. Depois, disse, grave: "Eu acho que talvez você tenha mesmo razão de estar preocupada, senhorita Passmore, mas não pelos motivos que imagina". Olivia olhou para ele apreensiva e em seguida baixou os olhos, fitando a mesa. Ajeitou melhor a faca na mão.

"Estamos realizando uma busca para encontrar Paul Rose. Temos motivos para acreditar que o senhor Rose está envolvido no assassinato de Bernard Rameau, cujo corpo foi encontrado no quarto do senhor Rose ontem. Ele foi assassinado no domingo. Também suspeitamos de que o Paul tenha participado do assassinato de Matthew Sawyer."

Sara gemeu.

"Fica quieta, Sara", disse Andrew, ríspido. "Infelizmente, senhorita Passmore, tudo indica que o senhor Rose não agiu sozinho. Ele teve um cúmplice."

Olivia ficou refletindo sobre aquilo, dando pancadinhas no pulso de Sara com a parte plana da lâmina, desconfiada.

"Senhorita Passmore, lamento muito ter de lhe dizer isso, mas ao que parece sua sobrinha está envolvida. Ela claramente agiu junto com ele, e os dois com certeza estão juntos agora. Torço para que não demore muito para conseguirmos apreendê-los. O senhor Rose é um homem imprevisível."

"Você está enganado", disse Olivia, levantando a faca. "A Sue não está com ele, eu tenho certeza. *Ela* sabe onde a Sue está." Olivia apertou o pulso de Sara com mais força ainda. "Eu quero dar queixa do desaparecimento dela. Quero ajuda para encontrá-la. O avô dela morreu, e eu ainda nem consegui dar a notícia a ela."

Andrew deu um sorriso compreensivo, ignorando os soluços baixinhos de Sara. "Você está triste. É uma coisa muito difícil de enfrentar, eu sei. É a última coisa que a gente gostaria de imaginar. Mas ela de fato está claramente envolvida, infelizmente. Já temos como provar que Paul Rose é um assassino. A sua sobrinha pode até ter tido uma participação no... na agressão, digamos assim. Mas com certeza teve no mínimo uma participação secundária. É muito desagradável, eu sei."

Olivia elevou a voz, com um olhar absolutamente desvairado. "Escuta aqui, a minha sobrinha não está envolvida! Eu *sei* que ela não está. Onde o Paul está ou deixa de estar não vem ao caso. Será que você não entende o que eu estou dizendo? Ela não está envolvida!" Olivia arfava, enfurecida. Sara deitou a cabeça sobre a mesa, incapaz de controlar o choro.

Andrew estalou a língua com um ar complacente e balançou a cabeça. Ficou pensando por um instante. "Bom, só o que posso dizer é que espero que você esteja certa. Se a sua sobrinha de fato não está envolvida, então espero, pelo próprio bem dela, que ela *não* esteja com ele."

"O que você está querendo dizer?"

O rosto de Andrew assumiu uma expressão grave. "Senhorita Passmore, o que estou tentando lhe dizer é que o Paul é um homem perigoso. Tanto ele quanto sua sobrinha desapareceram no fim de semana. Tenho quase certeza não só de que eles estão juntos agora, mas de que estão juntos nessa história toda. Paul Rose com certeza não estava agindo sozinho quando matou Matthew Sawyer. Mas, se quem ajudou o senhor Rose não foi a sua sobrinha, mas sim *outra* pessoa, então a única razão que ele poderia ter para levá-la com ele é porque suspeitava de que ela soubesse de coisas que poderiam incriminá-lo. É possível até que tenha seqüestrado sua sobrinha. Se ela realmente é inocente, eu diria então que ela está correndo sério perigo de vida."

"Mas a senhoria dela também sumiu", Olivia argumentou debilmente. "Ninguém vê o carro dela há dias. Só a lata-velha da Sue ainda continua lá."

"Isso só me faz ficar mais preocupado ainda", tornou Andrew. "Um carro viria muito a calhar para o senhor Rose, principalmente se ele levasse a dona junto. Não haveria ninguém para dar queixa do desaparecimento do carro, entende? E o que não falta são lugares remotos para onde ele possa ir de carro, provavelmente com as duas dentro do porta-malas."

A voz de Andrew ficou mais suave. "Ele é jovem, não é? Se passasse pela cabeça dele que poderia recomeçar a vida de novo, talvez voltando para a França, ele faria tudo o que fosse preciso para conseguir escapar. Imagino que você já saiba que ele negociava objetos roubados? Os parceiros dele são arrombadores conhecidos. O Paul vinha vendendo uma enxurrada de coisas para aquele colega dele, Rameau. Então, entende, ele seria capaz de qualquer coisa, se imaginasse que não seria pego." Andrew olhou para Olivia com uma cara séria. "Incluindo dar cabo de sua sobrinha e da senhoria."

Andrew deixou que Olivia passasse alguns segundos refletindo sobre aquilo, depois disse, com falsa animação: "Por outro lado, pode ser que a senhoria só tenha ido passar uns dias fora sozinha. Ela tinha um emprego? Ah, tinha? Sei. Então fica um pouco mais complicado. Olha, eu sinto muito. É muito triste, principalmente depois da perda terrível que você sofreu. Aliás, meus pêsames. Lamento muito, mas não há muita coisa que eu possa fazer pela sua sobrinha, enquanto não tivermos razões convincentes para acreditar que ela é inocente. Se tivéssemos, é claro que agilizaríamos bastante a busca. Se tivéssemos um seqüestro em mãos, entende, em vez de dois suspeitos de assassinato. Tudo gira em torno dos recursos, entende?".

Olivia chorava abertamente. Andrew se aproximou e, com absoluta tranqüilidade, tirou a faca da mão dela. Sara livrou sua mão dos dedos frouxos de Olivia e desabou numa cadeira, ainda tremendo. Cobriu o rosto com as mãos e começou a se balançar para a frente e para trás, gemendo, enquanto o sangue que escorria dos cortes em seu polegar besuntava suas bochechas, deixando-as pegajosas. Ouvia vagamente a voz de Andrew, recitando os direitos de Olivia, como prescreve o regulamento, e depois falando brevemente em seu celular.

Olivia enfiara o rosto no lenço e estava dizendo: "Eu vou contar tudo. Eu quero contar tudo. Foi o Paul que matou o Matthew Sawyer. Eu não estava lá. Levei o Paul de carro até o Fortune Park, com a bicicleta dele no banco de trás, e depois voltei para o Pump Room. Eu tinha que apanhar uma coisa lá. Fui eu que tranquei o prédio. Vou prestar depoimento. Não foi ele que matou o francês. Foi o imigrante, o senegalês. Vou contar tudo, mas por favor encontre a Sue. Ela não fez nada de errado. Ela é a única pessoa que me resta. Vou contar tudo, mas você tem que encontrá-la".

Bridger chegou acompanhado de uma policial quinze minutos depois. A policial levou Olivia, algemada, até o carro lá fora. Sara não permitiu que chamassem um médico, mas deixou que fizessem um curativo em seus cortes, que eram numerosos mas superficiais. Depois, buscando o conforto da água quente, enfiou-se no chuveiro, debaixo de um jato de água escaldante, e em seguida vestiu roupas limpas. Quando voltou lá para baixo, Andrew lhe serviu uma boa dose de brandy, que ela tomou quase inteira de uma vez só. Com Olivia fora da casa, tinha conseguido parar de tremer, mas ainda continuava pálida e, por vezes, ainda sentia leves calafrios.

"A senhorita Selkirk só vai estar em condições de prestar depoimento amanhã. E eu ainda estou de licença especial, Bridger", disse Andrew, "então você pode cuidar disso sozinho esta noite. Vou estar na delegacia amanhã cedo. Tente descobrir tudo o que ela sabe a respeito de um imigrante ilegal, um senegalês, que estava escondido no quarto de Paul Rose. Ele é nosso principal suspeito no assassinato de Rameau. E arranque tudo o que puder dela sobre o assassinato do Sawyer. Ela deve se declarar culpada da acusação de cúmplice. E eu quero que ela seja tratada com consideração. Assim que você tiver uma declaração completa, abra o jogo com relação à sobrinha."

No hall, depois que a porta se fechou e veio a calmaria, Andrew envolveu Sara em seus braços. Ela se permitiu relaxar encostada ao calor do corpo dele, sentindo o cheiro de sua pele e imaginando a sensação de tocá-la.

"Meu Deus", disse Andrew, com o rosto mergulhado no cabelo de Sara, "está tudo bem agora. Você está comigo. Você finalmente está comigo. Eu só fui até a metade do caminho da casa da Olivia, sabe? Dei meia-volta e vim pra cá. Eu tinha que ver você. Eu te amo, Sara. Quero ficar com você."

Mais uma vez, Sara perdeu a confiança em suas pernas. Começou a rir, um pouco por causa do brandy e um pouco porque estava saboreando a idéia de que Andrew obviamente era forte o bastante para pegá-la no colo e carregá-la escada acima, caso suas pernas sucumbissem por completo. Danem-se as políticas sexuais. Estava se rendendo ao toque das mãos dele e ao calor de sua pele e de sua boca, sentindo com total felicidade a rigidez cada vez maior do corpo dele contra o dela. Que descaramento daquele homem. Ele parecia acreditar que poderia arrancar as roupas dela ali mesmo, no hall; e tinha razão. Sara abriu o zíper da calça jeans de Andrew com um puxão e, enquanto ele se contorcia para ajudá-la a tirar-lhe a calça, um pensamento prosaico passou pela cabeça dela: talvez desta vez devesse trancar a porta, só por garantia, caso Bridger resolvesse voltar. E antes que Andrew tirasse a blusa dela. Onde era mesmo que tinha deixado a chave? Ah, sim, em cima da mesa, perto do jogo de facas. Perto do jogo...

"O que você quis dizer com 'abra o jogo com relação à sobrinha'?", perguntou de repente, se afastando.

Andrew removeu um fio de cabelo do rosto de Sara e beijou-lhe as pálpebras. Em seguida, suas mãos voltaram para debaixo da blusa dela e deslizaram para perto de seus seios.

"Não importa agora."

"Andrew?"

Ele respirou fundo e puxou-a para perto de si novamente. "Tá bom, eu sabia", disse suavemente, olhando para ela e traçando uma linha com a ponta do dedo pelo nariz e os lábios de Sara. "Ontem à tarde, mandamos o número da placa do carro da senhoria para todas as delegacias das redondezas. Eu estava interessado na conexão dela com a Sue, então resolvi lançar um alerta. Recebemos um comunicado da delegacia de Perthshire, hoje de manhã. Eles encontraram o carro, com a dona e uma passageira, Sue Hartman. A Cecily Smith pediu demissão do emprego e resolveu passar uns dias fora, e a Sue foi com ela. Então eu sabia que elas não estavam correndo perigo. Onde quer que o Paul esteja, ele está sozinho."

Beijou-a novamente, de leve, pensativo. "Desculpe. Mas precisamos encontrá-lo. E o senegalês também. Você não acha que a Olivia na verdade estava louca para contar a história toda? Obrigado pelo que você fez."

Beijou-a de novo, dessa vez direito.

"Você está me dizendo que inventou aquilo tudo? Todo aquele tempo em que ficou ali parado, com o meu pulso debaixo da faca, você sabia onde a Sue estava?"

"Mas sem a confissão da Olivia eu não vou conseguir condenar ninguém nesse caso. E não vou conseguir encontrar o Paul se não tiver a cooperação dela. Eu tinha de colocá-la sob pressão."

"Com meu pulso debaixo da faca? Ela podia ter arruinado a minha mão. Ela podia..."

"Eu não acredito que ela fizesse isso. Olhe, desculpe. Mas eu tinha que fazer aquilo, você não entende?"

Andrew olhou para ela, preocupado, tentando fazê-la entender. "Você *tem* que entender."

"Você *sabia*. Aquele tempo todo em que ela ficou segurando a minha mão, você podia ter feito a Olivia me soltar. Você estava *barganhando* com a minha mão." Sara olhou para a mão e viu que o curativo estava manchado de sangue. "Olha só, estou sangrando de novo", acrescentou, sem sobressalto.

"Sara, eu não teria deixado que ela machucasse você. Eu te amo."

"Mas e se ela tivesse? Você já pensou nessa possibilidade? E você continuou pressionando a Olivia, sabendo disso o tempo todo." Tinha a impressão de que aquela verdade a sufocaria.

"Vem cá", disse Andrew, pegando a mão dela com carinho. "Vamos dar um jeito nisso. A gente precisa pôr sua mão debaixo de água corrente."

Sara o afastou, quase com tristeza, e começou a abotoar os botões de sua blusa. "Volte para a sua mulher, Andrew."

"Eu larguei a minha mulher. Eu não quero a minha mulher, quero você. Olha, deixa eu ajudar, o sangue vai pingar no tapete..."

"Posso cuidar disso sozinha."

"Sara..."

"Você devia voltar para a sua mulher, sabe? Mas, vai, vai embora."

Sara trancou a porta atrás de Andrew, muito embora, dessa vez, ele não tivesse parado para recomendar que ela não se esquecesse de trancar a porta.

34

Derek adquirira o hábito de dar leves saltinhos, erguendo-se na ponta dos pés. Sempre usara bons sapatos ingleses, engraxados com capricho para fazer lembrar madeira envernizada, mas agora, em vez de plantar os pés no chão com a permanência e imobilidade de dois pequenos móveis de mogno, começara ultimamente, quando falava ao telefone ou se reunia com os alunos no horário da entrada, a se balançar um pouco e depois a saltitar. Gostava da sensação secreta de contrair o traseiro que o movimento envolvia — agora que seu traseiro estava pesando uns bons três quilinhos a menos. Só faltava perder mais uns vinte e oito.

Estava saltitando agora, enquanto matava um pouco de tempo na estação, antes de sair andando com um gingado confiante rumo à prefeitura, para sua entrevista. Achou melhor ir de trem e evitar um possível pânico na hora de arranjar vaga para estacionar, muito embora isso tivesse significado sair de casa cedo o bastante para compensar qualquer atraso ou cancelamento do trem, e agora, é claro, estava adiantado. Como ele estava? Saíra de casa com a certeza de estar impecavelmente bem vestido, de forma que era um pouco desconcertante o jeito como aquela mulher parecia estar olhando fixamente para ele. Olhou fixo para ela de volta, até que ela ficasse com vergonha e desviasse o olhar. Provavelmente estava à espera também, embora não de uma entrevista. Estivera fazendo compras, a julgar pelas três sacolas da Jigsaw and Square que estava carregando. Belo vestido; linho preto, ao que parecia. Belo corpo. Belos cabelos. Ela estava perambulando pela estação agora, fingindo ler os pôsteres pendurados na parede, virando-se em seguida na direção dele. O rosto dela é que era realmente impressionante, por causa dos olhos, que eram tão grandes, tão verde-azuis e tão magnéticos que ele teve que fingir uma tosse e olhar para o relógio. Olha lá, hein, Derek, advertiu-se, só faz cinco dias que você fez aquela promessa para a Pauline; tente pelo menos chegar ao final da semana antes de começar a acalentar pensamentos adúlteros.

Choviam pessoas agora na estação, saltando do trem que viera de Londres, e a mulher estava quase correndo.

"Robin!"

O homem de cabelos grisalhos e encaracolados e com óculos de aros vermelhos por quem ela estava chamando parou na mesma hora, para a irritação das pessoas que estavam atrás dele, e estendeu os braços.

"Você foi um amor de ter vindo assim, de uma hora para outra", disse ela alguns segundos depois, desvencilhando-se do abraço apertado do homem. Estava obviamente entusiasmada demais em vê-lo para se lembrar de falar mais baixo. "Quando liguei para você hoje de manhã, não esperava que fosse tomar logo o próximo trem."

Ele olhava para ela com um sorriso igualmente radiante.

"Na verdade, tive que cancelar um almoço com aquele artista outrora conhecido como Nigel", disse ele num sussurro extasiado e altíssimo. "Mas eu precisava vir, a gente tem tanta coisa para conversar, tanta coisa para planejar. O Simon ainda quer você no concerto do Dvorák, antes de ele ir embora de Birmingham. O Nagano pergunta toda hora sobre você. Você acha que daria para tocar alguma coisa para mim mais tarde, mesmo com o curativo? E, olhe, sei que você já disse que não é nada grave, mas eu conheço um médico excelente e acho que você deveria dar um pulinho no consultório dele, por mim."

"Robin, não é nada, são só uns arranhões, sério. Não tenho tempo para me preocupar com isso. Estou começando a pensar em tocar as sonatas de Brahms de novo. O que você acha?"

Robin suspirou, feliz, e balançou a cabeça. "Sara, minha querida, acho que você continua tão turrona e maravilhosa como sempre, e é uma verdadeira tragédia que eu tenha cinqüenta e oito anos e seja feliz no meu casamento. Vamos tomar um chá. Que tal se a gente fosse para o Pump Room?"

"Não, para o Pump Room não" — ela estava rindo quando o puxou pelo braço, para sair da estação — "absolutamente não. Vamos para outro lugar."

O homem ficou obviamente intrigado. Mas a mulher que ele chamara de Sara certamente não iria querer discutir as razões pessoais que estavam por trás de sua aversão pelo Pump Room, e Derek, que a observava ir embora, concordou em silêncio com aquela opinião e teve a impressão de que uma alma irmã acabara de passar por ele.

EPÍLOGO

Duas pessoas morreram no segundo incêndio do túnel do Canal. Quando a temperatura dentro do túnel baixou o suficiente para que os bombeiros pudessem chegar ao local, encontraram os mesmos amontoados confusos e fumegantes de concreto despedaçado e metal fundido e também, dessa vez, dois esqueletos de homem carbonizados. Foi, nas palavras de um porta-voz, um acontecimento profundamente traumático para todos os envolvidos. Os trinta e oito passageiros estavam no vagão-restaurante, na parte da frente do trem, quando o alarme foi dado e a fumaça começou a aparecer. Todos ficaram muito assustados mas mantiveram a calma, com exceção de um homem. Apenas um motorista entrou em pânico e perdeu o controle — o que foi uma surpresa, já que se tratava de um passageiro assíduo, um caminhoneiro francês que conhecia bem o túnel e sempre parecera uma pessoa de temperamento calmo e pacato. Os camareiros de bordo simplesmente não conseguiram entender ou aplacar seus gritos incoerentes e, quando estavam ocupados tentando tranqüilizar os outros passageiros e distribuir as máscaras de proteção, o homem precipitou-se pela porta de emergência e saiu correndo. Para o horror dos que assistiam à cena, o homem disparou túnel adentro na direção do incêndio, em vez de correr na direção do túnel de emergência alguns metros mais adiante. O motivo obviamente ficou claro mais tarde, quando os bombeiros resgataram o outro corpo, o do passageiro clandestino que o caminhoneiro estava levando e que foi encontrado agachado na cabine do caminhão.

O caminhão francês foi identificado sem grandes dificuldades a partir dos registros arquivados do lado inglês do túnel e, conseqüentemente, também o caminhoneiro, Thierry Langlais, que desmaiou dentro do túnel quando tentava chegar ao seu passageiro e nunca mais saiu de lá. A identificação do passageiro, no entanto, que morreu sem nunca sair de seu esconderijo, tornou-se um problema. Ele não tinha passagem para viajar, e não há como determinar se algum punhado das cinzas encontradas ao seu redor algum dia já foi um passaporte. A busca feita por meio da análise da arcada dentária não revelou nada. Ninguém procurou as autoridades competentes para notificar que seu filho estudante não havia telefonado, nenhuma esposa, namorada ou conhecido de qualquer espécie comunicou um desaparecimento. A polícia rastreou um tanto burocraticamente o trajeto regular do caminhão na semana anterior e descobriu que o veículo partira de Agen no sábado, chegara a Bristol no domingo, saíra de Bristol na terça-feira rumo a seus dois destinos em Londres e estava retornando pelo túnel na noite de quinta-feira, 24 de julho, a noite do incêndio. O caminhoneiro poderia ter pegado um passageiro em qualquer ponto do trajeto.

Se tivesse ocorrido a alguém perguntar a alguns dos caminhoneiros que costumam parar no acostamento da estrada A46 de Bath e comprar hambúrgueres no trailer que faz ponto logo depois do Entroncamento 18 da M4, eles talvez tivessem se lembrado de ter visto um homem, que parecia ter surgido do nada, aproximar-se da cabine do caminhão francês que estacionou ali na noite de terça-feira, 22 de julho. Um ou dois deles talvez pudessem até ter identificado o veículo como o caminhão de Thierry, já que Thierry parava ali com certa freqüência para comer um hambúrguer no caminho de volta de Bristol. Poderiam ter lembrado também, se tivessem reparado, que, quando Thierry saltou da cabine, ele e o tal homem ficaram conversando durante algum tempo.

Depois, o homem ficou esperando ao lado do caminhão, enquanto Thierry foi comprar hambúrgueres no trailer estacionado ao final do acostamento, onde comentou que teria a companhia de um carona que falava francês para aliviar o tédio da viagem de volta para casa. E, embora estivesse escuro demais e o homem estivesse distante demais para que se pudesse dizer com certeza se era branco ou preto, um deles poderia ter lembrado que o homem subiu na cabine e sentou no banco do carona, enquanto Thierry entrava pelo lado do motorista e partia no caminhão estrada afora. Mas ninguém lhes perguntou. Policiais dos dois lados do Canal continuaram verificando suas listas de pessoas desaparecidas, a princípio regularmente, depois com menos freqüência, até, por fim, pararem por completo. Lamentavam-se com os colegas da falta de recursos para conduzir tais buscas, diziam a si mesmos que o homem provavelmente era um estrangeiro e torciam, quando calhavam de pensar no assunto, para que algum parente do morto acabasse aparecendo.

O passageiro não podia continuar eternamente como um problema. Como suas roupas, seus pertences e o banco em que ficou preso tinham se fundido a sua carne macia, tudo o que restou depois da cremação bárbara e sem ritos foram seus ossos, submersos numa gosma solidificada de vinil derretido e pegajosos de alcatrão humano. Com cuidados de arqueólogo, os bombeiros escavaram seu esqueleto intacto de dentro da liga de escumalha molhada, amarraram um barbante com um número em volta do galho preto em que se transformara o osso de seu dedão do pé e puseram-no numa caixa com a etiqueta "Homem: 30-40 anos: 1,79 metro: Não identificado".

Até o fim do verão, ele permaneceu no necrotério. No final de setembro, foi removido para uma sala no subsolo, ao final de um corredor, onde o sossego era total e onde o tráfego humano de parentes, agentes funerários, funcionários do necrotério, legistas e policias era praticamente inexistente. Ali, o único ruído que se ouvia era o leve ronco do sistema de refrigeração que mantinha a sala em perpétuo inverno, e ali, embrulhado num gélido papel branco, ele foi posto numa gaveta vazia ao lado de outras gavetas raramente abertas, onde jaziam os corpos de outros mortos não procurados e não pranteados.

ESTA OBRA FOI COMPOSTA EM GARAMOND PELA SPRESS E IMPRESSA
PELA GEOGRÁFICA EM OFSETE SOBRE PAPEL PRINT-MAX DA VOTORANTIM
PARA A EDITORA SCHWARCZ EM SETEMBRO DE 2003